Die Krimi-Cops
Bluthunde

Vom Autoren-Team bisher bei KBV erschienen:

Stückwerk
Teufelshaken
Umgelegt

Die Krimi-Cops sind: Carsten »Casi« Vollmer, Jahrgang 1967, aus Düsseldorf, Ingo »Inge« Hoffmann, Jahrgang 1978, aus Hilden, Carsten »Rösbert« Rösler, Jahrgang 1977, aus Düsseldorf, Martin Niedergesähs, Jahrgang 1977, aus Herongen und Klaus »Stickel« Stickelbroeck, Jahrgang 1963, aus Kerken. In ihren Büchern verarbeiten die Polizisten nach Feierabend mal komische, mal härtere Einsätze der zurückliegenden Schichten. Mit »Bluthunde« haben sie nun bereits den vierten witzig-spannenden Kriminalroman um den Düsseldorfer Kriminalhauptkommissar Pit »Struller« Struhlmann und seinen Praktikanten Jensen verfasst. www.krimicops.de

Die Krimi-Cops

Bluthunde

Ein Struller- und Jensen-Krimi

KBV

Originalausgabe

www.kbv-verlag.de
E-Mail: info@kbv-verlag.de
Telefon: 0 65 93 - 998 96-0
Fax: 0 65 93 - 998 96-20
Umschlagillustration: Ralf Kramp
unter Verwendung von:
© darak77 – www.fotolia.de
Redaktion: Volker Maria Neumann, Köln
Druck: Aalexx Buchproduktion GmbH, Großburgwedel
Printed in Germany
ISBN 978-3-942446-87-7

»Keine Angst! Der tut nix …«

1. Tag

Polizeioberkommissar »Hucki« ter Huuk schnaufte und nickte durch die Windschutzscheibe des Streifenwagens. »Ob das mit den beiden Süßen da was gibt?«

»Hm?«, fragte sein Kollege, den alle nur Krabba riefen. Krabba hatte denselben Dienstrang wie Hucki, aber einen Nachnamen, den man nicht aussprechen konnte. Müde blinzelte er Richtung Uhr im Armaturenbrett. Viertel nach acht am frühen Sonntagmorgen. Nach der gewonnenen Partie am Vortag in Frankfurt war er in Gedanken die restlichen Begegnungen seiner Düsseldorfer Fortuna durchgegangen, hatte den Heimsieg gegen Nürnberg fest eingeplant und war vor dem 35. Spieltag kurz eingenickt. »Wo?«

»Na, die beiden da vorne am VW Bus. Junges Glück!«

Krabba ruckelte sich in seinem Sitz hoch und suchte mit schlaftränigem Blick die Umgebung ab. Dann sah auch er das Pärchen. Eine blonde Sie, um die zwanzig Jahre alt, im hellblauen Kleidchen, hielt einen jungen Ihn in Jeans und mit wilder Brit-Pop-Frisur fest umschlungen. Was auch nötig war. Denn zwar knutschten die beiden wie wild, aber der Schönling knickte in den Knien immer wieder ein und wäre ohne stützende Hilfe seiner Gefährtin sicher längst zu deren Füßen gesunken.

»Wo kommen die um diese Uhrzeit denn her?«

»Sind übrig geblieben, nehme ich mal an. Irgendwo geht immer was.«

Krabba lachte und beobachtete, wie der junge Mann erneut mächtig ins Sacken gekommen war. Im letzten Moment bekam sie seinen Gürtel zu packen und ruckelte ihn wieder hoch. Jetzt versuchte er mit spitzem Mund einen Knutscher, verfehlte aber ihre Lippen und setzte einen Schmatzer mitten auf ihre Nase.

»Na ja, ein bisschen was geht noch. Aber nicht mehr viel!«

»Küss mich, wie mich noch keiner geküsst hat«, zitierte Hucki aus einem Filmklassiker.

Im Funk vor ihnen knirschte es. »Von Düssel an die Fahrzeuge der Wache Bilk. Steht irgendwer Nähe 4004.«

Hucki schnappte sich den Peiker. Die Diskothek lag gleich um die Ecke. »Düssel, der 13/34.«

»Fahrt mal zum Eingang. Ein Taxifahrer meldet, dass da eine Tür weit offen steht. Der Taxifahrer hat einen Kunden aufgenommen und ist weitergefahren.«

Krabba verdrehte genervt die Augen. Hinweise von Taxifahrern hatten in der jüngeren Vergangenheit fast nie was getaugt und waren eigentlich immer Scheiße, aber Kollege Hucki hatte den Wagen schon gestartet.

»Klingt spannend«, frohlockte er.

»Tut es nicht«, knurrte Krabba, warf einen letzten Blick auf das schwankende Pärchen und seufzte.

Hucki gab Gummi, denn sie standen wirklich mehr als günstig. Nur einmal die Gladbacher Straße runter und dann in die Franziusstraße. Gleich vor dem grauen Betonbau krallten sich die Reifen des Autos auf dem Kopfsteinpflaster in den Stand. Der Eingang lag ein kurzes Stück die abgepollerte, gepflasterte Auffahrt runter auf der rechten Seite.

»Da«, deutete Krabba auf eine schwere, braune Eisentür, die tatsächlich einen Spalt weit offen stand.

»Die ist sonst immer verschlossen«, erinnerte sich Hucki mit gerunzelter Stirn und zog beim Aussteigen den Einsatzschlagstock aus der Halterung im Seitenfach der Fahrzeugtür.

»Putzfrauen«, mutmaßte Krabba, als sie sich der Tür näherten.

»Hab ich da noch nie welche gesehen«, widersprach Hucki, als sie den Eingang erreicht hatten, und warf einen schnellen Blick ins Innere.

Nichts zu sehen. Muffiger Biergestank schlug ihnen entgegen. Krabba schob sich an seinem Kollegen vorbei und deutete nach oben. Eine Discokugel drehte sich sinn- und zwecklos an der Decke der menschenleeren Halle.

»Schon komisch.«

Hucki schob den Schlagstock in die Halterung und zog die Pistole, Krabba zückte seine Taschenlampe. Langsam glitten sie in die Disco.

»Verstärkung?«, fragte Hucki seinen Kollegen.

Krabba schüttelte den Kopf. »Lass uns erst mal gucken.«

Sie schlichen durch den ersten Raum, die Tanzhalle, aber die war leer. Hucki kontrollierte einige Glastüren, alle verriegelt. Auch der zweite Ein- und Ausgang der Diskothek, direkt zur Franziusstraße hin, war ordnungsgemäß verschlossen. Zu hören war lediglich das leise Summen der großen Discokugel, die flackernde Blitze stumm durch den Raum warf. Hucki schluckte. Merkwürdig, dass man die Stromverbindung zum Deckenbrummer nicht unterbrochen hatte. Der Motor gehörte doch ausgeschaltet.

»Hier«, zischte Krabba, der den Thekenbereich abgesucht und jetzt eine Tür gefunden hatte, die unverschlossen war.

Vorsichtig betraten beide ein Treppenhaus. Kein Licht. Von hier gingen zwei einander gegenüberliegende Stahltüren ab. Hucki öffnete die eine. Sie führte nach unten in einen Keller.

Krabba checkte die andere Tür und entdeckte im Lichtkegel seiner Taschenlampe einen kleinen Raum mit Schrubber, Besen, Eimer und Putzmitteln. »Hier ist nichts«, sagte er.

»Dann runter in den Keller.«

Jedes Geräusch vermeidend schlichen sie langsam die Stufen runter bis an eine weitere Eisentür. Hucki drückte vorsichtig die Klinke und stubste die schwere Tür auf. Eine große Halle, wieder kein Licht. Es roch beißend nach Benzin und Öl. Üble Luft kam kratzend in der Lunge an. Der Kellerraum war eine Parkhalle, deren Decke von mehreren Pfeilern gestützt wurde, die die freie Sicht durch die Halle unterbrachen.

»Gibt es hier denn kein vernünftiges Licht?«, fragte Krabba leise und ließ die Taschenlampe über die Wände streichen.

Die Halle schien leer zu sein. Weder Fahrzeuge noch Personen waren zu entdecken. Vorsichtig schritten die beiden Polizisten voran und umrundeten den ersten der dicken Pfeiler.

Plötzlich ein Schatten.

»Da …«, brüllte Hucki erschreckt.

Krabba zuckte zusammen und spürte gleichzeitig einen heftigen Stoß in den Rücken. Seine Taschenlampe kullerte scheppernd zu Boden. Er ruderte mit den Armen, verlor das Gleichgewicht und stürzte.

Hucki wirbelte herum, konnte aber ohne Licht nur schemenhaft erkennen, dass der Schatten Richtung Eingang huschte und die schwere Eingangstür von außen zugezogen wurde. »Verdammt.« Er hechtete los und riss am Türknauf. Nichts. Die Tür hatte einen Sicherheitsverschluss, der sich nur von der anderen Seite öffnen ließ. »So eine Scheiße!«

»Das kannste laut sagen. Der Kerl hat mich umgeschubst, und ich lande in dieser klebrigen Brühe hier«, fluchte Krabba. Er rappelte sich wieder auf und klopfte seine Uniform ab.

»Was ist das für ein komisches Zeug?«, maulte Hucki, friemelte seine Taschenlampe aus der Halterung und hielt den Kegel seiner Lampe auf Krabbas feuchte Uniform.

Es schnürte beiden die Kehle zu.

»Scheiße«, flüsterte Hucki. »Das ist Blut.«

Der Kegel seiner Lampe wanderte tiefer, und beide erkannten, dass Krabba mitten in einer Blutlache stand. In einer sehr großen Blutlache.

Panisch fing Krabba an zu schreien und versuchte erfolglos, sich seine blutverschmierten Hände an der Uniform abzuwischen.

Geistesgegenwärtig riss Hucki sein Handy aus der Jackentasche. Gott sei Dank: Empfang. »Ich ruf Verstärkung.«

»Die sollen sich beeilen, verflucht!«

Hucki warf noch einen schnellen Blick auf seinen blutverschmierten Partner und auf die rote Lache zu seinen Füßen. Verdammt, was war hier passiert?

* * *

Struller reckte sich auf der Couch in seinem Wohnzimmer. Tiefenentspannt. Ganz. Tief. Entspannt. Das Telefon auf dem Beistelltisch mit gehäkeltem Deckchen schrillte.

Struller schnaufte. »Rufbereitschaft wird völlig überbewertet.«

Träge warf er einen müden Blick aufs grün blinkende Display und erkannte die Zahlenreihe. Oh, Krake. Der Anschluss des *Aquariums*, seiner Stammkneipe. Das konnte doch interessant sein. Möglicherweise eine spontane *Happy Hour*. Oder vielleicht galt es, Frikadellen vor dem Verfallsdatum für lau zu futtern. Besser mal rangehen. »Krake, was is?«

»Du hast gestern deinen Deckel nicht bezahlt«, erklang Krakes sonorer Bass.

Struller runzelte die Stirn. »Ja und?«

»Fünfundvierzig Euro.«

»Das ist doch nicht dein Ernst? Du rufst mich am heiligen Sonntag an, nur weil du noch ein paar Kröten von mir kriegst?«

»Ich mach grad Inventur und da hat sich in den letzten Wochen was angesammelt …«

»Bei mir sammelt sich auch grad was an! Bist du bekloppt? Ich werde mich wegen der verschisselten fünfundvierzig Euro schon nicht ins Ausland absetzen.«

»Wie gesagt, Pit, es sind ja nicht nur die fünfundvierzig Euro von gestern. Da kommt noch einiges hinzu, nämlich …«

»Krake, diese Gier wird dich irgendwann umbringen!«

Struller knallte den Hörer in die Schale und schnaufte. Hatte der noch alle Tassen im Schrank? Was fiel dem Knaller ein, wegen dieser paar Schleifen hinter ihm her zu telefonieren? Das Telefon schepperte ein weiteres Mal. Na warte! »Sag mal, du Pfosten, geht es noch?«, fauchte Struller.

»Äh … Kollege Struhlmann?«

Oh, dienstlich. Struller checkte das Display. Kriminalwache. »Am Apparat. Wolltest du mich sprechen?«

»Äh … Ja.«

»Dann hast du bis jetzt schon mal alles richtig gemacht, Sportsfreund.«

»Wir brauchen dich mal. Das 4004 ist eine Diskothek im Hafen …«

»Ist nur was für junge Leute, nicht meine Musik. Nur mit Pillen zu ertragen, nix für mich.«

»Kollege, die Diskothek hat eine Parkgarage. Dort gibt es eine riesige Blutlache.«

»Nur Blut? Keine Leiche?«

»Nur die Lache.«

»Ohne Leiche ist das nichts für die Mordkommission.«

»Äh … Da ist nicht nur ein bisschen Blut, sondern so viel, dass kein Mensch das hat überleben können. Außerdem haben die beiden Polizisten, die zum Einsatzort entsandt wurden, einen Schatten davonrennen sehen.«

»Schatten laufen nicht davon, sondern werden geworfen!«, korrigierte Struller.

»Ja. Aber deshalb gehen die Kollegen davon aus …«

Struller verdrehte resigniert die Augen und hörte gar nicht mehr hin. Wenn ein Fall schon so anfing. Ohne Leiche. Und mit einem *davonrennenden Schatten* … Ächzend hievte er seine müden, neunundvierzig Jahre alten, in rosa Kuschelsocken gepackten Füße von der Armlehne des Sofas. »Ich komme«, kürzte er seufzend den Sachvortrag des Kollegen ab, legte auf und wählte eine neue Nummer.

* * *

Christian Jensen träumte. Schön. Richtig schön. Hier bei seiner Oma in Herongen am Niederrhein, wohin es ihn am Wochenende verschlagen hatte, träumte es sich immer schön. Gestern hatte es seine Fußballkumpel und ihn aufs Straelener Stadtfest verschlagen. Herrlich. Dort waren sie auf die *Goldenen Zitronen* gestoßen, einen weiblichen Doppelkopfclub aus Cloppenburg, und hatten grüne Getränke zu sich genommen. In den Cocktails war auch Alkohol drin gewesen. Sogar hauptsächlich. Als ihm »Doppelkopfclub Cloppenburg« nicht mehr so richtig flüssig über die Lippen kommen wollte, hatte er mit einem Taxi den Heimweg angetreten. Die anderen waren sicher noch Eierbraten gegangen. Oder irgendwo Schwimmen.

Egal. Ihm ging es gut. Er schlief tief, brav und fest. Er träumte und sah sich selbst mit selig geschlossenen Augen und einem breiten, zufriedenen Lächeln auf den Lippen. Eine mildwarme Sommerbrise wehte ihm durchs vielleicht einen Tick zu lange, blonde Haar. Oh, er war richtig gut drauf. Der frische, erdige Duft von Laub und Wald stieg ihm in die

Nase. Ganz in der Nähe hämmerte ein Specht seinen spitzen Schnabel in einen Baum.

Tack, tack.

Jensens dreijähriges Studium ging zu Ende. Vorgestern hatte er die Noten seiner schriftlichen Staatsprüfung erfahren. Edler Rahmen: im Hause der Bezirksregierung. Er hatte bestanden, sogar richtig gut. In einem Duisburger Yachtclub würde er in gut acht Wochen noch seine mündliche Prüfung ablegen müssen, aber das sollte kein Problem sein. Brabbeln konnte er gut. Ein schöner Sommer bahnte sich an.

Tack, tack, pockerte der Specht.

Die Tage bis zur Prüfung würde er mit ein wenig Urlaub und seinem Abschlusspraktikum füllen. Die Dienststelle hatte er sich aussuchen können. Kurz hatte er mit dem verlockenden Gedanken gespielt, sich bei der Duisburger Wasserschutzpolizei die Sonne auf den Bauch scheinen zu lassen. Oder ganz relaxt bei der Hubschrauberstaffel ein paar Rundflüge zu knattern. Überlegt hatte er auch, mal bei einer ganz anderen Behörde reinzuschnuppern. Das war alles möglich. Aber die Idee, im Klever Katasteramt Unterlagen abzuheften, bei der Stadt langweilige Angelscheine auszustellen oder bei der Staatsanwaltschaft rote Akten zu stapeln, hatte er wieder verworfen. Nein, es zog ihn noch einmal in die Landeshauptstadt nach Düsseldorf, zum KK 11, zur Mordkommission. Mord war doch immer noch das Schönste.

Tack, tack.

Und in Düsseldorf würde er wieder auf seinen alten Tutor treffen, auf Pit …

TACK!

Mann, das war aber ein riesiger Specht, der da mordsmäßige Löcher in den Baumstamm krachte. Gleich neben ihm. Jensen riss die Augen auf. »Was …?«

Da bollerte jemand gegen die Schlafzimmertür. »Christian, jetzt werd endlich wach!«, rief der Specht, nein, rief Oma Jensen mit kräftiger Stimme. »Telefon!«

Jensen verscheuchte sämtliches Vogelzeug, wuchtete sich aus dem Bett und riss die Tür auf.

Seine Oma begrüßte ihn mit zusammengekniffenen Lippen, einem strengen Blick und einer rosa geblümten Schürze. »Na endlich. Du schläfst wie ein Tscheche! Telefon für dich. Dieser komische Polizist aus Düsseldorf. Ich kann ihn nicht leiden. Den musst du abschütteln, Christian. Das ist ein Stalker!«

»Mach ich«, sagte Jensen und nahm das Telefon an sich, bei dem es sich keineswegs um ein Mobilteil handelte, sondern um eines mit Schnur. Mit einer langen Schnur. Jensen nahm an, dass sie problemlos von hier bis ins benachbarte Holland reichen würde, und er versuchte, sich nicht im Kabel zu verheddern.

»Und wieso hast du denn eine *rote* Unterhose an, Christian?«, fragte Oma Jensen verstört.

»Äh …«

»Hat das was … Spezielles zu bedeuten? Willst du mir irgendetwas sagen?«

»Nein, äh, die ist eben … rot.«

»Hm. Und außerdem: Deine Unterhosen werden immer knapper, du verkühlst dir die Nieren«, mahnte seine Oma und verschwand kopfschüttelnd ins Erdgeschoss.

Oha. Wenn Jensen da nicht schleunigst gegensteuerte, würde er in Kürze von seiner Oma ein paar Feingerippte bekommen, mindestens vier Nummern zu groß, damit man sie schön weit über die Nieren hochziehen konnte. In Weiß, mit Eingriff. Hu.

Jensen löschte hastig in seinem Kopf entstandene Bilder und räusperte in den Hörer. »Ja?«

»Endlich. Ich bin es, dein Boss!«

Jensen stutzte. Boss? Sicher, im Abschlusspraktikum war er Pit Struhlmann zugeteilt, aber er hatte sich eigentlich erst am Montag im Büro einzufinden. »Ich fang bei dir doch erst morgen an.«

»Der Sonntag gehört schon zum Montag. Mach dich auf. Hol mich ab. Wir haben eine Blutlache.«

Jensen strich sich durchs Gesicht. »Äh, Pit, das ist jetzt schlecht. Ich hab kein Auto.«

»Wie? Kein Auto?«

»Mein Mustang ist in der Werkstatt, und ich hab jetzt nur den Wagen von Christof, meinem Cousin, dem ich versprochen habe …«

»Also haste doch einen Wagen. Beeil dich! Hör auf deine Oma, denk an deine Nieren, zieh eine vernünftige Unterhose drunter und hau rein!«

»Aber …«, setzte Jensen an.

»Nix Abba, Abba ist eine Popgruppe«, raunzte Struller in den Hörer und legte auf.

Jensen seufzte. Dann musste er mit dem Wagen seines Cousins nach Düsseldorf. Das war nicht ganz … unkompliziert. Ächzend ließ er sich aufs Bett sinken, zuppelte an der roten Unterhose und kratzte sich unterm T-Shirt mit der Aufschrift *In Strafrecht bin ich nur Deko.* »Na ja. Kann man nichts machen.«

Und irgendwie … freute er sich.

* * *

Eine gute Stunde später hatte Jensen in der Franziusstraße einen freien Parkplatz gefunden. Erfreulicherweise gleich neben dem grauen Betonklotz, in dem sich die Diskothek befand. Zufrieden würgte er den Motor ab. Struller öffnete die Beifahrertür und glitt vom Sitz nach draußen. Mit einem satten Plopp warf er die Tür hinter sich zu. Dann musterte er noch einmal den Wagen.

»*Sei clever und nicht doof – kauf Bio frisch vom Stapperhof*«, las Struller halblaut murmelnd den griffigen Werbeslogan vom weißen Kastenwagen ab und schüttelte den Kopf.

»Was ist?«, meldete sich Jensen von der anderen Seite. »Ich hab dir doch gesagt, dass ich im Moment nur den Wagen meines Cousins habe.«

Struller quetschte eine Ernte aus der Kippenschachtel. »Du hast mir nicht gesagt, dass dein Cousin einen mobilen Gemüseladen hat. Meine ganzen Klamotten riechen nach Salat und Kohl.«

Jensen zuckte mit den Schultern. Strullers Klamotten hatten auch schon unangenehmer gerochen. »Mein Cousin liegt im Krankenhaus, Bein gebrochen. Da mache ich für ihn den Kunden - und Lieferservice, bis er einen Ersatzmann gefunden hat. Der Wagen ist doch klasse.«

»Die Federung ist ausgeleiert. Das war schlimmer als auf der Fähre in Kaiserswerth«, maulte Struller und nahm einen tiefen Zug auf Lunge, um seinen rebellierenden Magen zu beruhigen.

Jensen und er grüßten einen uniformierten Kollegen. »Morgen. Wo müssen wir hin?«

»Blutspenden?«, gibbelte der Kollege und fing sich einen gelangweilten Blick von Struller ein.

Der Polizist zog den Kopf ein. Wahrscheinlich hatte sich rumgesprochen, dass mit Struller nicht immer gut Kirschenessen war. Sonntags war ganz gefährlich! Vormittags sowieso.

Er deutete hinter sich: »Hier die Auffahrt entlang, fünfzehn Meter weiter rechts ist der Eingang.«

»Danke«, sagte Jensen, wie immer derjenige im Team, der um gute Stimmung bemüht war.

Sie folgten der Fingerspitze. Vorm Eingang drückte Struller an der Häuserwand die Kippe platt und schnippte sie in Richtung des Hafenbeckens, das der Diskothek gegenüberlag. Dann betraten sie den Vorraum zur Disco, wo ihnen ein zweiter Kollege den weiteren Weg wies. Durch einen schmucklosen Treppenbereich gelangten sie in die Parkhalle. Fette Strahler leuchteten die Szene grell aus. Mehrere Männer der Spurensicherung in weißen Overalls waren bereits vor Ort und taten ihr Werk.

»Vorsicht!«, rief ihnen Faserspuren-Harald entgegen, kaum dass sie den hellgrauen Betonboden der Halle betreten hatten.

Struller und Jensen stoppten. Gerade rechtzeitig. Direkt vor ihnen breitete sich eine angetrocknete, matt glänzende, auf den Beton verschmierte Blutlache aus. Keine geschlossene Lache, sondern kreuz und quer verschmierte Blutspuren.

»Oha, da ging es aber ordentlich zur Sache«, deutete Struller das beeindruckende Ausmaß des Spurenbildes.

»Das zieht sich über mindestens zehn bis fünfzehn Quadratmeter«, zeigte sich auch Jensen beeindruckt.

Schon eklig. In den für Parkhäuser üblichen muffig-abgestandenen Benzingeruch hatte sich metallischer Blutgeruch gemischt.

»Eine ganze Menge Blut«, sagte Struller und stellte sich neben Faserspuren-Harald, den Chef der Spurensicherung. Aber es war schon klar, dass hier keiner eine Flasche Nagellack umgekippt hatte. »Haste schon was?«

Faserspuren-Harald nickte. »Das ist so viel Blut, wir nennen das ›einen das Leben ausschließenden Blutverlust‹.«

»Nasenbluten kommt wohl nicht infrage?«

»So große Nasen gibt es nicht«, grinste der Spurensicherer.

»Thomas Gottschalk vielleicht?«, fragte Struller.

»Vergiss es!«

»Wenn es denn Menschenblut ist«, wechselte Struller unkend die Strategie.

Faserspuren-Harald schnalzte mit der Zunge. »Wir haben an mehreren Stellen mehrere Schnelltests gemacht. Hier wurde kein Schaf geschächtet, kein Huhn geköpft, kein Schwein erlegt. Das ist Menschenblut.«

»Von einer Person oder von mehreren?«

»Einen genauen Test macht Doc Stich morgen früh in der Gerichtsmedizin.«

Struller kratzte sich am Kopf. »Wie nennt man diese Kunsthappenings? Vernissage oder so. Vielleicht hat hier jemand Kunst gemacht?«

»Kann natürlich sein, aber das sieht nach einer ganz normalen Kampfszene aus. Ungewöhnlich ist nur die Menge des Blutes.«

Jensen hatte einen Schreibblock gezückt und schrieb mit.

»Die Eingangstür zur Diskothek?«, fragte Struller. »Ist die aufgebrochen worden?«

»Kollegen sind dran. Sieht aber nicht so aus«, brummte Harald.

Im Hintergrund machte Schröder Fotos. Er trug seine langen, dünnen Haare klätschig am Kopf klebend und ein weißes Polohemd mit schmalen, roten Querstreifen. Aber auch kaschierende Längsstreifen hätten Schröders Optik nicht retten können, der Fotograf wog um die zweihundert Kilo. Schröder sah aus wie eine Boje. Wenn er sich bewegte, wie ein Boje bei heftigem Seegang. Im Präsidium wurde gemunkelt, Schröder sei auf Diät. Dann war er brandgefährlich.

»Was fotografiert er da?«

»Einen Fußabdruck im Blut.«

»Aha?«, zeigte sich Struller interessiert.

»Geh jetzt nicht hin, Struller. Ist gut gemeint. Schröder ist heute gar nicht gut drauf. Ich schick dir das Ergebnis vorbei, aber geh … nicht … hin.«

»Okay. Wo sind die beiden Polizisten, die das Ganze hier gefunden haben? Toto und Harry?«

»Sie heißen Krabba und Hucki.«

»Wie kann man zwei Polizisten zusammen auf die Straße lassen, die so heißen?« Struller wandte sich Jensen zu. »Du hörst dir die Geschichte der beiden an und schreibst nachher einen Bericht. Haben sie irgendwas gesehen, gehört … all so was. Bau ein paar schauerliche Adjektive ein, damit es sich schön schrecklich liest. Das faxen wir an die Pressestelle, damit die auch mal was Spannendes haben. Die Oberbekleidung des Blutverschmierten stellst du sicher.«

Jensen hob die Augenbrauen. »Wozu soll ich die Oberbekleidung sicherstellen?«

Der Chef der Spurensicherung stöhnte gequält. Immer diese Anfänger, mochte er denken, erklärte aber: »Damit wir gegebenenfalls noch Faserspuren sichern können. Wenn das ganze Blut nicht einem, sondern mehreren gehört hat, dann will ich wissen, wer wo in welcher Reihenfolge und wie viel Liter verblutet hat.«

Jensen wurde rot. Richtig: *Alles* war wichtig.

Struller ging um die Blutlache herum und blickte sich um. Das war eine normale, typische Parkhalle, wie es sie dutzendweise hier im Hafen gab. Da die Diskothek selbst ein wenig höher gelegen war, musste man von dort aus über die Treppe eine Etage runter steigen. Nach hinten raus war die Halle ebenerdig. Er erkannte auf der gegenüberliegenden Seite des Raums ein dunkelgraues Parkgaragentor. Die Halle selbst war hellgrau gestrichen. Es befand sich kein Auto darin. Hinten links entdeckte er einen Notausgang.

»Notausgang«, murmelte Struller nachdenklich.

Warum war der Schattenmann, von dem die beiden berichtet hatten, vor den Kollegen nicht einfach durch den Notausgang geflüchtet? Kannte er sich hier nicht aus?

Zügig durchschritt Struller die Halle, erreichte die Tür und drückte die Klinke. Wie erwartet, ließ sich die Tür von innen problemlos öffnen. Er drückte sie ganz auf und trat hinaus. Dann stand er in der Verlängerung des gepflasterten Weges, der zur Eingangstür führte. Genau dem Hafenbecken gegenüber. Struller nutzte die Gelegenheit, um draußen ein paar Einheiten Frischluft durch die Lunge zu pumpen. Das Organ dankte es ihm. Struller hustete krachend und steckte sich schnell eine Ernte an. Sein Blick fiel nach gegenüber in das Hafenbecken und auf eine luxuriöse Yacht, die dort sanft schaukelnd vor Anker lag.

»*Tanja B.*«, las Struller auf dem strahlend weißen Rumpf des Bootes den in einem leuchtenden Rot schwungvoll aufgemalten Namen.

Struller trat ein paar Schritte an das Schiff heran. An Deck erkannte er leere Sektflaschen. Überall standen edle Sektkelche herum. Im hinteren Bereich entdeckte er die Reste eines Buffets. An den sicherlich verdorbenen, vor sich hinmüffelnden Resten hätten sich die Obdachlosen der Stadt drei Tage lang satt essen können. Jetzt fraßen sich dort Fliegen kugelrund. Missbilligend rümpfte Struller die Nase.

»Moment!« Yacht, Sektkelche, üppiges Buffet … In Gedanken fügte Struller dem dekadenten Ensemble einen Namen hinzu: Oliver Graminski.

Graminski. Natürlich: Dauergrinsender Plattenproduzent mit eigener Fernsehshow. Multimillionär. Zu Hause in der

Playboy- und Partyszene. Der war doch früher auch mit diesem Dunkelhaarigen als Duo aufgetreten. Wie hieß denn der noch mal? Der hatte bei den Auftritten immer so eine Goldkette um den Hals. Norbert. Genau.

Struller kratzte sich das Haupthaar. Na klar. Der Kerl war bekannt für seine ausschweifenden Partys. Sternchen, Sportler, B-Promis und Fotomodelle. Und für alle, die nicht dabei waren, stellte er immer neidisch machende Fotos und Videos auf seiner Homepage ins Internet. Und hatte man auf einer dieser Partys nicht mal diesen Sportreporter beim Koksen gefilmt?

»Interessant«, murmelte Struller und ging zügig an Bord.

Unter seinen Füßen knirschte das teure Holz. Es schwankte ein bisschen, aber deutlich weniger als in Jensens Gemüsetransporter. Er hatte das Boot gerade betreten, da öffnete sich im Boden eine Klappe. Oder Luke. Oder wie auch immer das hieß.

»He«, beschwerte sich der Eigentümer. »Runter vom Boot! Das ist Privatbesitz.«

Struller erkannte Graminski sofort. Die Haare lagen nicht ganz so frisch geföhnt wie sonst im Fernsehen, das breite Kinn schimmerte dunkler, aber er war es. Höchstpersönlich. Struller zückte seinen Dienstausweis. »Privatbesitz? Gut. Aber ich bin gar nicht privat hier. Ich arbeite bei der Mordkommission.«

»Ich lebe noch«, stellte Graminski klar.

»Das ist schön. Sonst hätten wir uns sicher schon früher kennen gelernt. Hier war gestern eine Party?«

»Ein gemütliches Zusammensein mit Freunden. Wir haben *Schlag den Raab* geguckt.«

»Spannend. Ich brauche den Film und die Fotos.«

»Welcher Film? Welche Fotos?«

»Die gestern beim Fernsehabend gemacht worden sind.«

»Kollege, tickst du noch ganz richtig? Ich geb dir doch nicht den Film, der gestern gemacht worden ist.«

»Den stellst du doch sowieso ins Internet.«

Graminski baute sich in voller Größe auf. Was nicht sehr imposant war. Er trug keine seiner üblichen Cowboystiefel und reichte Struller nur bis knapp unter die Brustnippel. »Was ich ins Internet stelle, entscheide ich ganz alleine! Und nicht ein dahergelaufener Polizist.«

Struller rümpfte die Nase. »Das Dahergelaufen nehme ich dir übel!«

»Das ist mir doch scheißegal. Jeder, der ohne Erlaubnis mein Boot betritt, ist für mich dahergelaufen!«

Struller kniff die Augen zusammen und hätte einräumen können, dass Graminskis Äußerung durchaus eine gewisse Logik in sich barg. Tat er aber nicht. Stattdessen deutete er auf ein kleines Klarsichttütchen, das unter einer der leeren Sektflaschen klemmte. »Ich dagegen überlege gerade, ob mir das Klarsichttütchen scheißegal ist, das dort unter der Sektflasche pappt. Das mit den weißen Krümelchen drin.«

»Da sind keine weißen Krümelchen drin!«

»Wetten, ich finde dort welche?«

Graminski kniff die Augen zusammen. »Ohne Durchsuchungsbeschluss und ohne meine Anwälte läuft hier gar nichts!«

»Sehe ich so aus, als würde ich mit einer Durchsuchung warten, bis ich einen Beschluss habe und die Anwälte da sind? Den Polizeihund hab ich schneller durchs Boot gejagt, als du ›Brother Louie‹ sagen kannst!«

Graminski war knallrot im Gesicht. Und grinste plötzlich. Ganz breit. Wie man es von ihm kannte. »Soll das hier ein Schwanzvergleich werden, Sheriff?«

Struller grinste zurück und zuckte lässig mit der Schulter. »Ich habe ein riesiges Teil.«

Graminski schniefte. »Mordkommission. Seit wann spielen die von der Mordkommission mit kleinen Hunden?«

»Nur, wenn es sein muss.«

»Was für ein Mord?«

Struller nickte nach hinten zur Parkhalle. »Da drinnen gibt es eine ziemlich große Blutlache.«

»Auf meiner Party hat niemand geblutet.«

»Kann sein, dass in der Halle jemand tot geblieben ist.«

»Meine Gäste leben alle noch.«

»Aus kriminalpolizeilicher Sicht war das dann eine eher langweilige Party. Mich interessiert übrigens nicht, wer mit wem rumgemacht hat oder wer sich ein Tütchen *Ahoi Brause* durch die Nase gezogen hat. Mich interessiert, was möglicherweise im Hintergrund dort an der Halle zu sehen ist. Am Ein- und Ausgang und am Garagentor.«

Graminski hatte sich sichtlich entspannt, griff eine Flasche Sekt beim Hals. »Auch ein Schlückchen?«

»Zu kribbelig.«

»Langweilige Beamte! Und was ist mit dem Diensthund?«

»Ich bin kein besonders großer Hundefreund und wäre heilfroh, auf den Einsatz wahlweise von Ghandi oder Caligula verzichten zu können.«

»So heißen die Hunde?«

»Ghandi ist ein besonders gefährliches Tier.«

»Ghandi ist gefährlich. Nee, is klar. Ich hol mir unten ein frisches Sektglas. Wenn ich die Kamera zufällig finde, bringe ich sie mit.« Oliver Graminski verschwand unter Deck.

Struller reckte sich die Anspannung aus den Schultern und blinzelte übers Hafenbecken in die frische Maisonne. Keine Wolke am Himmel. Nicht mal ein laues Lüftchen wehte.

Eigentlich ganz sympathisch, dieser Graminski. Ein herrlicher Tag.

Zwanzig Sekunden später erschien der Plattenproduzent wieder auf Deck und schwenkte die Kamera: »Aber das Ding kriege ich zurück. Und keine Kopie, klar?«

»Klar«, nickte Struller und schob das kleine Teil in sein Jackett.

Graminski baute sich noch mal auf und … ja, jetzt trug er die Stiefel! »Wenn das Probleme gibt, für mich oder für einen meiner Gäste, Alter, dann kack ich dich so was von an, glaub es mir!«

Struller nickte. »Glaub ich dir, Captain. Tja, dann bin ich mal wieder weg. Schiff ahoi!«

Struller verließ die *Tanja B.*, schritt gut gelaunt zurück ans Gebäude … und stockte. Er bückte sich und zupfte ein Stück Papier vom Boden.

»Eine Knolle.«

Falschparken. Struller nickte und checkte die Uhrzeit. 23.30 Uhr. Okay. Hier standen gestern Abend Fahrzeuge falsch und einer der Fahrer hatte offensichtlich keine Lust, das Ticket wegen Falschparkens zu zahlen. Struller versenkte den Zettel in seiner Jackentasche.

»Mist!«

Die Notausgangstür war zugefallen und ließ sich von außen nicht öffnen. Laut hämmerte er mit der Faust dagegen, bis endlich jemand öffnete. Struller erschrak. Es war der dicke Schröder, der ihn wortlos einließ, sich dann aber wegdrehte, ohne zuzubeißen.

Die Kollegen der Spurensicherung waren dabei, ihre starken Strahler abzubauen. Leuchtstoffröhren brummten unter der Decke. Am anderen Ende der Halle traf Struller auf Jensen und die beiden Streifenpolizisten. Krabba hatte sich eine Wolldecke umgewickelt.

»Ihr seid Krabba und Hucki? Tolle Spitznamen.«

»Struller ist auch ganz klasse«, blaffte Krabba zurück.

Jensen hustete. »Ich bin durch mit den beiden. Sie können die flüchtige Person nicht beschreiben. Es war dunkel und ging alles zu schnell. Der Typ hat hinter einem Pfeiler gestanden und sich versteckt. Als die beiden an ihm vorbeigegangen sind, hat er Krabba in die Lache geschubst und ist losgespurtet. Die Tür zum Treppenhaus hat er hinter sich zugezogen, die beiden konnten ihm nicht folgen und mussten das Eintreffen der Verstärkung abwarten. Die Fahndung lief dann nach knapp zwei Minuten an, schneller ging es nicht, aber der Typ blieb verschwunden.«

»Wann krieg ich meine Klamotten zurück?«, beschwerte sich Krabba.

»So schnell es geht. Jensen, gibt es sonst schon was Neues?«

»Geh mal zu Harald!«

Das tat Struller. Harald stand mit gesenktem Kopf neben der Blutlache und schien in ihr lesen zu wollen.

»Gefällt dir die Farbe?«, fragte Struller.

»Hier stimmt was nicht«, antwortete Faserspuren-Harald.

»Tja«, gab ihm Struller recht. »Hier ist wahrscheinlich einer tot geblieben.«

Der Chef der Spurensicherung ging in die Hocke. »Guck mal hier!« Er zog einen kleinen, dünnen Pinsel aus der Tasche seines Overalls. Dann wischte er vorsichtig einen Streifen durchs Blut und legte den darunterliegenden Betonboden frei. Und nicht nur den Boden …

Struller schnalzte mit der Zunge. »Hoppla.«

Fast ganz im Boden versenkt steckte ein Projektil im Beton.

»Das wollte ich dir noch kurz zeigen, bevor ich das Teil rauspuhle.«

Struller zupfte sich an der Nasenspitze. »Verdammt, was ist hier passiert? Warum ballert jemand auf eine Person, die ihr Blut schon auf mehrere Quadratmeter verteilt hat, die sowieso schon derartig saftet. Das macht doch gar keinen Sinn, die stirbt ja sowieso. Habt ihr die passende Hülse dazu gefunden?«

»Keine Hülse. Die hat der Schütze vermutlich mitgenommen. Für das Projektil fehlte wohl die Zeit. Und das ist noch nicht alles. Pass auf! Meine Jungs haben den ganzen Boden der Tiefgarage abgepinselt und nichts gefunden. Hier ist alles lupenrein sauber gewischt worden. Das war ein megatolles Besenkommando. Hier hat die gute Hausfrau gründlich sauber gemacht.«

»Worauf willst du hinaus?«

»Pit, die ganze Halle ist gewischt wie geleckt. Da ist es sauberer als bei dir im Bad. Oder sogar bei mir. Nur damit hier Autos parken? Das ist doch nicht normal.«

»Ach so«, kratzte sich Struller das dunkel schimmernde Kinn.

»Tja, aber die riesige Blutlache, die hat keiner weggemacht. Sieht so aus, als wäre die entstanden, *nachdem* hier gründlich gewischt worden ist.«

»Ich verstehe. Die Frage ist dann: Warum wurde hier so gründlich sauber gemacht?«

»Und nachher nicht.«

»Nachher nicht, weil der Täter gestört wurde.«

»Genau. Ich werde mir die riesige Blutlache tropfenweise unters Mikroskop schieben. Ich wette, es gibt einen Zusammenhang zwischen der extremen Grundreinigung und dem Blutfleck.«

Struller nickte grinsend. »Aus dir wäre ein guter Polizist geworden. Wann weißt du mehr über das Projektil und den Fußabdruck?«

»Morgen. Im Laufe des Tages.«

»Mach es nicht so geheimnisvoll, Harald«, stöhnte Struller. »Vor- und Nachname des Schützen wären gut.«

»Is klar. Und ob der Träger des Schuhwerks Schweißfüße hat«, grunzte Harald.

»Auch fände ich es gut, wenn du Personen mit Hammerzeh ausschließen könntest!«

Strullers Hand ertastete die Kamera. Im Grunde genommen war er mit Informationsmaterial und Arbeit ausreichend eingedeckt. Sollte der alte Spurenschnüffler sich ruhig Zeit lassen. Hauptsache, seine Ergebnisse wären wie immer erstklassig.

Struller winkte seinen Abschlusspraktikanten heran. »Jensen, wir sind hier fertig. Bring du in Erfahrung, wem dieser Laden hier gehört. Wer hatte die Aufsicht über die Halle? Gibt es Kameras, die wir nicht kennen? Ich will wissen, wer Zugang zur Garage hatte. Irgendwie muss der geheimnisvolle Unbekannte hier ja reingekommen sein.«

»Mach ich.«

Struller klopfte sich auf die Jackentasche. »Ich lass mich von Krabba und Hucki ins Präsidium mitnehmen. Mein Bedarf an Gemüsetransportern ist gedeckt. Im Büro werde ich mir ein hoffentlich recht schlüpfriges Filmchen angucken. Wenn du fertig bist, darfst du gerne hinzustoßen.«

»Juhu«, freute sich Jensen.

* * *

Zwei Stunden später saß Struller vor seinem Monitor und seufzte. Er hatte sich den Film zwei Mal angeguckt. Schon interessant, wer sich alles auf Graminskis Party um den Verstand gesoffen hatte. Und in welchem Tempo. Struller hatte vier Fußballprofis erkannt und drei Schauspieler, von denen zwei schon mal im Dschungelcamp gewesen waren. Dazu eine Landtagsabgeordnete, die ganz unfein ins Hafenbecken gekotzt hatte. Und noch eine Blondine, die er ob ihrer bemerkenswert prallen Oberweite mit hohem Wiedererkennungswert einem Pornofilm zuordnen konnte, den er sich mal versehentlich aus dem Internet runtergeladen hatte.

Struller warf einen Blick auf die GDP-Uhr an der Wand und tat einen weiteren tiefen Schnaufer. Er hatte im Hintergrund der Szenerie an den Ein- und Ausgängen der Halle nichts Verwertbares entdecken können. Plötzlich wurde die Bürotür mit einem kräftigen Ruck aufgestoßen. Struller rechnete mit Jensen. Aber es war:

»Bertie Spurtmann.«

»Hallo Pit«, grüßte der Kollege im grünen Pullunder zurück, als er seinen tropfenförmigen Körper zu Struller ins Büro schob. »Äh, ich war im Haus unterwegs und habe Licht gesehen.«

Struller verdrehte die Augen. »Das liegt an der Deckenbeleuchtung. Die ist eingeschaltet.«

»Ach so. Ich habe eine Nachricht, eine Bitte, äh, ich muss dich was fragen.«

Hm. Struller blieb locker. Spurtmann hatte eine neue Stelle bei den Fahrradcodierern angefangen, und sein Chef Hengstmann hatte ihm hoch und heilig versprochen, dass Spurtmann nicht mehr im KK 11 eingesetzt werden würde. Was sollte da jetzt kommen?

»Frag, Kollege!«

»Erst muss ich dir was erzählen.«

»Hast du Scheiße gebaut? Ich kenne ein paar Leute, die können alles geradebiegen. Weißt du aus dem Kopf wie die Landesvorwahl von Litauen ist?«

»Nein …«

»Egal, schieß erst mal los!«

Bertie räusperte sich. »Doris und ich, wir beide wollen heiraten.«

»Oh«, sagte Struller. Da konnten jetzt auch Litauische Kontakte nicht helfen. Killer vielleicht ...

»Sie ist die Frau meines Lebens«, jubelte Spurtmann.

Ja, dachte Struller, wahrscheinlich die einzige. Aus Fleisch und Blut. »Dann ist doch gut.«

»Natürlich ist es gut. Und ich habe gedacht, also, ob du vielleicht unser Trauzeuge werden möchtest?«

»Ähm ...«

»So wie du mich wieder aufgenommen hast. Letztens. Bei diesem Fall. So herzlich. So offen. Das hat mich sehr berührt. Das war ein gutes Omen. So möchte ich mich auch in der Ehe fühlen.«

»Also, ich weiß nicht, ich habe sehr viel um die Ohren.«

»Ich habe mit Doris darüber gesprochen, und sie war sofort begeistert. Ich habe doch sonst keine Freunde außer dir. Doris kennt dich zwar nicht, aber sie meinte, du würdest positives Karma versprühen. Seit ich mit dir zusammengearbeitet habe, sei ich ein viel lebensbejahenderer Mensch.«

»Aha. Das meint sie also? Über deinen Monolog habe ich ganz den ersten Teil deiner Frage vergessen.«

»Ob du mein Trauzeuge werden willst?«, fragte Spurtmann erneut.

Strullers Augenbraue hob sich. »Trauzeuge? Muss man da nicht Christ sein?«

»Nicht unbedingt.«

»Ich bin schon lange aus der Kirche ausgetreten.«

»Das ist kein Problem.«

»Wie gesagt, ich habe viel zu tun und bin grad mit einem neuen Fall beschäftigt. Ich werd kaum frei bekommen.«

»Das würde der Hengstmann regeln.«

Struller schüttelte sich. »Aber grade ich? Bist du wahnsinnig?«

»Nicht heute, nicht morgen und sonst auch nicht«, lachte Spurtmann mit der entwaffnenden Leichtigkeit eines ahnungslosen Kleinkindes.

In Strullers Körper folgte eine Hitzewelle der nächsten. Trauzeuge? Junggesellenabschied. Brautstrauß fangen. Ringe. Und anzuziehen hatte er auch nichts!

»Das wäre so … schön. Du hast so eine sensible Seite«, gurrte Spurtmann.

»Sensibel? Ich? Suchst du Streit?«

»Nein.« Spurtmann rieb sich die Hände. »Das wird eine großartige Hochzeit.«

»Gibt es viel Licht?«, fragte Struller bissig.

»Natürlich.«

»Das dachte ich mir«, murmelte Struller.

Spurtmanns Auserwählte war eine Lichtheilerin. So richtig fehlten Struller die Worte. Bertie allerdings schien sein Schweigen als eine Zustimmung zu missdeuten, denn er fiel Struller um den Hals, drückte ihn und rannte wieder aus dem Büro hinaus.

»Das muss ich sofort Doris erzählen!«

»Moment …«, rief ihm Struller hinterher, aber da war Bertie schon auf den Flur verschwunden.

Was war das denn jetzt? War er jetzt Trauzeuge? Um Himmels willen! Wie kam er denn aus der Nummer wieder raus? Ihm *musste* etwas einfallen. Vielleicht irgendwas mit Gewalt? Oder eine ansteckende Krankheit …

Die Tür schwang wieder auf. Jensen trat ein, grüßte, warf die Tür des Büros hinter sich krachend in den Rahmen, ließ sich ächzend in einen der beiden Schreibtischstühle fallen und strich sich durchs Gesicht. »Meine Güte, war das mühselig.«

»Dienst ist keine Gefälligkeit.«

Jensen wagte es, seine hellblauen Augen zu verdrehen und murmelte: »Ich hab mir meinen freien Sonntag irgendwie anders vorgestellt. Die Parkhalle gehört zur darüber liegenden Diskothek. Beides gehört einem Tim Winters. Der lebt seit mehreren Jahren auf Ibiza und hat die Insel nachweislich seit mehreren Monaten nicht mehr verlassen.«

»Aha«, brummte Struller, der wusste, dass man jede Insel immer verlassen konnte. Mit einem Boot zum Beispiel.

»Ich hab ihn gecheckt, er war früher mal ein heißer Feger, kleinere Drogengeschichten und so was, aber seit über zehn Jahren ist er polizeilich nicht in Erscheinung getreten. Geschäftsführer oder Hausmeister der genannten Diskothek ist ein Miro Pesic aus Kroatien. Total unauffälliger Typ. Er wird uns aber bestimmt ein paar Hintergrundinformationen geben können. Pesic hat in mehreren Strafverfahren aller Art umfassend als Zeuge ausgesagt, scheint seine Augen und Ohren überall zu haben. Mit dem hab ich für morgen Vormittag um elf einen Termin gemacht.«

»Gut«, behauptete Struller. »Dem werden wir mal auf die kroatischen Griffel klopfen.«

»Mir kam gerade der Spurtmann pfeifend entgegen«, wechselte Jensen das Thema. »Warum ist der denn so gut drauf?«

»Er heiratet.«

»Das ist ja schön. Und wieso bist du so blass?«

»Ich soll sein Trauzeuge sein.«

»Super, dass du das machst.«

»Ich mach das nicht!«

»Oh, das ist normalerweise Ehrensache«, gab Jensen vorsichtig zu bedenken.

»Ist es nicht!«

»Hast du ihm gesagt, dass du es nicht machst?«

»Fast. Ich will mit seiner Hochzeit nichts zu tun haben. Er heiratet eine Lichtheilerin.«

»Aber …«

»Auf keinen Fall! Doris, die Lichtheilerin, heiratet den größten Trottel des Präsidiums. Gar nicht auszudenken, dass die sich auch noch vermehren. Kinder, die direkt erleuchtet zur Welt kommen, gar nicht auszumalen dieser Gedanke. Außerdem: Ich habe einen Mord aufzuklären!«

»Überleg dir das genau, so was kann man eigentlich nicht ablehnen.«

»Ich kann alles ablehnen!«

»Und was hast du bezüglich des Falls Neues?«, fragte Jensen schnell.

Struller winkte ab. »Fehlanzeige. War nett, den Leutchen auf Graminskis Party beim Feiern zuzusehen. Gäste aus ganz Europa. Nur Berlusconi hat gefehlt. Aber wenn die Kollegen im Keller der Polizeiwache Bilk eine ihrer Mottopartys feiern, ist mehr los. Und im Hintergrund war nichts Brauchbares zu erkennen.«

»Schade«, flüsterte Jensen.

Struller tippte auf das geknitterte Knöllchen, das er vor dem Hallentor auf dem Boden gefunden hatte. »Ich lass morgen früh ein paar Kontakte spielen und guck mal, ob ich rausbekomme, wer da vor der Halle so alles falsch geparkt hat. Sind es halbstarke Jugendliche, dann werden sie Gäste der Diskothek gewesen sein. Allen anderen werden wir auf den Zahn fühlen. Die waren dann nämlich vielleicht in der Parkhalle und könnten für uns interessant sein.«

Jensen nickte, Struller klatschte abschließend in die Hände. »Für heute ist Schluss. Ich guck morgen bei Faserspuren-Harald vorbei, wie weit der mit seinen Spuren ist, und du hast morgen früh um acht eine Verabredung in der Gerichtsmedizin.«

* * *

Das Gitter. Fast schon wütend umschlossen seine Hände die kalten Eisenstangen. Er drückte fest zu. Weiß zeichneten sich die Knöchel seiner Fingergelenke ab. Er hielt die Luft an und drückte und drückte und drückte.

»Mist!« Er fluchte durch seine zornig zusammengepressten Lippen. Diese verdammten Gitterstäbe, die ihn trennten von … von allem, was ihm früher einmal wichtig war. Alles, für das er gelebt, gearbeitet, geatmet hatte. Sich hingegeben hatte! »Alles«, flüsterte er heiser.

Er spürte, wie die Muskelspannung in seinen Fingern nachließ, wie sich seine Hände zitternd von den rostigen Eisenstäben lösten. Sein Blick glitt flackernd über eine gepflegte Rasenfläche in die Ferne und verfing sich dort in den vielen, symmetrischen Fenstern des gigantischen Gebäudekomplexes. Dort drüben hatte er gearbeitet, ganz links, von hier aus kaum zu sehen. Dort, in der Unfallchirurgie. Zehn lange Jahre. Zehn Jahre lang hatte er sich nichts Wesentliches zu Schulden kommen lassen. Zehn Jahre lang hatte er Doppelschichten gefahren, Überstunden gesammelt, sich die Seele aus dem Leib operiert.

»Und wofür?«

Dafür, dass er jetzt hier stand, nach billigem Fusel roch, von der Hand in den Mund lebte und sich mit Gelegenheitsjobs über Wasser hielt. Und das nur, weil er *einmal* einen Fehler gemacht hatte. Einen richtig schlimmen Fehler, ja, das sah er natürlich ein. Aber er war doch auch nur ein Mensch. Ein Mensch, der *einmal* ein Glas zu viel getrunken hatte und dem dann ein Fehler passiert war, der eben nicht zu beheben, nicht zu vertuschen, nicht wiedergutzumachen war.

Er trat einen Schritt vom Gitterzaun zurück. Die eisernen Stangen trennten die Bürger vom Gelände, grenzten es ein, aber für ihn, für ihn bedeutete der Zaun mehr.

Sie hatten ihn entlassen. Sie hatten ein Hausverbot ausgesprochen, sie hatten ihm das Betreten des Geländes bei Strafe verboten. Sie hatten ihn angezeigt, verklagt, verurteilt … und er hatte seine Approbation verloren.

Das war das Schlimmste. Sie hatten ihn zum Teufel gejagt. Ihn, den jungen Starchirurgen. Den Mann mit den Zauberhänden. Den Händen, die irgendwann schon morgens vor der Schicht anfingen zu zittern und die nur mit Alkohol ruhig zu halten waren. Er blickte auf seine zarten, feingliedrigen Hände. Wenn sie zitterten, dann bemerkte er es nicht. Inzwischen war es ihm meistens egal.

Wieder legten sich die Zauberhände um die rostigen Stangen, und wieder spürte er diese Wut, diesen tiefen Zorn auf die Ungerechtigkeit. Das war alles so falsch, so dumm! Er wollte schreien, wollte …

Er bemerkte den Streifenwagen, der ganz langsam vom Merowinger Platz nach rechts in die Moorenstraße einbog.

Hastig versenkte er die Hände in den Taschen seiner fleckigen Jeans. Er drehte sich zur Seite, schritt voran. Wie ein Fußgänger, wie ein ganz normaler Fußgänger. Nicht wie einer, der sich nichts sehnlicher wünschte, als irgendwann diese grauen Kästen auf der anderen Seite des Gitterzauns in Brand zu setzen, die ganze Uniklinik in Schutt und Asche zu legen.

Aber mit jedem Schritt, den er tat, wuchs die Gewissheit, dass er das niemals würde tun können. Nein, der Herrgott hatte ihn geschaffen, um Menschenleben zu retten, und nicht, um sie zu vernichten.

Warum? Warum sahen das, verdammt noch mal, nicht endlich alle ein?

Die Polizisten im Streifenwagen fuhren – ohne ihn zu beachten – an ihm vorbei und bogen in eine der kleinen Seitenstraßen ab.

Dr. Thomas M. Gerda überlegte, wieder umzukehren, um sich den Frust von der Seele zu jaulen, aber da meldete sich sein Handy mit klirrendem Ton. Umständlich ruckelte er das Mobilteil aus seinem Hemd. Er checkte die Nummer, die im Display angezeigt wurde, und nickte. Er spürte, wie sich sein Pulsschlag erhöhte.

Dann nahm er das Gespräch an. »Hallo?«

Er blieb stehen. Lauschte und nickte angespannt. Auf dem Sprung. Dankbar. Und irgendwie gierig. Auf jeden Fall sofort bereit! Es war nicht ganz so wie früher … Aber fast!

»Und wann? Heute? Jetzt gleich? Schwer verletzt? Gut, ich komme. Ich rufe nur schnell noch … Ja, ich beeile mich!«

Er schnackte das Handy mit der Linken zu. Wie automatisch fand seine rechte Hand den Flachmann in seiner Jackentasche, holte ihn hervor, führte die fast leere Flasche an seine Lippen. Sein Mund öffnete sich.

Halt!

Hastig riss er die braune Flasche von seinen Lippen. Nein, nein, jetzt keinen Alkohol! Er schleuderte den Flachmann im hohen Bogen in einen Vorgarten und drückte sein Kreuz stramm durch. Kein Alkohol. Er hatte zu arbeiten.

* * *

Struller fand, dass er im Laufe des Tages eindeutig zu viel Flüssigkeit ausgeschwitzt hatte. Graminskis Partyfilmchen und der dort literweise geflossene Champagner hatten ebenfalls seinen trockenen Gaumen gereizt. Das galt es allein schon aus gesundheitlichen Gründen auszugleichen. Mit Bier. Und zwar im *Aquarium.*

Als er die Tür zur Kneipe aufstieß, schien alles in Ordnung. Es war Sonntagabend, die Leute guckten zu Hause *Tatort,* und Krake befand sich alleine im Schankraum. Elvis Presley schwärmte warmweich vom *Heartbreak Hotel.*

»'n Abend, Krake, ich …« Struller hielt verwirrt inne. »Was ist denn hier passiert?«

Strullers einarmiger Lieblingswirt stand an der linken Kopfseite der Theke. Auf dem Boden an der rechten Kopfseite lag ein gestapelter Berg aus Decken, Kissen und Tüchern. Übersät mit Splittern. Klatschnass das Ganze. Auf dem Kneipenboden hatte sich eine Pfütze gebildet.

»Was meinst du?«, fragte Krake abwesend.

»Was sind das für Splitter?«, deutete Struller auf den merkwürdigen Haufen.

»Welche aus Glas.«

»Ach?«

»Ja.«

»Und warum sind es Splitter?«

»Wonach sieht es denn aus?«, fragte Krake und schnappte sich schwungvoll einen mit Leitungswasser gefüllten Halbliterbierkrug.

»Nach Schutzgelderpressung«, erklärte Struller.

»Quatsch. Ich übe.« Krake packte den Krug fest beim Henkel, ging locker in die Knie, schloss ein Auge und peilte das Glas über Kimme und Korn an. »Für die diesjährige Thekencurlingmeisterschaft.« Er holte aus und gab dem Glas einen Schubs.

Wuuuuuusch!

Das Glas glitt rasant über die Theke. Das Tempo verringerte sich. Der Krug bremste langsam in den Stand, hatte die

Thekenkante fast erreicht, rutschte noch ein ganz kleines bisschen … und kippte über den Thekenrand zu Boden. Hier landete er mit einem feuchten Platsch auf den dortigen Decken. Das Wasser ergoss sich über den Stoff, der Krug kullerte zur Seite und klackerte über den Kneipenboden.

»Ein bisschen zu weit«, stellte Struller das Offensichtliche fest.

»Deshalb übe ich ja fleißig. Drei Tage Zeit habe ich noch.«

Struller schüttelte ungläubig den Kopf. Sein Bierdealer wurde immer merkwürdiger. Er lehnte sich auf die Theke, stutzte und strich über die Holzfläche. »Was hast du mit der Theke gemacht? Die fühlt sich ganz anders an.«

»Ich hab sie gewischt«, informierte Krake und füllte einen weiteren Bierkrug mit Wasser.

»Ach so.«

»Mann, ich wische den Tresen regelmäßig. Ich hab das Holz mit der Schmirgelmaschine glatt poliert und frisch eingeölt. Dann schiebt es sich leichter. Vorsicht!«

Struller nahm die Arme vom Tresen, ein Glas sauste unter seinen erhobenen Armen hindurch.

Wuuuuuusch! Zupp. Patsch. Plätschern und Kullern. Wieder zu weit.

Struller beugte sich wieder nach vorne. »Gibt es Schmirgelmaschinen für Einarmige?«

Krake zog die Augenbrauen zusammen. »Die Maschine liegt gleich neben der Nagelmaschine. Druckluft. Acht Bar. Mit der kann ich dir ohne Probleme aus fünf Metern Entfernung einen Rundkopfnagel in den hohlen Schädel schießen.«

»Lass mal. Ich hab schon Kopfschmerzen. Übrigens. Deshalb bin ich hier. Ich dehydriere. Mach mir ein Alt!«

Krake wechselte hinter die Theke und fuhr fort. »In der Vorrunde kommen die Schiedsrichter in die jeweils eigene

Kneipe. Da muss die Theke astrein in Schuss sein. Das ist Heimrecht. Da qualifizieren sich die besten acht Wirte Düsseldorfs. Starke Konkurrenz. Im letzten Jahr hat der Ferry aus dem Z gewonnen, davor der Gert aussem *Abraxas*. Könner! Die Heike aus dem *Bogarts* soll diese Saison richtig gut drauf sein. Die Finalrunde gibt's dann auf der Rheinkirmes im Schlösserzelt. Da geht es um alles!«

»Wie bei Olympia«, versuchte Struller das hochleistungssportliche Event in den korrekten Rahmen zu ordnen.

»Exakt!«

Struller nickte. »Ich verstehe. Deutschland präsentiert seine Medaillen. Gold im Beachvolleyball, im Hockey, für den Deutschland-Achter und für Krake im Thekencurling.« Struller kratzte sich das Kinn. »Krake … Hm. Wie heißt du eigentlich richtig?«

»Udo Jürgens«, antwortete Krake tonlos, drückte Struller das Altbierglas in die Finger und füllte den nächsten Humpen mit Wasser.

»Thekencurling«, murmelte Struller. »Hab ich noch nie von gehört.«

»Och? Stand letztens ein Riesenartikel in der *Men´s Health*.«

»Du liest die *Men´s Health*?«

»Klar, ich definiere meinen Oberkörper!«

Struller musterte seinen Stammwirt. »Egal welche Begriffsbestimmung du anlegst, mit nur einem Arm greift bei dir keine Definition für Oberkörper.«

»Ph. Du solltest auch mehr Sport machen!«, mahnte Krake.

»Ich bin topfit!«

»Wie viele Liegestütze schaffst du?«

»Alle«, antwortete Struller und nippte am Altbier.

»Was macht dir denn Kopfschmerzen?«, wechselte Krake das Thema. »Ein Todesfall?«

»Schlimmer. Eine Hochzeit.«

»Aha. Hätte nicht gedacht, dass du noch irgendwen abkriegst«, grinste Krake.

»Ganz so schlimm ist es nicht. Ich soll Trauzeuge werden. Bei Bertie Spurtmann.«

»Das ist doch klasse. Bertie Spurtmann ist ein netter Mensch.«

»Bertie Spurtmann ist ein Idiot.«

»Ein netter Mensch«, blieb Krake hartnäckig. »Vorsicht! Arme hoch!«

Struller brachte sein Altbier in Sicherheit.

Wuuuuuusch! Zupp. Patsch. Plätschern und Kullern.

»Das werde ich natürlich ablehnen«, erklärte Struller.

»Trauzeuge zu machen? Das ist nicht dein Ernst! Das musst du annehmen. Das ist eine Ehre!«

»Muss ich nicht annehmen. Und eine Ehre ist das auch nicht. Krake, er heiratet eine Lichtheilerin!«

»Doris. Doris heißt sie. Hab ich auch mal kennen gelernt. Eine sehr nette Frau.«

Struller verdrehte die Augen und fuhr fort. »Außerdem hab ich da wieder so einen Fall.«

»Also doch einen Toten?«

»Ich arbeite bei der Mordkommission, Krake.«

»Und wer ist der Tote?«, fragte Krake neugierig.

»Wissen wir noch nicht. Wir haben erst mal nur eine große Blutlache.«

»Vielleicht lebt der Mensch ja noch.«

»Es ist eine sehr, sehr große Blutlache.«

Krake hatte den Humpen gefüllt. »Vielleicht gehört sie zu einem sehr, sehr großen Menschen. Ich würde mal in den umliegenden Krankenhäusern nachfragen. Vielleicht ist da einer mit einer sehr, sehr großen Wunde eingeliefert worden.«

»Hm«, brummte Struller und deutete über die Theke. »Lass mich auch mal versuchen!«

Krake reichte das Glas rüber und mahnte: »Du musst aufpassen. Der ungeübte Spieler kriegt schnell einen Thekencurlingarm.«

Struller nickte, wippte in den Knien, nahm Maß und gab dem Halbliterhumpen einen leichten Schubs.

»Der kommt gut«, frohlockte Struller.

Krake reckte den Hals. Anfängerglück? Der Humpen rutschte zentimetergenau bis auf die Kante und wackelte. Struller und Krake hielten die Luft an.

Zupp. Patsch. Plätschern und Kullern.

Krake atmete erleichtert aus.

* * *

Sie drehte den klobigen Wasserhahn auf und schob ihre in gelbe Gummihandschuhe gekleideten Hände unter den strammen, warmen Strahl. In roten Schlieren rann das Blut hinunter in die Keramik und kräuselte sich in den großen Abfluss. Ihr Blick glitt auf das leblose Bündel rechts zu ihren Füßen. Am liebsten hätte sie sich übergeben. Wie so oft. Aber was sollte das bringen?

»Nichts«, flüsterte sie. »Nichts.«

Wenigstens einen der beiden hatten sie retten können. Einer kam durch. Einer von zweien. Kein schlechter Schnitt.

Und am Ende des Tages: Wer zählte die Toten? Außer ihr?

Nein, sich zu übergeben, das brachte nichts!

In ihrer Jackentasche brannte das Handy. Ihr Herz raste, wenn sie nur an die Telefonnummer dachte, die dort abgespeichert war. Die Telefonnummer, die irgendwann – und zwar bald – dem ganzen Schrecken hier endlich ein Ende setzen würde.

Die Frau im runden, milchig-trüben Spiegel über dem Waschbecken sah müde aus. Krank. Abgespannt. Zerschlagen. Die Augen wie tot. Aber sie waren nicht tot. Sie blickten auf das klebrige Bündel zu ihren Füßen: Das musste alles ein Ende haben. Bald. Schnell. Am besten sofort.

Als sie sich erneut im Spiegel sah, hatten ihre Augen einen fast vergessenen Glanz zurückgewonnen.

Sie schlug ihre Hände im Becken ab, wischte schwungvoll letzte Blutstropfen von der Keramik, drehte den Wasserhahn kräftig zu und wertete den entschlossenen Blick ihres Spiegelbildes als ein gutes Zeichen. Als ein sehr gutes Zeichen.

Sie war allein in dem kargen Raum. Kein Geräusch, kein Laut. Die einsame, trostlose Glühbirne flackerte trübes Licht über weiß gekalkte Wände. Alle anderen waren schon gegangen. Nur sie hatte man zurückgelassen. Sie ... und den Spaten, der in der Ecke auf seinen Einsatz wartete.

Schnell trat sie an die Tür, lauschte. Warf einen Blick in den Flur, der leer und verlassen schien. Auch hier: kein Laut. Alle waren weg. Hastig legte sie die derangierte Holztür in den Rahmen und zog ihr Handy hervor. Sie drückte sich schnell durchs Menü, presste den grünen Knopf und wartete. Wartete, dass jemand abhob.

Endlose Sekunden.

Es ging keiner dran!

»Wieso?«

Es ging ... keiner dran. Das konnte nur bedeuten ... Sie schlug eine Hand vor den Mund. Das konnte nur bedeuten ...

»Hallo?«, meldete sich am anderen Ende ein Mann mit flüsternder Stimme.

2. Tag

Spurensicherung stand in fetten Lettern außen an der Bürotür. Kräftig stieß Struller die Tür auf. Eine junge Kollegin mit kurzen, roten Haaren am Schreibtisch gleich hinter der Tür zuckte zusammen und schlabberte Kaffee aus ihrem *Hello-Kitty*-Becher auf ein Kleidungsstück, das sie gerade untersuchte.

»Morgen«, grüßte Struller. »Gut, dass das kein Rotwein war.«

»Für Rotwein ist es noch zu früh. Anklopfen wäre eine Idee«, meckerte die Polizistin.

»Anklopfen kann jeder. Wo ist Harald?«

»Hier, komm rein«, tönte es aus dem Nebenzimmer.

Struller schlüpfte durch eine Zwischentür in ein zweites Zimmer und stand in Faserspuren-Haralds Reich. In mehreren, übervollen Bücherregalen mit Fachliteratur und grell beschrifteten, durchnummerierten Pappkartons bogen sich die Einlegeböden durch. Oben auf dem Regal schwammen in einem Glasbehälter Gegenstände in einer trüben Flüssigkeit, über die sich Struller keine weiteren Gedanken machen wollte. An der Wand zwischen zwei Regalen entdeckte Struller ein riesiges Poster. Gil Grissom aus *CSI Las Vegas*.

»Ein guter Mann. So einen bräuchten wir hier«, lobte Struller und deutete auf das Poster.

»Hab ich auch alles drauf, was denkst du denn!«

»Dann schieß mal los, Kollege.«

Faserspuren-Harald drehte sich um und deutete auf mehrere, großformatige Hochglanzfotos, die an einer Pinwand hingen. Die Fotos vom Tatort. Ganz viel Blut, Wischspuren.

Struller grunzte. »Wir nennen so was einen Tatort. Ich hab schon mal einen gesehen.«

»Ein Tatort ist wie die Nacht mit einer Frau. Nie wirklich gleich.«

Struller fand den Vergleich nicht ganz stimmig. »Kommt drauf an«, murmelte er.

»Bei unserem Tatort in der Parkhalle fällt zunächst der erhebliche Blutaustritt auf«, begann Faserspuren-Harald. »Dann haben wir in dieser großen Blutlache Wisch- und Kratzspuren entdeckt. Es sieht aus, als ob der Verblutende durch die Halle geschliffen und gezogen wurde.«

Struller legte den Kopf schief. »Ich frage mich, wie du in diesem Zusammenhang auf Sex mit einer Frau kommst.«

»Abwarten.« Der Chef der Spurensicherung deutete auf eine dunkle Stelle im Blut. »Hier hat das Opfer längere Zeit gelegen. Hier haben wir einen besonders massiven Blutaustritt.« Faserspuren-Harald war an die Fotowand getreten und zeigte auf ein weiteres, stark vergrößertes Foto. »Und genau dort haben wir gestern ja auch das Projektil im Boden entdeckt.«

Struller trat näher heran und entdeckte auf einem Foto den Betonboden und den gefransten Krater. Das Projektil steckte noch. Auf einem zweiten Foto war lediglich ein beinahe viereckiges Loch zu erkennen. Die Kollegen hatten das Projektil vorsichtig herausgeschnitten, um es genau untersuchen zu können. Ein drittes Foto zeigte das herausgelöste Projektil in hoher Auflösung mit den für einen Schuss typischen Riefen und Rillen.

»Neun Millimeter«, murmelte Struller. »Gängiges Kaliber.«

»Richtig. Hat jeder Polizist in seiner Dienstwaffe. Wie gesagt, die Hülse haben wir nicht gefunden. Wir werden versuchen, anhand des Projektils die Waffe und ihren Besitzer zu ermitteln.«

Struller fuhr sich durch die Haare. »Ich frage mich, auf wen der Täter geschossen hat. Ich meine, bei dem Blutaustritt hat der Täter auf einen Sterbenden geballert. Auf Sterbende wird nur sehr selten geschossen. Ist dann ja irgendwie unnötig.«

»Das kann ich dir nicht sagen«, räumte der Spurenmann ein.

»Grissom hätte das gekonnt.«

»Sicher, Pit. Frag ihn doch.« Harald winkte Struller zurück an den Schreibtisch und tippte dort auf seine Unterlagen. »Und noch was. Mit dem geübten Blick der Hausfrau ist uns ja gestern schon aufgefallen, dass der gesamte Hallenboden wie frisch geleckt war. Ich habe ein paar Proben gezogen, die ich heute habe untersuchen lassen, und bin jetzt sicher, dass dort richtig professionell sauber gemacht worden ist. Da war nicht der Laie besonders gründlich, sondern es sind professionelle Industriereiniger verwendet worden. Ich erspare dir die Fachbezeichnungen, mit denen du sowieso nichts anfangen könntest. Ich tippe auf eine Reinigungsfirma.«

Struller schwieg und fragte sich, wer eine Parkhalle so sauber wischte, dass man vom Boden frühstücken konnte? Und warum? »Kriegst du raus, um was für einen Industriereiniger es sich gehandelt hat? Ich meine, die Marke, die Typenbezeichnung, die RAL-Nummer oder was immer es da gibt.«

»Ich schicke die Proben ins Labor, vielleicht können die da noch was konkreter werden. Wird ein oder zwei Tage dauern, aber ich geb dir Bescheid. Dann noch das hier«, sagte Harald und reichte Struller eine Vergrößerung des Fotos, das Schröder in der Lache vom blutigen Fußabdruck geschossen hatte. »Schuhgröße 41. Total abgelaufene Schuhe. Die Marke ist nicht zu benennen. Normale Straßenschuhe, glatte Sohle. Ich erkenne aber gut ein Dutzend Individualmerkmale. Bring mir einen Schuh, und ich werde dir mit hundertprozentiger Sicherheit sagen können, ob es der Schuh ist, der die Spur im Blut hinterlassen hat.«

»Aha«, schnaufte Struller. »Viel ist das nicht.«

»Ich hab keine Glaskugel, Pit.«

Struller seufzte und fand, dass eine Glaskugel vielleicht gar keine so schlechte Idee war. Zur Not könnte er immer noch jemandem das Ding an den Kopf werfen. »Wie sieht es mit den Türen und Toren aus?«

»Unbeschädigt. Sie sind nicht aufgebrochen und immer mit Originalschlüssel geöffnet worden.«

Struller nickte, hätte fast noch eine blöde Bemerkung gemacht, aber da öffnete sich mit kräftigem Ruck die Tür, es wurde dunkel und mit finsterem Blick schob sich Kollege Schröder massig in den Raum. Alles hatte seine Zeit, entschied Struller, verkniff sich die Bemerkung und verließ schnell das Büro.

* * *

Zur gleichen Zeit bremste Jensen seinen Gemüsewagen ab. Eine illustre Truppe junger Männer verließ strammen Schrittes und mit entschlossenem Blick das Gelände der Universitätsklinik Düsseldorf. Es handelte sich um eine Gruppe nichtsesshafter Burschen, die nach dem Blutspenden nun das Büdchen am Moorenplatz ansteuerten, um die Flocken in Schnaps umzuwandeln. Sie lächelten selig, denn mit einem halben Liter Blut weniger als üblich im Körper knallte der Flachmann noch mal so gut.

Jensen fuhr bis zur Einlassschranke vor. Um aufs Gelände fahren zu dürfen, zeigte er dem Pförtner seinen Dienstausweis. Der musterte mit misstrauischem Blick Jensens fahrbaren Untersatz.

»Zivilwagen«, erklärte Jensen und wurde durchgewunken.

Er fuhr direkt zum Hintereingang der Gerichtsmedizin. Hier fand man immer einen freien Parkplatz. In der Gerichtsmedizin gab es keine Besuchszeiten. Besucher waren hier generell eher selten. Und wenn, dann waren sie meistens tot. Fröhlich und guter Dinge trat Jensen an die Eingangstür und drückte eine rote Taste. Die Tür zur Klingel wurde geöffnet.

»Huch«, grüßte Jensen.

Es war Lena Radok, die öffnete. Lena …

Jensens Herzschlag setzte vorsichtshalber mal aus. Im Zuge ihres letzten Falles hatte sich zwischen der hübschen, tschechischen Assistentin des Gerichtsmediziners und ihm etwas angebahnt. Konnte man so sagen. Dann hatte sich Jensen allerdings auf ihre Anrufe nicht mehr gemeldet. Lenas letzter Anruf war dann weniger freundlich gewesen. Sensible Naturen hätten den leise gehauchten Inhalt auf seinem Anrufbeantworter möglicherweise als üble Drohung auffassen können. Dünnes Eis. Ganz dünnes Eis! Obacht!

»Du lebst?«, grüßte sie zurück. In einer Tonlage, die ausreichte, um die Temperatur sämtlicher Kühlfächer des Etablissements um einige Grad zu senken.

»Ja, ich …«, setzte Jensen an.

Lena drehte sich weg. »Ich hab dich ja auch nur ein-, zweimal angerufen.«

»Ich steckte gerade mitten in den Prüfungen.«

»Der Anrufbeantworter wahrscheinlich auch, deshalb konnte er sich meinen Text nicht merken.«

Jensen folgte ihr an ihren Arbeitsplatz. Oh je … »Der Anrufbeantworter ist oft kaputt.«

»Ja ja, immer diese Technik«, summte Lena und entnahm einer Aluschale ein rotbraunes, schlierig tropfendes Organ. »Sonst hättest du mich ja auf jeden Fall zurückgerufen.«

Oh, oh! Dieser nahezu gleichgültige, gelangweilte Tonfall, der nun in Lenas Stimme mitschwang, gefiel Jensen nicht. Überhaupt nicht! Das Eis unter seinen Füßen bekam die ersten Risse.

»Äh … Genau. Ganz bestimmt sogar!«

Danach sagte Jensen sicherheitshalber erst mal nichts mehr. Lena schien das schwammige, weiche Organ ein wenig zu stark gedrückt zu haben, denn es saftete matschig nach unten.

Jensen schluckte. »Und? Wie geht es dir so?«

»Ausgezeichnet.«

»Wolltest du nicht zurück nach Prag?«

»Ich bin hier noch nicht fertig.«

Ihre kastanienbraunen Augen changierten ins Schwarze und verengten sich zu Schlitzen. Dem Organ in ihren Händen entwrangen sich wie von selbst weitere klebrige Tropfen.

Jensens Hemd wurde oben am Kragen ein wenig eng. »Nun, dann geh ich mal zum Doc Stich, der erwartet mich schon.«

»Tu das«, erklärte Lena und ließ die Leber oder die Niere oder was immer das auch war von oben in die Aluschale fallen. Das Organ klatschte dort in eine geleeartige Pfütze. Tropfen spritzten auf Jensens Hemd.

»He«, rief der entsetzt. »Bist du verrückt?«

Sie drehte sich um und hatte plötzlich ein langes, spitzes Messer in der rechten Hand. »Verrückt? Wäre ich verrückt, würde ich dir dieses Messer durch deinen Thorax Perpastus jagen.«

Jensen verstand zwar kein Latein, aber das klang böse. So, als würde dabei viel kaputt gehen können. Sicherheitshalber trat er einen Schritt zurück.

»Ich muss wieder arbeiten.« Sie deutete in die Aluschale. »Die Leber eines Kommunalbeamten. Sagenhaftes Teil. Da kannst du drei draus machen.«

»Ach ja?«, hauchte Jensen.

»Ja«, nickte Lena mit verlorenem Blick. »Versuch ich gleich mal.«

Jensen schluckte.

Lena blickte ihm scharf in die Augen. »Ist nur Spaß. *Der* hat mir ja schließlich nichts getan. Der Doktor ist im Nebenzimmer.«

Jensen flüchtete zu Doc Stich und wischte sich gleich mehrere fette Schweißperlen aus dem Haaransatz. Die Räumlichkeiten der Gerichtsmedizin waren nicht sein Wohlfühlbereich.

»Ach, du willst schon Ergebnisse haben?«, fragte Doc Stich.

»Pit schickt mich. Du hast doch schon welche, oder?«, fragte Jensen.

Doc Stich winkte ihn an eine Tafel. Er betätigte einen Lichtschalter und die Tafel leuchtete hell auf. Er deutete auf mehrere Fotos, die für Jensen allerdings alle gleich aussahen.

»Hier kann man es ganz deutlich sehen. Deine Kollegen haben gestern vor Ort schon einen Schnelltest gemacht. Es war Menschenblut.«

»Was hast du denn gedacht? Lipgloss?«

Doc Stich atmete nur tief durch.

Jensen befürchtete schon das Schlimmste: »Sag nicht, dass das zwei Menschen waren!«

»Genau *das* habe ich überprüft. Und ich habe hier die Ergebnisse. Von den acht Proben, die ich gezogen habe, war bei vieren das Ergebnis eindeutig. *Ein* Mensch. Männlich. Den Rest werde ich noch ermitteln können, die Menge reicht locker für eine komplette DNA-Bestimmung. Aber bei vier von acht Proben habe ich kein exaktes Ergebnis bekommen.«

»Was bedeutet das?«

Doc Stich zuckte mit den Schultern. »Das kann ich noch nicht sagen. Ist nur äußerst ungewöhnlich. Mit dem Blut stimmt was nicht. Ich muss weitere Tests machen. Morgen Mittag weiß ich Genaueres.«

»Morgen Mittag? Tja, dann ... Mehr hast du noch nicht?«

»Der Tote ist männlich. Wegen des starken Blutverlusts ist er sehr blass. Und tot.«

Jensen schob die Unterlippe nach vorne. Struller würde nicht begeistert sein. »Okay. Wir melden uns. Wenn du was hast, ruf bitte an!«

»Mach ich.« Doc Stich legte eine Hand auf Jensens Unterarm und sagte: »Wenn du da jetzt rausgehst, pass ein bisschen auf Lena auf. Was dich angeht, ist sie ein wenig unentspannt. Verstehst du?«

»Äh, ja. Was ist ein Thorax Perpastus?«

»Ein fetter Brustkorb. Wieso?«

»Nur so.«

Jensen schnaufte und wechselte wieder nach nebenan. Lena mit hellgrünen Latexhandschuhen machte irgendwas in dem Körper vor ihr auf der Bahre. Jensen sah gar nicht hin.

Sie räusperte sich, ohne den Polizisten eines Blickes zu würdigen. »Da bist du ja schon wieder.«

»Äh, ja. Ich habe mich für Düsseldorf beworben, äh, wenn meine Ausbildung beendet ist. Und dann, tja, dann sehen wir uns ja demnächst regelmäßig.«

»Sehr schön. Ich habe mich hier schon prima eingelebt. Und im Job komme ich auch immer besser zurecht. Das Skalpell benutze ich inzwischen wie einen elften Finger.«

Sie wirbelte herum und ratschte blitzschnell zwei Löcher in die Luft. Blut spritzte von der Klinge, Jensen trat erschreckt einen Schritt zurück und wünschte sich nichts sehnlicher, als Lena Radok doch wenigstens einmal zurückgerufen zu haben.

»Ja, dann. Bis zum nächsten Mal, äh, vielleicht bis morgen«, verabschiedete sich Jensen leise.

»Wir seh´n uns«, erwiderte Lena, holte mit kräftigem Ruck ein dunkles, wabbeliges Etwas ans Tageslicht, schüttelte den

Kopf und legte es mit einem feuchten Schmatzen in den Körper zurück.

* * *

Jensen und Struller trafen sich in der Kantine des Polizeipräsidiums und brachten sich gegenseitig auf den neusten Stand.

»Dein Hemd ist fleckig«, mahnte Struller.

»Details möchtest du gar nicht wissen«, behauptete Jensen.

Natalie, der Polizeikantine Sonnenschein, kredenzte beiden ein leckeres Frühstück, sodass sie sich eine halbe Stunde später frisch gestärkt Richtung Parkhalle aufmachen konnten, um dort Miro Pesic, den Geschäftsführer der Diskothek, zu treffen. Dieser erwartete sie wie verabredet auf der Franziusstraße vor dem Seiteneingang.

»Morgen«, grüßten sich alle drei gleichzeitig.

»Ich bin eigentlich kein richtiger Geschäftsführer, sondern eher ein Hausmeister«, erklärte Pesic, nachdem er die beiden Polizisten in ein Büro geführt und ihnen einen Platz angeboten hatte.

Struller freute sich: Hausmeister war gut, Hausmeister wussten alles.

Pesic trug einen langen, grünen Mantel und darunter circa fünfzig Kilo zu viel auf den Rippen. Deshalb beulte sich der Mantel vorne und brachte den Reißverschluss, der sich Mühe gab, alles zusammenzuhalten, mächtig auf Spannung. Pesic rauchte Zigarren. Nicht im Moment, aber der den Hausmeister umgebende matt-dumpfe Geruch war eindeutig.

»Ich kann zu vorgestern im Grunde gar nichts sagen. Ich war am Sonntag den ganzen Tag auf dem Straßenfest am Gertrudisplatz in Eller. Ich hab da einen Stand und verkaufe

Pfannen. *ATZA*, klasse Marke. Super Qualität, günstiger Preis. Wenn Sie mal neue Pfannen brauchen, dann …«

Struller verdrehte die Augen. »Ich koche ausschließlich in der Mikrowelle.«

»Ah. Auf jeden Fall musste ich da am Sonntag früh raus.«

»Die Blutlache«, gab Struller noch mal das Stichwort.

»Keine Ahnung, wo da in der Halle eine Blutlache herkommt.«

»Da hat jemand geblutet«, knurrte Struller. »Stark. Wann haben Sie die Parkhalle das letzte Mal betreten? War die Tür verschlossen?«

»Am Samstag. Da war Disco. Es war nicht besonders viel los, aber es geht immer bis fünf Uhr morgens. Ich bin nicht bis zum Schluss geblieben, sondern hab gegen 22.00 Uhr meine Abschlussrunde gedreht. Da war ich auch in der Halle. Keine Blutlache, die Halle war leer. Keine Personen, keine Autos. Ich hab unten in der Halle hinten das Rolltor zur Garage kontrolliert, ob es abgeschlossen war. War es. Dann bin ich raus aus der Halle und hab hinter mir die Tür zum Treppenhaus abgeschlossen. Hatte ja keiner mehr was drin zu suchen, musste ja keiner mehr rein.«

Jensen hatte mitgeschrieben. Eine umfassende Auskunft. Wie schon gedacht: ein erfahrener Zeuge, da freute sich der Ermittler.

»Sie haben also einen Schlüssel zum Gebäude«, setzte Struller weiter an.

»Sicher, Kollege. Ich bin der Hausmeister.«

»Wer hat noch einen Schlüssel?«

»Der Manni. Manfred Freese. Freese ohne Ä, mit Doppel-E.«

»Sonst hieße es ja Fräääse.«

»Genau. Und der Werner. Den Werner Weißblech könnt ihr aber gleich wieder streichen. Der liegt im Martinushospital und hat letzte Woche eine neue Hüfte gekriegt. Brauch ich auch bald.«

Jensen notierte sich die Personalien. »Gibt es Kameras, von denen wir noch nichts wissen?«

»Nee, in der Disco gibt es nichts zu holen. Die Kasse wird mehrmals am Abend gemacht, das Geld kommt immer in eine Bombe und Manni wirft es an der Kasse ein. Zu klauen gibt es hier nichts. Außer der Discokugel. Hähä.«

»Und die Parkhalle?«

»Die wird auch nicht geklaut«, lachte Pesic.

»Für die Witze bin ich zuständig, du Clown«, brummte Struller, dem die gut gelaunte Stinkmorchel auf den Sack ging.

»In der Halle gibt es auch keine Kameras. Da stehen ja noch nicht mal Autos drin.«

»Wozu dient die Halle denn?«, hakte Jensen nach.

»Bei besonderen Veranstaltungen wird sie genutzt. Wenn wir spezielle Discjockeys haben zum Beispiel. VIPs bieten wir die Halle an, aber normalerweise steht sie leer.«

»Und am Samstag?«

»Nee, da hat seit über einem Monat kein Fahrzeug mehr drin gestanden.«

»Und die Angestellten?«

»Verboten! Traut sich auch keiner. Auch nicht heimlich. Wer da auffällt, der fliegt! Da sorge ich für. Ich hab da meine Quellen«, grinste Pesic verschlagen.

»Personal braucht manchmal eine harte Hand.« Struller deutete stirnrunzelnd auf Jensen. »Geht mir mit meinem Azubi genauso.«

Pesic musterte Jensen abschätzig von oben bis unten und nickte. »Dachte ich mir schon.«

Jensen seufzte. »Chef vom Ganzen und Schlüsselmeister war dann nach 22.00 Uhr dieser Manni Freese, richtig?«

»Richtig.«

»Wer wischt denn die Halle?«, fragte Struller.

»Die Halle?«

»Die Parkhalle.«

»Die Parkhalle wird nicht gewischt. Da parken ja nur Autos. Wenn überhaupt.«

Struller stand auf. »Komm mal mit!«

Gemeinsam stiefelten sie los.

Jensen lief hinter Pesic und hielt sich im Treppenhaus die Nase zu. Mannomann, musste das ein übles Kraut sein, das Pesic sich da in gerollter Form reinzog. Wurden da alte Socken und tote Vögel in die Zigarren gemischt?

Sie erreichten die eiserne Stahltür zur Halle. Struller ratschte die Versiegelung am Rahmen ab und stieß die Tür weit auf.

Pesic entdeckte die rote Lache und schluckte. »Das sieht aber nicht gut aus.«

»Nö«, stimmte ihm Jensen zu.

»Ist einer tot geblieben«, grinste Struller. »Und was ist mit dem Boden?«

Hausmeister Pesic stutzte. »Ja, so geglänzt hat das hier noch nie. Das ist neu. Ganz sicher. Hier ist gewischt worden.«

»Wer wischt hier denn normalerweise?«

»Der Manni. Also, nicht wischen. Der fegt hier nur durch.«

Struller blickte Jensen an. »Dann fragen wir mal den Manni.«

* * *

Manfred Freese, Jahrgang '79, wohnte in der Aachener Straße 7a und dort, so verriet es das entsprechende Klingelschild, im Erdgeschoss rechts. Jensen hatte den Schlüsselträger des

4004 vorab über Funk überprüft, und der Kollege hatte ihnen nach einem Blick in die kunterbunte Kriminalakte mitgeteilt, dass der eifrige Manni sich in den vergangenen Jahren fast durch das ganze Strafgesetzbuch gearbeitet hatte. Einen Angriffskrieg hatte er noch nicht vorbereitet, aber sonst so ziemlich alles mal mehr, mal weniger erfolgreich ausprobiert. Laut Lichtbild der Akte trug der athletische Mann die Haare raspelkurz, und es ringelte sich eine fiese Kobra mit tödlichen Zähnen und grünem Blick über die rasierte Brust seinen Hals hinauf. Gefährlicher Typ. Aufpassen!

Als eine ältere Nachbarin mit Rollator das Haus verließ, gelangten Struller und Jensen schon mal bis in den muffigen Hausflur und an Freeses zerschrammte Wohnungstür.

Struller legte ein Ohr ans Holz. »Ich höre nichts.«

Er drückte die Klingel. Nichts. Noch mal. Länger jetzt. Nichts.

»Vielleicht geht er tagsüber einer geregelten Arbeit nach«, mutmaßte Jensen.

»Montags? So sieht der nicht aus. Montags arbeiten nur die Guten. So welche wie wir«, sagte Struller und massierte seinen Daumen, der vom Drücken schmerzte.

»Öffnet keiner«, murmelte Jensen.

»Muss auch nicht«, gab Struller zurück und fing nach einem Blick auf das verbogene Schließblech an, heftig an der Tür zu ruckeln.

Eine Mutter mit Kind kam von oben durchs Treppenhaus, zog ihren Erstgeborenen an sich ran, blickte misstrauisch und fragte: »Was machen Sie da?«

»Die Tür auf«, erklärte Struller.

Jensen ruckelte einen Ausweis aus dem Jackett und hielt ihn ihr hin.

»Dönerimbiss Bodrum, Kölner Straße?«, fragte die Frau. »Ich hol gleich die Bullen!«

»Oh«. Schnell wechselte Jensen den Ausweis. »Hier. Wir sind die Polizei.«

»Ist der echt?«

»Können diese Augen lügen?«, flötete Jensen.

Nein, schien der wohlwollende Blick der jungen Frau zu antworten, Mutter und Kind setzten ihren Weg fort. Struller ruckelte, es knackte, mit einem Ruck sprang die Tür auf.

»Sehr nachlässig. Er hat vergessen, die Tür zuzuziehen«, murmelte Struller zufrieden.

Die beiden betraten hintereinander einen fensterlosen Flur, an dessen gegenüberliegendem Ende sich eine Tür mit gerissener Milchglasscheibe befand. Mehrere braune Klebestreifen hielten das Glas aneinander und im Rahmen. Durch die Scheibe fiel schwaches Licht in den Flur, der schnell durchquert war. Struller drückte die Tür vorsichtig auf. War das ein Luftzug? Struller trat in ein Wohnzimmer. Heilloses Durcheinander. Und eine Tür nach hinten raus stand offen.

Struller ging zu dem Türrahmen, blickte nach draußen in einen schmalen Hinterhof und fuhr zusammen. »Da rennt er!«

Jensen schob Struller beiseite und sprintete los. Knapp zwanzig Meter trennten die beiden. Der breite Rücken! Das musste Manni Freese sein. Der Typ hechtete mit Schwung auf eine Reihe von Mülltonnen, die in einer Ecke standen, und zog sich anschließend eine Steinmauer hoch. Schwupp, war er auf die andere Seite verschwunden. Jensen hinterher. Auf die Tonnen und rüber.

»Hoppla.«

Auf der anderen Seite standen keine Tonnen, und dementsprechend tief ging es runter. Jensen landete hart, konnte aber erkennen, dass der Kerl dabei war, durch einen Torbogen zurück auf die Aachener Straße zu flüchten. Schon ruckelte er scheppernd das Eingangstor auf. Jensen rappelte sich auf, Freese verschwand auf dem Gehweg nach links. Jensen hinterher. Gerade durchs Tor gehechtet, konnte er soeben noch erkennen, wie Freese im Eingang eines REWE-Marktes verschwand. Wahrscheinlich in der Hoffnung, Jensen so abschütteln zu können.

»Falsch gedacht«, brummte Jensen und spurtete ihm in den Laden nach.

Im Eingangsbereich rammte ihm eine ältere Dame ihre Einkaufstaschen in den Magen und nahm ihm so ein bisschen den Schwung. »Aufpassen, junger Mann!«

»Mach ich«, stammelte Jensen.

Freese hatte ganz hinten im Laden eine Dosenpyramide erreicht. Er drehte sich um und erkannte seinen Verfolger. Mit einem Hieb machte er die Pyramide kaputt. Die Dosen kullerten durch den Gang.

»He!«, schrie der Filialleiter, der erbost aus einem Gang kommend mit großen Schritten hinzutrat. »Was ist denn hier los?«

Mehrere Passanten brachten sich in Sicherheit. Jensen beschleunigte. Freese hechtete über die Fischbox, griff auf der anderen Seite gelandet in ein Regal und warf eine Dose Linseneintopf in Richtung Jensen.

»*Erasco*«, murmelte Jensen und wich dem Geschoss aus.

Freese verschwand in den nächsten Flur. Jensen hörte einen Schrei. Weiblich. Laut und spitz. Jensen gab Gas, hechtete um die Ecke rum und geriet ins Rutschen. Freese hatte die Putzfrau umgerannt, die dabei war, den Boden zu wienern. Mit richtig viel Wasser und richtig viel Putzzeug, damit es richtig schön rutschig war. Jensen schlingerte und kam erst vor einem Regal mit Fertiggerichten krachend zu Fall. Das Regal spuckte viereckige Schachteln mit Köstlichkeiten aller Art auf ihn herab. Jensen wischte sich mehrere Portionen Schweinebraten mit Püree und Sauerkraut vom Körper und rappelte sich wieder auf.

Zwanzig Meter vor ihm hechtete Freese um die nächste Regalfront. Jensen blieb dran und ignorierte, dass es in seiner rechten Pobacke ein wenig zwickte.

Freese hatte die Tierbedarfsabteilung erreicht und war mit einem Hundehalter zusammengekracht, der ein Paket Futter von ganz oben runtergeruckelt hatte. Der Mann stürzte, Jensen konnte ein paar Meter gutmachen. Freese rannte weiter. Jensen sprang aus vollem Lauf über den am Boden Liegenden. Freese hielt sich links. In der Rückseite des Ladens öffnete eine Angestellte eine Bürotür. Freese stieß sie grob zur Seite und huschte hinein. Die Frau ging schreiend zu Boden.

»Polizei! Platz da!«, stieß Jensen hervor.

Von rechts erschien ein junger Mann mit Migrationshintergrund, der sich Jensen breitbeinig in den Weg stellte und hastig die Hand hochriss. »Stopp! Ich bin hier der Detektiv, Alter!«

Jensen schlüpfte unter seinem Arm durch in den Nebenraum. Ein paar Meter vor ihm hatte Freese ein Fenster geöffnet und war dabei, durch den Rahmen zu klettern. Jensen hob ab und sprang. Fast, fast hätte er ihn gehabt. Seine Fingerspitzen ratschten an Freeses Jeanshose vorbei ins Leere. Freese kletterte nach draußen. Jensen landete hart auf dem Schreibtisch, der unter dem Fenster stand. Jetzt zwickte auch die linke Pobacke.

»Verdammt, was ist hier los, Alter?«, brüllte der Detektiv.

»Ich bin Polizist und verfolge einen Täter. Ruf 110 an, die sollen Verstärkung schicken! Ich heiße Jensen!«

»Hast du ´nen Ausweis, Alter?«

»Ruf an!«, schrie Jensen und folgte Freese in den Hinterhof.

Er sah nur noch einen Hacken, der im Nachbargebäude verschwand. Jensen wischte sich eine Strähne aus dem Gesicht. Freese war fit. Hatte in seiner Kriminalakte nicht was von *athletisch* gestanden?

Weiter! Jensen rannte los. Um die Ecke. Durch einen Hintereingang. Freese kämpfte sich nur wenige Meter vor ihm … durch eine Bäckerei. Ein in Weiß gekleideter Bäcker versuchte, ihn schreiend festzuhalten. Freese riss sich los.

»Noch einer?«, brüllte ein zweiter Mann, der eine hölzerne Schaufel in seiner Hand hielt und damit ausholte.

»Ich bin Polizist!«, schrie Jensen und riss schützend die Hände hoch.

Der Mann hielt inne.

Jensen zeigte nach vorne. »Ich muss den da festnehmen!«

Auf der anderen Seite der Bäckerei rangelten Freese und der Bäcker. Ein dicker Sack zerplatzte. Mehl schoss durch die Luft und nebelte alles weiß ein. Jensen nutzte den Moment und spurtete los. Hinter sich hörte er es schwingen, die Schaufel rauschte an Jensen knapp vorbei in einen Klumpen Teig. Den Polizisten hatte der Mann in Weiß ihm wohl nicht abgenommen. Nun denn. Aber auch Freese schien seinen Kampf gewonnen zu haben, denn mit einem kräftigen Stoß vor die Brust katapultierte er seinen Gegner in einen Stapel frischer Brote. Jensen hatte Freese fast erreicht und bekam dessen Ärmel zu packen, geriet aber dann ins Straucheln. Der umgestoßene Bäcker hatte irgendwie seinen Fuß zu packen gekriegt.

Jensen riss sich ärgerlich los, spürte einen Schlag ins Gesicht und taumelte. Eine klebrige Teigbombe hatte ihn am Kopf getroffen. Durch den weißen Nebel erkannte Jensen den zweiten Bäcker, der ein weiteres Mal mit dem, was einmal ein Brötchen werden sollte, nach ihm zielte. Schnell duckte er sich. Der Teig klatschte hinter ihm an die Wand. Jensen unterdrückte einen Hustenanfall und rannte los.

»Was macht ihr denn hier?«, flötete eine Verkäuferin mit lustigem, dreieckigem Hütchen, die aus dem Verkaufsraum lugte.

»Polizei!«, brüllte Jensen.

»Er ist da lang!«, schrie die Frau und deutete hinter sich durch den Verkaufsraum.

Dort riss Freese gerade die Tür auf und flüchtete auf die Aachener Straße. Freese hatte auch eine Mehldusche abbekommen und sah genauso verschneit aus wie Jensen. Er rannte immer noch. Und zwar ziemlich zügig. Wäre der nicht so sportlich gewesen, hätte Jensen ihn längst eingeholt, aber Freese hatte einen verdammt guten Schritt drauf.

»Mist!«, fluchte Jensen, der stattdessen sah, dass Freese auf eine Straßenbahn zulief, die an der Ecke Karolinger Straße stand und deren Türen sich gerade in diesem Moment langsam schlossen. Fast. Fast schlossen sie sich, denn Freese gelang es so gerade noch, sich in die Bahn zu drücken.

Jensen erreichte die Bahn nur Sekunden später, aber mit einem satten Flatsch schoben sich die Gummilappen der Tür ineinander. Wütend hämmerte Jensen seinen Daumen auf den rot blinkenden Türknopf. Sein Atem rasselte. Aber die Tür blieb geschlossen. Stattdessen spürte er unter seinem Finger, dass die Bahn sich in Bewegung ruckte.

»Scheiße!«

Zügig nahm die Bahn Fahrt auf. Jensen pustete durch und lief ihr hinterher. Die ganze Karolinger Straße runter. Dann nach links in die Merowinger Straße. Verdammt, wann kam denn endlich die nächste Haltestelle? Das war hier ja schlimmer als in *French Connection*!

Die Entfernung vergrößerte sich. In Jensens Seite pochte es heftig. Er keuchte. Die Bahn behielt er im Blick. Endlich stoppte das Teil. Kurz vorm Bilker Bahnhof. Jensen gab alles und erreichte den Waggon. Freese hatte die Strab noch nicht verlassen, darauf gesetzt, dass Jensen die Verfolgung abbrach oder die Bahn nicht erreichen würde.

»Geschissen«, grinste Jensen mit schmerzverzerrtem Gesicht.

Schnaufend und mit wackeligen Beinen kletterte er in die Bahn. Mühsam kämpfte er sich durch die Menschen. Einige wichen ihm ängstlich aus. Ein weiß eingerieselter Kerl, wahrscheinlich ein gefährlicher Spinner! Er hatte Freese für den Moment aus den Augen verloren. Und machte sich bei den anderen Fahrgästen nicht beliebt.

»He!«

»Passen Sie doch auf!«

»Ärger?«

Freese musste doch noch in der Bahn sein … Jensens Blick hetzte durch die Reihen. Ja, da, am anderen Ende, da hatte er sich klein gemacht und hockte zwischen den Leibern. Jetzt sah Freese, dass er, Jensen, ihn entdeckt hatte. Freese wirbelte hoch. Zischend schloss sich vorne die Tür. Freese rammte einen Arm in den Spalt, die Tür glitt wieder auf. Freese quetschte sich hinaus.

Jensen stieß noch ein paar Personen zur Seite. »Polizei. Polizei. Polizei!«

Er erreichte ebenfalls die Tür und sah, wie Freese versuchte, die Fahrbahn zu überqueren. Verdammt, Freese rannte über alle vier Spuren des Bilker Bahnhofs. Autos hupten. Taxis gaben Gas und verfehlten Freese nur knapp. Jensen schluckte und rannte hinterher. Ein Kotflügel strich an seinem Bein vorbei. Freese rannte Richtung Unterführung. Dann bog er nach rechts ab. Dort befand sich die Treppe hoch zu den Bahngleisen der S-Bahn.

Wieder verlor Jensen ihn aus den Augen. Als er den Eingang zum Treppenbereich erreichte, hatte Freese die obersten Stufen bereits erklommen und verschwand.

Fuhr da eine S-Bahn ein? Ausgerechnet jetzt! Jensen stolperte die Steinstufen hoch und wäre fast über einen Junkie gefallen, der sich auf der Treppe ein Löffelchen kochte. Jensen machte einen weiten Ausfallschritt, geriet ins Straucheln und hätte dem Junkie fast sein Mittagessen verschlabbert.

Tatsächlich: Eine S-Bahn. Und noch schlimmer. Als Jensen den Bahnsteig erreichte, schlossen sich die Türen. Er strich sich laut keuchend durchs verschwitzte Haar. Die S-Bahn fuhr an. Das durfte doch nicht wahr sein. Durch die Plexiglasscheibe in der Tür erkannte er drinnen in der Bahn Manni Freese, der ihm gequält entgegenlächelte. Freese hob anerkennend den Daumen und zollte Jensens toller Jagd den gebührenden Respekt.

Immerhin das!

Jensen kniff Freese ein Auge. Immerhin war die Jagd zu Ende. Eins zu null für Freese! Der S-Bahn würde er nicht hinterherlaufen. Stattdessen hangelte er, kräftig Luft in seine pfeifenden Lungenflügel pumpend, sein Handy aus dem Hemd und wählte 110, um Freese die Kollegen der Bahnpolizei auf die Hacken zu jagen. Wohl wissend, dass das ganz, ganz knapp werden würde. Er beschrieb schnaufend, was zu beschreiben war, klappte das Handy zusammen, klopfte sich grob das Mehl von den Klamotten – was nicht recht funktionieren wollte – und ging langsam zurück. Ganz langsam. So langsam, dass er zurück bis zur Aachener Straße 7a zwanzig Minuten brauchte.

Struller erwartete ihn mit hochgezogenen Augenbrauen. »Wo ist Freese?«

»Weg.«

»Och. Du warst doch früher so ein guter Läufer. Du bist ganz weiß.«

Jensens Blick fiel in einen bodentiefen Flurspiegel. Er sah aus wie in einem Gruselfilm und fühlte sich an eine Szene aus *Kevin allein zu Haus* erinnert. Die, in der Joe Pesci ganz besonders dämlich aussah.

»Mehl«, erklärte Jensen, verkniff sich jeden weiteren Kommentar und fragte stattdessen: »Und was hast du in der Zwischenzeit gemacht?«

»Ich hab mich rasiert, ein Viertelstündchen geknackt, Nachrichten geguckt und eine Kurzgeschichte geschrieben. Was denkst du denn? Ich hab die Hütte auf links gedreht und durchsucht.«

»Und? Was gefunden?«

Struller deutete hinter sich auf den Küchentisch. »Unter der Matratze lagen vier weiße Schneebälle. Ausnahmsweise viereckig, platt gedrückt und in Klarsichtfolie eingeschweißt. Wenn es kein Schnee ist, dann ist es Kokain. Ein halbes Kilo, schätze ich. Schon ein recht guter Grund, vor den Bullen davonzulaufen.«

»Manni Freese ist ein Kokser!«, fluchte Jensen und verschmierte Mehl im schweißnassen Gesicht. »Scheiße!«

»Was gut ist, kommt wieder«, erklärte Struller. Und fügte hinzu: »Herpes zum Beispiel. Und du gehst erst mal duschen. So kann ich mich nirgendwo mit dir sehen lassen. Fällt ja alles auf mich zurück, Praktikant! – Was guckst du denn so?«

* * *

»Da isse ja!«

Struller hatte die Telefonnummer gefunden. Ganz hinten im Notizbuch. Dem Buch aus 2011. Er holte tief Luft, wusste, dass er ein gefährliches Spiel spielte. Nun denn! Mit flinken Fingern hackte er die Nummer in die Tastatur und erlauschte das Freizeichen.

Eine butterweiche, weibliche Stimme meldete sich. »Ordnungsamt Düsseldorf, die Helga am Apparat.«

Ein zufriedenes Lächeln huschte über Strullers Gesicht. »Hallo Helga, ich bin es. Der Pit aus dem KK 11.«

»Och. Pit! Das ist ja ein Ding«, freute sich die Helga vom Ordnungsamt. »Du rufst an. Das ist schön. Wie du es an Altweiber auf dem Polizeifest versprochen hast. 2011.«

»Ähm …«

»Lass gut sein, Süßer. Gut Ding will Weile haben. Ich kann warten. Auf dich sowieso, Sweetheart«, gurrte Helga, und Struller meinte durch die Telefonleitung den wilden Augenaufschlag seiner Gesprächspartnerin hören zu können.

Die Helga, die Helga war ein Feger. Junge, Junge, hatten sie beide seinerzeit auf dem Altweiberball im Präsidium geschwoft. Schärfer als die Polizei erlaubt! Küssen? Knutschen? Ach was: Zungentornado!

»Man kommt zu nichts«, murmelte Struller zuckersüß.

»Da sagste was.«

»Helga-Maus, ich hab da ein kleines Anliegen.«

»Möchtest du einen Nachschlag, du wilder Tiger?«

Nein. Wollte er nicht. Er wollte was ganz anderes. Aufpassen jetzt, Struller! »Helga-Schatz, ein Nachschlag würde mich überfordern.«

»Mein Klammer-König!«

»Haha. Äh, Helga, wir müssen unbedingt mal eine Runde durch die Altstadt drehen. Wir müssen ja nicht unbedingt warten bis Karneval.«

»Da bin ich ganz deiner Meinung, Tiger.«

»Genau. Ich bring nur noch meinen Fall schnell zu Ende,

aber dann gehen wir mal fein zusammen schnabbulieren. Und ein bisschen Schaka-Schaka. Vielleicht im *Bolker 9*?«

»Ich liebe es, wenn ein Mann die Pläne macht!«

»Ist meistens besser ...«

»Wie meinst du das denn?«

»Äh ... Nur so, Mäuschen. Hör mal, lass uns das gar nicht auf die lange Bank schieben. Und damit das schön schnell geht, kannst du mir einen riesigen Gefallen tun.« Struller hielt die Luft an. Entscheidende Phase.

»Nachtigall, ik hör dir trapsen! Pit, Pit, Pit. Du bist ein Schlawiner! Glaub nicht, dass ich dein Spielchen nicht von Anfang an durchschaut hätte. Die Helga ist nämlich keine kleine Dumme. Aber: Ich bin durchaus bereit, dir mit einem Gefallen zur Seite zu springen. Wenn es nichts Illegales ist! Aber dafür lässt du dann auch was springen. Nämlich den feinen Abend im Städtchen. Und mit Schnabbulieren meine ich keine Currywurst, Pommes, Majo! Haste mich verstanden?«

»Sicher, Helga, sicher.«

Struller würde das als alter Macho niemals so ausformulieren, aber im Grunde genommen liebte er Frauen, die nicht auf den Kopf gefallen waren. Eine Schublade, in die die flotte Helga vom Ordnungsamt ganz sicher reinpasste! Und was war im Leben schon umsonst?

»Dann schieß los!«, lockte Helga.

Struller holte tief Luft. Dann erklärte er Helga seine Samstagnacht-Knöllchen-auf-der-Franziusstraße-Spur. Dass er rausfinden musste, welcher Besitzer welches Fahrzeugs mit Knolle wohl ins 4004 gehört hatte und welcher nicht. Und dass der reguläre Dienstweg doch eindeutig zu kompliziert sei. Und viel zu lange dauerte, wo er die Info doch so schnell brauchte.

Helga erklärte sich bereit, Strullers Ansinnen bevorzugt zu behandeln. Genau genommen versprach sie Struller, sofort tätig zu werden. Er solle nicht aus dem Büro weggehen, sie würde die entsprechenden Kolleginnen sofort aufsuchen und eine Liste mit den aufgeschriebenen Kennzeichen noch vor dem Mittagessen zumailen.

Tiger, Tiger, Tiger!

Und viel Erfolg beim Fall!

Struller legte auf. Und ja, er würde Helga fein ausführen. Er hatte schon deutlich unangenehmere Deals eingefädelt. Im *Bolker 9* war er ewig nicht mehr gewesen. Hoffentlich gab es den Tanzschuppen überhaupt noch.

In einem zweiten Telefonat brachte er die Kollegen auf Ibiza ein wenig ans Arbeiten. Die würden das Alibi von Tim Winters überprüfen. Mal sehen, ob der Ibiza wirklich nicht verlassen hatte. Das Gespräch hatte sich ein wenig zäh dargestellt, weil die Spanier auf Ibiza überraschenderweise kein Deutsch sprachen und Strullers Englisch als ausbaufähig zu bezeichnen war. Aber immerhin, man kümmerte sich.

Als Struller zufrieden auflegte, ratterte das Faxgerät los, und es öffnete sich die Bürotür.

»So ist besser«, quittierte Struller die Tatsache, dass Jensen Mehl ab- und einen herb-frischen Männerduft aufgelegt hatte. Gleichzeitig fischte er das Papier aus dem Fax. »Helga, du bist die Beste.«

»Ich bin es. Und mein Name ist Christian«, murmelte Jensen.

Struller überflog die Liste, die erstaunlich kurz war. Dann strich er mit einem Filzschreiber alle Personen an, die jünger als zweiundzwanzig waren, und war angenehm überrascht. »Och. Nur fünf bleiben übrig. Wie schön.«

»Wovon redest du?«

»Von einem weiteren Geniestreich meinerseits. Eine gute Freundin von mir hat die Knöllchen gecheckt, die Samstagnacht ausgestellt worden sind. Zieht man die Leute ab, die vermutlich der Diskothek zuzuordnen sind, bleiben fünf Fahrzeuge übrig, deren Besitzer wir uns genauer ansehen müssen. Und da wären ...«

Struller trat an eine Magnetwand, die er mit einem abwischbaren Spezialschreiber beschriftete.

1. *Ford Capri*
2. *Honda Civic*
3. *VW Passat*
4. *Renault Kastenwagen*
5. *BMW X5*

»Den Ford Capri nehme ich mir vor«, entschied Struller. »Ich hatte meinen ersten Sex in einem Ford Capri. Ein sagenhaftes Teil. Also, das Auto. Obwohl … Die Frau auch. Lydia. Wie hieß die noch mal mit Nachnamen? Was aus der wohl geworden ist?«

Jensen schnappte entsetzt nach Luft, konzentrierte sich und dachte an süße, kleine Hundewelpen, um die fürchterlichen Bilder in seinem Hirn zu löschen, die gerade auf der Rücksitzbank eines Ford Capri entstanden waren. Es wollte ihm nicht gelingen.

»Du nimmst den Honda Civic und den Passat. Die Leute wohnen beide in Oberbilk. Dann treffen wir uns hier und fahren zusammen zur Halterin des Renaults. Die wohnt schon fast in Mettmann auf dem Bertelsweg. Der BMW gehört in eine Art Frittenschmiede, den Geschäftsführer schnappen wir uns dann morgen Vormittag.«

Jensen nickte. Und hatte Lydia im Capri immer noch nicht ganz verarbeitet.

* * *

Struller bog mit seinem Peugeot Kombi von der Mindener Straße kurz vor der Überführung Richtung Ronsdorfer Straße nach rechts ab und ruckelte den Dienstwagen durch mehrere metertiefe Schlaglöcher. Hier war den Kerlen vom Bauhof der Asphalt ausgegangen. Einmal scharf rechts und er gelangte an eine Garagenreihe. Die Garagentore waren grau und durchnummeriert, aber er hatte sowieso Glück, denn des Autokenners Traum stand hellblau und in der Sonne glänzend im Freien.

»Ah«, stöhnte Struller lustvoll. »Ford Capri. Ein Einser, Baujahr ’72. Zweitürer. 107 muntere Pferdchen unter der Haube. Klasse«, murmelte er und würgte seine Karre lieblos ab.

Ehrfürchtig stieg er aus und trat an das Fahrzeug. Sanft strich er mit der Fingerspitze über den Lack. Die Kiste befand sich in einem Topzustand. Ein Klassiker. Und ja: Genau so ein Teil hatte er Ende der Siebziger gefahren. Ein Traum. Er drückte die Nase vorsichtig gegen die Seitenscheibe. Fast identisch, die Kiste. Nur das Lenkrad seines eigenen Fords hatte zusätzlich ein gelöchertes, knallrotes Kunststoffschutzband geschmückt. Am Spiegel hatte grimmig ein feister Orang-Utan gebaumelt, und hinten auf dem Rücksitz hatte immer eine dunkelblaue Decke gelegen. Für alle Fälle …

Struller seufzte. Und schwelgte kurz in Erinnerungen, die ihn auf die entlegenen, einsamen Parkplätze am Wildpark, zum Elbsee und an den Segelflugplatz führten. Und zu Lydia. Da musste er echt mal in sich gehen, ob ihm der Nachname nicht doch noch einfiel. So ein kurzer Anruf könnte ja dann nicht schaden.

Und dann lernte er plötzlich den Besitzer dieses Prachtstücks kennen, denn der trat genau in diesem Moment mit einem riesigen Schraubendreher in der Hand aus der Garage an sein Fahrzeug.

»Hallo«, grüßte Struller. »Das ist aber eine geile Karre!«

Der Mann war um die Vierzig, trug einen ölverschmierten Blaumann, ein vor Urzeiten einmal weißes T-Shirt und verzog das Gesicht. »Das ist ein Scheißteil! Andauernd bleib ich liegen!«

»Och.«

»Dreck! Immer was anderes. Gestern die Lichtmaschine, heute der Verteiler, morgen klopft der Motor.«

»Äh …«

»Und Öl! Ein Öl braucht die Karre! Eigene Probebohrungen würden sich langsam für mich rechnen.«

Struller trat einen Schritt zurück und musterte das Auto. »Dabei sieht der Wagen ganz gesund aus.«

»Als Arzt würde ich den Karren nicht mal mehr in den OP schieben, sondern ihn gleich nach unten in den Keller bringen. Die Karre gehört auf den Friedhof.«

»Ach. Ich hatte auch mal so ein Modell.«

»Und? Wo ist es?«

»Äh. Verschrottet. Irgendwann. Ende der Achtziger …«

»Siehste!«

»Ist mir nicht leicht gefallen, damals.«

Struller merkte, dass der Typ ihm zunehmend unsympathisch wurde. Was fiel dem ein, dieses zeitlose Kunstwerk madig zu reden. Richtig: Wenn man genau hinguckte, dann sah der Kerl auch nicht nach Ford, sondern viel eher nach 3er BMW aus!

»Mein Ford ist damals nie stehen geblieben«, zankte Struller, bereit für die Ehre dieses Modells zu streiten.

»Meiner immer. Noch vorgestern.«

»Ach?«

»Dreckskarre. Im Hafen. Musste ich über Nacht dort stehen lassen. Hatte einen Käufer dabei. Nur eine verschisselte Probefahrt durch den Hafen hätte das Ding aushalten müssen. Aber: nicht geschafft. Als wäre das zu viel verlangt.«

Vorgestern, kombinierte Struller. Interessant.

Der Mann schwang eine Visitenkarte. »Ein Kerl aus Köln. Der wäre blöd genug gewesen, die Kiste zu kaufen.«

»Och, ich find diese Klassiker echt gut«, erklärte Struller trotzig.

Der Typ hielt mitten in der Bewegung inne, schien zu zögern und wechselte die Mimik. »Na ja. Im Grunde genommen halten die alten Kisten ja ewig. So schlecht ist der Wagen nicht. Und das Modell ist ein Liebhaberstück. Hat vierundzwanzig Jahre lang staubtrocken in einer Garage gestanden. Auf Gomera. Ein kleines Juwel. Ist auch praktisch nur ´ne Kleinigkeit, die ich reparieren muss. Ich mach ein gutes Angebot.«

»Ist klar. Hältst du mich für blöd?«

Struller schnappte sich die Visitenkarte. »Dann kann der Mann aus Köln bezeugen, dass Sie vorgestern im Hafen liegen geblieben sind.«

»Ja. Leider.« Der Mann hielt inne. »Wieso bezeugen? Was bist du denn überhaupt für einer?«

»Ein ganz Ausgeschlafener«, sagte Struller, indem er seinen Dienstausweis präsentierte.

»Ein Bulle?«

»Sagen die einen manchmal. Nachtragend, sagen die anderen. Der Wagen stand vorgestern auf der Speditionsstraße?«

Der Typ im Blaumann knetete ungelenk seine schmutzigen Finger und fühlte sich sichtlich unwohl. »Im Hafen. Sag ich doch.«

»Da gab es ´ne Knolle.«

»Natürlich. Die Flächen, auf denen man in Düsseldorf frei parken darf, kann man meistbietend versteigern. Und im Hafen ist überall Halteverbot.«

Das stimmte zwar nicht ganz, aber Struller war nicht hier, um verkehrserziehend tätig zu werden. Sollte der doch für seine Blödheit zahlen, der Trottel. Kein Wunder, wenn der Wagen Zicken machte. Autos spürten, wenn ihre Herrchen doof waren! Und dann muckten sie. Ein Wunder, dass die Kiste bei dem Honk überhaupt ansprang!

»Was ist jetzt? Interesse? Ich nehme den Peugeot in Zahlung!«

Gute Idee, dachte Struller, schüttelte aber den Kopf. Er würde diesen Burschen aus Köln anrufen, und wenn der die Probefahrt-Story vom Caprifahrer bestätigte, wovon Struller ausging, konnten sie den Kerl von der Liste streichen.

»Schade eigentlich«, kommentierte Struller halblaut seinen Gedankengang.

»Was?«, fragte der Mann.

»Dass der Capri nicht mehr gebaut wird«, antwortete Struller und stieg wehmütig in seinen Dienstwagen.

* * *

»Sigmar Bosselmann«, las Jensen aus dem Notizbuch ab, nachdem er den ersten Namen auf seiner Liste gestrichen hatte.

Tamara Küppersbusch mit dem Honda Civic war die Toilettenfrau des 4004 und hatte einen braven Ehemann und zwei erwachsene Kinder samt Anhang als wasserdichtes Alibi vorzuweisen. Die hatte Jensen von Helgas Knöllchenliste streichen können.

Drei Häuserzüge weiter klingelte Jensen auf der Volksgartenstraße nun beim nächsten Fahrzeughalter. Die Klingel gehörte zu einem Einfamilienhaus mit Vorgarten und Mäuerchen drumrum, sehr gepflegt, sehr ordentlich. Wenig spektakulär, ein bisschen spießig. Zwischen den rotbraunen Reihenhäusern links und rechts wirkte es ein wenig deplatziert, aber doch hübsch. Kaum hatte Jensen seinen Zeigefinger auf den schwarzen Druckknopf im weiß geklinkerten Mäuerchen gedrückt, wurde ihm bereits aufgesummt. Als hätte man schon auf ihn gewartet. Jensen marschierte einen kurzen Gehweg und entdeckte im Türrahmen den Hausherrn, der bereits die Haustür geöffnet hatte und ihn freundlich anlächelte.

»Hallo«, strahlte der Mann sympathisch aufgeräumt.

»Hallo«, grüßte Jensen zurück und schlüpfte ins Haus.

Erst jetzt entdeckte Jensen, dass der stämmige Mann nur mit einem knappen Leopardenslip bekleidet war.

»Äh …«

»Hallo! Kommen Sie … Rein, sag ich zuerst mal«, grüßte ihn der Mann und zwinkerte verschwörerisch mit einem Auge.

»Also«, stammelte Jensen leicht irritiert. »Ich bin …«

»Ich weiß, Sie sind der Mann vom erotischen Eskortservice. Ich muss sagen, ich bin sehr angetan.«

Jensen schluckte.

»Ein prächtiger Bursche, oder? Was meinst du, Hilde?«

Jensen schluckte noch mal, denn er entdeckte besagte Hilde, die auf roten High Heels mit silberfarbenen Metallnieten aus dem Nebenzimmer zu ihnen in den Flur stöckelte und nur unwesentlich mehr trug als ihr Gatte. Obenrum was Dünnes, Durchsichtiges. In hellem Blau. Dem unteren Teil ihres Körpers wollte Jensen sich noch nicht widmen …

»Ganz deiner Meinung, Sigmar. Yam, yam«, stimmte sie anerkennend zu.

Entsetzt entdeckte Jensen in Hildes Hand eine schwarze, fransige Lederpeitsche, die sie jetzt mit einer heftigen Bewegung aus dem Handgelenk heraus auf einen kleinen Beistelltisch knallend niedersausen ließ. Jensen trat erschrocken einen Schritt zurück.

»Das muss ein Versehen sein …«, setzte er an, aber Sigmar und Hilde Bosselmann schüttelten gleichzeitig heftig mit den Köpfen.

»Nein, nein, kein Versehen«, erklärte Sigmar. »Hilde und ich werden häufig jünger geschätzt, aber wir sind beide schon ganz knapp über Sechzig.«

»Und alles noch hübsch stramm«, summte Hilde, knallte erneut mit der Peitsche und schüttelte rhythmisch den Teil ihres Körpers, von dem sie offenbar annahm, dass dort das Stramme besonders schön zur Geltung kam.

Wie gebannt starrte Jensen nun exakt dorthin. Der gleiche Effekt wie bei einem schweren Autounfall: Man will es nicht, aber man *muss* einfach hingucken. Und kann dann wochenlang nicht durchschlafen.

»Hilde«, mahnte Sigmar und drohte schelmisch mit dem erhobenen Zeigefinger. »Überfordere den jungen Mann nicht. Wir wollen ja am Anfang nicht gleich schon übertreiben.«

Hilde schmollte gespielt, Jensen holte tief Luft. »Ich bin Polizist …«

»Nein, nein«, unterbrach ihn Sigmar wieder. »Einen Polizisten hatten wir letzten Monat. Sie sind heute der Mann vom bösen, bösen Finanzamt.«

»Bin ich nicht!«

»Doch, doch. Letzte Woche hatten wir den rabiaten Krankenpfleger, mit Einlauf, kommende Woche ist die schmutzige Schornsteinfegerin gebucht und heute ist Finanzamt mit gemeiner Steuer-CD aus der Schweiz. Wenn Sie jetzt bitte durchkommen wollen, ich werde nur bei Anwendung von Gewalt alles, alles offen legen.«

Sigmar Bosselmann leckte sich mit seiner Zungenspitze lüstern über die Lippen und ging voran ins Wohnzimmer. Jensen folgte ihm und entdeckte, dass der aparte Slip vom Sigmar hinten nur aus zwei schmalen Stoffstreifen bestand. Und die versanken zwischen … tja, da wo kleine Stoffstreifen am Hintern eben versinken konnten.

Hilde legte ihrerseits forsch eine Hand auf Jensens Popo und räusperte sich. »Wir sind für Ehegattensplitting.«

Jensens Knie wurden weich. Ehegattensplitting? In diesem Zusammenhang bekam das Wort ja eine ganz neue Bedeutung. In welche Liebesfalle war er denn hier reingeraten? Hing hier irgendwo eine versteckte Kamera?

Hilde kicherte erregt. »Sie kommen früh, junger Mann. Hoffentlich ist das kein schlechtes Omen.«

Sigmar musterte Jensen von oben bis unten. »Ich hatte Sie mir ein wenig … biederer vorgestellt. Mit Hornbrille und Aktentasche, die Kleidung vielleicht ein wenig konservativer, aber ich finde es geht. Was meinst du, Hilde?«

»Ich finde ihn heiß.«

»Danke«, flüsterte Jensen. Und drückte dann aber entschlossen sein Polizistenkreuz durch. »Aber: Das ist eine Verwechslung. Ich arbeite bei der Mordkommission und habe eine Nachfrage wegen Ihres Fahrzeugs, das am Samstag falsch geparkt wurde.«

Die beiden lächelten milde, Sigmar nickte. »Der Mann vom Ordnungsamt. Wir haben falsch geparkt, Hilde. Böse, böse, böse …«

Hildes Peitsche knallte. Jetzt wurde es Jensen zu bunt. Er präsentierte entschlossen seinen Dienstausweis. »Hier!«

»Dönerimbiss Bodrum, Kölner Straße?«, fragte Sigmar.

Jensen wurde noch röter als er sowieso schon war. Mist, schon wieder! Schnell wechselte er die Ausweise und bemerkte erfreut, dass zumindest die wilde Hilde sich bemühte, hervorstechende Teile ihres strammen Körpers nicht mehr ganz so offensiv zu präsentieren. Die Peitsche legte sie zur Seite …

»Polizei des Landes Nordrhein-Westfalen. Ein Dienstausweis«, murmelte Sigmar.

»Ja. Meiner«, gab Jensen zurück. »Es geht um Ihr Fahrzeug, den Passat.« Jensen nannte das Kennzeichen.

»Aha.« Sigmar griff irritiert nach einem Bademantel, der über einem Stuhl hing und schlüpfte flink hinein.

Golden Lover Swingerclub stand in geschwungenen, goldenen Lettern über der Brust.

»Ähm, ich werfe mir auch kurz was drüber«, flüsterte Hilde leise.

»Nehmen Sie doch Platz, Herr … äh, fühlen Sie sich wie … Sie wissen, was ich meine«, hauchte Sigmar mit geröteten Wangen.

»Ich denke, ja«, antwortete Jensen erleichtert, endlich wieder mit Oberwasser. »Also, es geht um den blauen Passat und es geht um Samstagnacht.«

Hilde trat wieder hinzu. Sie trug einen Bademantel, der im gleichen Club gehäkelt worden war wie der flauschige Umhang ihres Gatten. Untenrum war der Näherin allerdings wohl der Stoff ausgegangen. Oma Jensen hätte den Mantel als einen breiten Gürtel bezeichnet.

»Samstag? Oh je«, stöhnte Hilde.

»Nun denn. Ich will offen sein …«, fing Sigmar Bosselmann an. »Meine Frau und ich, wir … äh, praktizieren ein sehr offenes, vielseitiges Liebesleben.«

Diesen Eindruck hatte Jensen inzwischen ebenfalls gewonnen, wollte aber jetzt nicht unterbrechen.

»Für Samstagabend haben wir beide uns mit einem gleichgesinnten Paar aus Rheinberg Orsoy verabredet. Den Wagen haben wir vor dieser Diskothek im Hafen geparkt.«

»Das 4004«, half Jensen.

»Genau. Das haben wir schon häufiger gemacht, also, uns mit anderen Paaren getroffen. Wir parken aber immer ein wenig abseits, weil man anhand des Autokennzeichens ja ermitteln kann, wo der Betreffende wohnt. Und es gab in der Vergangenheit schon mal Streit.«

»Zwischen Ihnen und dem anderen Paar?«

»Nein, bei denen untereinander. Bei einem Pärchen aus Stadtkyll in der Eifel. Seinerzeit haben sich beide unsterblich in meine Hilde verliebt. Meine Hilde hat was Einnehmendes, der kann man regelrecht verfallen.«

Hilde blickte verschämt zu Boden.

»Kann man ja verstehen«, lobte Jensen, um ein bisschen gute Stimmung zu verbreiten.

»Ja, und dann wurden wir in die Auseinandersetzung reingezogen, es wurde ständig angerufen. Das grenzte an Belästigung. Seitdem sind wir mit unserem Auto viel vorsichtiger.«

»Verstehe. Von wann bis wann haben sie sich denn … getroffen? Und wo?«

Die beiden tauschten einen verschämten Blick, Hilde seufzte und Sigmar zuckte mit den Schultern. »Wir treffen uns zuerst immer am Rhein. Da gibt es in Höhe des Kraftwerks eine etwas abgelegene Wiese, die man jetzt direkt vom Fußweg aus nicht einsehen kann. Dann begeben wir uns immer in eine der alten Hafenruinen.«

»Wegen der Atmosphäre«, flüsterte Hilde.

»Meine Frau liebt es in örtlicher Hinsicht außergewöhnlich. Wir haben immer ein paar Decken und ein tragbares Radio dabei, wegen der Stimmung. Ohne Musik, also, das wäre nichts für mich. Wir haben uns um 22.00 Uhr getroffen und sind bis um halb vier geblieben.«

»Halb vier?«

Sigmar nickte. »Ein ganz nettes Paar, wir haben uns sehr gut verstanden.«

»Sigmar nimmt stimulierende und erhaltende Tabletten«, erklärte Hilde.

Sigmar schüttelte unwillig den Kopf. »Solche Details interessieren den Herrn von der Polizei nicht, Schatz.«

Jensen blieb unbestimmt. »Ich bräuchte die Namen und die Adresse des Pärchens.«

»Damit können wir leider nicht dienen. Wir kennen die beiden aus dem Internet, und da nennen sie sich Bumsi und Bamsi. Das hat uns gereicht.«

»Bumsi und Bamsi aus Rheinberg Orsoy?«

»Ja. Wir beide sind als Mrs. Hot & Mr. Spicy unterwegs.«

Jensen blinzelte. Irgendwie nicht verkehrt. Er strich sich nachdenklich übers Kinn. So ein richtiges Alibi war das jetzt nicht. Auch wenn er den beiden ihre Geschichte abnahm, streichen ließen sich Hot und Spicy so natürlich nicht. Die konnten ihm ja viel erzählen. Ausreichend Phantasie hatten sie ja … »Tja, eine Bestätigung der Angaben durch Bumsi und Bamsi würde wohl für ein Alibi ausreichen, aber so?«

»Wofür bräuchten wir denn überhaupt ein Alibi?«, fragte Mr. Spicy.

»Es hat einen Unfall gegeben«, erklärte Jensen.

»Mit unserem Auto?«, fragte Mrs. Hot.

»Möglicherweise war jemand in den Unfall verwickelt, der genau dort geparkt hat, wo auch Ihr Fahrzeug gestanden hat. Da müssen wir jetzt was überprüfen.«

Sigmar kratzte sich ganz unspicy am Bauch. »Nun ja, ich könnte Ihnen vielleicht den Film zeigen.«

»Film?«

»Wir haben alles aufgenommen …«

»Da weiß ich aber nicht, ob mir das recht ist, Sigmar«, wandte Hilde ein und wieder hatte sich eine feine Röte auf ihre strammen Wangen gelegt.

»Hilde, das ist alles nichts Schlimmes, was wir da machen, das ist ganz natürlich!«

»Na ja, aber die Stelle, wo du … und als er bei mir, äh, von oben, du weißt schon, als ich da …«

Sigmar legte seiner Frau beruhigend eine Hand sanft auf den Arm. »Hilde, das ist ein Beamter. Der hat nur ein rein dienstliches Interesse und kann ganz genau trennen zwischen dem, was er sieht, und … äh, was es bedeutet. Also, für uns.«

»Ehrlich?«, fragte Hilde.

»G-ganz sicher«, stotterte Jensen. »Sie haben Radio gehört?«

»Ja. Die Nachrichten stören und die Verkehrshinweise sind teilweise abturnend, aber wenn man den richtigen Sender hat, geht es. Besser ein bisschen Musik im Hintergrund, als wenn man nur Hilde hört …«

»Was soll das denn heißen?«

Jensen ging sofort dazwischen. »Äh, das ist gar keine schlechte Idee …«

»Seit wann stört es dich, wenn ich beim Sex ein bisschen lauter werde?«

»In diesem Fall sind die Nachrichten sogar sehr hilfreich«, beeilte Jensen sich. »Weil ich so direkte Zeitangaben auf dem Film habe, also im Hintergrund.«

»Hoffentlich schreie ich bei den Zeitangaben nicht gerade zu laut«, zankte Hilde.

»Sei doch nicht so empfindlich, Hase.«

»Sonst soll ich doch immer ein bisschen lockerer sein, Schatz.«

Sigmar seufzte. »Ich hole dann mal die Kamera.«

»Sehr gut«, lobte Jensen erleichtert und blickte Sigmar hinterher.

Hilde räusperte sich. »Und? Haben Sie eigentlich eine feste Freundin?«

Jensen schluckte und ging sicherheitshalber hoch ran. »Ich bin verheiratet und habe drei Kinder.«

»Drei Kinder? Bleibt da denn noch genug Privatsphäre für euch zwei?«

»Wir haben ein großes Haus.«

»Da stumpft leicht was ab. Routine und so.«

»Ein sehr großes Haus. Drei Etagen. Geerbt. Vom Vater. Ihrerseits, ich meine, von ihrem Vater. Da stumpft nichts ab.«

Sie atmete geräuschvoll und tief ein, was den flauschigen Bademantel im Brustbereich deutlich überforderte. Hildes strammer Körper ging wieder in die Offensive. »Ein Leben ohne Abwechslung kann sehr, sehr langweilig sein«, hauchte Mrs. Hot.

Jensen machte sich über Langeweile in diesem Moment jedenfalls keine Sorgen. Hildes schweres Parfüm kitzelte ihm in der Nase.

»Und so trostlos. So freudlos …«, gurrte Hilde verlockend mit tiefer, kehliger Stimme.

Rettung nahte!

»Hier hab ich die Kamera«, rief Sigmar und trat wieder ins Zimmer.

Hilde brachte schnell zwei Zentimeter Zwischenraum zwischen ihre und Jensens Brust.

»Hier können Sie auf Schnelldurchlauf schalten, dann … äh, sehen Sie nicht alles so ganz genau …«

»Ach, soll er ruhig«, zeigte sich Hilde plötzlich deutlich weniger prüde.

Jensen verglich die aktuelle Uhrzeit mit der Zeitangabe im Display um auszuschließen, dass zeitlich etwas manipuliert war, und ließ das Filmchen anlaufen. Holla, die Waldfee. Oder: Holla, die Hilde!

»Sie müssen es quer halten«, erläuterte Sigmar.

Tat Jensen dann und war noch beeindruckter. Sportlich, sportlich, die Hilde. 23.00 Uhr. 24.00 Uhr, immer noch sportlich. Wie bekam die nur das linke Bein so hoch. Jensen zappte zurück und erlauschte die Nachrichten.

» … kam es zu gewalttätigen Auseinandersetzungen zwischen den Aufständischen und Regierungstreuen …«

»So was meine ich«, erläuterte Sigmar. »Stört ein wenig, wenn man gerade …«

Jensen nickte schnell. Er spulte weiter. Den Rest der Nachrichten konnte man sowieso nicht verstehen, weil Hilde … na ja. Wie Sigmar Bosselmann ja bereits andeutete, Hilde war nicht stumm.

Auf diese Art und Weise sichtete Jensen den kompletten Streifen und konnte nach fünf erotischen und durchaus lehrreichen Minuten ausschließen, dass Mister Spicy und Misses Hot mit der Blutlache im 4004 irgendetwas zu tun hatten. In einem Schlussstatement hatten beide um genau 04.47 Uhr auf der Heimfahrt in ihrem VW sogar ein frivoles, bewertendes Urteil über Bumsi und Bamsi abgegeben. Die beiden aus Rheinberg Orsoy waren gar nicht schlecht weggekommen.

»Okay. Dann kann ich Sie von der Liste streichen«, schloss Jensen.

Hilde rückte noch mal nah ran. »Sagen Sie es schon: Ein wenig sind Sie schon beeindruckt, oder?«

Jensen grinste. War er tatsächlich.

»Wenn es zu Hause in den drei Etagen doch mal zu eng wird: Wir sind immer an jungen, toleranten Paaren interessiert«, brachte Hilde noch mal ein erotisches Treffen ins Gespräch.

»Meine Frau ist kirchlich stark engagiert.«

»Das ist Bamsi auch. Er ist evangelischer Pfarrer.«

Jensen blinzelte irritiert. »Nun denn. Wenn ich noch Fragen habe, dann melde ich mich.«

»Unsere Nummer haben Sie ja«, verabschiedete sich Sigmar. »Also, Sie wissen, wie ich das meine!«

»Hoffentlich weiß er das«, fügte Hilde leise hinzu.

Jensen verließ zügig das spießige Häuschen. Und stieß am Törchen in der Mauer zum Vorgarten fast mit einem jungen Mann zusammen, der eine schwarze Hornbrille, einen adretten Seitenscheitel und eine braune Aktentasche aus Leder unterm Arm trug. Die Steuerfahndung!

»Viel Spaß«, wünschte Jensen.

* * *

Struller und Jensen trafen nach ihren Überprüfungen schon auf dem Dienstparkplatz des Präsidiums wieder aufeinander, entschieden sich, in Strullers Dienstwagen die Fahrt fortzusetzen und tauschten sich auf der Fahrt zur nächsten Adresse der Knöllchenliste aus.

»Mrs. Hot. Werde ich mir merken«, lächelte Struller.

»Ihr hättet bestimmt viel Spaß miteinander. Also, du, sie und Mister Spicy«, grinste Jensen.

Nach ungefähr zwanzig Minuten bog Jensen mit dem Dienstwagen von der Bergischen Landstraße nach links in einen asphaltierten Feldweg ein, dessen Name mit G anfing und von dem Jensen noch nie in seinem Leben gehört hatte. Der Gollenbergsweg schlängelte sich durch Wiesen und Felder und wuppte sich durch Senken und über weiche Hügel Richtung Osten.

Jensen klappte die Sonnenblende runter. »Ist das hier überhaupt noch Düsseldorf?«

Struller grunzte tiefenentspannt. »Hier ist es schön, die Landschaft ist herrlich, die Sonne strahlt. Natürlich ist hier noch Düsseldorf.« Er beugte sich in Richtung Fensterscheibe und deutete schräg nach oben. »Siehst du die fette, dunkle Wolke da hinten. Da drunter, da fängt Mettmann an.«

Der Wagen sauste über einen weiteren Hügel.

»Rechts ist der Bertelsweg. Gleich da vorne, der Hof muss es sein, auf dem die Halterin des Renault wohnt«, erklärte Struller. »Fahr nicht vor, park vorne bei der Hecke, wir gehen zu Fuß.«

Jensen tat wie geheißen, beide stiegen aus. Jensen wischte sich eine Schweißperle von der Schläfe. Anfang Mai, aber es war schon wieder heiß. In den Nachrichten hatten sie für morgen erste Gewitter angekündigt. Verrückte Welt. Er stemmte die Hände in die Hüften und lauschte. Es war mucksmäuschenstill. Kein Lüftchen regte sich, keine Stimmen, keine Musik, nichts.

»Wie am Ende der Welt«, murmelte Jensen, der sich nicht wohl fühlte. Er trat an eine dichte, über zwei Meter hohe Hecke, die einen Schnitt so nötig hatte wie Wolfgang Petry in seinen besten Zeiten. Er musterte den Hof. Ein altes Wohnhaus. Jeweils ein Torbogen verband das Hauptgebäude mit zwei Nebengebäuden, sodass die Anlage insgesamt ein C bildete, nach rechts hin offen. Der Stein war rötlich, die Fugen dunkelgrau. Moos hatte sich buschig auf den Dachziegeln festgekrallt. Die Fensterrahmen des Haupthauses waren weiß, ein pflegender Anstrich aber lange überfällig. Der Boden war mit alten, klobigen Steinen ausgelegt, zwischen denen Gras wucherte. Irgendwie erwartete Jensen, dass jeden Moment ein Hund kläffend anschlagen würde. Aber es blieb still.

»Runtergekommen«, urteilte Jensen.

»Oder der Hof einer Aussteigerin.«

»Ist nicht jedermanns Sache, so fernab der Zivilisation zu leben.«

»Wenn dir hier was zustößt, merkt das erst mal tagelang keiner«, sagte Struller.

Durch einen der Torbögen betraten sie den Innenhof. Jensen musterte die grau-blinden Fensterscheiben, die mehr als einen Eimer Wasser vertragen konnten. Struller fasste ihn plötzlich an den Arm und deutete mit der anderen Hand nach unten. Auf den Wackersteinen glänzten … rote Tropfen.

»Blutstropfen?«, fragte Jensen und spürte eine Gänsehaut, die ihm den Rücken hochkroch.

Struller ging in die Hocke und wischte einen Zeigefinger durch die Flüssigkeit, die dickflüssig war und sich zäh verstreichen ließ.

»Blut«, flüsterte Struller. »Frisch.«

Jensen und er zogen beide wie abgesprochen ihre Waffen aus dem Holster. Hier stimmte etwas nicht. Sie lauschten, aber es war wirklich gar nichts zu hören. Nur scheinbar unendlich weit weg das monotone Brummen der Fahrzeuge auf der Autobahn. Jensen entdeckte im Torbogen gegenüber Strohballen und Futtersäcke. Hier musste es Tiere geben. Und wo waren die? Und warum hörte er nichts? Und, verdammt, wie lange war das hier schon so ruhig?

Struller deutete auf die Blutspur und gab Jensen ein Zeichen, dass er ihm folgen solle. Einige Schritte weiter machte

Struller einen zweiten Tropfen aus. Dann noch einen. Nicht gerade Blutlachen, aber da hatte jemand aus einer großen Wunde ordentlich gesaftet, soviel stand fest!

Vorsichtig und geduckt huschten Struller und Jensen über den Hof, die rote Spur fest im Blick. Sie führte an einem der Ställe vorbei raus aus dem Innenhof. Struller schlich zügig voran, Jensen sicherte mit seiner Pistole aufmerksam nach vorne und hinten, die Mündung immer wieder in alle Richtungen reißend. Vielleicht hatte man sie schon bemerkt. Vielleicht wurden sie schon beobachtet. Vielleicht legte gerade in diesem Moment jemand mit einer Waffe auf sie beide an …

Jensen schluckte. Struller stockte, legte einen Zeigefinger auf seine Lippen und deutete vorsichtig um die Gebäudeecke. Es schnürte Jensen die Kehle zu. Knapp zehn Meter vor ihnen stand eine Person. Mit dem Rücken zu ihnen. In der linken, erhobenen Hand hielt sie ein Beil. Im Sonnenlicht spiegelten sich glänzende Tropfen auf der breiten Klinge. Mit der rechten Hand drückte die Person – irgendetwas – auf einen Holzblock. Wie bei einer Hinrichtung. Die Person hatte weit ausgeholt.

»Keine Bewegung!«, brüllte Struller und zielte direkt auf den Körper.

Die Person fuhr herum und reckte das Beil in die Höhe. Unter ihrer rechten Hand krümmte sich … was auch immer.

»Das Beil runter!«, schrie Struller.

»Was wollt ihr hier?«, keifte die Frau.

Jensen blinzelte, ja wirklich, das war eine Frau. Lange, strähnige, braune Haare hingen ihr schweißnass wild um den Kopf herum. Sie war knapp 1,80 Meter groß, massig und trug einen blutverschmierten, blau-weiß karierten Kittel. Die Frau war kräftig. Sehr kräftig. Sie erinnerte Jensen an eine Schauspielerin, die aus diesem Stephen-King-Film. *Misery*.

»Kathy Bates«, glitt es Jensen leise über die Lippen.

»Keine Bewegung«, schrie Struller noch mal und ruckte mit der Knarre. »Lass das Beil fallen!«

»Was denn jetzt? Keine Bewegung oder Beil fallen lassen?«, setzte sie säuselnd an und drehte sich in ihre Richtung.

»Lass das Teil fallen! Sonst knall ich dich ab!«, bellte Struller.

»Wir sind von der Polizei«, erklärte Jensen.

Die Frau ruckelte mit dem Kopf. Rechts auf dem Holzblock wimmelte es. Jensen versuchte zu erkennen, was sich da bewegte.

»Ihr seid von der Polizei?«, keifte die Alte und machte einen Schritt auf die beiden zu.

»Stehen bleiben! Letzte Aufforderung«, zischte Struller bedrohlich leise, der sich ganz sicher kein Beil in den Schädel hacken lassen würde.

»Was schleicht ihr hier auf meinem Grundstück rum? Habt ihr einen Ausweis dabei?«, fragte sie spitz.

»Natürlich. Und den zeigen wir Ihnen, wenn Sie stehen bleiben und das Beil fallen lassen. Mein Name ist Jensen, das ist mein Kollege Struhlmann.«

Aus dem Augenwinkel erkannte Jensen plötzlich, was da unter ihrer rechten Hand so jämmerlich gezappelt hatte.

»Struhlmann?«, fragte die Alte und reckte auch die zweite Hand gen Himmel.

Jensen erkannte einen Hahn, der jetzt die plötzliche Gelegenheit nutzte und krähend davonflatterte.

»Struhlmann? Bist du das? Strulli?«

Jensen hob die Augenbraue. Struller legte den Kopf schräg. Die Frau schleuderte das Beil mit der Klinge in den Boden.

»Die Spinnen-Petra«, stammelte Struller.

»Scheiße! Der Strulli, die alte Sau. Nimm die Knarre runter!«

Struller senkte die Waffe.

»Was machst du denn hier, Schnucki?«

»Ja. Du denn?«, fragte Struller verwirrt.

»Ich? Ich wohne hier und schlachte einen Hahn. Einen Krawallbruder! Macht alle strubbelig, denkt nur ans Ficken und hackt alles, was ihm unterkommt. Strulli, wie wir früher!«

Sie lachte und deutete auf den Hahn, der sich über einen Maschendrahtzaun geflüchtet hatte. »Hatter Glück gehabt, der Bursche. Schnäpschen, Strulli? Und dann erklärste mir drinnen bitte, warum du hier mit deiner Plempe rumrennst. Du bist doch bekloppt!« Sie deutete auf Jensen, der mit offenem Mund dieser überraschenden Wendung folgte. »Ist das Jüngelchen da dein Sohn?«

Struller schüttelte den Kopf. »Mein Kollege.«

»Seit wann stellen die bei der Polizei Kinder ein?

»Wir nehmen alles.«

»Ha! Schon wieder ein Spruch von früher, was Strulli! Aber schöne, blaue Augen hat der Kleine!«

»Ja, sogar zwei davon«, bestätigte Strulli.

Kathy Bates winkte die beiden Cops hinter sich ins Haus. »Kommt mit!«

Struller und Jensen trotteten ihr hinterher.

»Wer …?«, flüsterte Jensen.

»Später«, summte Struller aufgeräumt.

Nun denn. Jensen schluckte und mochte sich die Hütte drinnen gar nicht vorstellen. Bestimmt … Aber dann war er wirklich überrascht. So unzart Strullis alte Freundin und das Gehöft auch aussahen, so sauber war die Wohnung. Ein wenig wild, spärlich eingerichtet, aber … sauber.

»Setzt euch, ihr Bullen!« Sie wies die beiden Cops an einen Tisch und rupfte eine Flasche Schnaps von der Anrichte.

Das rot-schwarze Etikett auf der Flasche war Jensen unbekannt. Den Namen konnte er nicht lesen. Wie durch Geisterhand erschienen drei Pinnekes vor ihnen.

»Normalerweise besucht mich aus eurer Firma nur der Dorfbulle aus Gerresheim, um ab und zu mal einen Haftbefehl zu vollstrecken. Der Ferdi. Das ist ein Netter. Der nimmt auch immer ein Schnäpschen, die alte Nutte!«

Struller grinste. »Also, Petra. Ich freu mich wirklich, dich zu sehen. Bist ganz die Alte!«

»Danke, du Schlawiner! Siehst gut aus, hast dich gut gehalten, Strulli!«

Struller nickte. »Ich sag dir: So ein toller Körper kann auch ein Fluch sein!«

Jensen verdrehte die Augen.

»Ha! Nich lang schnacken, Kopp in Nacken!«, brüllte Petra und versenkte den Sprit in der Kehle.

Jensen roch vorher vorsichtig an der Flüssigkeit. Das hätte er besser nicht getan. Ätzende Dämpfe raubten ihm den Atem. Was war das denn für ein Stoff?

»Super Bukett, was? Hat mir ein alter Freund aus Kasachstan besorgt. Kriegste hier im Laden gar nicht.«

Jensen nickte und war sich sicher, dass in entlegeneren Orten im Osten Europas mit dem Stoff Dieselmotoren getunt wurden. Aber da auch Struller das Zeug locker geext hatte, legte er nach. Er spürte, wie ihm die Flüssigkeit sofort fransige Löcher in die Magenwand brannte, und hustete. Struller und seine Freundin lachten.

Sie sah ihn dann gnädig an. Und irgendwie ... mütterlich. »Er ist noch so jung.«

»Das ändert sich«, erklärte Struller.

»Ihr kennt euch von früher?«, fragte Jensen, nachdem er sein Augenlicht kontrolliert und sich wieder gesammelt hatte.

»Petra und ich sind zusammen aufgewachsen«, erklärte Struller.

»Tür an Tür.«

»Wobei eure Tür immer offen stand.«

»Das Schloss«, erklärte Petra. »Hat´s ja nachher nicht mehr getan, wo mein Alter besoffen so oft den Schlüssel vergessen hatte und die Tür dann immer auftreten musste.«

»Deine Mutter und du, ihr hattet aber auch immer einen festen Schlaf«, lachte Struller.

Petras Augen wurden schmale Schlitze. »Woher weißt du, dass meine Mutter einen festen Schlaf hatte?«

Struller schluckte. »Konnte man hören. Durch die dünnen Wände. Ihr Schnarchen. Haben in der Nachbarschaft alle gehört. Hörte man bis nach Wersten!«

Petra lachte entspannt. »Genau. Wie als wenn ein Flugzeug startet, so hat die gedröhnt.«

»Herrliche Frau«, stimmte Struller ihr zu.

Petra beugte sich zu Jensen rüber. »Der Strulli war ein Jahr jünger und wollte immer bei uns in der Fürstenplatzgang mitmachen, aber er war ein bisschen zu weich.«

»Na ja«, protestierte Struller.

Jensen konnte sich Struller als so ziemlich alles vorstellen, aber nicht als »ein bisschen zu weich«.

»Doch, doch«, blieb Petra hartnäckig. »Wenn es richtig zur Sache ging, haste nicht mitgemacht. Ladendiebstahl, ´ne kleine Hauerei, Autoknacken, alles kein Thema, aber so richtig mal mit der Gaspistole eine Tankstelle machen, das war nicht dein Ding.«

»Äh, Petra …«, versuchte Struller, seine alte Freundin zu bremsen.

»Na ja, warst mehr ein Feiner. Bist ja dann auch Polizist geworden.«

Struller gluckste und schlug sich eine Ernte aus der Schachtel.

»Ach, guck, raucht der Kleine immer noch Ernte? Gute Dinger, wa? Nicht so was wie das Kraut, das die Bettnässer vom Gangelsplatz geraucht haben. Was war das noch mal?«

»Crack?«, fragte Struller.

»Camel. Die Trottel! Ich rauch ja schon lange keine Zigaretten mehr«, sagte Petra.

Sehr vernünftig, dachte Jensen.

Petra frickelte aus den Tiefen ihres fleckigen Kittels eine Schachtel Zigarillos ans Tageslicht und porkelte einen braunen Nikotinstengel zwischen ihre Lippen. Struller, der alte Gentleman, reichte ihr Feuer.

Petra nahm so richtig einen auf Lunge und füllte zum Entsetzen Jensens die Gläschen wieder auf. »Jetzt sag mal, Strulli, was treibt euch beiden Hübschen in meine bescheidene Hütte.«

»Die Arbeit natürlich.«

Sie lachte bleckend. »Arbeit? Das haste dir selbst eingebrockt!«

Struller grinste. »Im Hafen gibt es eine Diskothek, das 4004. Das Ding hat eine Parkhalle. Da haben wir eine Blutlache gefunden. Wahrscheinlich wurde dort einer umgebracht.«

»Umgebracht? Mit einem Beil?«, grinste Petra.

»Kann sein«, schaltete sich Jensen ein, der seinen Schluckmuskel inzwischen wieder spüren konnte.

»Wir haben festgestellt, Hase, dass du zur ungefähren Tatzeit vor Ort warst.«

»Komm mir nicht mit ›ungefährer Tatzeit‹, Strulli.«

»Dein Auto hat auf der Straße vor dem Ding eine Knolle bekommen!«

Petras flache Hand krachte auf den Tisch, die inzwischen gefüllten Pinnekes wackelten. »Natürlich. Raubritter sind das! Das Ding bezahl ich sowieso nicht.«

Deshalb wahrscheinlich die Haftbefehle, kombinierte Jensen.

»Wir fragen uns, was du um diese Uhrzeit im Hafen gemacht hast.«

»Geht euch nichts an«, erklärte Spinnen-Petra.

»Verrat es uns trotzdem!«

»Ich hatte ein Date.«

»Was denn für ein Date?«, fragte Struller.

»Ja was? Mir ist vor einiger Zeit mein Lebenspartner abhanden gekommen.«

»Ach?«, fragte Jensen.

Petra griente ihn an. »Keine Chance, Frischling, zu spät. Ich hab ihn ordentlich zerstückelt, portioniert und an die Hühner verfüttert.«

Struller lachte.

Jensen fragte: »Schmecken die Hühnereier ein bisschen nach Sportschau?«

Petra lachte gackernd. »Der is gut, der Kleine. Der kann was werden, Strulli, oder?«

»Er zeigt hin und wieder einen brauchbaren Ansatz.«

»Nee, nee. Mein Gatte war auf. Kaum noch Haare, kaputte Hüfte, hat kaum noch einen hochgekriegt. Musste ich abstoßen! Ich bin viel im Internet unterwegs und hab im Chat einen Mann kennen gelernt. Hier, dieses Chat für niveauvolle Singles und Akademiker. Ich hatte ein Blinddate.«

»Ach?«, entfuhr es Jensen. Noch so ein Internet-Date! Er würde auf jeden Fall sein Surfverhalten im Netz überdenken. Schon bizarr, mit wem man es da alles zu tun bekommen konnte …

»Was heißt denn jetzt ›ach‹? Meinste, die nehmen mir die Akademikerin nicht ab?«, zischte Petra giftig und hüllte Jensen in eine ätzend beißende Zigarillowolke. »Los, trinken!«

»Ich muss noch fahren«, wehrte sich Jensen.

»Nüchtern?«, fragte Petra mit einem vorwurfsvollen Seitenblick auf Struller.

»Er ist noch in der Probezeit, Hase. Was, Christian, den einen noch, aber dann ist Schluss für dich!«

Danke, Struller, dachte Jensen gallig, kippte den Schnaps und spürte seine Beine nicht mehr.

»Wie gesagt. Ich hab mich mit dem Mann getroffen.«

»Zum Überprüfen deines Alibis brauchen wir seinen Namen, Hase.«

»Den richtigen? Den kenn ich doch nicht. Ich kenn den nur als Clooney2000.«

»Sie geben sich alle irgendwelche Nicknamen, um adressenmäßig nicht nachvollziehbar zu sein, falls es Komplikationen gibt«, brachte Jensen sein frisch erworbenes Wissen ein.

»Genau. Clooney2000, so hat der sich genannt. Im *Mongos* hab ich mich mit dem getroffen. Mann, da nennt der sich Clooney und sieht aus wie Mike Krüger!«

Struller lachte.

»Ist überhaupt nicht witzig«, zischte Petra.

»Habt ihr also nicht den ganzen Abend zusammen verbracht?«

»Den ganzen Abend? Nach ´ner halben Stunde hab ich dem Sack in den Arsch getreten. Ich verplemper meine Zeit doch nicht mit einem, der aussieht, als würde er jeden Moment anfangen *Mein Gott, Walter* zu singen. Da baut sich doch überhaupt keine Erotik auf. Und Gefühle waren mir schon immer wichtig! Dann bin ich direkt zurück zum Wagen und da klebte schon dieser verfickte Zettel unterm Wischer, Dreckspack!«

Struller kniff ihr ein Äuglein. »Wie nennst du dich denn im Chat?«

»Ich nenn mich Maiglöckchen69.«

Struller prustete. Jensen lachte vorsichtig.

Selbst Petra musste grinsen und erklärte: »Glaub mir, ich kann sie alle haben!«

»Wie früher«, lachte Jensen.

Petra sah ihn merkwürdig an. »Genau.«

Struller nickte. »Und ist dir irgendwas aufgefallen?«

»Wo?«

»An der Diskothek.«

»Nee, is nicht meine Zielgruppe. Bist du eigentlich verheiratet?«

»Noch nicht«, antwortete Struller.

»Schwul?«, fragte Petra.

»Auch noch nicht.«

»Hab ich kein Problem mit, Strulli«, hauchte Petra und füllte diesmal nur zwei Gläschen, wie Jensen erleichtert feststellte.

»Ich auch nicht«, erklärte Struller. »Oberbilk: Schmelztiegel und von jeher tolerant, gelassen, weltoffen!«

»Richtig, du Pfosten!«

Struller erhob sich. »Das wär es jetzt fürs Erste.«

»Fürs Erste klingt danach, ihr kommt noch mal wieder. Würd mich freuen, ruft vorher an. Ich mach was zu essen. Vielleicht Hähnchen!«

Struller und sie leerten den Absacker.

Petra blickte ihnen nach, als Struller und Jensen ins Auto stiegen.

Jensen fuhr los. »Meinste, die können wir von der Liste streichen?«

»Definitiv«, erklärte Struller und rülpste einen kleinen Kasachen durchs Auto. »Faserspuren-Harald hat ja diese Schussmarke im Betonboden gefunden. Petra braucht keine

Schusswaffe. Wer immer da getötet worden ist, Petra hätte ihn nicht erschossen. Sie ist kein Pistolentyp. Sie ist eher jemand, der einen anderen mit den bloßen Händen erwürgt oder zu Tode schüttelt«, erklärte Struller.

Dann friemelte er sich eine Ernte an die Lippen, zückte sein Feuerzeug, hielt die Explosionsgefahr angesichts seiner Fuselfahne wohl doch für zu hoch und vergrub beides wieder im Hemd.

»Was für eine schöne Überraschung. Die Spinnen-Petra.«

»Warum heißt sie eigentlich Spinnen-Petra?«, fragte Jensen.

»Sie hat für zwei Mark dicke, fette Fleischspinnen lebend verschluckt. Die Petra. Ein Prachtweib!« Struller sah auf die Uhr und bewertete sein alkoholbedingtes Schwindelgefühl offenbar als seine dienstlichen Fähigkeiten unangemessen einschränkend. »Lass uns für heute Feierabend machen. Morgen ist auch wieder hart.«

Jensen nickte, denn das passte ihm ganz gut. Er hatte für seinen Cousin nach Dienstschluss noch eine Tour zu machen. Grünkohl war im Angebot, und der selbstgemachte Eierlikör von Tante Lisabeth, eine Spezialität des Hauses, musste weg. Er warf einen Blick in den Rückspiegel. Petras Hof versank hinter einem grünen Hügel. Seinem Tutor wollte Jensen jetzt nicht widersprechen, aber … diese Frau würde er ganz sicher nicht von ihrer Liste streichen.

Ganz. Sicher. Nicht.

3.Tag

Mit quietschenden Reifen lenkte Kai Uwe den sperrigen Müllwagen von der Burghofstraße nach rechts in die Aachener Straße und bremste abrupt in den Stand. Der schwarzgelbe BVB-Wimpel in der Frontscheibe schaukelte heftig hin und her, die tanzende Hawaii-Braut daneben schwang ihre Hüften, als gäbe es kein Morgen.

»Hey, pass doch auf«, tönte es dumpf von der Heckseite, wo einer der beiden in Orange gekleideten Müllmänner auf dem kleinen Trittbrettchen ums Gleichgewicht kämpfte und nur wenig heftiger schaukelte als die Braut vorne im Fahrerhaus.

Kai Uwe winkte lässig. Wer vom Auto fällt, ist nur zu schwach sich festzuhalten. War halt kein Kinderkarussell hier. Er blickte auf die Uhr. Halb sieben durch. Die sollten sich da hinten lieber beeilen. Der Sperrmüllhaufen auf dem Gehweg rechts neben seinem Wagen machte sich nicht von alleine weg.

»Haut rein! Wir haben gleich Feierabend!«

Kai Uwe nutzte die kurze Pause und zündete sich eine Kippe an. Schwülwarm war es geworden. Er kurbelte die Fensterscheibe winselnd nach unten und zog genüsslich am Glimmstängel. Für heute hatte Antenne Düsseldorf einen heftigen Gewitterschauer angekündigt. Ein früher Feierabend war wichtig. Er musste unbedingt noch in den Schrebergarten. Sein grünes Reich am Vogelsanger Weg sah ähnlich ungeregelt aus wie der Haufen vor der Buchhandlung.

»Wäre nett, wenn du mal mit anpacken würdest, Alter!«, raunte einer der beiden Müllmänner, während sie alte Stühle, einen abgewetzten Sessel und einen gesplitterten Holztisch in die Presse des Müllwagens stopften.

»Ihr wisst doch, mein Fuß. Der Arzt sagt, das geht noch nicht«, tönte es aus dem Fahrerhaus.

»Dein Fuß, dein Fuß«, meckerte der Müllmann mit der langen, blonden Mähne.

»Faule Sau«, grummelte der andere, der gerade einen weiteren Sessel seinem Schicksal in der Wagenpresse zuführte.

Das große, eiserne Maul wollte gefüttert sein. Jetzt versperrte nur noch eine grüne, durchgesessene Klappcouch den Gehweg. Wurde Zeit, dass sie hier weiterkamen. Der Müllwagen stand auf den Schienen, eine Straßenbahn bimmelte. Kai Uwe vorne wedelte lässig mit der Kippe. Ihm ging die Hektik wie immer schmerzlos am Allerwertesten vorbei.

»Okay«, kommandierte der Stämmige. »Du vorne, ich hinten. Bei drei, rein das Miststück!«

Der Blonde und sein Kollege hievten die alte Klappcouch hoch und schleppten sie in Richtung Müllwagen.

»Mann, ist der Scheiß schwer«, keuchte der Stämmige. »Setz das Ding auf dem Rand ab, dann schieben wir es von hinten gemeinsam rein.«

»Von hinten gemeinsam rein. Geil«, blödelte der Langhaarige.

Der Bahnfahrer bimmelte in der Zwischenzeit ungeduldig ein Liedchen und drängte die Männer per Handzeichen, sich zu beeilen.

»Ich hol dich gleich aus der Bahn, du Arsch«, knurrte der Stämmige.

»Was ist denn da hinten los, die Bahn muss weiter«, drängte jetzt auch Kai Uwe.

»Das Ding wiegt ´ne Tonne, du Witzbold!«

Das Sofa lag auf dem Rand. Stück für Stück ruckten die beiden Männer die Couch Richtung Schlund. Die eiserne Presse hatte das eine Ende des Möbelstücks gepackt und zog es krachend und splitternd immer tiefer hinein in den Fahrzeugbauch.

»Noch ein bisschen! Schieben! Weiter! Weiter! W...« Dem Blonden blieben die Worte im Hals stecken. Mit entsetzt aufgerissenen Augen deutete er ins Maul.

»Mein Gott«, murmelte sein Kollege und drückte den dicken, roten Notknopf. Die Trommel kam sofort knirschend zum Stillstand. Eine Strebe des Sofas knackte, dann war nur noch das Bimmeln der Bahn zu hören. Der Stämmige schluckte, als er sich vorsichtig in den offenen Schlund der Müllpresse beugte, aus dem die hintere Hälfte der Klappcouch herausragte.

»Was macht ihr Trottel da hinten?«, regte sich vorne Kai Uwe auf. Er hüpfte aus dem Führerhaus, knallte die Tür hinter sich zu und humpelte nach hinten ans Fahrzeug. »Mann, Mann, Mann! Was drückt ihr den Notknopf? Ich habe doch gesagt ... Ach du heilige Scheiße, was ist das denn?«

Stämmig und Blond wollten nicht gleich antworten. Irgendwie fehlten ihnen auch die Worte. Kai Uwe fiel auch nichts ein, und er starrte mit offenem Mund in die Trommel. Und auf den schrecklichen Inhalt, den die zusammengequetschte Klappcouch preisgab.

Aus dem Kasten unter der Sitzfläche der Couch ragte ein blutverschmierter Körper hervor. Halb hatte die Müllpresse den Körper schon in sich reingezogen und angenagt. Nur der rote Aus-Knopf hatte im allerletzten Moment verhindert, dass die Presse das tote Fleisch rot und fransig in zwei Teile getrennt hatte. In diesem Moment gab der letzte Rest Stabilität der ehemaligen Wohnzimmerzierde nach. Der hintere Teil der Couch samt Kasten rutschte auf die Straße, ein totes Paar Beine baumelte kraftlos im Freien.

»Scheiße«, flüsterte Kai Uwe, und die Kippe fiel ihm aus den Fingern.

* * *

Erst hatte Struller einen Dienstwagen nehmen wollen, aber ein Blick auf die allmorgendliche, chaotische Verkehrssituation hatte ihn bewogen, die Kiste stehen zu lassen. Die Jungs in Uniform hatten ein Auto mit Blaulicht, mussten schließlich in die gleiche Richtung, da sollten sie sich den Weg schon freisirenen. Als das nach zehn Minuten auch genau so geklappt hatte, hatte sich seine Laune trotzdem nicht verbessert. War sowieso Kacke, wenn der Tag schon morgens anfing. Im heutigen Fall: schon vor dem Wachwerden. Dienstbeginn war erst um halb acht. Dass die Toten sich das nicht merken konnten!

Außerdem lag ein Gewitter in der Luft. Und das Anfang Mai! Struller wischte sich mit seinem karierten Stofftaschentuch den Vorgewitterschweiß aus dem Nacken und warf einen Blick auf dieses unwirkliche Bild. Schon wieder so ein doofer Tatort. Eine Leiche in einem Müllwagen, das Ganze in unmittelbarer Nähe einer der größten S-Bahn-Stationen mit den dazugehörigen Tausenden von Pendlern, die bei passender Gelegenheit gerne mal zu Schaulustigen mutierten.

»Morgen«, grüßte Struller den Dienstgruppenleiter, der ihn auf der anderen Seite des rot-weißen Flatterbandes empfing.

»Morgen.« Der Polizist deutete auf den Müllwagen. »Erinnert mich an diesen Science-Fiction-Film mit Charlton Heston. Da haben sie die Toten auch mit Müllwagen abtransportiert und ›Soylent Grün‹ draus gemacht.«

Struller checkte die Lage. Ein orangefarbener Müllwagen mit rotweißen Warnstreifen und Presse. Der Schlund zur Presse war mit einem weißen Laken abgedeckt. Struller trat ans Laken und lüftete den Stoff. Eine halbe Couch, ein ganzer Toter.

»Männlich. Schätzen wir mal«, erklärte der Dienstgruppenleiter. »Das Gesicht steckt auf der anderen Seite des Schneidblattes. Das Pressblatt hat ihn in Brusthöhe erwischt, da dürfte der Kopf halbwegs unversehrt sein.«

Struller nickte. »Ich liebe es, wenn die Köpfe halbwegs unversehrt sind.«

»Dann ist das ja schon fast ein Glücksfall.«

»Würd ich nun auch nicht so sagen«, brummte Struller und deckte den Toten wieder zu. »Wir haben einen fetten Fall am Laufen, und da wird mir noch eine Leiche aufs Auge gedrückt, weil wir unterbesetzt sind und der Rademacher Urlaub hat. Der Rademacher hat immer Urlaub, wenn es was zu arbeiten gibt. Der ist im Bayrischen Wald. Dem werde ich zu Hause mal ein paar Scheiben einwerfen.«

Der Dienstgruppenleiter nickte verständnisvoll. »Das da sind die drei Männer von der AWISTA, die die Kiste gefahren und den Mann im Sofa gefunden haben.«

Struller nickte den drei Männern zu, die auf den Stufen zum Eingang einer Buchhandlung saßen und ein Kippchen rauchten. *BiBaBuZe* hieß der Laden, und im großen Schaufenster wurden Kriminalromane der blutrünstigen Art präsentiert. Das passte ja.

»Der mit dem kaputten Fuß ist der Fahrer, Kai Uwe Wisnewski, der Breite heißt Sven Schmitz, der Langhaarige Janek Smicek.«

»Hm«, quittierte Struller und hatte erst mal genug gesehen, der Rest war was für die Kollegen der Spurensicherung, für Doc Stich und seine Einweghandschuhe. »Spurensicherung schon unterwegs?«

»Alles schon vor einer guten Stunde angefordert.«

»Und wo bleiben die?«, fluchte Struller und rief direkt die Kollegen der Leitstelle an, damit irgendwem gepflegt in den

Hintern getreten werden konnte. »Moin, Struller hier. Sag mal, wo bleibt die Spurensicherung? Wenn das noch lange dauert, kann die Leiche wieder laufen!«

»Ja, also, äh … Das wirst du nicht gerne hören.«

Struller spürte, wie ihm der Kamm schwoll. Er hasste Erklärungen, die so anfingen.

»Die Spurensicherung braucht noch etwas länger am Landtag.«

»Was am Landtag? Noch ein Toter? Muss schon der Präsident persönlich sein, sonst mach denen Dampf, dass sie sich zügig hierhin bewegen.«

»Ähm, keine Leiche. Aber das zieht schon Kreise ohne Ende, das hat Priorität, sagt die Führung.«

»Brennt der Landtag? Spuck´s aus!«

»Hm, also … Da gibt es einen Einbruch, Pit.«

»Da ist eingebrochen worden, in den Landtag? Was hat man geklaut? Das vergoldete Landeswappen aus dem Plenarsaal?«, fragte Struller.

»Aus einem Rollcontainer, äh, in einem Büro sind Briefmarken verschwunden.«

Strullers Herzschlag setzte aus. »Was?«

»Ja, der Staatsschutz ist mit der gesamten Spurensicherung vor Ort. Die brauchen noch ein wenig. Ist alles sehr sensibel.«

»Ich bin auch sehr sensibel«, keifte Struller. »Ich brauche hier die Spurensicherung!«

»Da geht nichts. Du musst dich gedulden, Pit, das dauert noch …«

Grußlos drückte Struller den Ausknopf. Er musste gar nichts. Denen würde er was auf den Schreibtisch kacken. So einen Haufen hatten die noch nicht gesehen!

»Briefmarken …!«

Einer der Müllmänner war an seine Seite gehumpelt. »Wann kann ich weiter, ich muss noch in meinen Garten?«

»Und ich muss mit meinem Hund raus«, rief der stämmige der beiden Müllmänner von der anderen Straßenseite.

Struller holte tief Luft. »Das dauert so lange, wie es dauert!«, bellte Struller.

»Aber ich muss doch mit dem Müllwagen weiter«, brachte Kai Uwe hervor.

»Müssen muss gar nicht«, ranzte ihn Struller an.

Kai Uwe verstand nicht, zog aber den Kopf ein, was sicher die richtige Reaktion war. Der Bulle sah aus, als sei nicht mit ihm zu spaßen. Im gleichen Moment kündigte ein rollender Donner das angedrohte Gewitter an. Struller zog die Nase hoch. Das wurde ja immer besser!

Er trat noch mal an den Müllwagen und lupfte die Decke. Die Kleidung des Toten war blutverschmiert. Übel. Aber: auch ungewöhnlich. Stoff- und auch Hautstreifen hingen am Körper herab. Zu erkennen war hier kaum was. Die Todesursache auch nicht. Weder auf den ersten noch auf den zweiten Blick. Die Leiche schien tatsächlich männlich gewesen zu sein, aber richtig sicher war Struller sich nicht.

Hinterm Absperrband fiel ihm ein »rasender Reporter« auf, den er von mehreren Einsätzen als besonders dreist und unverschämt kannte und der da eine ganz unrühmliche Ausnahme zu den sonstigen Presseleuten darstellte, mit denen er ganz prima klar kam. Er machte unverfänglich einen Schritt auf ihn zu. »Na, alles gut gefilmt.«

Der Typ nickte grinsend.

»Prima«, lobte Struller und winkte einen uniformierten Kollegen heran. »Kollege. Ich brauche seine frischen Kameraaufnahmen. Sind zur Spurendokumentation dringend erforderlich, Beweismittel. Ich ordne die Beschlagnahme an. Die wird er nicht freiwillig rausrücken. Wenn er will, soll er sich über mich beschweren. Wenn Zwang erforderlich ist, dann ran!«

Der Kollege nickte grinsend. Ein weiterer Donner grollte.

Struller spürte einen ersten Regentropfen. Er musste sich beeilen und trat auf die drei Müllmänner zu. »Und, geht es?«

»Klar«, brummte der Stämmige.

»Ist nicht die erste Leiche, die wir finden. Wird viel weggeworfen«, ergänzte der Blonde grinsend.

»Sehr gut. Dann packt noch mal an. Schiebt den kaputten Kasten samt Leiche vorsichtig ganz in die Müllschütte.«

»Häh?«

»Der Müllwagen ist beschlagnahmt.«

»Aber …«

»Der Regen macht mir die Spuren kaputt.« Struller hatte sich entschieden. Wenn die Spurensicherung nicht zu den Spuren kam, dann kamen die Spuren eben zur Spurensicherung!

Kai Uwe räusperte sich. »Ich fahre das Ding keinen Meter mehr. Muss ich auch nicht. Ich steh unter Schock! Und die beiden Kollegen haben keinen Führerschein. Einen Abschlepper für die Kiste gibt es in Düsseldorf nicht. Das Ding ist zu schwer.«

Was fiel dem Furz ein, hier rumzuquaken? Struller wurde sauer. »Kümmer du dich um deinen doofen Schrebergarten. Los, Männer, anpacken! Kollegen, helft mal schnell, packt mit an!« Er winkte zwei Polizisten aus der Absperrung heran.

Die schauten ihn verdutzt an.

»Macht schon, sonst steht ihr morgen noch hier.«

Das wollte auch keiner. Nach ein paar Sekunden war die Ladung einigermaßen ordentlich verstaut. Mit spitzem Finger ruckelte der Stämmige noch die herabgefallenen Couchreste unter den Toten, der dadurch als Ganzes gestützt wurde und jetzt eigentlich recht bequem zu liegen schien. Die Arme links und rechts ein bisschen untergeklemmt, gut.

»Geht doch«, schlug Struller in die Hände.

Der Regen wurde heftiger. Im Hintergrund hatten zwei Polizisten den Kameramann überwältigt und ihm die Kamera abgerungen.

»Und jetzt?«, fragte einer der Polizisten, der mitgeholfen hatte zu tragen.

»Ich fahre den Wagen ins Präsidium«, erklärte Struller. »Ich hab in der Ausbildung Klasse 2 gemacht und bin an der Startbahn West in Frankfurt Wasserwerfer gefahren. Das verlernt man nicht. Ich hoffe, ich verliere den Toten nicht während der Fahrt. Wird schon klappen!«

Er tippte dem Polizisten auf die Brust. »Bevor das hier richtig anfängt zu schütten: Lass dir die ganze Sache von den drei Zeugen noch mal schildern. Schreib einen kurzen Bericht. Kurz, aber mit allem drin, und fax ihn mir auf die Dienststelle. Die Männer kannste nachher mit Dank Richtung Schrebergarten, Hund und wohin auch immer entlassen.«

»Mach ich, Kollege!«

Struller nickte dem Dienstgruppenleiter zu. »Tu du mir bitte den Gefallen und such einen Kollegen raus, der in Erfahrung bringt, wem dieser Haufen Sperrmüll gehört hat. Der soll ihm mal erklären, wie ein Toter in den Klappkasten kommt und ob das bei ihm so üblich ist. Wenn er doofe Antworten gibt, soll er ihn einsperren. Vielleicht haben wir ja dann schon den Mörder.«

»Ich eise den besten Mann los«, grinste der Polizist.

»So ist gut.« Struller tippte sich zum Abschied an die Stirn, ging ans vordere Ende des Wagens und schwang sich ins Führerhaus zur kleinen Hawaii-Braut. Das mit dem Wasserwerfer war zwar schon einige Zeit her, und damals gab es weniger Schalter, aber das war ja wie beim Fahrradfahren, das verlernte man ja auch nicht. Struller checkte kurz ein paar Knöpfe und machte sich mit dem Hobel der Stadt vertraut. Er spuckte in die Hände, rührte einmal die Schaltung durch und startete den Motor.

»Bisschen weniger Gas vielleicht«, murmelte er, als er sah, dass hinter ihm alles im rußigen Dunkel verschwand, und drosselte flott das Kohlekraftwerk.

Hustend und sich den Qualm aus dem Gesicht wedelnd blickten ihm alle Anwesenden hinterher, als er langsam aber sicher den orangefarbenen Karren Richtung Präsidium steuerte.

Das Teil hatte sogar ein Radio. Und als auf WDR 2 *Suicide Blonde* von INXS lief, fand Struller, dass der Tag doch gar nicht so schlecht angefangen hatte.

Also … für ihn. Nicht für den Typen, den er geladen hatte.

* * *

Jensen hatte auf dem wie immer überfüllten Parkplatz des Polizeipräsidiums nur ganz schwer und nach langem Warten einen Platz für sein Gemüsemobil gefunden. Ein bisschen Sperrfläche war dabei, aber im tolerablen Bereich. Fand er. Er zog beim nächsten Donner den Kopf ein, sprintete durch den warmen Gewitterregen, grüßte am Eingang Didi, den freundlichsten Pförtner der Welt, und kletterte die Steinstufen des Präsidiums hoch, das von seinen Mitarbeitern liebevoll »die Festung« genannt wurde.

In Strullers Flur angekommen, winkte ihn Bertie Spurtmann kichernd an ein Fenster und deutete durch den Regen nach draußen in den Innenhof. In seiner rechten Hand hielt er das Vorderrad eines Mountainbikes. »Guck mal, der Pit. Parkt da unten mit ´nem Müllwagen den ganzen Innenhof zu.«

Jensen lugte aus dem Fenster und sah, dass sein Tutor tatsächlich den ganzen Parkhof dicht gemacht hatte und gerade einem Müllwagen entstieg. Hatte der das Ding gefahren? Und was war das denn für ein weißes Laken, das da hinten schlapp aus dem Müllwagen raushing?

»Ach, der Pit. Ein Teufelskerl! Mein Trauzeuge. Ich freu mich so«, schnurrte Bertie Spurtmann mit verklärtem Blick und presste sich das Vorderrad ans Herz. Dann seufzte er und schlich summend davon.

Jensen ging ins Zimmer 1321, das Büro genau gegenüber der Herrentoilette, und machte sich am Schreibtisch breit. Er hatte sich fast durch einen neuen Bericht der Spurensicherung geblättert, als Struller die Bürotür aufstieß.

»Morgen«, grüßte Struller. »Schön, dass du auch kommst. Ich hab schon das zweite Hemd durchgeschwitzt.«

»Morgen auch.« Jensen nahm an, dass es Regentropfen waren, die sein Chef gerade vom hellbraunen Jackett flitschte, und fragte. »Hast du einen Nebenjob bei der Müllabfuhr?«

»Ich bin schlicht unterfordert, mein junger Freund. Meine Generation ist nämlich noch belastbar. Gerade hat man mir nämlich eine neue Leiche aufs Auge gedrückt. Aber mit der bin ich noch nicht fertig. Ich werde den Rademacher anrufen und ihn nötigen, den Urlaub abzubrechen. Ich habe ernstzunehmende Hinweise, dass jemand Unbekanntes versucht, sein Eigenheim abzufackeln.«

»Echt?«, fragte Jensen entsetzt.

»Nein. Aber ich habe schon einen Fall, um den ich mich kümmern muss. Und zwar sofort, Kollege. Wir haben eine Knöllchenliste abzuarbeiten. Wer ist als Nächstes dran?«

»Der Typ mit dem Jeep und der Pommesbude«, erklärte Jensen und klappte den Bericht zu.

* * *

War es in vielen Stadtteilen Düsseldorfs sehr schwer, einen halbwegs brauchbaren, freien Parkplatz zu finden, so ging das im Düsseldorfer Zoo-Viertel gar nicht. Nördlich des Zoo-Parks, der diesem Stadtteil den Namen gab, gab es einfach keine Parkplätze. Nur Gehwege. Und dort parkte Struller den Dienstwagen.

»Gut, dass ich nicht mit dem Müllwagen unterwegs bin«, murmelte Struller zufrieden, nachdem er zwei Rentner zur Seite gehupt und den französischen Motor abgewürgt hatte.

»Eine Frittenbude?«, fragte Jensen beim Aussteigen mit hochgezogenen Augenbrauen.

Struller zuckte gleichgültig mit den Achseln. Sie standen vor einem stattlichen, mehrstöckigen Wohnhaus. Das Gebäude sah mehr als repräsentativ aus und hatte mit der Herberge einer ordinären Pommesbude ungefähr so viel gemein wie Roberto Blanco mit dem Ku-Klux-Clan.

»Pommesbude ist vielleicht der falsche Ausdruck«, sagte Jensen nach einem Blick auf die Speisekarte neben der Eingangstür, auf der das günstigste Gericht im vornehmen *Bötchen* mit 26,90 Euro ausgewiesen war. Und dabei handelte es sich um eine Vorspeise.

»Essen ist Essen«, sagte Struller und schob die Tür auf.

Gut die Hälfte der edel eingedeckten Tische war besetzt. Geschäftsessen, wie es aussah. Bänker und so was. Die meisten Leute waren männlich, blass und sonnenbankgebräunt gleichzeitig. Jensen ließ seinen Blick über finstere Ahnen an den Wänden streifen, die pikiert aus ihren Bilderrahmen auf sie herniederblickten. Unwillkürlich zog Jensen den Kopf ein, das Ambiente fand er unheimlich.

Ein junger Mann in Schwarz mit Fliege trat an sie heran. Ein Zug von zurückgehaltenem Unwillen lag in seinem professionellen Blick. »Guten Tag, meine Herren. Einen Tisch für zwei Personen?«

»Danke. Nein«, sagte Struller. »Ich besitze schon einen Tisch. Ein Tisch für nur zwei Personen wäre mir persönlich außerdem viel zu klein.«

Der Mann hob eine seiner Augenbrauen.

Jensen lüftete seinen Dienstausweis. »Wir sind von der Polizei und müssten mit dem Geschäftsführer sprechen.«

»Oh. Und ich dachte schon, aber … Wenn Sie mir bitte nach nebenan folgen wollen?«

Jensen und Struller wollten. Einige der Gäste warfen ihnen missbilligende Blicke hinterher. Nun ja, Strullers Klamotten mochten zeitlos sein, aber sein mintgrünes, langärmeliges Hemd mit großem Kragen war seit einigen Jahrzehnten nicht mehr modern. Und dass Jensens in London erstandenes Outfit in der Szene heiß, cool und der letzte Schrei war, schienen die in Grau uniformierten Mittagstischler noch nicht mal zu ahnen. Nein, Jensen fühlte sich hier alles andere als wohl.

Der Mann geleitete sie nach nebenan in ein Kaminzimmer. Hier waren es keine Ahnen, die an den Wänden hingen, hier wurden die Ermittler aus toten, glasigen Tieraugen angestarrt. Füchse, Hasen, Adler. Ein Zebra. Das ganze Zeug. Jensen fand das noch unangenehmer.

»Wenn Sie hier bitte einen Moment warten wollen, ich hole Herrn Van den Borgh. Darf ich Ihnen zuvor etwas zu trinken anbieten?«

»Was haben Sie denn im Angebot?«, fragte Struller.

»Alles«, flüsterte der Ober.

»Dann nehme ich … nichts, danke.«

Auch Jensen schüttelte den Kopf. Der Mann schloss hinter ihnen die Zwischentür und ließ die beiden allein.

Struller reckte sich ächzend die Extremitäten. »Schicker Laden. Die Frickos werden hier bestimmt mit Stoffserviette serviert.«

»Sie reichen mehrere Arten Senf dazu«, mutmaßte Jensen. »Scharf, mittel und mittelmittel.«

»Wenn sie hier Brot anbieten, dann haben sie die Rinde abgetrennt.«

»Dann beißt es sich schöner.«

Struller nickte und fuhr herum, denn der Chef des Hauses rauschte herein.

»Die Polizei?«, fragte der Mann, dem man das jahrelange Vorkosten seiner Speisen im Bauchbereich und am Doppelkinn deutlich ansehen konnte. »Mein Name ist Van den Borgh, das ist mein Restaurant. Was kann ich ganz schnell für Sie tun?«

Struller lächelte freundlich. »Ganz schnell haben wir es besonders gerne. Wir ermitteln in einer Mordsache und …«

»Kommen Sie bitte zur Sache und stellen Sie Ihre Frage! Ich muss in die Küche.«

Hoppla. Das war aber wirklich sehr, sehr schnell.

Struller räusperte sich. »Küche? Ist das nicht eher der Platz einer Frau?«

»Bitte?«

Jensen ahnte Übles und sah zu Boden. Struller schien mal wieder volle Pulle auf Konfrontationskurs gehen zu wollen.

»Gut. So verteilt jeder seine Aufgaben unterschiedlich. Ihr Jeep, Kennzeichen D-YY 8998, stand in der Nacht zu Sonntag in Düsseldorf auf der Franziusstraße …«

»Geht das hier um eine Knolle? Was sind Sie denn für ein Polizist?«

»Ein guter. Was haben Sie dort gemacht?«

Der Mann seufzte. »Das können wir abkürzen. Ich besitze keinen Jeep.«

Struller runzelte die Stirn. »Laut einer Kennzeichenabfrage …«

»Das Fahrzeug habe ich vor zwei Wochen verkauft.«

Jensen friemelte ein Notizbuch aus dem Hemd. »An wen bitte?«

»Kann ich Ihnen nicht sagen.«

Struller räusperte sich. »Also, ich muss wissen …«

»Und ich muss wieder in die Küche. Ich war nicht auf der Franziusstraße und auch nicht in der Nähe. Ich kann Ihnen nicht weiterhelfen, ich muss wieder an die Arbeit.«

Der Mann drehte sich weg, Struller schnappte sich seinen Ärmel.

»He!«, maulte der Mann.

»Hier geblieben! Ich kann es überhaupt nicht leiden, wenn ich keinen Satz zu Ende sprechen kann und man mich dauernd unterbricht.«

»Pech für Sie! Lassen Sie mich sofort los!«

»Ich leg dir gleich Handschellen an, du Trottel«, flüsterte Struller.

Jensen duckte sich.

Van den Borghs Mund klappte auf, sein Doppelkinn vervielfachte sich. Das Gesicht lief rot an. »Wie bitte? Sie wissen wohl nicht, mit wem Sie es zu tun haben?«

»Irgendwas mit Borgh. Früher mal Tennis gespielt?«

»Was? Wie war Ihr Name?« Der Restaurantbesitzer schnappte nach Luft.

»Struhlmann. KK 11. Wenn Sie den Jeep verkauft haben, dann an wen? Gibt es einen Kaufvertrag?«

»Ich muss Ihnen gar nichts sagen. Ich werde mich beschweren! Sie haben es hier nicht mit dem Besitzer einer Imbissbude zu tun. Mein Restaurant hat einen Stern!«

»Wenn ich dir auf die Nase kloppe, siehst du gleich mehrere!«

»Eine Frechheit. Ich muss mich um die Gäste kümmern.«

»Wir können auch nach nebenan gehen«, schlug Struller vor, zog energisch die Nase hoch und machte Anstalten, ins Lokal zu wechseln. »Ich hab sowieso grad Hunger.«

»Ich sagte doch, ich habe den Wagen verkauft.«

»An wen bitte?«, fragte Jensen höflich.

»An einen Russen.«

»Geht es ein bisschen genauer?«, knurrte Struller.

»An einen Russen, der ein Auto brauchte«, grinste Van den Borgh.

Aha, dachte Struller und kommentierte: »Das sagt der, der tatsächlich und ganz offensichtlich unbedingt was auf die Nase braucht. Pass mal auf, du Notstromleuchte. Ich will wissen, wer die Karre jetzt bewegt!«

»Sagt der Polizist, dem ich eine Dienstaufsichtsbeschwerde ins Haus flattern lasse!«

»Sagt der Polizist, dem Dienstaufsichtsbeschwerden am Arsch vorbeigehen. Und flattern? Flattern tut es nur in meiner Unterhose. Wollen Sie mal hören?«, fragte Struller.

»Das ist ja wohl der Gipfel«, erboste sich Van den Borgh.

»Hängt von Ihnen ab«, erklärte Struller. »Das kann auch ein braunfeuchter Anfang sein.«

»Ich bin entsetzt! Der Polizeipräsident gehört zu meinen Gästen. Der Innenminister pflegt hier zu speisen.«

»Beides ganz nette Menschen, keine Frage. Aber ich, ich muss wissen, wer den Jeep bewegt.«

»Ich werde Ihren Dreistigkeiten nicht nachgeben! Das wäre ja noch schöner!«

»Wir könnten natürlich auch wieder gehen«, schlug Struller plötzlich vor. Er machte zwei Schritte in Richtung Tür und rempelte mit seiner Hüfte gegen einen der eingedeckten Kamintische. Eine dünne Vase mit einer einzelnen Narzisse schaukelte und fiel um. Eine Wasserlache breitete sich auf der frisch gestärkten Tischdecke aus. »Hoppla, so ein Mist! Ich bin aber auch ungeschickt!«

»Das haben Sie absichtlich gemacht!«, schrie Van den Borgh erbost.

Struller grinste verschlagen und säuselte unschuldig. »Nicht, dass ich nebenan beim Rausgehen zwischen den Tischen stolpere. Rotweinflecken gehen so schlecht raus.«

»Ich werde die Polizei holen!«

»Sagen Sie denen, Struhlmann wäre schon da und hat schlechte Laune. Dann kommen die Kollegen bestimmt noch einen Tacken schneller. Jensen, ist dir auch so schwummrig?«

Struller machte mit ausdruckslosem Blick taumelnd einen Ausfallschritt und stützte sich Halt suchend kurz auf der Lehne eines Stuhls ab. Der kippte krachend um.

Jensen eilte heran und hakte sich unter. »Geht es wieder, Chef?«

»Danke. Kurzer Schwächeanfall. Der Stress«, erklärte Struller.

Van den Borgh rang nach Worten. »Damit ... Damit kommen Sie nicht durch!«

»Hoffentlich muss ich mich nicht übergeben«, unkte Struller. »Ist dir auch so schwindelig?«

Der Praktikant schüttelte den Kopf. »Glücklicherweise nicht. Aber vor Schreck habe ich mich verschluckt. Ich kriege einen fiesen Schluckauf. Achtung: Hööööcks!«

Struller drehte sich Van den Borgh zu. »Wir gehen dann. An der Theke nebenan hätte ich wohl vorher gerne einen

Steinhäger, damit ich es bis draußen schaffe, ohne umzukippen. Schön kalt, bitte!«

»Hööööcks!«

Kaum hatte Struller die Hand zitternd auf die Klinke gelegt, stoppte ihn Van den Borgh. »Gut, gut, gut. Es waren zwei Russen hier, als Gäste. Einer hatte den Jeep vor dem Haus auf der Straße gesehen. Er hat mich gefragt, ob er ihn kaufen kann. Ich hab gesagt, dass ich nicht vorhabe, meinen Wagen zu verkaufen. Dann hat er mir eine Summe genannt und erklärt, dass die entsprechenden Lieferzeiten für dieses Modell in Russland sehr hoch seien. Deshalb der außerordentlich gute Preis.«

»Aha.«

»Das Geschäft sollte ich mit einer dritten Person abwickeln, die ich abends anrufen sollte.«

»Die Telefonnummer bitte?«, fragte Jensen.

Der Mann zog nonchalant ein edles Smartphone hervor, scrollte mit flinken Fingern gekonnt übers Display, klickte und diktierte die Nummer Jensen in den analogen Block. »Der Herr kam abends vorbei und hat den Wagen bar bezahlt. Die Kennzeichen blieben dran.«

»Immer ein Fehler«, konstatierte Struller.

Van den Borgh lachte. »Kann bei dem Preis gar kein Fehler sein. Für das Geld bekomme ich fast zwei neue Fahrzeuge. Keine Ahnung, was der Typ sich bei dem Kauf gedacht hat. Ist mir aber egal. Wahrscheinlich ein Angeber!«

Jensen trat zur Seite und probierte die Telefonnummer aus.

»Ich brauche eine Beschreibung der Personen«, fuhr Struller fort.

»Da kann ich dreimal die gleiche geben. Russen sehen alle gleich aus.«

Tun sie nicht, dachte Struller. Gorbatschow, Jelzin und Putin konnte man auch rein optisch ganz gut auseinanderhalten. Er wollte sein Gegenüber aber jetzt nicht bremsen.

»Circa vierzig Jahre alt, kurze, dunkle Haare, kantiger Kopf, athletische Figur. Teure Anzüge. Sie haben ausgezeichnet verzehrt, bar bezahlt und ein hohes Trinkgeld gegeben. Alle waren zufrieden.«

»Zufrieden bin ich jetzt auch fast.«

Van den Borghs Augen wurden Schlitze. »Sie glauben doch nicht, dass ich Ihnen diesen indiskutablen Auftritt durchgehen lasse. Das hat ein Nachspiel, worauf Sie sich verlassen können.«

Struller blickte beeindruckt. Jensen trat zwischen die beiden. »Kein Anschluss unter dieser Nummer.«

Van den Borgh grinste spöttisch. »So ein Pech.«

Struller nickte. »Wir gehen. Ohne Steinhäger! Vielleicht komme ich demnächst mit meinen Fußballkumpels noch mal vorbei. Ich werde deine Pommesschmiede bei unseren Kunden weiterempfehlen.«

»Sie haben beide selbstverständlich Hausverbot. Das kriegen Sie schriftlich. Unter anderem.«

»Das trifft uns hart«, schmollte Struller.

»Ich esse sowieso am liebsten bei meiner Oma«, steuerte Jensen bei. »Hööööcks.«

Struller und Jensen wechselten durch den Schankraum nach draußen. Kurz vorm Verlassen des Gourmettempels drehte Struller sich noch mal um und rief Van den Borgh zu: »Und das mit den kleinen Tierchen müssen Sie in den Griff bekommen, sonst machen wir den Laden dicht!«

Draußen am Fahrzeug blickte Jensen ernst. »Glauben wir dem das mit dem Auto und den Russen?«

»Dem glaube ich gar nichts«, schniefte Struller. »Aber im Ernst. Kann natürlich sein, dass das stimmt. Wir lassen auf jeden Fall nach dem Wagen fahnden, einschließlich Insassenkontrolle.«

»Insgesamt stehen wir mit leeren Händen da«, erklärte Jensen.

»Kollege, ich weiß überhaupt nicht, was leere Hände sind. Mit der Knöllchenspur sind wir vermutlich am Ende, aber hier? Nö, man sieht sich immer zweimal im Leben. Da bin ich mir in diesem Fall sehr sicher«, sagte Struller.

»Hööööcks«, entgegnete Jensen.

Strullers Handy meldete sich, wie immer mit der Melodie aus *Spiel mir das Lied vom Tod.* »Ja? Was? Die Leiche aus dem Müllwagen? Die muss jemand anders bearbeiten, ich habe …Ah. Gut. Wir kommen.« Struller drückte den Ausknopf. »Fahr los, Kutscher! Faserspuren-Harald hat schon was.«

* * *

Der Chef der Spurensicherung erwartete Struller und Jensen im Innenhof. Zwei reichlich verschwitzte Kollegen waren dabei, dem aufgeklappten Müllwagen Sperrmüll zu entnehmen. Sie machten es schweigend, ohne Struller anzusehen oder ihn auch nur eines flüchtigen Grußes zu würdigen. Die Kollegen waren sauer. Als der Einstellungsberater der Polizei ihnen vor Jahren versprach, dass kein Tag wie der andere sein würde, hatte er ihnen vorenthalten, dass sie eines Tages im Müll wühlen mussten. Und da das Gewitter verzogen war und die Sonne wieder knallte, taten sie das bei knapp dreißig Grad im Schatten.

Faserspuren-Harald zog Struller und Jensen schnell aus dem Blickfeld in die Garage der Bilker Kradfahrer. »Du musst aufpassen, Pit, dass der Schröder dich nicht sieht. Der schnauft hier irgendwo rum. Du bist heute sein erklärtes Feindbild.«

Struller nickte. Dankbar für den Hinweis. Vielleicht würde er Schröder demnächst einfach heimlich einen Präsentkorb mit frischen Würstchen schicken, um ein wenig Druck aus der Lage zu nehmen.

»Alle Briefmarken wieder da?«

Harald verdrehte die Augen. »Es sind offenbar wirklich nur ein paar Briefmarken weggekommen, aber sie können natürlich nicht ausschließen, dass auch Staatstragendes verschwunden ist.«

»Geheime Angriffspläne? Wen hat die Nordrheinwestfälische Landesregierung im Visier? Rheinland-Pfalz? Oder doch wieder Belgien? Werden die Codes für die atomaren Langstreckenraketen vermisst?«

Faserspuren-Harald nickte. »Genau so was zum Beispiel.«

»Mal was ganz anderes.« Struller wurde sachlich, sie hatten immerhin einen Mord zu klären. »Wo ist denn die Leiche, Harald?«

»Wir haben sie zusammengefaltet und in den Kühlschrank gequetscht. Da liegt sie neben dem Unfalltoten vom Wochenende. Was denkst du denn? Bei dem Wetter? Sie ist da, wo sie hingehört. Also nicht im Innenhof der Polizei, sondern in der Gerichtsmedizin. War natürlich trotzdem hilfreich, dass ich schnell einen Blick drauf werfen konnte. Sonst hätte das hier festzustellen ein wenig länger gedauert.« Faserspuren-Harald deutete auf einen Tisch. Dort standen ein Paar Schuhe. Braun, abgetreten, blutverschmiert. »Sie haben dem Toten gehört.«

»Aha.«

»Klar, mit Blutanhaftungen war zu rechnen, wegen der Wunden, aber ...« Er hob den rechten Schuh hoch und deutete auf die Sohle. »Schuhgröße 41. Stark abgelaufen, glatte Sohle. Ich erkenne ohne große Lupe ein Dutzend Individualmerkmale, die ich neulich schon einmal gesehen habe.«

Struller klappte den Mund auf. »Der Fußabdruck aus der Parkhalle?«

»Richtig. Mit hundertprozentiger Sicherheit stand jemand mit genau diesen Schuhen vor zwei Tagen in der großen Blutlache unterm 4004. Ich werde noch einen DNA-Abgleich machen, damit es amtlich ist, aber ich bin mir sicher.«

Struller ließ sich auf einem Tisch nieder. »Das bedeutet, dass dieser Tote mit unserem Fall zusammenhängt. Der Kerl, der vom Tatort in der Parkhalle davongelaufen ist und der diesen Krabba ins Rötliche geschubst hat, ist tot.«

»Sieht so aus. Und ich hab noch mehr. Im linken Stiefel, ganz vorne drin, steckte was.« Faserspuren-Harald reichte Struller eine Klarsichttüte.

Struller stand auf und hielt sie ins Licht. Strullers Hose zierte jetzt im Gesäßbereich ein schwarzer Ölfleck, weil einer der Kradfahrer genau auf diesem Tischchen wenige Stunden zuvor einen Auspuff zerlegt, gereinigt und wieder zusammengebaut hatte. Aber Struller konzentrierte sich auf das Papier. Es handelte sich um ein Etikett, wie es auf Flaschen befestigt wurde. Der Größe nach auf kleinen Flaschen. Die Vorderseite des Papiers zierte ein Tigerkopf mit aufgerissenem Maul und scharfen Reißzähnen.

»Das ist das Etikett eines Medizinfläschchens«, stellte Jensen fest, der ebenfalls einen Blick darauf geworfen hatte. »Wieso steckt sich jemand so ein Etikett vorne in den Schuh?«

Faserspuren-Harald nickte. »Ich hab mir das Stück Papier mit der großen Lupe angesehen. Auswertbare Fingerabdrücke habe ich keine gefunden. Die Marke heißt *Spanish Bronco*.«

»*Spanish Bronco*? Sagt mir nichts.«

»Von so einem Medikament habe ich auch noch nie gehört. Ich hab das mal gegoogelt und übersetzt und glaube, dass es ›Spanisches Pferd‹ heißen könnte. Keine Idee, was das bedeuten soll. Ich hör mich mal in den anderen Abteilungen und bei den Medizinern um.«

Struller strich sich durchs verschwitzte Haar. Das war aber auch schon wieder schwül heute. Er hatte es nicht so mit Pferden. Mit Hunden auch nicht. Tiere insgesamt waren nicht sein Ding. »Tu das. Und, verdammt, ich muss wissen, wer dieser Tote ist.«

Faserspuren-Harald seufzte. »Das wird vielleicht ein bisschen länger dauern, aber wir werden seine Fingerabdrücke mal durch den Computer jagen. Alle neun.«

»Wie, alle neun?«, fragte Struller. Und auch Jensen zuckte zusammen.

»Alle seine neun Fingerabdrücke. Ihm fehlt nämlich der kleine Finger der rechten Hand.«

Struller sprang auf. »Hast du ein Foto vom Gesicht des Mannes?«

»Ja, aber sieht nicht gut aus.«

»Weiß ich. Sah es nie.«

»Du hast eine Ahnung, wer der Mann ist?«, fragte Faserspuren-Harald überrascht und zog unter einem Stapel ein Lichtbild hervor. »Schröder hat sich mit der Portraitaufnahme nicht besonders viel Mühe gegeben. Es sieht wirklich nicht gut aus.«

Struller riss es seinem Kollegen aus den Fingern, warf einen kurzen Blick drauf und reichte es Jensen.

Der nahm das Bild an sich und flüsterte: »Jürgen Rempe.«

* * *

Oben im Büro grübelten Struller und Jensen geschockt über einem Becher Kaffee.

»Das ist ein Hammer!«

»Jürgen Rempe«, krächzte Struller und schüttelte den Kopf.

Mit Rempe hatten sie gemeinsam schon einmal zu tun gehabt. Vor ein paar Jahren waren sie im Zuge ihrer Ermittlungen auf den windigen Reporter des *Rheinkuriers* gestoßen. Ein durchgeknallter Psycho hatte Jürgen Wilfried Rempe entführt, ihn in ein Verließ gesperrt und ihm den Finger von der Hand getrennt. Jensen musste sich heute noch schütteln, wenn er daran dachte. Rempe, der kleine, hagere Schnüffler, der eifrige, Waden beißende Klatschreporter.

»Tot.« Jensen spielte nachdenklich mit dem Stück Papier in der Klarsichttüte. »*Spanish Bronco.* Meinst du, Rempe musste wegen dieses Zeugs sterben?«

»Kann sein. Wenn es so ist, werden wir es herausfinden«, gab Struller zurück. »Wir können davon ausgehen, dass Rempe an einer heißen Sache dran war. Wir müssen unbedingt in Erfahrung bringen, was das war!«

»Jürgen Rempe«, murmelte Jensen wieder und schüttelte betroffen den Kopf.

»Lass uns was essen«, schlug Struller vor.

Auch Jensen konnte einen kleinen Imbiss vertragen. Der Blick auf die Uhr verriet ihm allerdings, dass die ausgezeichnete Polizeikantine schon geschlossen war.

»Ich bestell uns was«, erklärte Jensen und machte sich an seinem Handy zu schaffen, in das er sämtliche Telefonnummern der umliegenden Fast-Food-Läden eingespeichert hatte.

Strullers Festnetztelefon klingelte. Er nahm das Gespräch an: »Struhlmann.«

»Hallo Kollege. Ich bin der gute Polizist, den sein Chef auf die Sperrmüllspur angesetzt hat.«

»Aha. Und wie gut bist du?«, fragte Struller.

»Den besagten Sperrmüllhaufen hat ein Rentner namens Horst-Rüdiger Wolf vor vierzehn Tagen ordnungsgemäß bei der Stadt angemeldet. Da dem guten Mann der untere Teil des rechten Beines fehlt, haben zwei engagierte Zivildienstleistende – ich weiß, das heißt jetzt anders – ihm geholfen, den Schrott an die Straße zu tragen. Mit den beiden habe ich gesprochen. Da war keine dunkelgrüne Klappcouch dabei. Die muss jemand Unbekanntes in der Nacht dazugestellt haben. Ich habe dir einen Bericht mit allen Namen, Vornamen und Postleitzahlen getippt, den du dir in der Mustermappe für Herausragendes abheften kannst, nachdem ich ihn dir zugefaxt habe, was ich tue in … drei, zwei, eins … jetzt.«

»Sehr gut, Kollege.« Manchmal musste man einen Mitarbeiter der Schutzpolizei auch mal loben.

»Immer gerne«, freute sich der Mann und legte auf.

Struller stierte auf die Tischplatte vor sich. »Der Rempe hat irgendwas am Kochen gehabt. Das Blutbad in der Parkhalle hat der nicht selbst angerichtet, der berichtet doch nur über Massaker. Sportsfreund, das stinkt gewaltig.«

»Und wer stellt eine Couch mit Leiche an die Straße?«, formulierte Jensen eine der vielen Frage, die ihm im Kopf herumschwirrten. Er vergrub sein Handy wieder im Hemd.

Am anderen Schreibtisch hatte Struller eine Idee und griff erneut zum Hörer. »Harald? Ja. Ich hab noch was. Die grüne Couch lässt sich über den Sperrmüllhaufen niemandem zuordnen. Dreh dieses Klappding auf links. Gibt es da eine Gerätenummer, über die wir den Besitzer ermitteln können? Sind da Fingerabdrücke drauf? Klemmt noch irgendwo ein Personalausweis in irgendeiner Ritze? Hat das Teil ein amtliches Kennzeichen? Oder eine Zulassung? Rede mit ihr! So was … Ja, sicher ist das nicht einfach, sonst könnte das ja jeder. Mach hin! Ich warte hier.«

Struller legte auf und erhob sich. Er öffnete mit kräftigem Ruck einen der beiden Fensterflügel. Wie jedes Mal beim Öffnen und Schließen rieselte Lack mit vergilbter Farbe zu Boden. Er hatte keine Lust, die überfüllte Raucherecke im Innenhof des Präsidiums zu nutzen. Stattdessen steckte er sich, das allgemeine Rauchverbot in Diensträumen ignorierend, eine Ernte an und genoss den exklusiven Ausblick auf den Innenhof. Der orangefarbene Müllwagen stand immer noch mitten auf dem Platz. Sie hatten große Plastikfolien ausgeschlagen, auf denen die Kriminaltechniker wahrscheinlich noch bis zum Ende des Tages eifrig den Müllwageninhalt untersuchen würden. Struller nahm einen kräftigen Zug auf Lunge. Er hatte sie alle ans Arbeiten gebracht. Sportiv schnippte er die Kippe aus dem Fenster.

»Jensen«, räusperte sich Struller, »du hältst die Stellung. Ich geh kurz kacken.«

Jensen blinzelte irritiert. Das waren jetzt deutlich mehr Informationen, als er unbedingt brauchte. »Wie gewählt du dich ausdrücken kannst«, lobte er.

»Ausdrücken hätte ich auch sagen können. Bis gleich!«

Immerhin hatte Jensen jetzt das Büro für sich allein. Dann konnte er sich ein wenig um die nötige Visualisierung des Falles kümmern. Eine Disziplin, die sein Tutor stets sträflich vernachlässigte und die – so hatte man es ihm auf der Polizeischule beigebracht – doch so wichtig war.

Ein paar Minuten später hing die Magnetwand im Büro randvoll mit Fotos, Berichten, Listen und Ausdrucken. Er legte einen neuen Ordner an und heftete den Bericht des besten Polizisten der Welt ab.

Dann sichtete er Faserspuren-Haralds neuen Bericht zum Industriereiniger, der in der Parkhalle unterm 4004 verwendet worden war. NTN 1326 hieß der Wirkstoff, den man festgestellt hatte. Ein Wirkstoff, der in Deutschland seit vielen Jahren verboten war. Das konnte noch wichtig werden, entschied Jensen, markierte einige Textstellen grün und heftete den Ausdruck im Ordner ab.

Eingetrudelt war zwischenzeitlich auch der von Faserspuren-Harald angekündigte Bericht, in dem dessen Kollegen mit einer DNA-Prüfung jetzt hundertprozentig festgestellt hatten, dass das Blut unter Rempes Schuh mit dem aus der Lache in der Parkhalle identisch war. Das bedeutete jetzt definitiv, dass Rempe in der Parkhalle war, in die Blutlache trat und bei Eintreffen von Hucki und Krabba das Weite gesucht hatte.

»Ab in den Ordner«, murmelte Jensen.

Er hatte dann gerade das Essen entgegengenommen und noch ein Foto des blutigen Schuhabdrucks aus dem 4004 an die Tafel gepappt, als Struller wieder erschien und sich erleichtert seufzend in seinen Bürostuhl fallen ließ.

»Respekt, Chef. Ein knappes halbes Stündchen.«

»Ich habe ein paar Theorien durchgespielt und bin kurz eingenickt. Essen ist da? Was hast du denn gekocht?«

»Wonach hätte es dich denn gelüstet?«, fragte Jensen.

»'ne Kleinigkeit nur. Was Überbackenes mit Käse. Und Kroketten. Scharf.«

»Es gibt Chinesisch«, erklärte Jensen.

»Chinesisch? Das mit Katzen? Hatte ich noch nie. Das ist mir definitiv mit zu viel Fell«, erklärte Struller.

»Das ist nicht dein Ernst?«

»Was?«

»Du hast noch nie Chinesisch gegessen?«, fragte Jensen ungläubig.

»War bisher noch nicht erforderlich.«

»Ich fasse es nicht. Das ist lecker. Mit Reis. Schweinefleisch zum Beispiel.«

»Man hört so viel. Wegen der Katzen.«

»Das ist Unsinn!«

»Wo Rauch ist, ist auch Feuer«, beharrte Struller. Seine Vorurteile waren selten richtig, aber es waren *seine*! Kam er prima klar mit. Allerdings: Schwein mit Reis klang gar nicht schlecht. »Tu mal her, die Portion. Wenn es miaut, schlag ich dir die Vorderzähne aus!«

Jensen reichte ihm eine Portion. Struller fächelte sich den Chinaduft in die Nase. »Eine Katzenallergie wäre jetzt hilfreich. Da würde ich niesen und wüsste sofort Bescheid. Was ist das für eine Stange?«

»Kannste alles mitessen. Das ist eine Frühlingsrolle.«

»Klingt nach Sport. Alles mitessen? Na gut.« Struller nagte vorsichtig mit den Schneidezähnen an der Stange, um dann allerdings die ganze Portion schweigend und mit wachsendem Appetit zu vernichten.

Jensen horchte nebenbei nach, ob die Fahndung nach Manni Freese angelaufen sei. Angelaufen war sie, aber festgenommen hatten sie ihn noch nicht.

»Gar nicht schlecht, das Schwein.«

»Siehste.«

»Tja, es gibt für alles ein erstes Mal«, philosophierte Struller kauend.

»Auf Regen folgt Sonnenschein«, las Jensen von einem schmalen, bedruckten Zettel ab, den er in der Hand hielt.

»Sonnenschein? Was hast du denn da für einen Zettel?«, fragte Struller verdutzt.

»Das ist der Zettel mit dem Spruch aus dem Glückskeks.«

»Glückskeks?«, fragte Struller. »Was hatte denn der Keks mit Glück zu tun?«

Jensen blickte seinen Tutor an. Das durfte doch nicht wahr sein. »Du hast den Keks gegessen? Ganz? Mit Zettel?«

»Du hast gesagt, ich kann alles essen«, erwiderte Struller.

»Ja. Bis auf den Zettel, der im Glückskeks ist. Den sollst du *lesen*!«

Struller überlegte kurz. Wie gesagt: Es gab für alles ein erstes Mal. Sollte dies der Tag sein, an dem er zum ersten Mal auf einen Kollegen schießen würde? Nun denn. Struller ergriff den Pistolenknauf. Wurde aber dann doch durch erneutes Telefonklingeln unterbrochen.

»Ja? Wer stört?«, brüllte er. »Harald. Aha. Soso. Nachtigallstraße 4. Ahaaaaa. Das, Harald, das sind natürlich schöne Nachrichten!«

* * *

Der Mann senkte den Kopf. »Ich gebe es ja zu, ich hab sie in die Klappcouch gelegt.«

Jensen musterte den Mann, der ihm am Küchentisch gegenübersaß. Knappe fünfzig Jahre alt, hager, schütteres, strähniges Haar. Er trug eine dick gerahmte, schwarze Brille, die fast schon wieder modern war. Wie hieß noch mal dieser Moderator auf SAT1? Der hatte auch so ein Teil, sah peppig aus. An seinem Gegenüber allerdings wirkte das Nasenmoped dämlich. Und Jensen hatte außerdem schon lange niemanden mehr gesehen, der über einem kleinkarierten, kurzärmeligen Hemd breite, grüne Hosenträger trug. Außer zu Karneval. Einen Namen hatte der Mann auch. Lothar Doll. Das passte irgendwie ganz gut zu den Hosenträgern.

»Ich konnte sie hier ja nicht liegen lassen«, erklärte der Mann.

Struller nickte. »Sonst hätte ihre Frau sie entdeckt und ein Fass aufgemacht. Kann man sich ja vorstellen.« Struller hatte an der Haustür das Schild gelesen, das besagte, dass sich Rosi und Lothar Doll hier eine Wohnung teilten.

Doll schüttelte das Haupt. »Ich habe keine Frau. Ich wohne hier mit meiner Mutter zusammen. Nicht auszudenken …«

»Und die Klappcouch haben Sie in der Nacht zu Dienstag auf der Nachtigallstraße an die Straße gestellt.«

»Mit meinem Nachbarn, genau. Mit Günni. Das Teil war wirklich was für den Sperrmüll. Die Couch war aufgebraucht. Da hab ich schon drauf gesessen, als Deutschland Fußballweltmeister wurde. Also: ´74.«

»Ich erinnere mich«, erklärte Struller. »Beckenbauer, Bonhof. Aber mal was anderes: Hatten Sie keine Sorge, dass zum Beispiel Kinder …«

Doll vergrub seinen Kopf in den Händen und jammerte. »Ja, ich weiß, das war ein Fehler. Ein schlimmer Fehler. Ich habe nicht nachgedacht, wollte nur … Oh, mein Gott.« Doll schluckte. »Wie sind Sie denn auf mich gekommen?«

Jensen grinste. »Sie haben Ihre Pornoheftsammlung in einen braunen Briefumschlag gesteckt, und der war an Sie adressiert. So haben die Kollegen der Spurensicherung die Hefte und damit auch die Couch Ihnen zuordnen können.«

Doll stöhnte. »Das ist mir so peinlich.«

»Pornohefte sind nichts Schlimmes«, beruhigte ihn Struller und kam zum Kern seiner Fragen: »Aber außer den Heften haben wir noch was in der Couch gefunden.«

Doll zuckte zusammen. »Ich habe alles ausgeräumt. Um Himmels willen, was lag da drin? Doch nichts Schlimmes, oder? So eine Pumpe? Die habe ich nur einmal benutzt.«

Struller schniefte. »Keine Pumpe. Nichts Schlimmes. Nur eine männliche Leiche.«

Lothar Doll drohte ohnmächtig vom Stuhl zu kippen. Jensen sprang auf ihn zu, aber Doll fing sich. »W-was?«

»Ein Toter.«

»In meiner Couch?«

»Doof, oder?«

»J-ja. Wie kommt denn eine Leiche in meine Klappcouch?«

»Das wäre meine nächste Frage gewesen, Herr Doll«, erklärte Struller.

Lothar Doll schwieg. Und dachte nach. Und sagte: »Als wir die Couch an der Straße abgestellt haben, war da keine Leiche drin. Das hätten wir doch beim Runtertragen gemerkt. Der Günni und ich. Ich meine, eine Leiche, die wiegt doch was. Die war ja kurz vorher noch ein richtiger Mensch. Nein, da war keine Leiche im Klappkasten.«

Struller und Jensen wechselten einen schnellen Blick. Das hatten sie inzwischen auch nicht mehr angenommen. Doll war nicht der Typ, der Leichen in einer Klappcouch versteckte. Doll war der Typ, der sich gerne bunte Fotos ansah. Von nackten, lesbischen Frauen aus Skandinavien. Beim Parkplatzsex zum Beispiel. Sehr gerne Frauen, die über eine üppige Schambehaarung verfügten. Da waren die Geschmäcker unterschiedlich. Aber das wollte Struller nicht zum Thema machen, musste jeder selbst wissen.

»Wie spät war es, als dieser Günni und Sie die Couch an die Straße gestellt haben?«

»Kurz vor zehn. Also. Wir haben dann zusammen den Montagskrimi im ZDF geguckt. Was Schwedisches.«

Struller nickte. Schon wieder Skandinavien. »Und dann ist Ihnen im Zusammenhang mit der Couch nichts mehr irgendwie aufgefallen?«

Doll druckste rum. »Also. Nein. Wirklich nicht. Ich hatte kurz überlegt ... Ich habe da eine ganz seltene Ausgabe aus Dänemark. Schon fast ein Liebhaberstück. Im großen Ganzen gut erhalten. Ich hatte kurz überlegt, ob ich noch mal runtergehe. Von so einer Perle trennt man sich natürlich ungern.«

»An so einem Heft kleben ja auch viele schöne Erinnerungen«, meinte Struller.

»Genau. Aber, hab ich mir gesagt, Lothar, was weg ist, ist weg. Und irgendwann muss ich mich ja mal von den Dingern trennen. War sowieso ein kleines Wunder, dass Mutter die Hefte nie gefunden hat.«

Struller nickte. Seine Lebenserfahrung sagte ihm allerdings, dass Mutter die Hefte mit Sicherheit schon mal gefunden hatte. Mütter finden solche Hefte. Immer. Ist so. Genetisch. Von Natur aus. Mütter finden Pornohefte, egal, wo man sie versteckt. Natürlich nur, wenn man welche hatte.

»Tja, dann sind wir irgendwie schon fertig«, schloss Jensen die denkwürdige Vernehmung ab.

»B-bekomme ich noch Post in der Sache?«

Jensen schüttelte den Kopf. »Nein, das wäre erst mal alles. Wenn wir noch Fragen haben, dann melden wir uns.«

»Meine Mutter erfährt nichts?«

»Nein, Sie sind ja schon ein großer Junge.«

»Stimmt.«

»Und sogar volljährig.«

»Schon lange!«

Struller und Jensen verabschiedeten sich und gingen die Treppe runter. Draußen auf dem Gehweg steckte Struller sich eine Ernte an. »Was für ein Typ!«

»Immerhin konnten wir anhand der Adresse feststellen, wo die Couch herkommt. Vielleicht wurde sogar hier die Leiche hineingelegt. Und dann hat sie jemand quer durch die Stadt nach Bilk transportiert, um sie dort an die Straße zu stellen. Ich frage mich: Warum?«

Struller blies einen Kringel durch die warme Luft. »Gute Frage. Warum macht einer das? Er will auf jeden Fall nicht, dass die Leiche *nicht* gefunden wird. Sonst hätte er sie besser versteckt oder verbuddelt. Er kann nicht davon ausgehen, dass die Leiche im Sperrmüll nicht gefunden wird.«

»Er will auf jeden Fall, dass die Leiche nicht in Gerresheim entdeckt wird. Er bringt sie weit weg, damit man sie dieser Örtlichkeit hier nicht zuordnet.«

Struller nahm einen tiefen Zug. »Unser Stadtteil soll sauber bleiben.«

»Zum Beispiel. Oder würde man generell hier in Gerresheim eine Leiche einer bestimmten Örtlichkeit zuordnen?«

Beide ließen gleichzeitig ihre Blicke kreisen, aber so richtig sprang ihnen nichts ins Auge.

»Und noch eine Frage: Warum ausgerechnet nach Bilk? Er fährt – ganz schön riskant – mit einer Leiche durch mehrere Stadtteile, in denen sie genauso gut entsorgt wäre. Aber es geht bis nach Bilk. Auch komisch.«

Struller schnippte seine Kippe in den Bordstein. »Alles Fragen, mein Sportsfreund, auf die wir die richtigen Antworten finden werden. Wir fahren zum *Rheinkurier*. Stehst du eigentlich auf fransige Schambehaarung?«

Jensen verdrehte beim Einsteigen in ihren Dienstwagen die Augen. »Nur bei Männern über sechzig.«

* * *

Der kräftige Köbes mit dem ausladenden, buschigen Oberlippenbart blickte ihn fragend an.

»Eine Apfelschorle«, antwortete Manni Freese.

Freese nahm zur Kenntnis, dass der Kellner mit der blauen Schürze gelangweilt und abfällig die Augen verdrehte. Männer – so ganz offensichtlich sein Weltbild – die im *Uerige* am Stehtisch standen, hatten gefälligst Altbier zu trinken. Apfelwasser schlürfende Weicheier hatten in der alten Traditionsbrauerei nichts zu suchen. Das sah Manni Freese sogar ein, er brauchte aber einen alkoholfreien, klaren Kopf und hatte sich entschlossen, heute auf den leckeren Gerstensaft zu verzichten.

Wichtiges stand an.

Und sofort schwoll ihm der breite Hals. Was hatte dieser Spacken sich dabei gedacht? War dieser muffige Hundetrottel jetzt komplett durchgedreht? Freese fiel auf, dass seine Finger einen gemeinen, hektischen Rhythmus auf den Holztisch trommelten. Schnell vergrub er seine große Linke in der Jeans, mit seiner Rechten nestelte er zur Ablenkung am Reißverschluss seiner Sportjacke. Die Jacke trug er hoch geschlossen, damit niemand sein auffälliges Schlangentattoo erkennen konnte.

Womöglich wurde nach ihm schon mit Foto und Beschreibung gefahndet. Dieser junge, langhaarige Polizist, der ihn zu Fuß quer durch Bilk verfolgt hatte, nahm die Sache sicher persönlich. Das war knapp gewesen, verdammt knapp. Die Bullen waren auch nicht mehr die schlappen Säcke von früher. Der Kerl hatte ihm mächtig zugesetzt, hätte ihn fast gekriegt.

Der Köbes erschien wieder am Tisch, klatschte lieblos ein 0,4-Liter-Glas auf den Stehtisch, die Flüssigkeit schwappte bis an den Rand.

»Ich nehme einen Deckel.«

»Nix da, Jong. Du bist mir nich koscher. 3,35 Euro, direkt zahlen!«

Freese ballte in der Tasche seine Linke, die sich am liebsten für den direkten Weg auf die Kauleiste dieses Wahnsinnigen entschieden hätte. Aber: nur kein weiteres Aufsehen. Sich innerlich mühsam zur Ruhe mahnend fischte er vier Euro aus dem Portemonnaie. »Stimmt so.«

Der Köbes strich die Kohle ohne mit der Wimper zu zucken ein und drehte sich grußlos weg. Auch Trinkgeld schien den Apfelschorlen-Fauxpas nicht wieder gut machen zu können. Manni Freese seufzte. Vielleicht war es doch keine so gute Idee gewesen, sich hier in der Altstadt zu treffen. Hatte vernünftig geklungen, denn hier wuselten Hunderte von erlebnishungrigen Touristen herum, niemand achtete auf ihn. Er sah auf seine Armbanduhr. 15 Uhr durch. Hier war man flirtbereit und um diese Uhrzeit schon leicht schicker. Hier würde er, der athletische, knapp zwei Meter große Mann nicht auffallen.

In der Masse abgetaucht.

Da er wie die meisten Düsseldorfer kein notorischer Altstadtgänger war, war es eher unwahrscheinlich, hier auf einen Bekannten zu treffen. Er war einfach ein unauffälliger Typ in schwarzer Lederhose mit weißer Baseballkappe über der raspelkurzen Frisur, der – nur ein wenig ungewöhnlich – in einem beliebten Düsseldorfer Bierhaus an einer langweiligen Apfelschorle nuckelte. Kein Thema!

»Drei Uhr durch«, murmelte Freese und spürte die nächste Zorneswallung im Bauch.

Zu spät kam dieser Honk auch noch. Dem würde er ein paar klare Takte geigen, diesem Spinner. In was für eine Scheiße hatte der Blödmann ihn reingezogen? Hätte er sich doch nur nicht wegen dem bisschen Kohle auf diesen Wahnsinnigen eingelassen.

Und dann jetzt das hier obendrauf …

Freeses Halsader pochte. Vielleicht hätte er die Prise Koks in der Puderdose lassen sollen, denn der weiße Stoff brachte sein Adrenalin mächtig in Wallung und verdammt, ja, er brauchte einen klaren Kopf, um halbwegs heil aus dieser Scheißnummer rauszukommen. Ein paar Runden am Boxsack wären sicher die bessere Wahl gewesen. Besser als mit Schnee die Synapsen im Hirn auf Krawall zu bürsten.

Er nippte an der Schorle und musterte eine Frauenclique, die lärmend und lachend an einem Nachbartisch Platz nahm. Ablenkung! Er entdeckte einen mehr als ansprechenden Hintern und war sich sicher, dass dem fein geformten Teil eine harte, erotische *Manni-Spezial-Behandlung* sicher prima gefallen würde.

Debil schlackerte er mit seiner Zunge.

»Alles zu seiner Zeit, Schätzchen«, murmelte er.

Zeit. Wo blieb dieser Idiot? Er musste diesem bildungsfernen Schwachkopf unbedingt klar machen, dass er, Manni Freese, in dieser heiklen Sache das Denken übernehmen würde. Das war einfach … besser. Sonst passierte noch mehr Mist! Sonst würden die Bullen ihm wer weiß was anhängen. Die hatten ihn im Visier, hatten nicht ohne Grund bei ihm auf der Matte gestanden. Leichen gab es zurzeit in Düsseldorf mehr als genug, wurden ja an jeder zweiten Straßenecke gefunden.

Sogar bei ihm gleich um die Ecke …

Er atmete heftig ein und aus. Aufgewühlt hatte er, ohne es zu bemerken, den Reißverschluss seiner Jacke geöffnet. Erschrocken bemerkte er, dass sein markanter Kobrakopf sofort großes Thema am Weibertisch nebenan war. Normalerweise war das genau die böse-verwegene Wirkung, die er mit seinem bizarren Tattoo erreichen wollte, aber jetzt ratschte er den Haken schnell wieder zu. Diesbezüglich würde er sich später abreagieren …

Da kam er!

»Endlich!«

Der stämmige Kerl schob sich durch die Touristen zu ihm an den Tisch. Breit grinsend parkte er sich direkt neben ihn.

»Wie ich sehe, hast du den Tisch sehr sorgfältig ausgesucht. Prima Aussicht«, grinste der Kerl und nickte zum Nachbartisch rüber.

Manni Freeses linke Faust pumpte heftig, aber seine Stimme blieb ruhig. »Ich treffe mich hier nicht mit dir, um ein paar Weiber aufzureißen. Ich treffe mich mit dir, weil wir Probleme haben. Große Probleme.«

»Ach was?«, grinste sein Gegenüber hohl.

Manni Freese wusste, dass dieses Gespräch ein wichtiges war, aber kein leichtes werden würde.

* * *

Struller und Jensen jagten mit ihrem Dienstwagen über die Rheinbrücke. Der Chef hatte sich entschieden, selbst zu steuern, was seinen Praktikanten auf dem Beifahrersitz um einige Herbste altern ließ. Jensen fand, dass Struller für den Fahrzeugverkehr nicht geschaffen war. Und um diese Uhrzeit gab es davon in Düsseldorf reichlich. Aber sie schafften es unfallfrei bis auf die Heerdter Landstraße. Da auf der Heesenstraße kein freier Parkplatz zu erwarten war, rangierte Struller den Kombi fünfzehn Minuten später in eine freie Parkbucht, ohne eine dortige Garagenzufahrt allzu sehr zu blockieren.

»Prima«, meinte Struller zufrieden.

Jensen warf sicherheitshalber die Polizeikelle aufs Armaturenbrett, damit die Kiste nicht doch noch versehentlich abgeschleppt wurde.

»*Rheinkurier*«, las Struller an der Hausnummer 47 vom Klingelschild ab und stieß die schwere Eingangstür auf.

Sie gelangten in einen klimatisierten Empfangsbereich. Struller wedelte mit dem Dienstausweis und eine junge, blonde Empfangsdame, deren Namensschild verriet, dass sie

Manderscheid hieß, grüßte freundlich. Jensen erinnerte sich. Die Dame hatte er vor Jahren schon einmal genießen dürfen. Halbnackt hatte sie auf dem Bürotisch ihres Chefs gelegen und Jensen wusste, dass ihre linke Pobacke ein süßes, kleines, rotes Teufelchen zierte.

»Wir müssten mal den Chef sprechen«, erklärte Struller.

»Herrn Hanno Ahnfelder«, fügte Jensen hinzu.

»Einen Moment, bitte«, summte Frau Manderscheid zuckersüß und griff zum Telefon.

Jensen hatte Zeit, einige der beeindruckenden, ehemaligen Titelseiten des Rheinkuriers zu bewundern, die gerahmt an der gelblich-grauen Raufasertapete von journalistischen Großtaten zeugten.

BAP wurde in Düsseldorf gegründet!

IKEA kauft Hassels!

Horst Eckert schreibt einen Liebesroman!

»Dann kommen Sie bitte mit«, winkte Frau Manderscheid die Polizisten hinter sich her in einen Nebenraum.

Dort stießen sie auf Hanno Ahnfelder, der mit aufgekrempelten Hemdsärmeln schwitzend hinter seinem übergroßen Schreibtisch saß. »Oh, die Polizei, was muss ich für Sie tun? Ich habe ein Arrangement mit der örtlichen Politesse. Ich darf da parken.«

»Ich habe auch ein Arrangement mit der örtlichen Politesse und darf noch ganz andere Sachen mit ihr machen«, sagte Struller, dem der Kerl jetzt schon auf den Sack ging. »Struhlmann und Jensen, wir sind von der Mordkommission.«

»Ahnfelder. Ich bin hier der Chefredakteur.« Der Zeitungsmann zeigte sich wenig beeindruckt.

Jensen fand, dass Ahnfelder noch ein paar Kilo zugelegt und dafür obenrum reichlich Haare verloren hatte. Beim letzten Mal hatte er sein Haupthaar noch hoch gegelt, diesmal trug er es in dünnen Fransen mit Öl von links nach rechts gekämmt. Sah nicht besser aus.

»Fassen Sie sich kurz, ich habe viel zu tun«, kommandierte Ahnfelder.

»Kurz kann ich gut«, summte Struller. »Jürgen Rempe wurde ermordet.«

Ahnfelder schnappte nach Luft, die Empfangsdame hinter den Polizisten im Türrahmen schrie spitz auf.

»Monika, du kannst uns allein lassen«, bellte Ahnfelder.

Die Dame vom Empfang schlug eine Hand vor den Mund, stolperte schluchzend davon und warf die Tür hinter sich zu.

»Sehr taktvoll«, lobte Ahnfelder ironisch.

»Kurz kann ich gut, taktvoll nicht so«, erklärte Struller.

Jensen schilderte dem Chefredakteur das bizarre Auffinden von Jürgen Rempe und die nötigsten Zusammenhänge rund um ihren Fall – alles das, was sowieso morgen in der Zeitung stehen würde.

»Rempe. Sind Sie sich da wirklich sicher?«, fragte der Journalist, inzwischen um die Nase herum leicht blass.

»Sicher sind wir sicher«, war Strullers Antwort. »Neun Finger und wir kannten uns persönlich.«

»An was für einer Story hat Jürgen Rempe aktuell gearbeitet?«, fragte Jensen.

Ahnfelder stand ächzend auf und trat an den Kaffeeautomaten. »Ich brauch erst mal einen Kaffee.«

Struller zog die Nase hoch. »Sehen Sie. Bei uns ist das ähnlich. Wir haben auch viel zu tun.«

Ahnfelder spannte seine bestialischen 1,65 Meter an, schien etwas erwidern zu wollen, zuckte dann aber nur mit den Achseln. »Es ist so, Rempe hat seit zwei Monaten an einer Story gearbeitet. Er hat mir gesagt, das sei ein ganz dickes

Ding, ein ganz heißes Eisen. Unsere Zeitung würde von ihm eine Topstory auf einem Silbertablett serviert bekommen.«

»Was für eine Story?«, fragte Jensen.

»Eine Topstory! Können wir immer gebrauchen.«

»Geht es ein bisschen konkreter?«, flüsterte Struller.

»Ich weiß keine Details. Aber auf Rempe war bei solchen Sachen immer Verlass, der hatte ein gutes Näschen. Ich habe ihm den Rücken freigehalten. Tatsächlich habe ich ihn seit über zwei Wochen nicht mehr gesehen.«

Strullers Augenbrauen zogen sich zusammen, und ein dumpfes Knurren grollte ihm über die Lippen.

»Wirklich, ich habe keine Ahnung«, beeilte sich Ahnfelder. »Sollte eine ganz sensible Sache sein. Nicht ungefährlich. Ich hab von ihm nur diese paar Infobrocken bekommen.«

Wohl nicht ohne Grund, dachte Jensen.

»Mehr weiß ich wirklich nicht«, beteuerte der Redakteur nachdenklich und sichtlich nervös.

»Wann und wo haben Sie Jürgen Rempe zuletzt gesehen?«, hakte Jensen nach.

»Äh, das war vor zwei Wochen. Am 21. Ich erinnere mich genau. Zufällig haben wir uns getroffen. Im Hofgarten. Zufällig.«

»Und?«

»Nichts weiter. Wir haben uns gegrüßt. Rempe war guter Dinge, hat aber keine Details seiner Story preisgegeben. Ich habe auch gar nicht lange nachgefragt, Rempe war da eigen, machte immer aus allem ein riesiges Geheimnis.«

Struller pumpte Luft in seinen Brustkorb. »Zufällig im Hofgarten getroffen? Ahnfelder, das können sie der Oma verklickern, aber nicht mir. Niemanden trifft man zufällig im Hofgarten!«

»Mehr hab ich nicht«, beharrte der Redakteur und nippte am Becher Kaffee.

»Du verheimlichst uns was«, behauptete Struller. »Ich möchte Rempes Schreibtisch sehen.«

Ahnfelder lachte. »Ohne Durchsuchungsbeschluss? Keine Chance, Cowboy!«

Jensen konnte es nicht fassen. »Ihr Kollege ist tot. Und wir untersuchen den Fall! Liegt Ihnen nichts daran, dass wir den Fall zügig aufklären?«

Ahnfelder schüttelte den Kopf. »Darum geht es nicht. Keiner wühlt hier in der Redaktion herum. Tot oder nicht tot, Jürgen würde das genauso sehen. Nichts gibt es hier, verstanden?«

»Abwarten«, flüsterte Struller. »Wir melden uns!«

»Ihr braucht euch hier nicht zu melden. Macht einfach euren Job«, bleckte Ahnfelder, ohne die beiden Polizisten anzusehen.

»Worauf du dich verlassen kannst«, schob Struller hinterher.

Die Polizisten verließen das Büro. Struller schloss hinter sich die Tür und trat an den Empfangstresen. Die Dame war immer noch aufgelöst.

»Sie mochten Jürgen Rempe?«

»Ja.«

»Ich auch«, erklärte Struller leise und überraschte damit seinen Praktikanten. »Leider war Hanno Ahnfelder nicht sehr auskunftsfreudig.«

»Er hat es nicht so mit den Staatsorganen. Alte Schule.«

»Sie können uns nicht weiterhelfen? Worum es bei Rempes Ermittlungen ging?«

Sie warf einen Blick auf die geschlossene Tür. »Nein …«

»Rempe und Ahnfelder haben sich am 21. des letzten Monats im Hofgarten getroffen. Worum ging es da?«

Noch einmal der prüfende Blick zur Bürotür. Sie gab sich einen Ruck. »Ich weiß nichts Genaues, aber vor ungefähr zwei Monaten hat Jürgen den Anruf einer jungen Frau bekommen, die ab dann regelmäßig angerufen hat.«

»Eine junge Frau. Deutsch?«

»Deutsch, ohne Akzent. Zum Alter kann ich nicht viel sagen, sie war am Apparat ganz knapp. Sie rief immer auf Jürgens Handy an, und ich bin nur einmal aus Versehen drangegangen, weil ich in einer anderen Geschichte einen Rückruf annehmen sollte. Die Anruferin war eine Informantin, mehr weiß ich nicht. Ich weiß nur, dass Jürgen mit Fortgang seiner Ermittlungen immer nervöser und angespannter wurde und sich in der Folge ein Zimmer genommen hat.«

»Ein Zimmer?«

»Undercover, irgendwo hier in Düsseldorf. Ich weiß nicht, ob das immer erforderlich war, aber Jürgen hatte das vorher schon häufiger gemacht, immer dann, wenn am Ende eine gute Story rausgekommen ist. Er hatte immer Angst, dass irgendwer hier in die Redaktion eindringt und seine geheimen Unterlagen sichtet.«

»Verstehe«, nickte Struller. »Die Adresse wäre hilfreich.«

»Keine Ahnung. Jürgen hat immer ein ganz großes Geheimnis daraus gemacht.«

»Das wäre für uns schon sehr interessant zu wissen, wo sich diese Wohnung befindet. Sicher gibt es dort Unterlagen, die uns weiterhelfen und vielleicht sogar zu seinen Mördern führen könnten«, schlussfolgerte Struller laut.

Monika Manderscheid stöhnte leise. »Ich würde so gerne weiterhelfen …«

»Sie haben uns weitergeholfen, und seien Sie bitte so gut und halten Sie uns auf dem Laufenden, wenn sich neue Entwicklungen ergeben. Vielleicht braucht die Informantin einen neuen Ansprechpartner und wendet sich an Hanno Ahnfelder. Dann wären wir für einen schnellen, anonymen Tipp mehr als dankbar.«

Sie nickte.

Die Tür ging auf. Hanno Ahnfelder trat ein, eine Akte in der Hand. »Monika ... Was machen Sie denn noch hier?«

Struller baute sich auf. »Ihrer Kollegin geht es nicht gut. Jemand muss sich ja um die Dame kümmern. Sie haben ja nur die Werbeeinlagen vom kommenden Wochenende im Kopf«, brüllte Struller.

Monika schluchzte. Ahnfelder wurde rot.

Struller beugte sich über den Tresen. »Wir haben genug Informationen, um weiterarbeiten zu können. Den Mörder kriegen wir. Das verspreche ich Ihnen.« Er drehte sich um. »Jensen, wir gehen. Drecksladen hier!«

Sie schritten nach draußen, wo sich Struller sofort eine Ernte ansteckte. »Eine geheime Bude. Von da aus hat Rempe seine Ermittlungen geführt und dann ab und an seinen Chef informiert.«

»Dann müssen wir zweierlei ermitteln«, fuhr Jensen nachdenklich fort. »Wo ist diese ominöse zweite Wohnung, und wer ist die geheimnisvolle, junge Informantin?«

»Richtig. Und die Kernfrage natürlich: Worum geht es hier zum Henker?« Struller jagte einen Kringel in die Luft. »Wie war noch mal Rempes Privatanschrift? Da fahren wir als Erstes hin.«

* * *

Rempes Wohnung befand sich auf der Ludenberger Straße. Noch mal quer durch die Stadt. Struller fuhr erneut. Das tat er schweigend.

Jensen riss ihn aus seinen Gedanken. »Fahr langsamer, Pit, da vorne fängt die Ludenberger Straße an. Wir müssen ja noch erkennen, wo Hausnummer 50 ist.«

»Ruhig, mein Kleiner, die 50 ist bestimmt nicht am Anfang der Straßc. Dic Hausnummern beginnen in der Regel klein und werden stadtauswärts größer. Außer bei alten Stadtteilen, die früher einmal selbstständig waren, da können sich die Nummern auf den eigenen Ortskern beziehen.«

Jensen schaute Struller mit hochgezogenen Augenbrauen an und nickte anerkennend. »Das ist jetzt aber Spezialwissen.«

»Da guckste, was? Du sollst nie behaupten können, du hättest bei mir nichts gelernt!«

38, 40, 42, die Hausnummern zogen vorüber.

»Aber trotzdem, äh, sollten wir langsam nach den Hausnummern sehen.«

44, 46, 48 …

»Okay, ich mach mal langsamer, wo sind wir denn jetzt?«, fragte Struller.

»54, 56«, seufzte Jensen.

Struller fluchte. »Schon? Wie schmal sind denn hier die Häuser? Und wieso kann man denn hier nicht wenden?«

Einfach anhalten ging auch nicht, er würde dann direkt auf den Straßenbahnschienen stehen. Der Gehweg war zu schmal. Struller fuhr bis zur Einfahrt der Landesklinik in Grafenberg und wendete mit quietschenden Reifen.

Als sie sich – endlich – wieder in Höhe der Hausnummer 50 befanden, entdeckte Struller einen freien Parkplatz, Rempes Mehrfamilienhaus direkt gegenüber. Struller ruckelte den Gehweg hoch und quetschte den Wagen in die freie Fläche zwischen der Häuserwand und der durchsichtigen Glaswand einer dortigen Straßenbahnhaltestelle. Leichter Nieselregen hatte eingesetzt. Struller schniefte missbilligend.

»He!«, keifte eine weibliche Stimme von oben herab.

Struller und Jensen blickten hoch und entdeckten eine ältere Dame in hellblauer Strickjacke, die in der ersten Etage im

Fensterrahmen lehnte und wild auf das geparkte Fahrzeug deutete.

»Sie stehen im Halteverbot!«, rief Oma Blockwart.

»Was? Sie sind alt und bald tot?«, rief Struller zurück. Nörgelige Fenstergucker gingen ihm immer sofort auf den Nerv.

»Flegel! Ich zeig Sie an!«, empörte sich die Frau.

»Was? Sie haben nich mehr lang?«, fragte Struller besorgt nach.

Die Frau verschwand, das Fenster wurde zugezogen.

Struller schüttelte verächtlich den Kopf. »Dieses ewige Denunziantentum. Furchtbar. Ich weiß, das ist Teil der deutschen Kultur, und das kriegste nicht raus, aber ich finde es schrecklich!«

Schnell hasteten sie über die Ludenberger Straße und standen vor dem Haus, in dem Jürgen Rempe seine Bleibe hatte. Zur Haustür führten drei abgetretene Steinstufen hinauf. Eine ordentlich beschriftete Klingelleiste. Die Haustür war geschlossen. Jensen stieg links des Eingangs auf die Zehenspitzen, schaute durch ein Fenster im Erdgeschoss und sah in der Wohnung einen älteren Mann, der dort in einem Sessel saß und die Zeitung las. Wenn die Klingelschilder richtig angeordnet waren, musste das ein Herr Kaminski sein.

»Klingel mal bei *Kaminski*. Der ist zumindest zu Hause.«

Struller betätigte die Klingel. Aber der Alte rührte sich überhaupt nicht. Jensen schaute verdutzt ins Fenster, der Kerl hatte nicht mal gezuckt. Er gab Struller ein Zeichen, noch mal zu klingeln. Struller versuchte es mit hektischen Intervallen und dem SOS-Signal. Nichts. Jensen schniefte. Selbst er hatte trotz des beträchtlichen Verkehrslärms die Klingel bis nach draußen vors Fenster gehört. Jetzt fing auch der feine Nieselregen an, ein bisschen unangenehm zu werden.

»Jensen, bist du sicher, dass der Alte lebt?«, rief Struller herüber.

»Der lebt. Der tut nur nichts.«

»Hat er ein Messer in der Brust?«

»Kein Messer. Er hängt auch nicht an der Decke, sondern sitzt in einem Sessel und liest die Zeitung«, sagte Jensen genervt.

Struller blickte skeptisch in seine Richtung. »Wir können ja mal tauschen.«

Taten sie dann auch.

»Hau noch mal auf die Taste!«

Jensen schellte lang und ausgiebig, Struller hämmerte gegen Scheibe und Fensterrahmen. Plötzlich bewegte sich der Mann. Allerdings blickte er lediglich verwirrt zum Telefon, schüttelte den Kopf und widmete sich wieder den Neuigkeiten.

»Das gibt's doch gar nicht. Das macht der Kerl doch mit Absicht.« Strullers Gesichtsfarbe wechselte in tiefes Dunkelrot, kleine Äderchen leuchteten bläulich. »Ich schlag jetzt die Scheibe ein!«

Jensen klingelte erneut.

»Er bewegt sich«, stoppte Struller sich. »Mann, der Trottel ist jetzt tatsächlich ans Telefon gegangen. Das gibt's nicht. Dem schieß ich ein Loch in die Scheibe. Mal sehen, ob er es dann rafft.«

Jensen sah entsetzt, dass Struller mit der linken Faust weiter gegen die Scheibe hämmerte, aber mit der rechten Hand tatsächlich an seinem Holster herumnestelte.

»Er hat mich gesehen«, konnte Struller aber im gleichen Moment verkünden. »Glück gehabt.«

Jensen stellte sich neben Struller, der Mann trat von innen ans Fenster und kippte es auf. »Was soll das? Wollen Sie meine Scheibe einschlagen? Ich sollte die Polizei anrufen«, beschwerte sich Kaminski in deutlich gehobener Lautstärke.

»Die Polizei ist schon da, lassen Sie uns rein!«, brüllte Struller.

»Was? Wieso? Haben Sie einen Ausweis? Warum haben Sie denn nicht einfach geklingelt?«, schrie Kaminski.

Jetzt bekam Jensen Angst um Struller. Und um den alten Kaminski. Sicherheitshalber schob er sich zwischen seinen Kollegen und das Fenster, zog seinen Ausweis und deutete auf die Haustür. Kaminski nickte, verschwand und öffnete gefühlte Stunden später die Haustür.

»Das ging ja flott«, grüßte Struller.

»Polizei? Was wollen Sie denn? Ich habe nichts angestellt. Mein Auto steht unversehrt in der Garage, können Sie gerne gucken.«

»Wir wollen nicht an Ihr Auto, sondern nur ins Haus«, erklärte Jensen.

»Wieso?«, fragte der Mann mit krachender Stimme.

»Wir müssen was nachgucken.«

»Was denn?«

»Dienstlich«, brüllte Struller

»Aha. Und was?«, schrie Kaminski zurück.

»Wir müssen zum Herrn Rempe!«

»Warum klingeln Sie nicht bei dem?«

»Er macht nicht auf«, bölkte Struller.

»Wissen Sie doch gar nicht, wenn Sie da nicht klingeln«, keifte Kaminski.

Struller klappte der Mund auf.

»Kann ich weiterhelfen?«, rief eine junge Frau von oben, deren Kopf über ihnen im Treppenhaus erschien.

»Oh ja«, flüsterte Struller dankbar.

Beide quetschten sich ohne weitere Erklärungen an Kaminski vorbei ins Treppenhaus. Die Dame wohnte in der zweiten

Etage, die Wohnung am Treppenabsatz links mit dem Türschild *J. Kroppik.* Die Wohnung rechts gehörte *J. Rempe.*

»Polizei«, sagte Jensen und zeigte seinen Dienstausweis.

»Kroppik«, entgegnete die junge Frau

Als Jensen ihr vertraulich mitteilte, dass Rempe, nun ja, verstorben war, brach die Dame in lautes Schluchzen aus.

»Kannten Sie sich gut?«, fragte Jensen.

»Was heißt gut? Wir sind, beziehungsweise waren seit gut vier Jahren Nachbarn. Wenn er mal verreist war, hab ich mich immer um seine Pflanzen gekümmert. Er hat nämlich dreizehn Bonsais«, erklärte sie mit zitternder Stimme. »Deshalb habe ich auch einen Schlüssel für seine Wohnung.«

»Oh, das passt sehr gut, den Schlüssel bräuchten wir dann mal, die Wohnung müssen wir uns ansehen«, mischte sich Struller ins Gespräch.

»Wir melden uns nachher noch mal bei Ihnen«, fügte Jensen hinzu.

Eine Minute später ließ sich Rempes Wohnungstür mit dem Reserveschlüssel problemlos öffnen. Abgestandene, muffige Luft ballte sich zur Faust und schlug ihnen entgegen.

Die Wohnung bestand aus einem riesigen Wohnzimmer, in das man unmittelbar eintrat, mit offener Wohnküche. Von dort gingen rechts zwei Zimmer ab, ein Schlaf- und ein Arbeitszimmer. Links führte eine Tür ins Bad. Im Wohnzimmer entdeckte Jensen ein drei Meter langes Regal, auf dem sich die besagten dreizehn Bonsai-Bäumchen brav aneinanderreihten. Alle Fenster, einschließlich eines Dachfensters, waren geschlossen, prächtige 35 Grad hatte die Dachwohnung sicher zu bieten, mindestens.

»Heiß hier«, stöhnte Struller dann auch.

Die Wohnung war zweckmäßig geschnitten, nur spärlich möbliert und nicht besonders groß. Ein Schreibtisch im

Wohnzimmer kam derartig aufgeräumt daher, dass nicht ansatzweise etwas Interessantes zu erwarten war. Jensen kämpfte sich gleichwohl durch die Unterlagen und fand natürlich nichts. Nach einer knappen Stunde waren die beiden Ermittler mit ihrer Durchsuchung fertig.

»Das einzig Lebendige hier sind die Bonsai-Blumen«, stellte Struller enttäuscht fest.

»Bäume«, korrigierte ihn Jensen. »Bonsai-Bäume, keine Blumen!«

»Klugscheißer«, zischte Struller. »Der Kühlschrank ist so gut wie leer, und selbst die Spinnen hängen tot im Netz. Wir hauen hier wieder ab, versiegeln die Wohnung und machen uns vom Acker.«

Jensen tat wie geheißen, und beide traten den Rückweg an.

»Ich notier mir noch kurz die Personalien von der Kroppik«, erklärte Jensen.

Auf Klingeln öffnete die junge Frau sofort. Irritiert stellte Jensen fest, dass sie ihn mit einem zum Turban gebundenen, rosafarbenen Handtuch die Tür öffnete. »Ich habe noch eine Verabredung, äh, gleich.«

»Dauert nicht lange«, sagte Jensen und notierte sich schnell Name und Telefonnummer. »Wann haben Sie Herrn Rempe das letzte Mal gesehen?«

Sie kaute nachdenklich auf ihrer Unterlippe. »Also, zwei Wochen ist das schon her. Muss ein Freitag gewesen sein.«

»Sollten Sie sich wieder um die kleinen Bäumchen kümmern?«

»Hat er nichts von gesagt. Die Bonsais sind allerdings hartnäckige Burschen, die kommen locker ein paar Wochen ohne Wasser aus.«

»Hatte Herr Rempe in letzter Zeit Besuch?«

Die Frage war ihr sichtlich unangenehm. »Also …«

»Ist für unsere Ermittlungen relevant, wir klopfen routinemäßig alles ab.«

»Also, nein, da ist mir niemand aufgefallen. Ich habe natürlich auch nicht rund um die Uhr drauf geachtet, aber ich glaube, Herr Rempe hatte insgesamt sehr wenig Besuch. Oder Kontakt, also, eine Freundin hat er meines Wissens nicht gehabt. Deshalb musste ich mich ja auch um die Pflanzen kümmern.«

»Gut. Wenn Ihnen noch etwas einfällt, melden Sie sich bitte.«

»Mach ich.«

Jensen verabschiedete sich, folgte Struller die Treppe runter und bemerkte überrascht, dass Kaminskis Wohnungstür offen stand. Hatte sich sein Chef doch etwa hinreißen lassen und …

Jensen hörte laute Stimmen. Zügig ging er in die Wohnung hinein. Er traute seinen Augen nicht. In der Küche saßen Struller und Kaminski, jeder ein Pinneken Braunes in den Fingern. Zwischen ihnen stand eine Flasche Killepitsch auf dem Tisch. Die beiden Männer prosteten sich zu.

Struller entdeckte ihn, knallte das leere Gläschen auf den Küchentisch und schrie: »So, mein Kollege ist mit der Befragung fertig. Ich muss jetzt auch wieder.«

»Ja, dann!«, brüllte Kaminski. »War nett, Sie kennen gelernt zu haben!«

»Ganz meinerseits!«

»Kompetente Polizisten sind selten!«

»Wem sagen Sie das!«, pflichtete Struller ihm lautstark bei.

Jensen rieb sich verwundert die Augen und die schmerzenden Ohren. Es pfiff immer noch, als sie draußen auf den Gehweg traten. »Was war denn das jetzt, Pit? Ich habe höchstens vier, fünf Minuten mit der Kroppik geredet und schon trinkst du ´nen Kurzen mit dem Kaminski? Du wolltest den vor ´ner Stunde noch umbringen?«

»Du musst noch viel lernen, Jensen. Als ich die Treppe runterkam, stand der Kaminski schon im Türrahmen. Er winkte mich heran und wollte mir was erzählen. Damit es nicht wieder das ganze Haus mitbekommt, bin ich natürlich mit reingegangen. So alte Kriminalinskis wie der, die immer auf alles achten, was im Haus so passiert – vorausgesetzt, sie bekommen was mit – haben fast immer irgendwas gesehen. Die wissen nahezu alles über die Mitbewohner. Sind nie beliebt, aber immer auskunftsfreudig.«

»Und, hat es was gebracht?«, fragte Jensen, ob der Belehrung betont gelangweilt.

»Klar«, grinste Struller triumphierend. »Der Alte hat mir gesagt, dass Rempe vor knapp zwei Monaten Damenbesuch hatte.«

»Ach, hat die Kroppik nicht mitbekommen«, wunderte sich Jensen.

»Kann ich mir denken, da hat sie bestimmt schon geschlafen, das war nämlich um vier Uhr morgens. Kaminski macht um die Zeit immer noch einen Toilettengang.«

»Aha. Schon interessant, worüber ihr euch austauscht.«

»Nächtliche Toilettengänge werden mit zunehmendem Alter ein sehr gegenständliches Thema.«

»Das wird die ominöse Informantin gewesen sein. Hatte Kaminski zur Dame mehr Details?«

»Keine. Junge Dame, das ist alles.«

Sie hatten ihr Fahrzeug auf der anderen Seite erreicht.

»Hat er sonst noch was erzählt?«, fragte Jensen.

Struller klemmte sich hinters Lenkrad und deutete nach schräg oben. »Er sagt, dass er scharf auf die Blockwart-Dame da oben ist. Die staubsaugt abends immer in Unterwäsche und vergisst ab und zu, ihre Vorhänge zuzuziehen. Du weißt schon: versehentlich.«

Jensen lachte und zitierte seine Oma: »Auch der Herbst hat schöne Tage.«

Struller startete den Wagen. »So sagt man.«

Er gab kräftig Gas und hämmerte noch vor einer heranrauschenden Bahn auf die Fahrbahn. Der Bahnfahrer belohnte Strullers Fahrkünste mit einer Einheit Hupen und Klingeln, dass es nur so eine Pracht war.

Struller räusperte sich entspannt und legte seinen Ellbogen ins geöffnete Fenster. »Sportsfreund, wir machen für heute Feierabend. Ich geh noch ins *Aquarium*. Ein bisschen nachdenken. Und so. Da kannst du mich absetzen. Und morgen holst du mich zu Hause ab.«

»Jawohl, Mrs. Daisy«, knurrte Jensen.

»Dann geht's morgen früh für uns in die Gerichtsmedizin. Um halb neun sollte Doc Stich mit Rempes Obduktion durch sein. Wir brauchen langsam Ergebnisse.«

* * *

Struller zog die Tür auf, trat ein und verdrehte die Augen. »Mist.«

Gerade heute, wo ihm der Sinn nach ein bisschen Ruhe stand, war Krakes *Aquarium* richtig gut gefüllt. Die runden Stammtische waren besetzt, Jugendliche spielten lärmend Billard. Sogar die beiden Daddelautomaten und die Dartmaschine waren belegt. Mürrisch zog er die Augenbrauen zusammen. Zu allem Überfluss saß da doch glatt ein Typ auf seinem Stammplatz am äußersten Ende der Theke. Unschlüssig blieb er in der Mitte des Raums stehen. Der kleine Tisch neben den Dartspielern war noch frei. Besser nicht. Die Typen tranken ein Bier zu viel und schon hatte man ein Ohrloch.

Krake entdeckte ihn. »Tag, Struller, alte Säge. Was stehst du mitten im Raum rum? Haste einen Tisch bestellt?«

»Wieso? Bist du Schreiner?«, konterte Struller.

Krake verdrehte die Augen.

»Altbier«, sagte Struller und trat an die Theke.

»Guten Abend«, grüßte sein Lieblingswirt zurück und ließ den Zapfhahn schnippen.

»Voll hier«, bemerkte Struller.

»Fast nur nette Menschen. Setz dich!«, summte Krake gut gelaunt, klebte Strullers Bier auf einen Pappdeckel und deutete zunächst auf den Stammplatzklauer und dann auf den noch freien Barhocker direkt daneben. »Das ist mein neuer Nachbar, vorgestern eingezogen. Er beißt nicht«, erklärte Krake.

Zögerlich glitt Struller auf den Sitz. »Tag!«

»Das ist Niko, aus Laos.«

»Hallo, gibst du mil ein Biel aus?«, fragte Niko freundlich.

»IT-Branche?«, fragte Struller.

»Ich studiele Wiltschaftswissenschaft«, antwortete Niko.

»Da bist du hier ja richtig.« Struller leerte sein Glas auf ex und rief: »Krake, mach zwei Bier, aber frische – und dann möchte ich meine Ruhe haben.«

Die nächsten drei Bier verbrachte Struller schweigend und der Musik lauschend. Krake hatte sich die neue CD der Rolling Stones zugelegt. Obwohl selbst die neuen Songs richtig gut waren, wollte sich seine eingetrübte Stimmung nicht aufhellen. Die lärmenden Jugendlichen hatten irgendwann zwischendurch gezahlt und die Kneipe verlassen. Die Daddelautomaten hatten ihren Spielern das komplette Kleingeld abgeschwatzt. An den Stammtischen wurde die Schlagzahl niedriger, alles beruhigte sich ein wenig, und Krake beugte sich über den Tresen zu Struller.

»Morgen bleibt die Kneipe zu.«

»Hygienemängel?«, fragte Struller.

»Morgen ist die Vorausscheidung zum Thekencurling. Das will ich ganz in Ruhe angehen. Ist auch eine psychische Herausforderung. Man qualifiziert sich nicht so nebenbei.«

»Du verzichtest auch auf Sex vor dem Wettkampf, oder?«

»Ich verzichte ganz generell auf den Sex. Niko wird mich mental coachen. Die Asiaten sind auf diesem Gebiet einfach weiter als wir Europäer. Meistens ist man es ja selbst, der einem im Weg steht.«

»Ich laufe in solchen Fällen immer um mich rum«, orakelte Struller.

»In der Luhe liegt die Klaft!«, fügte Niko hinzu.

Krake beugte sich über den Tresen. »Was ist dir eigentlich auf den Magen geschlagen, Pit?«

»Nichts.«

»Komm. Das sehe ich doch.«

Struller grunzte und leerte sein Glas.

»Liegt dir immer noch die Hochzeit quer?«, bohrte Krake nach. »Bertie Spurtmann war hier. Er heiratet seine Doris in der Antoniuskirche am Fürstenplatz.«

»Das macht es nicht besser. Trauzeuge … Wie kommt der bloß auf mich?«

Krake platzierte zwei weitere Altbiere vor Struller und Niko auf der Theke. »Optische Gründe sind es nicht. Hier. Geht aufs Haus.«

»Wohlsein!«

»Plost!«

»Und?«, blieb Krake hartnäckig. »Wo drückt der Schuh?«

»Keine Hochzeit, keine Nachwuchsgefahr, diesmal ist es ein Toter, der mir Sorgen macht.«

»Dienstlich oder privat?«

»Ist bei mir doch dasselbe. Wir haben eine Leiche dazu bekommen. In einem Müllwagen.«

»Das ist ekelig!«

»Ekelig ist, wenn sich ein Junkie mit demselben Löffel Heroin aufkocht, mit dem vorher ein alter Mann seinen Joghurt gegessen hat. Jürgen Rempe heißt der Tote.«

»Muss ich den kennen?«

»Ein Journalist. Ein gemeiner Terrier, ein Wadenbeißer. Hartnäckig. Immer die Nase im Dreck. Hat es drauf gehabt. Investigativer Journalismus. Rempe hat beim *Rheinkurier* gearbeitet.«

»Investigativer Journalismus und *Rheinkurier*? Das ist doch ein Anzeigenblättchen.«

»Sie gehen verdeckt vor. Sehr subtil.«

»Hab ich noch nie mitgekriegt.«

»Siehste!«, sagte Struller.

»Sonst schimpfst du doch immer auf die Presse. Seit wann machen dir tote Journalisten Kummer?«

»Alle Toten machen mir Kummer, Krake. Rempe war ein Knochen, eine klebrige Klette, aber ich hab ihn gemocht. Geradeaus, hartnäckig, mit nichts was zu tun. Hatte seine Prinzipien. Krake, ich sag dir, das ist eine aussterbende Art. Ein Dinosaurier.«

»Wie du«, grinste Krake.

Struller stutzte. Ja, genau. Das war es. In Rempe hatte er seinerzeit bei den Ermittlungen nicht nur einen würdigen Gegner, sondern eine Art Seelenverwandten gefunden. Irgendwie. Die Wahrheit und nichts als die Wahrheit. Das war doch ein Wert, der heute mit Füßen getreten wurde. Struller würde das schon alleine aus Imagegründen niemals zugeben, aber dass der hagere, kantige Rempe hatte ins Gras beißen müssen, ging ihm wirklich nahe. Scheiße, das!

»Wie ist er denn gestorben?«

»Der Doc sagt, er sah aus, als hätte ihn ein Tiger zwischengehabt.«

»Laos ist das Leich der Tigel!«

»Hast du schon mal am Staufenplatz nachgeguckt, ob dort ein Zirkus gastiert?«, schlug Krake vor.

Struller schüttelte den Kopf. »Ich halte nichts von der Tigertheorie.«

»Wilder, abartiger Sex?«, fragte Krake lüstern und ignorierte einen heftig winkenden Gast an der anderen Seite des Tresens.

»Nicht heute, Krake«, lehnte Struller ab.

»Idiot!«, kläffte der Wirt und widmete sich dem anderen Gast.

Strullers Handy schlug an. Er frickelte es aus der Hose. »Ja?«

Nichts.

»Hallo?«

Am anderen Ende blieb es ruhig.

»Was soll die Scheiße? Sprich oder leg auf!«

Das entsprechende Tonsignal erklärte, dass der Anrufer sich fürs Auflegen entschieden hatte. Struller zog ärgerlich seine Augenbrauen zusammen. Konnte er gar nicht leiden. Im Display erkannte er, dass jemand mit unterdrückter Nummer angerufen hatte. Jemand aus der Telefonzelle oder noch wahrscheinlicher ein Kollege von irgendeinem Dienstapparat aus.

»Lappen«, brummte Struller und versenkte das Handy.

Derartig aus dem Trinkrhythmus gerissen, konnte er auch gleich Feierabend machen für heute. Da Krake sich am anderen Ende der Theke befand, würde er heimlich abhauen, ohne zu zahlen und ohne dass Krake ihn wieder wegen der

Schulden nerven konnte. Seine Schulden würde er wegen des Drohanrufs aus prinzipiellen und erzieherischen Gründen sowieso erst frühestens in drei Wochen bezahlen. Wenn überhaupt.

»Eulopäel immel viel Stleß, kennen nicht Yin und Yang«, flüsterte Niko, körperlich mit inzwischen bedenklicher Schlagseite. Der war nach den paar Bierchen schon granatenvoll. Schien doch was dran zu sein, an der Sache mit dem asiatischen Gendefekt in Sachen Alkoholaufnahme. Struller rutschte vom Hocker und schickte sich an, den Heimweg einzuschlagen.

»Musst du nicht bezahlen?«, lallte Niko.

Nö, dachte Struller, muss ich nicht. Wortlos verließ er das *Aquarium* und schlug sich draußen eine Kippe aus der Schachtel.

»Ernte 23«, murmelte Struller melancholisch. »Ich bin auch ein Dinosaurier. Wie Rempe. Genau wie …«

Struller schlug sich mit der flachen Hand vor die Stirn. Ein Dinosaurier? Wie Rempe? »Natürlich!«

Struller sah mit einem Mal sonnenklar. Krake hatte ihm mit seiner Urzeitviehbemerkung auf die Spur geholfen. Das Etikett mit dem Tiger drauf, das bei Rempe in der Schuhspitze steckte, war nichts anderes als ein persönlich an ihn gerichteter Hinweis. Rempe hatte gespürt, dass er in Gefahr schwebte. Für den Fall, dass ihm etwas zustoßen würde, hatte er sich vorbereitet. Würde Rempe ermordet, dann bekäme Struller als Kommissar der Mordkommission ihn früher oder später in die Finger. Dann würde er im Schuh das Etikett finden. Dieser alte, knochige Wadenbeißer hatte ihm, Struller, zugetraut, mit dieser kleinen, klebrigen Information etwas anfangen zu können. Struller strich sich durchs Haar. Das war ein Auftrag! Von Rempe an ihn. Eine letzte, stumme Aufforderung!

Als Struller sich mit zusammengekniffenen Augen die Kippe ansteckte, schwor er, Rempe nicht zu enttäuschen!

* * *

Mit zittrigem Griff legte sie den Telefonhörer klappernd zurück auf die Gabel. Sie senkte den Kopf und atmete mehrmals kräftig und tief durch. Ihr Blick fiel noch mal auf den schmalen Papierstreifen, den der Journalist ihr beim letzten Treffen gegeben hatte und den sie in den verkrampften Fingern ihrer rechten Hand hielt.

Ruf den an, hatte er gesagt.

Ruf den an, wenn mir was passiert.

Und heute kam es in den Nachrichten.

Erschreckt fuhr sie hoch. Wie lange stand sie hier regungslos in der Telefonzelle? Ihr Blick flog nach links und rechts.

Der Mann, der Journalist … er war tot. Und das bedeutete für sie, dass sie sich selbst in Lebensgefahr befand. Stand sie auch auf der Liste? Hatte er ihren Namen verraten? Gab es jemanden, der eins und eins zusammenzählte und ahnte, dass es jemanden geben musste, der interne Informationen weitergegeben hatte? Der alles gefährdete, der … aus dem Weg geräumt werden musste?

Ihre linke Hand hatte sich wieder um den Telefonhörer gelegt. Warm und klebrig lag er in ihrer Handinnenfläche.

Sollte sie diesen … Polizisten … noch mal anrufen? Sollte sie sich ihm anvertrauen? Sofort? Und schnell?

Sie schüttelte energisch den Kopf, zog ihre Finger zurück und vergrub ihre linke Hand in der Tasche ihrer Jeans.

Nein!

Sie hatte sich auch bei diesem Journalisten Zeit gelassen, sie durfte nichts überstürzen. Sie musste jetzt alles richtig machen. Sie musste sich Zeit lassen. Sie musste denken. Denken und *dann erst* handeln!

Denn: Sie schwebte in Lebensgefahr.

Ihr Blick strich noch einmal durch die enge Seitenstraße. Ein Fußgänger schlenderte im Laternenlicht den Gehweg entlang. Sie entdeckte den Hund, den er an der Leine führte. Das war unverdächtig. Keine Bedrohung, das war ganz normal.

Aber … Sie sah an sich hinab. Sah nicht auch sie selbst unverdächtig aus? Ganz normal. Wie eine Hausfrau, die sich heimlich aus dem Haus gestohlen hatte, um von der nahegelegenen Telefonzelle aus ihren heimlichen Liebhaber anzurufen, damit der eifersüchtige Ehemann zu Hause von ihrer Affäre nichts merkte.

Ja. Genauso sah sie aus.

Aber … Sie war alles andere als das. Sie war nicht unverdächtig. Sie war nicht unschuldig. Sie war etwas ganz anderes. Sie war eine Bedrohung!

Sie warf entschlossen ihren Kopf in den Nacken und flüsterte: »Morgen.«

Morgen würde sie diesem Polizisten zunächst eine Botschaft zukommen lassen. Ihn testen. Sehen, wie er reagierte. Ob er was taugte. Das war wichtig. Einem Stümper durfte sie sich auf keinen Fall ausliefern, der Bulle musste was drauf haben, motiviert sein, musste Mumm in den Knochen haben.

Und dann, dann würde sie sich ihm *vielleicht* anvertrauen.

Sie würde ihn in Lebensgefahr bringen. Er würde vielleicht sterben, wie dieser Journalist. Aber das alles: erst morgen.

Schnell und hektisch riss sie den schmalen Zettel in viele, kleine Streifen. Mit Schwung warf sie die Fetzen hoch in die Luft und sah den weißen Stücken nach, wie sie durch die Luft zwirbelten und in tausend Richtungen zu Boden segelten. Den Streifen mit der Telefonnummer würde niemand mehr zusammensetzen. Und sie, sie hatte die Telefonnummer auswendig gelernt. Und den Namen, den ihr der Journalist genannt hatte.

»Struhlmann«, flüsterte sie.

4. Tag

Struller saß auf dem Beifahrersitz und warf mürrisch einen Blick auf seine Armbanduhr. 8.35 Uhr. So früh am Tag und er war schon wieder komplett bedient. Der Kölner, der den Ford Capri kaufen wollte, hatte die Aussage des ignoranten Besitzers bestätigt und dem Verdächtigen ein wasserfestes Alibi geliefert. Struller hasste wasserdichte Alibis! Der Bericht der Ballistiker war eingetroffen, die in der Parkhalle von Faserspuren-Harald sichergestellte Patronenhülse ließ sich keiner registrierten Schusswaffe zuordnen. Eine weitere Spur, die sich ins kriminalistische Nichts verabschiedet hatte. Sein griesgrämiger Blick krallte sich am Fahrer fest. Und dann das: Jensen. Was für ein Trottel!

»Was guckst du so?«, fragte der unschuldig. »Du hast doch gesagt, ich soll dich abholen kommen.«

»Ja, aber doch nicht wieder mit dem Gemüsetransporter!«

Jensen blieb locker. »Ich mache alles, was du mir sagst, denn du bist der Meister. Aber du musst mir schon zuhören. Mein Ford ist in der Werkstatt, und ich fahre den Wagen meines Cousins. Habe ich dir gesagt.«

Struller sagte nichts, sondern pulte ein matschig-dunkelgrünes Blumenkohlblatt unter seinem Hintern hervor, seufzte und schnippte es nach hinten.

»Wir sind ja bald da«, beruhigte ihn Jensen, fuhr auf das Gelände der Universitätsklinik und steuerte wie üblich direkt den Parkplatz der Gerichtsmedizin an. Ein für ihn passender Stellplatz war erfreulich schnell gefunden.

»Nur für ärztliches Personal«, freute sich Jensen und würgte den Motor ab.

Struller kletterte aus dem Sitz und warf mit Schmackes die Beifahrertür hinter sich zu. Schniefend ging er zum Hintereingang des Gebäudes, hackte den streng geheimen Zahlencode der Tür in die Tastatur und steuerte im kühlen Vorraum der Obduktionssäle zügig eine Tafel an. Der Name *Rempe* war als Letztes mit rotem Filzstift durchgestrichen. Ein gutes Zeichen, also war Doc Stich mit Jürgen Rempe bereits fertig.

»Da seid ihr ja endlich«, dröhnte Doc Stich durch den umgeschnallten Mundschutz. Der Gerichtsmediziner trug außerdem einen grünen Chirurgenkittel mit frischen, roten Flecken und das Häubchen für die Haare, frech ein bisschen schief sitzend.

»Wir sind mit dem Gemüsemobil hier. Mit dem darf man nur 25 fahren«, maulte Struller.

»Schön, schön. Für euer Protokoll: Ich habe Rempe ordnungsgemäß geöffnet, klassischer Y-Schnitt, hier und da vorsichtig ein Organ entnommen, die Schädelsäge sorgsam zum Einsatz gebracht und das ein oder andere in Scheiben geschnitten. Anschließend habe ich Rempe wieder akkurat zugenäht. Es gab viel zu sehen, das sag ich euch!«

Jensen hatte derweil nach Lena Ausschau gehalten, aber die war nicht zu entdecken, was jetzt auch nicht so schlimm war. Überall lagen hier Messer und Stechwerkzeuge rum.

»Aha. Gut. Und?«, fragte Struller ungeduldig.

»Ich hab Lust auf ´ne Kippe. Wir gehen auf die Terrasse.«

Keine Einwände. Jensen war froh, diesen unangenehmen Ort verlassen zu können. Frische Luft war nie verkehrt. Doc Stich schnappte sich im Vorbeigehen eine Chirurgenschale, kippte den glibbrigen Inhalt in einen Ausguss und steckte sich Sekunden später mit Struller zusammen eine Zigarette an.

»Also, Doc. Was ist die Todesursache?«, fragte Jensen.

»Blutverlust. Viel, sehr viel Blut ist aus der Leiche geflossen. An verschiedenen Stellen, meist jedoch aus dem Oberkörper. Und die Arme sehen nicht gut aus. Die Beine auch nicht. Die Lunge schon gar nicht, aber das ist ein anderes Thema, er hat stark geraucht, das ist ungesund.« Der Arzt nahm einen tiefen Zug.

»Den Teil mit der Lunge habe ich verstanden, Doc. Sonst nichts. Geht das etwas genauer?«, fragte Struller ungeduldig.

»Der Leichnam wies viele Wunden auf. Biss-, Kratz- und Reißwunden. So was habe ich in der Form noch nie gesehen.«

»Was für ein Tier?«, fragte Jensen.

»Ich habe exakt vierunddreißig Bisse gezählt. Einige sind einzeln platziert, viele jedoch überlappend. Davon die meisten an den Armen und an den Handinnenflächen.«

»Abwehrverletzungen«, wertete Struller die Information und jagte einen Rauchkringel in die frische Mailuft.

»Richtig. Rempe wollte sich schützen. Welches Tier, kann ich nicht sagen. Er sieht aus, als sei er den Löwen zum Fraß vorgeworfen worden.«

Vor Jensens geistigem Auge erschienen Bilder, die er gar nicht gut fand, aber es wollte ihm nicht gelingen, in seinem Kopf das Entstehen einer blutigen Fotostrecke zu verhindern.

»Hier und da fehlt ein Stück Extremität, aber sonst ist noch alles dran. Es wurden allerdings gleich mehrere Schlagadern durchtrennt, unter anderem die am Hals. Spätestens das war auf jeden Fall tödlich.«

»Dann wurde er zu Tode gebissen?«, fragte Struller.

»Wenn man derart verletzt wird, schaltet der Körper automatisch ab. Das macht es nicht besser, aber irgendwann – schon recht früh – wird Rempe nichts mehr mitbekommen und keine Verletzung mehr gespürt haben.«

»Ein schwacher Trost«, flüsterte Jensen.

»Zu Tode gebissen. Doc, sag schon, was für ein Tier? Ich meine, ein Schweinebiss sieht doch anders aus als wenn eine Schnappschildkröte zuschnappt«, fragte Struller und zerquetschte schnaufend seine Kippe in der Schale.

Doc Stich schniefte. »Die einzelnen Wundränder sind im Durchmesser auffallend klein und fast kreisförmig. Und sehr spitz. Kennst du diese Piekser, mit denen man Löcher in Büchsenmilchdosen macht?«

»Ich trinke meinen Kaffee zwar schwarz, aber ich weiß, was du meinst.«

»So ähnlich sehen die Wunden aus, nur sind sie tiefer.«

»Also doch keine Bisswunden? Müssen wir nach einer Waffe suchen?«

Doc Stich schüttelte den Kopf. »Es gab vor einigen Jahren einen Fall in Halle an der Saale, von dem ich neulich noch gelesen habe. Da hat so ein Irrer ein menschliches Gebiss auf einer Zange befestigt und seinen bereits toten Opfern Bisswunden zugefügt. Warum auch immer. So was hätte auch infrage kommen können, aber ich habe neben diesen gebissähnlichen Einstichen ja auch die Kratzspuren gesichert, die eindeutig tierischen Ursprungs sind.«

»Krallen.«

»Ja. Trotz der merkwürdigen Bissspuren glaube ich daher trotzdem, dass es sich um Hundebisse handelt.«

»Hundebisse? Warum denn jetzt Bisse vom Hund?«, fragte Struller.

»Ich habe noch was festgestellt, was mich zu genau dieser Annahme führt. Kommt mit!«

Der Arzt zertrat seine Kippe und führte die beiden Polizisten ins Labor zurück und dort an eine von hinten hell beleuchtete Tafel mit Fotos. »Ich hatte ja von meinen Problemen bei der Untersuchung des Blutes aus der Parkhalle erzählt, dass vier der acht Proben kein aussagekräftiges Ergebnis hatten. Jetzt weiß ich warum.«

»Waren es doch zwei Menschen?«

»Zwei ja. Aber nicht Menschen.« Doc Stich tippte nacheinander auf mehrere seiner Fotos. »Hier, ganz klar Menschenblut und hier: Hundeblut.«

Der Gerichtsmediziner winkte beide an ein Mikroskop und deutete Jensen an hineinzugucken. Dann wechselte er das Glasplättchen und schob ein weiteres darunter. »Siehst du den Unterschied?«

»Ehrlich gesagt, äh, nein.«

Doc Stich blickte seufzend Struller an. »Was lernen die eigentlich auf der Polizeischule? Ihren Namen tanzen?«

»Rechtlichen Kram und so was, unnützes Zeug«, grummelte Struller.

»Die Blutkörperchen haben eine ganz andere Form. Das erste war das Blut eines Menschen, dann Hundeblut«, erklärte der Arzt.

»Ach.« Jensen rieb sich die Schläfe. »Vielleicht haben wir es hier ja auch mit einem Hundemensch zu tun. Oder mit einem Werwolf? Anubis, der Hüter der Unterwelt.«

Doc Stich verdrehte die Augen.

Struller erklärte. »Er war längere Zeit giftigen Gasen ausgesetzt. Er fährt einen Gemüsetransporter. Anubis kann natürlich sein, aber ich glaube, es war so: In der Parkhalle unter dem 4004 hat es einen Kampf gegeben. Hund gegen Mensch. Beide verletzen sich gegenseitig und bluten. Das Blut vermischt sich. Dafür sprechen auch die Schleif- und Kampfspuren im Blutbild, von denen Harald gesprochen hat. Dann tritt eine dritte Person hinzu und schießt.«

»Entweder auf den Menschen oder auf den Hund«, fügte Jensen hinzu.

»Dann werden Hund und Mensch abtransportiert. Später erscheint Rempe und tritt in die Blutlache.«

»Theoretisch könnte auch Rempe der Schütze gewesen sein. Immerhin ist er vor Hucki und Krabba geflüchtet«, korrigierte Jensen.

»Ja. Glaub ich aber nicht. Der hat nie eine Waffe getragen«, erläuterte Struller.

Doc Stich hatte schweigend zugehört und führte jetzt weiter aus: »Wegen des Hundebluts unterm 4004 gehe ich einfach davon aus, dass auch die bei Rempe tödlichen Bissspuren durch einen Hund oder mehrere Hunde beigebracht wurden.«

»Aber ganz genau wissen tust du es nicht«, bohrte Struller.

»Bring mir ein Gebiss mit den komischen, spitzen Zähnen, und ich sage dir, ob das Vieh zu den Zähnen gebissen hat.«

Struller fuhr sich mit der Zunge über die Lippen. »Rempe wurde von einem Hund zu Tode gebissen. Wir haben Hundeblut im 4004. Und Menschenblut, das ist aber nicht von Jürgen Rempe. Es fehlt uns immer noch ein Toter aus der Parkhalle, und es steht nicht fest, ob wir es mit einem oder mit zwei Hunden zu tun haben.«

»Sucht den Toten«, forderte Doc Stich. »Denn nur wer suchet, der findet.«

»Es kommt nichts weg«, behauptete Jensen.

»Was gut ist, kommt wieder«, ging Struller noch einen Schritt weiter.

Alle lachten. Die Cops und der Doc verabschiedeten sich mit Handschlag. Letzterer versprach, einen ausführlichen Bericht zu schreiben, den er zufaxen würde.

Struller und Jensen erreichten die Ausgangstür des Instituts, Jensen zog sie auf und … stieß mit Lena Radok zusammen. Er schnappte nach Luft, hatte aber heute nichts zu befürchten, da Lena weder Kittel, noch Latex-Handschuhe oder Skalpell trug. Sie trat ihnen in Jeans und in einer luftigen, orangefarbenen Sommerbluse entgegen, die elegant ihren attraktiven Körper umspielte.

»Hallo, Herr Struhlmann«, strahlte sie Struller an. »Hallo Christian«, fügte sie eine Nuance kälter hinzu.

»Hallo!«, grüßten beide zurück, der eine hocherfreut sie zu sehen, der andere wesentlich zurückhaltender.

Und richtig. Sie winkte Jensen näher heran. Wollte sie ihn beißen? In die Halsschlagader? Jensen schluckte.

»Christian, wir müssen reden. Sperr deine hübschen Öhrchen auf. Heute Abend werde ich nach einem erfüllten Arbeitstag ein wenig Appetit verspüren. Ich würde mich gerne mal wieder so richtig fein zum Essen einladen lassen. Sagen wir um acht? Ja? Fein. Dann machen wir das so. Du holst mich ab, du weißt, wo ich wohne. Ich hoffe, du enttäuschst mich nicht schon wieder. Das hoffe ich für mich. Und das hoffe ich für dich! Wir haben uns verstanden?«

»Äh, ja«, antwortete Jensen leise.

»Schön, ich freue mich«, sprach Lena und ließ die beiden stehen.

»Puh«, stöhnte Jensen.

Struller schlug ihm auf die Schulter. »Ein Date. Du Glückspilz!«

»Na ja«, stöhnte Jensen.

Als sie das Gebäude verließen, erblickte Struller Jensens Gefährt und fügte feixend hinzu: »Lena mit dem Gemüsemobil abzuholen, ist bestimmt ein ganz toller Einstieg.«

* * *

Eine halbe Stunde später sprang Struller sportiv die grauen Steinstufen zum Polizeipräsidium hoch. Jensen war noch damit beschäftigt, irgendwo zwei bis drei zusammenhängende Parkflächen zu finden, um sein Kohlmobil abstellen zu können. Das konnte dauern.

Fast hatte der braune Backsteinbau Struller verschluckt, als der Pförtner ihn aufhielt: »Pit! Ich hab was für dich!«

Struller machte kehrt und trat an den Glaskasten. »Freikarten für Fortuna?«

»Brauchst du welche?«, fragte Didi.

»Auf keinen Fall.«

»Das passt, ich habe nämlich keine. Nur ein Päckchen, das irgend jemand für dich abgegeben hat.«

Struller nahm verwundert ein neutral verpacktes Päckchen entgegen. »Was heißt denn: irgend jemand?«

»Das heißt, dass ich nicht weiß, wer das Päckchen abgegeben hat. Ich gebe gerade jemandem eine kompetente, aber komplizierte Auskunft, guck einen Moment nicht hin und schwupps, liegt da das Päckchen auf meinem Schreibtisch. Und weil in sauberen Druckbuchstaben *Struhlmann* drauf steht, dachte ich, das ist bestimmt für Struhlmann.«

»Da hast du ganz sauber kombiniert.«

»Deshalb arbeite ich ja auch bei der Polizei«, grinste der Empfangschef.

Struller grinste zurück und schlich nachdenklich ins Präsidium. Er grüßte nach links und grüßte nach rechts und erreichte sein Büro in der dritten Etage. Ein wenig außer Atem warf er sich in den Bürostuhl und riss das braune Päckchen auf.

Ein kleines, braunes Medizinfläschchen kullerte aus dem Umschlag auf seinen Schreibtisch. Mit seinem Kugelschreiber drehte Struller das Fläschlein so, dass er das Etikett lesen konnte und stutzte. Ein Tigerkopf mit aufgerissenem Maul und scharfen Reißzähnen.

»*Spanish Bronco.*«

Das gleiche Etikett wie das, das Faserspuren-Harald in Rempes Schuhspitze gefunden hatte. Was hatte das denn zu bedeuten? Er beugte sich über die Flasche, sie war gefüllt. Zu bedeuten hatte das auf jeden Fall, dass jemand mit Informationen zum Mordfall soeben mit ihm Kontakt aufgenommen und ihm eine Botschaft hatte zukommen lassen. Erst ein Hinweis von Rempe, jetzt noch mal der gleiche Wink. Er sah vorsichtig in der Tüte nach, ob drinnen noch ein Briefchen oder sonst was steckte, aber der Umschlag war leer. Schnell tippte Struller die Telefonnummer vom Pförtner ins Telefon.

»Ja?«

»Struhlmann hier. Ich muss wissen, wer das Päckchen bei dir abgegeben hat!«

»Ich hab dir doch schon gesagt, dass ich nicht …«

»Konzentrier dich! Hast du irgendeine Idee?«

»Viele, aber keine, die dich weiterbringt. Ich habe keinen blassen Schimmer, wer das gewesen sein könnte. Das war gegen sieben, da rennen die mir hier die Bude ein.«

»Ist der Eingangsbereich videoüberwacht?«, fragte Struller.

»Gott, nein!«

»Warum nicht? Heutzutage wird doch alles überwacht.«

»Äh …«

Struller legte auf. »Mist.«

Die Tür ging auf. »Guten Morgen, Kollege Struhlmann«, grüßte ihn fröhlich sein Chef, Kriminaldirektor Ferdinand Hengstmann.

»Abwarten!«, grüßte Struller zurück.

Hengstmann war ein netter Kerl, aber sein Erscheinen bedeutete meistens nichts Gutes. »Kollege … Äh, ich komme wegen des Müllwagens.«

Aha, dachte Struller.

»Der stand da im Weg.«

»Nachdem die Kollegen der Spurensicherung mit dem Wagen fertig waren, ist der Wagen sofort wieder freigegeben worden«, konstatierte Struller, er sah keinen Grund für irgendeine doofe Beschwerde.

»Schon, aber im Grunde genommen hat ein Müllwagen – Spurenträger hin oder her – im Innenhof eines Polizeipräsidiums nichts zu suchen.«

»Das sehe ich ähnlich«, pflichtete Struller bei.

»Äh …«

»Es ist nur so, dass vorne bei den Besucherparkplätzen nichts frei war«, fuhr Struller fort. »Und die Leiche hinten im Müllwagen war streng genommen ja auch kein Besucher.«

Hengstmann blinzelte irritiert. »Was ich eigentlich sagen will: Mehrere Kollegen sind mit der dringenden Bitte an mich herangetreten sicherzustellen, dass die ihren Dienstfahrzeugen zugewiesenen Parkflächen zukünftig nicht mehr tagelang blockiert werden, damit sie nicht wer weiß wo mit ihren Zivilwagen parken müssen.«

»Einigen Kolleginnen und Kollegen tun ein paar Schritte zusätzlich ganz gut«, flüsterte Struller.

Das Gesundheitsmanagement war derzeit bei der Nordrhein-Westfälischen Polizei ein großes Thema!

»Da haben Sie sicher recht, aber …«

»Ich kann aber versprechen, das wird nicht noch mal passieren. Den nächsten Müllwagen, den ich beschlagnahmen muss, ramme ich durchs große Tor direkt rein in den Präsidentengarten. Da stört er nicht so.«

Hengstmann holte tief Luft. »Herr Struhlmann, nun seien Sie doch nicht so empfindlich! Es ist ja nur, weil vorne auf den Parkplätzen seit einiger Zeit täglich aufs Neue ein Gemüsewagen mehrere Stellplätze blockiert. Dann sind ja noch drei

Parkplätze gesperrt, weil das Husarendenkmal aufwendig durch Fachkräfte renoviert werden muss. Sie erinnern sich?«

»Dunkel, ganz dunkel. Das mit dem Müllwagen hatte alles damit zu tun, dass die Kräfte der Spurensicherung ganz dringend im Landtag rumhingen, weil blöde Briefmarken weggekommen waren und Haralds Truppe deshalb nicht sofort an *meinem* Tatort erscheinen konnte.«

»Das waren keine blöden Briefmarken, sondern welche der SPD.«

»Ach so. War auf den Marken überall Willy Brandt drauf?«, fragte Struller bissig.

»Nein, Sie wissen doch, was ich meine. Ich sag ja auch nur. Seien Sie demnächst so gut und …« Hengstmann stutzte. »Was ist das denn?« Er griff Richtung *Spanish Bronco.*

Strullers rechte Hand schoss nach vorne und riss sein Handgelenk hoch. »Nicht anfassen! Spurenträger!«

»Oh. Hat das Zeug mit Ihrem Mordfall zu tun?«

»Ja, können Sie damit was anfangen?«

»*Spanish Bronco*. Natürlich.«

Innerlich schlug Struller die Hände über dem Kopf zusammen. Natürlich, *Spanish Bronco*. Spanisches Pferd! Sein Chef war vor der Verwendung als Leiter des Dezernats für Todesermittlungen Chef der Reiterstaffel gewesen. Der kannte sich mit Pferden aus. Nur mit Pferden übrigens …

»*Spanish Bronco* ist ein Aufputschmittel. Mit dem Saft werden Pferde heiß gemacht, damit sie richtig aggressiv werden. Hat die gleiche Wirkung wie Doping. Das Mittel ist natürlich seit Jahren verboten, wird aber in Osteuropa immer noch eingesetzt.«

»Ach.«

»Ja. Wird auch hier noch aus dem Osten eingeschmuggelt. Seriöse Züchter arbeiten mit diesem Mittel natürlich nicht, aber in gewissen Szenen ist das Zeug durchaus ein Begriff.«

Struller kratzte sich am Kopf. »Das funktioniert bei Pferden. Was ist mit Hunden?«

Hengstmann lachte. »Da tut es das Zeug sicher auch. Aber da muss ich warnen. Gibt man das Mittel irgendwelchen Pferden, dann laufen sie schneller. Aber Hunde dürfte das Mittel in wahre Bestien verwandeln. Und wo soll da der Sinn sein?«

In Strullers Kopf formten mehrere Puzzleteile gerade ein Bild. Kein schönes.

Hengstmann fuhr fort. »Hunderennen sind ja auch eher ein rein englisches Thema.«

»Und was ist mit so ´nem Hundekampf?«

Hengstmann stutzte. »Die sind doch verboten!«

Struller griff zum Hörer.

»Spurensicherung«, meldete sich die Kollegin aus dem Vorzimmer von Faserspuren-Harald.

»Ich habe hier ein Fläschchen *Spanish Bronco*. Das ist ein sehr sensibler Spurenträger.«

»Ich bin auch sehr sensibel«, summte die Kollegin fröhlich.

»Ja. Und ich kann bei dir auch gerne ein paar Spuren auftragen. Soll ich?«

Schweigen. Hengstmann blinzelte und sah so aus, als würde er sich gerade vornehmen, den interkollegialen Umgangston demnächst in einer Dienstanweisung zum Thema zu machen.

»Hier muss einer vorbeikommen, der Spuren sichert. Fingerabdrücke, Speichel an einem Briefumschlag und DNA oder so was. Das Ganze am besten sofort. Zimmer 1321. «

»Ich schicke eine arme Sau, jemanden, der allgemein in Ungnade gefallen ist.«

»Perfekt«, antwortete Struller, aber da hatte die Kollegin schon aufgelegt.

In diesem Moment flog die Tür auf. Hengstmann zuckte zusammen.

»Jensen!«

»Tag, äh, guten Morgen, Herr Hengstmann. Pit, die Kollegen aus Lohausen haben Manni Freese festgenommen und sind mit dem auf dem Weg hierher.«

* * *

Manfred Freese saß Struller und Jensen gegenüber. Er trug eine schwarze, an den Seiten geschnürte Lederhose und Turnschuhe. Beine und Schuhe streckte er ihnen unterm Vernehmungstisch entgegen. Ganz relaxed. Eine teure Sportjacke hing über dem Stuhl. Sein weißes Camp-David-Hemd stand weit offen und legte die den Polizisten aus der Kriminalakte bekannte, sich den Hals hoch schlängelnde Kobra frei. Schon beeindruckend, wie es dem Tätowierer gelungen war, den stechenden Blick der Kobra grün und bohrend wirken zu lassen. Sah nicht gut aus, fand Struller. Cool, fand Jensen. Freese rappelte mit den Handschellen an seinen Gelenken.

»Die bleiben erst mal dran«, erklärte Struller.

»Habt ihr Angst, dass ich wieder weglaufe?«, grinste Freese und spielte auf Jensens Verfolgung durch Bilk an.

»Hier fahren keine Straßenbahnen, diesmal würde ich dich kriegen.«

»Wette?«

Struller räusperte sich. »Weglaufen ist ein gutes Stichwort, Freese. Warum bist du vor uns weggelaufen. Wir sind Polizisten, wir sind die Guten.«

Freese zuckte müde mit der Schulter. »Das war eine Verwechslung.«

»Du hast gedacht, wir sind von der GEZ?«

»Ich habe vor zwei Monaten eine Braut kennen gelernt, ein echt heißes Eisen. Sie ist die feste Schnalle eines Motorradfreundes. Motorradfreund, ihr versteht?«

»Motorrad. Ist mir ein Begriff.«

»Der Kerl hat schon wegen Totschlags gesessen, könnt ihr nachprüfen. Und als sich dann jemand von außen an meiner Tür zu schaffen gemacht hat, da habe ich befürchtet, dass mich genau dieser böse Mensch besuchen will. In Begleitung seiner Freunde. Die sind mit ihrem Eigentum nämlich pingelig. Da bin ich sicherheitshalber hinten raus und abgehauen.«

»Der Irrtum hätte sich leicht aufklären lassen. 110 anrufen und schon gibt es eine kompetente Auskunft. Stattdessen tauchst du zwei Nächte lang unter und kommst nicht nach Hause.«

»Ihr habt meine Bude überwacht?«

»Wir waren so frei.«

Freese schniefte. »Ich habe nicht nur ein Eisen im Feuer, wenn ihr versteht, was ich meine. Ich hielt es für angebracht, nicht zu Hause zu übernachten. War kein großes Ding für mich, mal auf die eigene Koje zu verzichten.«

»Deine Flucht hat nicht zufällig mit 445 Gramm feinstem Kokain zu tun, welches ich bei dir zwischen den Nudeln im Küchenschrank gefunden habe?«

Freese richtete sich auf. »Ich habe keine Ahnung, wem der Stoff gehört. Mir gehört er nicht, ich weiß von keinem Koks. Ich stehe mehr auf Apfelschorle.«

Jensen tippte grinsend auf die dicke Kriminalakte zwischen ihnen auf dem Tisch. »Das war nicht immer so.«

»Ich habe mit dem Kokain nichts zu tun. Gehört mir nicht, ich habe auch nicht gewusst, dass da was liegt.«

»Anderes Thema. Samstagnacht warst du der Chef im Ring im 4004. Was ist da dein Job?«

»Das 4004 gehört einem alten Kumpel von mir …«

»Tim Winters.«

»Richtig. Der lebt auf Ibiza. Ich kenn ihn von früher, er hat mich angestellt. Ich teil mir die Aufgabe mit Miro Pesic. Ist ein Kroate. Er ist mehr der Hausmeister und kümmert sich um die Handwerker, um die Rechnungen und dass alle Birnen leuchten. Ich bin für die Veranstaltungen zuständig. Ich gucke, dass genug zu trinken da ist, dass die DJs nicht einschlafen und die Türsteher keine Scheiße bauen. Zwischendurch bring ich die Kohle auf die Kasse. Außerdem gibt es noch den Werner. Werner Weißblech. Das ist so eine Art rechte Hand vom Miro. Mit dem hab ich aber gar nichts zu tun. So ist das aufgeteilt.«

»Samstag ist Pesic früher gegangen?«

»Der hat einen Job, der verkloppt teure Töpfe und Pfannen. Der hatte einen Stand in Eller und musste früher weg, richtig. Der drehte seine Kontrollrunde, das war so gegen 22.00 Uhr, danach verabschiedete er sich.«

Struller blickte Freese scharf an, versuchte jede verräterische Regung zu erfassen. »Was ist mit der Parkhalle?«

Freese blieb völlig entspannt. »Was soll mit der Parkhalle sein? Die wird nicht benutzt, da steht kein Auto drin. Ich fahre mit dem Rennrad zur Arbeit, ich brauche auch keine Parkhalle.«

»Wer schließt die Halle zur Diskothek hin ab?«

»Miro. Ich hab das zum Feierabend kontrolliert. Das war gegen vier, halb fünf. Die Tür war abgeschlossen.«

»Da hat es einen Vorfall gegeben.«

»Eine Vergewaltigung?«

Jensen hob die Augenbraue. »Wieso das denn?«

»Was soll man da sonst machen? Hatten wir schon mal, war vorgetäuscht.«

»Nein«, erklärte Struller und entnahm einer zweiten Akte Schröders blutige Fotos vom Tatort und legte sie Freese vor.

Der schluckte. Immerhin, eine erste Regung, stellte Jensen fest, aber jeder würde auf die fiesen Fotos irgendwie reagieren. Sicher auch der, der für das rote Massaker verantwortlich war.

»Was ist das denn für eine Sauerei?«

»Das wäre meine nächste Frage an dich gewesen«, lächelte Struller.

»Keine Ahnung. Kann ich nichts mit anfangen, habe ich auch nichts mit zu tun. Ich bin an dem Abend nicht in der Parkhalle gewesen.«

»Und wenn wir am Türknauf von innen deine Fingerabdrücke gefunden haben?«, fragte Struller leise.

Manni Freese lächelte schief. »Dann würde ich sagen, dass das gut sein kann, weil ich ab und an die Halle kontrolliere. Und weil ich nicht durch Türen gehen kann, mache ich sie vorher auf. Am Knauf.«

Strullers Blick blieb ausdruckslos. Sie hatten zwar keine Fingerabdrücke gefunden, aber ein Versuch war es wert gewesen.

Manni Freese rappelte mit den Handschellen. »Fertig jetzt? Die Dinger nerven.«

»Du hattest doch schon mehrmals Gelegenheit, dich dran zu gewöhnen.«

»Die Dinger machen nur Spaß, wenn *ich* sie umlege«, grinste Freese und schlackerte ordinär mit seiner Zunge.

Struller stand auf. »Da kommt gleich einer mit dem Schlüssel. Du kannst gehen. Wir sehen uns!«

»Ich hoffe nicht«, frohlockte Manni Freese.

»Die Hoffnung stirbt zuletzt. Vögel wie dich, sehe ich immer zweimal«, bemerkte Struller und packte die Akten zusammen.

Die beiden Polizisten verließen gemeinsam das Vernehmungszimmer. Jensen schloss hinter ihnen die Bürotür und flüsterte entsetzt. »Du willst den Freese laufen lassen, obwohl bei dem fast ein halbes Kilo Koks im Kühlschrank lag? Das wird wohl kaum Eigenbedarf gewesen sein? Den müssen wir einbuchten!«

»Ruhig, Brauner«, bremste Struller. »Natürlich ist das eine Menge Koks und dieser tätowierte Riese wird seine Strafe bekommen, aber du solltest in der Polizeischule gelernt haben, dass bei einer Festnahme zur Straftat der Haftgrund dazukommen muss.«

»Danke für die Belehrung«, maulte Jensen.

»Sei nicht zickig!«

»Ich bin nicht zickig, ich bin enttäuscht.«

»Für mich gehört der auch hinter Gitter, aber der hat einen festen Wohnsitz, geht einer mehr oder weniger geregelten Arbeit nach, den kriegen wir nicht in Untersuchungshaft. Deshalb brauchen wir ihn gar keinem Haftrichter vorzuführen, die vergebliche Mühe können wir uns sparen.«

»Und was jetzt?«, fragte Jensen.

»Freese ist abgezockt. Kalt wie eine Hundeschnauze, der hat sich unter Kontrolle. Grundsätzlich traue ich dem alles zu. Das Kokain wird ihm gehört haben, aber erst mal können wir ihm nichts, deshalb lassen wir ihn laufen. Lass mich dir mal mit all meiner Erfahrung sagen: Was gut ist, kommt wieder!«

»Okay. Wir haben vier Männer mit Schlüssel zur Diskothek. Manni Freese jetzt mal außen vor gelassen, bleiben Miro Pesic und Tim Winters, die beide ein Alibi haben. Wenn es nicht einen großen Unbekannten gibt, muss Werner Weißblech uns weiterhelfen.«

Struller tippte Jensen auf die Brust. »Genau. Du regelst das mit Freeses Freilassung und schreibst die Vernehmung. Ich werde Werner Weißblech im Krankenhaus besuchen.«

* * *

Das Martinuskrankenhaus, in dem Weißblech lag, war nicht weit entfernt. Die Sonne schien, und Struller ging das kurze Stück zu Fuß. Zwei, drei Kippchen rauchend ließ er sich die Vernehmung von Manni Freese noch mal durch den Kopf gehen und stieg wenig später die beiden Stufen zum Eingang des Hospitals hinauf. Links am Empfang ließ er sich den Weg zur Station erklären, auf der Werner Weißblech mit seiner kaputten Hüfte liegen sollte. Die Station in der zweiten Etage hatte er kaum betreten, als er bereits im Flur von einer energischen Krankenschwester angesprochen wurde. Das Schildchen an ihrem weißen Kittel stellte sie als *Schwester Irmtraud* vor.

»Ah, da sind Sie ja schon. Zu Fuß? Die ganzen Treppen?«

Struller stutzte. »Äh …«

»Alleine?«

»Ja …«

»Mit dieser Hüfte? Da wird die Operation aber auch allerhöchste Zeit. Die Leute warten immer bis ganz zuletzt. Kerl, die Hüfte steht aber auch so was von schief.«

»Meine Hüfte?«, fragte Struller überrascht.

»Das tut ja schon weh, wenn man hinguckt. Man kriegt direkt Angst, dass Sie beim Gehen umkippen!«

Struller sah betroffen an sich runter. Meinte die ihn?

»Das Becken steht so krumm, da müssten sie eigentlich ständig im Kreis laufen!«

»Äh …«

»Ich habe gedacht, man schiebt Sie hierher«, erklärte die Frau in Weiß. »So wie Sie aussehen, wäre das ja auch das Mindeste gewesen.«

»Also ...«

»Ich werde mal ein ernstes Wörtchen mit denen bei der Aufnahme reden. Haben Sie keine Tasche dabei? Die Unterlagen auch nicht? Na klasse. Privatpatient sind Sie nicht. Das sehe ich sofort.«

Struller überlegte kurz, der Krankenschubse den durchsichtigen Schlauch vom Tropf um den Hals zu legen und kräftig zuzuziehen.

Aber dann öffnete sich die Tür zur Station ein weiteres Mal. Ein blasser Pfleger mit roten Wangen und fransigem Bart schob einen Mann im Rollstuhl herein. »Wir sind es. Eine Aufnahme. Wir sind ...«

»Alles der Reihe nach. Erst dieses arme Menschenkind hier. Der Mann gehört sofort flachgelegt.«

Struller holte tief Luft. »Flachgelegt? Pass mal auf, du Karbolmaus. Ich bin nicht krank, sondern von der Polizei. Ich will hier auch nicht einziehen, sondern den Herrn Werner Weißblech befragen.«

»Ach?«

»Ja, ach.«

Die Krankenschwester schüttelte ärgerlich den Kopf. »Warum sagen Sie denn nichts? Halten hier den Verkehr auf. Weißblech ist Zimmer 216.«

Struller drehte sich wortlos weg.

»Bei Gelegenheit sollten Sie sich aber mal wirklich ihre Hüfte angucken lassen!«

Struller drehte sich noch mal um, zog seine Knarre aus dem Holster und schoss ihr zweimal in den weißen Kittel. Blut färbte die strahlend weiße Berufstracht knallrot. Nein. Kein

Blut, kein Schuss. Vorsichtshalber hatte Struller sich noch nicht mal umgedreht. Stattdessen ging er zügig ins Zimmer 216 und stieß kräftig die Tür auf.

Im Zimmer standen zwei Betten. Es roch dumpf und muffig und fies nach Schweißfüßen. Zwischen den Betten stand mit gekrümmtem Rücken eine männliche Person um die Sechzig im grün-weiß gestreiften Pyjama und mit Schlappen an den Füßen. Er war unrasiert, seine Haare lagen wild und waren ein einziges Schlafnest. Das musste Werner Weißblech sein.

»Guten Tag«, grüßte Struller.

»Ich lieg im Bett am Fenster«, grüßte der Mann zurück.

»Tun Sie nicht. Sie stehen genau zwischen den beiden Betten.«

»Was?«

»Ich bin Polizist und kerngesund. Aber ich hab ein paar Fragen an Sie.«

»Na, dann.«

»Sie heißen Werner Weißblech?«

»Schon immer«, brummte der Kranke fröhlich.

Struller setzte sich aufs freie Bett.

»Da darf man nicht drauf sitzen«, mahnte Weißblech, der ans Ende des Bettes gehumpelt war und sich am Metallrahmen abstützte.

»Wie gesagt«, erklärte Struller. »Ich bin Polizist. Ich darf alles.«

»Abwarten. Schwester Irmtraud ist im Dienst. Ich hab vorhin nach ihr geklingelt, die wird gleich kommen, die wird Ihnen das erklären. Ich hab Sie gewarnt.«

»Herr Weißblech, Sie besitzen einen Schlüssel zum 4004?«

»Ich arbeite dort als Hausmeister.«

»Wo ist der Schlüssel?«

»Worum geht es denn überhaupt?«, fragte Weißblech.

»Um einen Zwischenfall im 4004.«

»Ah. Hab ich von in der Zeitung gelesen. Hab ich nichts mit zu tun, ich liege seit über einer Woche hier im Krankenhaus. Hab schon mit euch gerechnet und mich gefragt, wo ihr bleibt. Meine Hüfte ist kaputt, ich krieg nächste Woche eine neue.«

»Ich drück die Daumen. Und der Schlüssel zum 4004?«

»Der hängt im Flur meiner Wohnung an einem Schlüsselbrett.«

»Wo ist die Wohnung?«

»Martinstraße 3a. Was sind Sie denn für ein Polizist?«

»Ein richtig guter! Wer hat Zugriff auf den Schlüssel?«

»Ich.«

»Sie leben alleine?«

»Ich habe mich von meiner Frau getrennt und mir vor einiger Zeit eine Wohnung genommen.«

»Ach?«

»Ja. Meine Frau ist bekloppt.«

»Tja«, sagte Struller.

»Merkt man immer erst, wenn es zu spät ist«, seufzte Weißblech.

»Sie wohnen also alleine?«

»Nein. Mit meinem Sohn. Der ist mit zu mir gezogen.«

Struller rechnete kurz nach. Der Mann vor ihm war um die Sechzig. »Wie alt ist Ihr Sohn?«

»Neunundzwanzig.«

»Dann kann ja auch Ihr Sohn den Schlüssel benutzt haben«, schlussfolgerte Struller halblaut.

»Alt genug ist der Junge. Aber warum sollte er das tun?«

»Um eine Tür damit aufzuschließen.«

»Das 4004 ist nichts für ihn. Da ist er doch viel zu alt für.«

»Wer ist das nicht?«, klagte Struller. »Trotzdem muss ich Ihren Sohn sprechen. Wie heißt er?«

»Ronny Rodriguez«, antwortete Weißblech

»Ronny Rodriguez?«, fragte Struller ungläubig.

Weißblech winkte ab. »Ich sag ja, meine Frau ist bekloppt.«

»Ist Ihr Sohn zu Hause?«, fragte Struller weiter.

»Nein, mein Sohn arbeitet. Er züchtet Hunde.«

Struller schnappte nach Luft und war froh, dass er saß. Der Sohn war ein Hundezüchter. »Den muss ich sprechen.«

»Na, dann. Am ehesten treffen Sie ihn auf der Farm an, das ist …«

In diesem Moment ging die Tür auf. Schwester Irmtraud rauschte herein, erblickte Struller auf dem Bett sitzend, stemmte ihre muskulösen Arme fest in die Hüfte und holte tief Luft.

Struller schnellte in die Höhe.

»Da sitzt der mit seinem fetten Hintern auf einem frischen Bett!«, schimpfte die Schwester.

»Die Hüfte«, erklärte Struller. »Hat auf einmal furchtbar geschmerzt, die Hüfte. Sie haben recht, ich geh doch mal damit zum Arzt.«

»Das können Sie Ihrer Großmutter erzählen«, knurrte die Schwester.

»Werde ich nicht tun«, antwortete Struller. »Gehen werde ich jetzt. Herr Weißblech, wo hat der Ronny Rodriguez seine Hundefarm?«

»Ganz abgelegen. In Hubbelrath, Diepensieper Weg. Sie wissen, wo das ist?«

Struller hielt inne, sein Puls raste. Ja, er wusste, wo das war.

»Ganz kleine Straße«, erklärte Weißblech. »Geht links vom Gollenbergsweg ab, gleich hinterm Bertelsweg.«

Struller sammelte sich. »Heißt Ihre Frau mit Vornamen Petra?«

Weißblech blinzelte. »Ja. Aber, wieso wissen Sie, wie meine Frau mit Vornamen heißt?«

Struller antwortete nicht, sondern brachte erst ein paar Dinge in die richtige Ordnung. Das hieß, dass Weißblech junior Spinnen-Petras Sohn war. Das war doch alles kein Zufall!

»Von früher«, flüsterte Struller.

»Wie auch immer«, klatschte Frau Krankenhaus laut in die Hände. »Der liebe Herr Weißblech hat geklingelt, er braucht die Pfanne. Wollen Sie noch bleiben und zugucken?«

»Eigentlich sehr gerne, aber ich habe noch was Dringendes vor«, sagte Struller und ließ Weißblech, Pfanne und Schwester Irmtraud zurück.

Nachdenklich stieg er die Marmorstufen ins Parterre runter und versuchte einzuordnen, was diese neue Information bedeutete. Dass die Sache wichtig war, was immer sie bedeuten mochte, war ihm allerdings sofort klar. Der Fall hatte einen kräftigen Schritt nach vorne getan. Wenn man das so sagen durfte.

Beim Gehen achtete er auf seine Hüfte. Alles in Ordnung. Die machte noch ein paar Jährchen.

* * *

Jensen wippte den Dienstwagen wieder über den Gollenbergsweg. Übers Lenkrad hinweg genoss er erneut die atemberaubende Aussicht über die weiten Felder. Kilometerweit konnte man über die sanften, weichen Hügel bis nach Ratingen blicken. Grüne Wiesen, die sich wie Wellen wogen, weiter Blick, herrlich. An einem Elektrohäuschen hielt er sich rechts, und kurz darauf passierten die beiden Polizisten den Abzweig nach rechts in den Bertelsweg. Jensen warf einen schnellen Blick auf Spinnen-Petras Hof, der wie beim letzten Mal unheimlich still und verlassen wirkte. »Ich hab mir gleich gedacht, dass wir mit der Petra noch nicht fertig sind.«

Struller grunzte dumpf eine Antwort.

An einem Fischteich fraß sich hundert Meter weiter der Diepensieper Weg links eine Böschung hoch. Jensen wäre fast vorbeigefahren. Ihr Fahrzeug schreckte einen dürren Reiher auf, der sein Mittagessen unterbrach und sich mit trägem Flügelschlag erhob. Jensen konzentrierte sich auf den schmalen Feldweg. Kaum hatte er die Kuppe der Böschung überfahren, lag sie vor ihnen, die Farm von Weißblech junior.

»Fahr nicht ganz vor, lass den Wagen hier stehen, den Rest gehen wir zu Fuß. Verschaffen wir uns erst mal einen ungestörten, ersten Eindruck«, brummte Struller.

Jensen fuhr rechts ran und stoppte den Wagen. Beide stiegen aus und erreichten flotten Schrittes Weißblechs Anlage. Das Ganze *Hof* zu nennen, wäre übertrieben gewesen. Es handelte sich um zwei gegenüberliegende Scheunen, beide Gebäude befanden sich augenscheinlich nicht im allerbesten Zustand. Der Platz dazwischen war nicht gepflastert, sondern knochenhart festgetreten. Am Kopfende stand ein vorne aufgebockter Wohnwagen. Vor der linken Scheune stand ein alter, weißblauer VW Bus, vor der rechten ein ausrangierter Planwagen, wie er bei Vatertagstouren gerne gemietet wird. Allerdings ohne Räder. Es war niemand zu sehen und nichts zu hören.

Struller trat an ein schmales, grün gestrichenes Tor zur rechten Scheune. Er drückte vorsichtig eine simple Eisenklinke herunter. Und zuckte zusammen. Vor ihm stand eine kräftige, circa dreißig Jahre alte Frau mit rotblonden, kurzen Haaren, die ein an den Armen aufgekrempeltes, kariertes Hemd trug und sich ebenfalls erschreckte.

»Huch.«

Das dazu, sich zunächst unauffällig einen ersten Überblick zu verschaffen, dachte Jensen.

Die Frau fing sich schnell: »Kann ich Ihnen helfen?« Sie trug gelbe Gummistiefel an den Füßen und in der rechten Hand einen metallenen Eimer mit Wasser, aus dem ein Lappen heraushing.

»Ich interessiere mich für Hunde«, sagte Struller.

»Haben Sie einen Termin?«, fragte die junge Frau misstrauisch.

»Äh …«

Sie musterte die beiden von oben bis unten. »Ohne Termin geht nichts.«

»Bei uns schon«, antwortete Struller und gab es gleich auf, einen Tierfreund vorzutäuschen. Er war keiner, sah nicht aus wie einer und wäre bei der ersten Frage sofort aufgeflogen. Deshalb hielt er ihr gleich den Dienstausweis unter die Nase. »Polizei.«

»Polizei? Gibt es Beschwerden?«

»Indirekt. Gehört Ihnen der Laden?«

»Mein Name ist Jessica Block, ich arbeite hier als Tierpflegerin.«

»Für Herrn …«

»Jessica! Wo bleibst du?«, ertönte eine harte, ärgerliche Stimme von irgendwoher. Auf dem Gelände war niemand zu sehen.

»Der Arzt ruft«, erklärte Jessica Block.

»Welcher Arzt?«, fragte Struller.

»Der Tierarzt, Dr. Gerda. Kommen Sie mit!«

Struller und Jensen folgten der jungen Frau quer über den Hof in die linke der beiden Scheunen. An einem Tisch stand mit dem Rücken zu ihnen ein Mann, der sich beim Sprechen zu ihnen umdrehte. Ihm assistierte bei dem, was er tat, eine zierliche, junge Frau mit kurzen, blonden Haaren, die einen hellblauen Kittel und Einweghandschuhe trug. Über den beiden spendete ein greller Strahler zusätzliches Licht.

»Verdammt, was dauert das denn so lange? Wer …?«

»Struhlmann, Kripo Düsseldorf. Und wer sind Sie?«

»Wonach sieht es denn aus? Der Tierarzt«, gab der Mann unfreundlich zurück.

Offensichtlich waren Struller und Jensen mitten in eine ärztliche Untersuchung oder Operation geplatzt, denn auf dem Tisch zwischen den beiden lag ein Hund. Eine seiner Vorderpfoten wurde behandelt. Struller und Jensen erkannten Tücher, Verbände und eine blutgetränkte Wolldecke.

»Haben Sie einen Ausweis dabei?«, fragte Struller, der wissen wollte, mit wem genau er es hier zu tun hatte.

»Sicher, in der Jacke habe ich was. Wenn Sie so lange den blutverschmierten Hund halten wollen? Nein? Wollen Sie nicht? Dann warten Sie einen Moment, bis ich die Pfote verbunden habe. Wasser, Jessica!«

Die Pflegerin reichte eilig den Wassereimer. Der Arzt reinigte die Pfote des ängstlich zitternden Hundes. Jensen ließ sich Jessicas Personalausweis zeigen, notierte sich die Personalien und beobachtete interessiert, wie der Arzt sorgfältig eine Schnittwunde versorgte und behutsam einen Verband anlegte. Der doofe Stationsarzt seinerzeit bei Jensens angeknackstem Unterarm hatte sich deutlich weniger Mühe gegeben.

Jensen beugte sich zur Pflegerin. »Macht er ganz ordentlich, oder?«

»Dr. Gerda ist ein Glücksfall für unsere kleine Hundezucht. So viel Leidenschaft findet man selten«, flüsterte sie zurück.

Der Tierarzt durchschnitt ein Stück Verband, dessen Ende er stramm verknotete, und richtete sich auf. Seine Gehilfin rupfte sich die Einweghandschuhe von den Fingern.

»So. Danke, Bianca. Fertig. Das darf sich nicht entzünden«, mahnte der Arzt.

Jessica nickte. »Natürlich.«

Dr. Gerda zog sein Portemonnaie aus der Gesäßtasche und drückte Struller eine Visitenkarte in die Finger. »Ausweis habe ich nicht dabei. Vielleicht reicht das ja.«

Struller las: »*Gerda*. Der Name ist aber nicht sehr männlich.«

Der Tierarzt verdrehte die Augen. »Glücklicherweise sehe ich nicht aus wie eine Frau und habe einen Vornamen.

»Thomas M. Gerda. Wofür steht das M.?«

»Für Maria.«

Struller sagte nichts.

Jensen fragte nach den Personalien der Arzthelferin.

»Bianca Groß«, erklärte diese leise, diktierte Jensen Geburtsdaten, Adresse und Handynummer in den Block und fing dann an, die Utensilien in einen großen Arztkoffer zu packen.

Jensen wendete sich an Jessica Block und knüpfte an Strullers Frage an. »Sie arbeiten für Herrn Ronny Weißblech. Ist der auch hier irgendwo?«

Sie schüttelte den Kopf. »Aber der müsste jeden Moment kommen.«

»Wie viele Hunde gibt es denn hier?«, fragte Struller.

Statt zu antworten, rammte die Block sich energisch beide Fäuste in die Seite. »Moment mal. Sie kommen hier hin, stellen Fragen, notieren sich Personalien. Sie sind Polizisten, na gut, aber um was geht es hier?«

Jensen nickte verstehend. »Das ist eine vollkommen berechtigte Frage, Frau Block. Leider dürfen wir sie Ihnen nicht so offen und umfassend beantworten, wie wir es gerne tun würden. Datenschutz. Nur so viel: Das sind allgemeine, erste Fragen, die Sie nicht beantworten müssen, die lediglich dazu dienen, uns einen groben Überblick über den Hintergrund zu verschaffen.«

»Welchen Hintergrund?«

»Eben die Frage nach Angestellten, sonstigen anwesenden Personen und nach den Tieren. Wie viele es hier gibt. So was.«

Jensen hatte seinen unschuldigen Lämmleinblick ins Rennen gebracht. Auch wenn die Assistentin jetzt zögerlich antwortete, blieb ihr Blick skeptisch. »Zurzeit sind es genau sieben Hunde, die aber alle heute Abend abgeholt werden. Ganz junge Tiere. Aber das wechselt, oft sind es mehr.«

»Welche Rasse?«, fragte Struller.

»Berner Sennenhunde. So wie der Welpe, dem der Doktor gerade einen Verband angelegt hat.«

»Kann ich mich hier mal umgucken?«, fragte Struller, der sich unter einer Hundezucht nicht wirklich was vorstellen konnte.

»Nein«, zog Jessica Block wieder eine Grenze. »Das geht so ohne Weiteres wirklich nicht. Die Tiere sind erst drei Wochen alt und extrem empfindlich. Da muss mein Chef sein Okay geben. Sonst komme ich in Teufels Küche.« Die rotblonde Frau hob den kleinen, verletzten Hund vom Tisch und trug ihn vorsichtig in einen kleinen Stall, wo sie ihn behutsam absetzte.

Struller drehte sich zum Arzt. »So was wie Infektionsgefahr?«

Der Arzt schüttelte den Kopf. »Sie haben keine Ahnung, oder?«

»Bei Briefmarken und Batik bin ich voll im Thema. Bei Hunden nicht so.«

»Gerade wenn sie ganz jung sind, sind die Hunde anfällig«, erklärte der Arzt. »Mit Stammbaum reden wir hier über

Werte von 1000 Euro pro Tier. Mindestens. Da können Sie sich vorstellen, dass niemand möchte, dass jeder Hinz und Kunz durch die Gegend stolpert und seine Keime verteilt.«

»Kann ich. Ich nehme an, das Veterinäramt kommt regelmäßig.«

Jessica mischte sich ein. »Wir sind Mitglied im Verband deutscher Hundezüchter. Diese Anlage ist als Zuchtstätte offiziell eingetragen.«

Dr. Gerda ergriff eine zweite, kleinere Arzttasche. »Tja, ich bin dann mal weg. Zum Einstieg in die Thematik, Herr Kommissar, reichen ein paar Folgen von *Der Doktor und das liebe Vieh.*«

Struller gähnte gespielt. »Ich habe mit Edgar Wallace angefangen. Beim *Hund von Blackwood Castle* habe ich mir abschließend meine Meinung über diese Art Vierbeiner gebildet.«

»Nicht gut«, schüttelte Dr. Gerda den Kopf.

Sie sahen Dr. Gerda und seiner Assistentin Bianca hinterher, wie sie in einen Kastenwagen mit Einsatz für Hunde einstiegen und davonfuhren.

Struller versenkte die Visitenkarte des Doktors im Hemd. »Der Arzt lässt sich fahren«, stellte er fest. Er sah sich um, entdeckte an einer Wand gestapelte blaue Plastikbehälter. Fragend deutete er darauf.

»Wird alles ordnungsgemäß entsorgt«, antwortete Jessica.

»Wohnt hier jemand?«, fragte Jensen mit Blick auf den Wohnwagen.

»Nein. Herr Weißblech und ich, wir wohnen beide in der Stadt. Der alte Wohnwagen ist nur eine Art Büro.«

»Herr Weißblech und Sie …?«, fragte Jensen.

»Ist das auch eine Hintergrundfrage? Ronny Weißblech ist mein Chef, ich bin seine Assistentin. Mehr nicht, wenn es das war, was sie wissen wollten.«

Jensen wurde rot, aber genau das hatte er wissen wollen. Gleichwohl runzelte er ungläubig die Stirn. Sieben Hunde im Wert von 1000 Euro das Stück lässt man über Nacht doch nicht unbeaufsichtigt. »Wer passt denn auf den teuren Nachwuchs auf?«

»Das Muttertier. Glauben Sie mir, ein Kerl mit Maschinenpistole ist nichts dagegen.«

Struller grinste. Ihm gefiel die burschikose, junge Frau. Auch wenn sie ein bisschen streng nach Hund roch. Aber das tat hier irgendwie alles.

»Wer sind denn die Abnehmer?«

»Querbeet. Das ist hier eine kleine Zucht, wir kümmern uns sehr intensiv um jedes einzelne Tier. Das hat sich herumgesprochen, die Hunde sind in einem Top-Zustand.«

»Klasse statt Masse?«

»Genau.«

»Sind Sie schon mal gebissen worden?«

Sie lachte. »Heute? Ich werde andauernd gebissen. Meistens gehen sie direkt an die Kehle. Nein, wenn man ein wenig aufpasst, passiert nichts. Die Jungtiere haben noch keine richtigen Reißzähne. Dann zwickt es nur ein bisschen. Gehört dazu. Beim Gärtnern bekommt man auch dreckige Fingernägel.«

Die drei waren nach draußen auf den Hof gewechselt, Jessica zog ein Rolltor hinter sich zu.

»Werden die Hunde regelmäßig durchgezählt?«, fragte Struller, der froh war, seine Lunge wieder mit Frischluft versorgen zu können.

Jessica hob die Augenbrauen. »Ich verstehe die Frage nicht.«

»Fehlt einer?«

»Nein. Wieso sollte einer fehlen?«

»Wenn die tot sind, wo kommen die hin?«

»Schon wieder so eine Frage«, wunderte sich die Pflegerin.

»Eine Polizeifrage«, erklärte Struller harmlos.

»Die kommen zur AWISTA, in den Betriebshof auf dem Höher Weg. Montag bis Freitag von 7.00 bis 15.00 Uhr, da kann man sie abgeben.«

»Gibt es da Unterlagen drüber?«

Jessica Block zog die Augenbrauen hoch. »Ich helfe ja gerne weiter, aber um was geht es hier genau? Ich denke, Sie sprechen wirklich besser mit meinem Chef.« Sie nickte den Diepensieper Weg entlang. »Er kommt nämlich gerade.«

Die drei beobachteten, wie ein dunkler, japanischer Geländewagen auf den Hof gefahren und geparkt wurde. Ronny Rodriguez Weißblech sprang aus dem Wagen.

Struller fiel die Kinnlade nach unten. Weißblech junior war eine jüngere, männliche Ausgabe der Spinnen-Petra, er war seiner Mutter wie aus dem Gesicht geschnitten. Allerdings war er elegant und ein wenig dandyhaft gekleidet. Die Frisur trug er lang und im Gegensatz zur Mutter war er frisch rasiert.

Jensen trat ihm mit gezücktem Dienstausweis entgegen. »Herr Ronny Rodriguez Weißblech?«

Der Mann runzelte die Stirn. »Den Rodriguez können wir weglassen. Polizei? Worum geht es?«

Gleichzeitig sah er zu Jessica, die mit den Achseln zuckte.

»Herr Weißblech, Ihr Vater arbeitet als Hausmeister für das 4004, das ist eine Diskothek im Düsseldorfer Hafen. Die kennen Sie? Gut. Dort gab es am vergangenen Samstag einen Vorfall. Wir brauchen den Schlüssel, den Ihr Vater in seiner Wohnung hat.«

»Okay.« Ronny zuckte mit den Achseln und drehte sich zur Pflegerin. »War der Arzt da?«

»Er war da, mit dem Kleinen ist alles in Ordnung, nur eine Schnittwunde.«

Der Hundezüchter atmete erleichtert aus. »Glück gehabt.«

Struller räusperte sich. »Diesen Schlüssel, den benutzen Sie nicht?«

»Wieso sollte ich den benutzen?«

»Um sich Zugang zur Diskothek zu verschaffen. Oder um in die Parkhalle zu gelangen.«

»Parkhalle? Keine Ahnung, wovon Sie sprechen.«

»Sie wissen doch, welchen Schlüssel ich meine?«, bohrte Struller.

»Natürlich. Aber mein Vater besitzt eine Vielzahl von Schlüsseln. Hängen alle an einem Schlüsselbund im Flur. Keine Ahnung, welcher Schlüssel wohin gehört. Interessiert mich auch nicht. Und im Hafen bin ich mehr als selten und wenn, dann brauche ich keinen Platz in irgendeiner Parkhalle.«

Struller drückte sein Kreuz durch. Entweder war Weißblech junior ahnungslos oder ein guter Schauspieler. »In der Parkhalle gab es wie gesagt einen Zwischenfall. Ein Hund hat zugebissen. Könnte einer von Ihren Hunden gewesen sein.«

»Wohl kaum. Was sollen meine Hunde in der Disco?«, lachte Weißblech, und seine Assistentin grinste. »Keine Ahnung. Wir haben zurzeit zwei Muttertiere und fünf Jungtiere hier auf dem Hof, die wir in dieser Zuchtphase nicht trennen. Von denen kommt keiner für irgendeinen Zwischenfall infrage.«

»Dürfen wir uns hier mal umsehen?«, fragte Jensen, dem der Mann in seinen teuren Designerklamotten eine Spur zu selbstgefällig und glatt daherkam.

»Nein, das ist mir alles zu gefährlich. Das sind empfindliche Jungtiere. Die Gewinnspanne ist zwar sehr gut, aber die

Kunden sind rar. Die Tiere werden obendrein heute Abend abgeholt, da möchte ich nicht, dass noch irgendwas dazwischenkommt. Schlimm genug, dass sich heute Vormittag einer der Welpen den Fuß aufgeratscht hat. Ohne Beschluss bitte ich Sie, das Gelände wieder zu verlassen.« Ronny Rodriguez formulierte die Abfuhr nicht mal unfreundlich.

»Nun gut, wir sind hier fertig«, entschloss sich Struller zum Rückzug. »Ich glaube sowieso, dass wir hier falsch sind. Scheint alles seine Ordnung zu haben, wir gehen mehreren Spuren nach. Ich schicke heute Abend einen Kollegen bei Ihnen zu Hause vorbei, dem Sie bitte den besagten Schlüssel zum 4004 übergeben.«

Weißblech zuckte mit den Schultern, Jessica lächelte höflich, die beiden Polizisten verabschiedeten sich.

»Was hältst du von denen?«, fragte Jensen, als er in den Wagen stieg.

»Schwer zu sagen. Ich blicke hier noch nicht durch.«

»Ihn fand ich nicht unangenehm.«

»Junger Kollege, keine Äußerlichkeiten! Aber ich hätte mich sehr gerne hier mal genauer umgesehen. Ich meine, allein schon die abgelegene Lage mit der Nähe zur Autobahn … Jedes Auto hört man meilenweit, bis zur Kuppe hoch hat jeder Gauner freie Sicht und sieht schon frühzeitig, wenn die Kavallerie naht. Da muss man ja auf die Idee kommen, irgendwas Krummes zu drehen.« Struller zog die Tür zu.

»Möchtest du noch kurz bei deiner Freundin reinspringen? Immerhin hat sie uns neulich verschwiegen, dass ihr Sohn Ronny Zugriff auf einen Schlüssel zum 4004 hat. Wenn auch nur indirekt. Das hätte sie ruhig erwähnen können«, sagte Jensen und nickte Richtung Bertelsweg.

»Demnächst«, sagte Struller. »Demnächst.« Stattdessen deutete er auf die Uhr im Armaturenbrett. »Aber du, mein junger Stecher, hast gleich eine Verabredung. Wahrscheinlich riechst du nach Hund, also solltest du dich vorher duschen.«

»Das mache ich regelmäßig«, erwiderte Jensen. »Hat sich bewährt.«

»Na, dann. Hauptsache, du stehst … morgen wieder auf der Matte. Setz mich am Präsidium ab, ich muss noch was nachschlagen. Du fährst gleich tatsächlich mit deinem Gemüsemobil zum Date mit Lena?«

»Ja, sicher.«

»Cool. Weißt du was, ich glaube, dass wir mit der Entdeckung dieser Hundefarm einen großen Schritt vorangekommen sind.«

Struller schlug eine Ernte aus der Schachtel.

»Ehrlich?«, fragte Jensen, der nicht den Eindruck hatte.

Struller schob die Zichte zwischen die Lippen. »Ganz ehrlich.«

* * *

»Nun denn.«

Jensen hatte lange überlegt, wohin er Lena am heutigen Abend ausführen sollte. Es musste eine *gute* Adresse sein, so viel stand fest. Wenn schon, denn schon, da wollte er sich nicht lumpen lassen. Ein verträumt romantisches Lokal ging nicht, viel zu gefährlich, viel zu verbindlich. Er wollte die Skalpell schwingende Assistentin vom Doc Stich ja nicht heiraten! Oder einen solchen Eindruck erwecken.

Eine kalte Dusche zum Abschrecken, ein bisschen Gel in die langen Haare gewuschelt und zu guter Letzt *Boss Bottled Night* aufgelegt. Seine braunen Wildleder-Schuhe kombinierte er mit einer ausgewaschenen Jeans und einem fliederfarbenen Hemd, bei dem er die obersten drei Knöpfe geöffnet ließ. Wer eine schöne Brust hat, soll sie zeigen!

Christofs Gemüsewagen war ein grober Stilbruch, aber besser es roch im Auto ein bisschen nach frischem Kohl und Spinat, als nach abgestandenem Zigarettenqualm. Er war sogar, wie er es gehofft hatte, zehn Minuten zu früh vor Lenas Haustür. Spontan nutzte Jensen die Gelegenheit und kaufte in einem kleinen Blumenlädchen, das sich direkt gegenüber Lenas Wohnung befand, eine kleine, neckische Blüte zum Anstecken. Ein bisschen was Schräges kam immer gut.

Jensen lehnte sich an die Schiebetür des Kastenwagens und wartete. Aus dem Auto ertönte auf Antenne Düsseldorf die Stimme von Alicia Keys mit *No One.*

Gerade als im Radio das Jingle der Nachrichten ertönte, öffnete sich die Haustür.

Jensen war beeindruckt. Lena trug ihre langen, braunen Haare offen. Ihr Gesicht war dezent geschminkt, um ihren Hals trug sie ein kleines, goldenes Medaillon. Hautenge, dunkelblaue Jeans und die schwarzen Pumps betonten perfekt ihre endlos langen Beine. Sie trug eine Bluse, die weit genug geöffnet war, um neugierig zu machen. Die Bluse war muschelfarben, was hervorragend zu den korallenfarbenen Fingernägeln passte.

»Dressed to kill«, murmelte Jensen tonlos.

Er machte einen Schritt auf sie zu, hauchte zur Begrüßung einen Kuss auf ihre Wange, hob die Ansteckblüte hoch und fragte: »Darf ich?«

»Aber pass auf, dass du mich nicht wieder verletzt«, antwortete Lena freundlich, aber Jensen ahnte, dass er sich heute richtig ins Zeug legen musste.

Sie fuhren ein kurzes Stück über den Wehrhahn, streiften die Innenstadt und suchten auf der Tußmannstraße nach einem freien Parkplatz. Auf der Franklinstraße wurden sie schließlich fündig. Der Weg zum Restaurant führte sie an einer großen Schaufensterscheibe vorbei. Ein heller Holzsarg, innen drin mit rotem Stoff ausgelegt, zog Jensens Aufmerksamkeit auf sich.

»Du interessierst dich für Särge?«, fragte Lena.

»Meinst du, das ist zu früh?«, lachte Jensen und trat einen Schritt zurück. »Das ist übrigens kein Sargshop, sondern ein Tattoostudio.«

»Oh«, zeigte Lena Interesse. »Tattoos sind schon eher was für mich.«

Links neben dem Sarg hatte der Inhaber mehrere Fotos und wilde Zeichnungen ausgestellt.

»Was Passendes für dich dabei?«, fragte Jensen. »Ich suche auch irgendwas mit Mama oder Mutter.«

»Deine Mutter? Na, die lerne ich ja auch bald kennen«, summte Lena.

Jensen schluckte und drückte seine Nase an die Scheibe des Ladens. Neben den üblichen Sachen mit Tribals, Delfinen und Rosen hatte eines der Bilder seine besondere Aufmerksamkeit erregt. Er betrachtete das Bild genauer und zeigte mit dem Finger drauf.

»Das findest du gut?«, fragte Lena und musterte eine diabolisch lächelnde Vampirfrau mit langen, spitzen Eckzähnen. Die Untote trug einen zerfetzten, schwarzen Umhang, ihr blasses Gesicht war tätowiert. Aus dem rechten Mundwinkel floss Blut.

»Da habe ich dich aber falsch eingeschätzt, Christian. Ob das deiner Mama gefallen würde?«

»Äh, nein, natürlich nicht«, beeilte sich Jensen. »Aber schau dir doch mal die Zähne der Vampirbraut an. Sieht täuschend echt aus, oder? Wo bekommt man denn solche Zahnschienen?«

»Wieso Schienen?«, fragte Lena zurück. »Die Zähne sind bestimmt echt. Ich habe schon mal so eine bei uns auf dem Tisch gehabt. Die Zähne sind angespitzt, man kann sich die Zähne in Form feilen lassen.«

»Ach.« In Form feilen lassen. Jensen fielen die Bissverletzungen ein, die Doc Stich an Rempes Körper entdeckt hatte und die er gerne einem Hund zugeordnet hätte, die aber nicht so richtig zu dieser Tierart hatten passen wollen. Was, wenn da jemand einem Hund die Zähne angespitzt hatte? Ihm kam Strullers Edgar-Wallace-Bemerkung auf der Hundefarm in den Sinn, *Der Hund von Blackwood Castle* …

»Komm lass uns gehen. Das ist ein doofer Laden«, meckerte Lena.

»Ja«, murmelte Jensen und überlegte kurz, Struller anzurufen, aber er hatte das Handy kaum aus dem Jackett gefriemelt, da fiel ihm Lenas warnender Blick auf.

»Du bist in Gedanken doch wohl nicht bei der Arbeit, Christian?«

»Nein, auf keinen Fall!« Hastig schoss er mit dem Handy nur kurz ein Foto, um es morgen Struller zeigen zu können.

Wenige Minuten später erreichten sie ihr Ziel. Ein amerikanisches Restaurant mit saftigen Burgern und Steaks. Das scharfe Steakmesser in ein halbblutiges Steak zu jagen, dürfte der Lady aus der Gerichtsmedizin wohl gefallen. Jensen fand seine Idee klasse!

Und der Abend verlief wirklich sehr gut, ganz zur Freude von Lena und dem erleichterten Jensen. Sie lachten viel, flirteten ganz offen miteinander. Zu ihren Steaks hatten sie im Laufe des Abends anderthalb Flaschen eines schweren kalifornischen Rotweins getrunken. Der Gemüsewagen musste auf jeden Fall stehen bleiben.

Auf dem Weg zum Taxistand legte Jensen schließlich seinen Arm um ihre Hüfte. Sie schmiegte sich widerstandslos an seinen Körper. Vor ihrer Haustür zahlte Jensen das Taxi und sie stiegen beide aus. Er wollte von hier zu Fuß nach Hause laufen, das war nicht weit, würde keine zwanzig Minuten dauern und seinem Alkoholkopf gut tun.

»Das war ein wundervoller Abend. Danke, dass du mir eine zweite Chance gegeben hast!« flüsterte Christian ihr zu.

Er trat einen Schritt zurück und war im Begriff zu gehen, als Lena mit ihrer linken Hand sein geöffnetes Hemd ergriff und mahnend ihren rechten Zeigefinger erhob. »Moment, mein Freund, du bist noch nicht fertig. Ich bin überhaupt noch nicht müde. Du kommst auf einen Absacker mit nach oben!«

Jensen folgte ihr ohne Widerworte. Sie öffnete schweigend ihre Wohnungstür, ging voraus, einmal längs durch den Flur, direkt in ihr Schlafzimmer. In eine Dachschräge eingelassen war ein breites Veluxfenster. In der Mitte des Raums stand ein großes Bett. Der Rahmen war aus Eisen, rustikal geschliffen, die Bettwäsche war schwarz und aus Seide. Jensen schnappte vorsichtig nach Luft. Er entdeckte wie beiläufig drapierte weiße Schals und eine mit Strass verzierte Augenbinde. Auf einem Beistelltisch stand eine Glasschale. Das tiefe, ovale Behältnis war mit einer Flüssigkeit gefüllt. Neben einer mit massivem Eisen beschlagenen Holzkiste lag ein Feuerzeug. In einer schlanken Metallvase steckte geheimnisvoll eine einzelne, dunkelrote Rose.

»Jetzt mach dich nützlich«, forderte Lena ihn auf.

»Soll ich mich ausziehen?«, fragte Jensen mutig zurück.

Lena lachte. »Später, Süßer. Während ich in was Bequemes schlüpfe, suchst du gute Musik raus und zündest ein paar Kerzen an.«

Sie deutete auf mehrere hohe Kerzenständer, die über den ansonsten spartanisch eingerichteten Raum verteilt waren. Sie dimmte mit laszivem Blick das Deckenlicht, tauchte den Raum in ein weiches Dunkel und verschwand ins Bad.

Jensen entdeckte neben dem Bett mehrere CDs. *Sinful Moments – Von zart bis hart* hieß die mit dem verheißungsvollsten Cover, die er von einer schwül-erotischen Stimmung erfasst eifrig in den Player legte. Schnell schnappte er das Feuerzeug und zündete die Kerzen an, die den Raum in ein flackerndes Licht tauchten.

»Wahnsinn.«

Er zog Schuhe und Socken aus, schob sie unters Bett. Jensen spürte jede Faser seines Körpers. Sein Blick fiel auf das geschlossene Holzkästchen. Was mochte da drin sein? Pure Verheißung! Nur mit Mühe und erhöhtem Pulsschlag konnte er sich bremsen, die Kiste mit einem Ruck zu öffnen und hineinzusehen. Eine heiße, erotische Neugier hatte ihn fest im Griff. Er setzte sich aufs Bett. Ergeben und gespannt harrte er der Dinge, die da auf ihn zukommen mochten.

Und was da kam …

Lena kam, nein, sie schwebte heran. Sie trug ein viel zu weites, strahlend weißes Hemd. Barfuss trat sie ans Bett, in einer Hand eine kleine, braune Flasche.

»Massageöl«, erkannte Jensen erfreut.

»Richtig. Und jetzt kannst du dich endgültig von deiner Schuld losdienen«, lächelte sie mit heiß geröteten Wangen und drückte ihm die kleine Flasche in die Hand.

Jensen stand auf, woraufhin sie sich mit dem Rücken zu ihm gewandt auf das Bett kniete. Langsam ließ sie ihr Hemd herab gleiten, bis es nur noch von ihren Handgelenken und ihrem Po gehalten wurde. Behutsam strich Jensen ihr das Kleidungsstück vom warmen Körper. Sie trug keinen BH und mit ihren Händen bedeckte sie ihre Brüste. Langsam legte sie sich bäuchlings aufs Bett, Jensen hielt die Luft an.

»Ich bin total verspannt«, flüsterte sie.

»Ich kann das ändern«, wisperte Jensen, beugte sich über sie, küsste zärtlich ihren Nacken, glitt mit seiner Zungenspitze sanft über ihren Rücken, kniff mit den Zähnen frech in ihren knackigen Po, richtete sich auf und öffnete das Fläschchen mit Öl. Sein Blick fiel auf das geheimnisvolle Holzkästchen auf dem Beistelltisch und mit einem angenehmen Schaudern erkannte Jensen, dass Lena den Holzdeckel beim Hineingleiten ins Bett weit geöffnet hatte.

Im Player führte die *Bridge Over Troubled Water.*

* * *

Struller wischte sich zur gleichen Zeit im Büro die Müdigkeit aus den schmerzenden Augen. 22.00 Uhr. Gott sei Dank, er war fertig. Nicht nur körperlich, sondern auch mit seinem Pensum. Sie hatten bei ihren Ermittlungen bisher die Reinigungsmittelspur vernachlässigt. Er wollte jetzt probieren, über den Zusatzstoff im Reiniger die Putzkolonne zu ermitteln. Mit Sicherheit würden die angeben können, was sie in der Parkhalle am 4004 gereinigt hatten. Vielleicht hatten sie noch mehr mitbekommen. Knöllchenspur war gestern, jetzt wollte er auf dieses merkwürdige NTN 1326 setzen und hatte mit der Firma *Klüsch* einen Termin für den nächsten Vormittag ausgemacht. *Klüsch* war eine der größten Reinigungsfirmen der Stadt. Weil sie den Düsseldorfer Eishockeyclub sponserten und er bei der DEG jemanden im Vorstand kannte, hatte er auf die Schnelle einen Termin machen können.

Aber jetzt war gleich Schluss, jetzt würde er …

Sein Handy meldete sich, Struller ging ran. »Ja?«

»Ich bin angenehm überrascht«, meldete sich eine weibliche Stimme.

Keine Nummer im Display. Struller richtete sich alarmiert im Sitz auf. »Wer spricht da, bitte?«

»So schnell habe ich nicht mit Ihnen gerechnet.«

»Hören Sie! Solche Spielchen mag ich überhaupt nicht.«

»Die Situation ist aber so, dass ich die Regeln machen muss. Haben Sie mein Päckchen erhalten?«

Struller riss die Augen auf. Das *Spanish-Bronco*-Päckchen!

»Da kann ich nichts mit anfangen«, log Struller.

Die Frau lachte. »Wenn ich Sie halbwegs richtig einschätze, und wenn Jürgen Rempe Sie halbwegs richtig eingeschätzt hat, dann können sie sehr wohl mit diesem Hinweis etwas anfangen.«

»Wer ist Jürgen Rempe?«, fragte Struller.

Sie lachte wieder. »Sie waren heute schon richtig. Sie sind auf der richtigen Spur!«

Struller hörte es klicken. »Hallo? Hallo? Hallo, verdammt!«

Aufgelegt. So eine Kacke. Auf der richtigen Spur? Verdammt, was sollte das denn jetzt heißen? Ein gutes Dutzend neuer Fragen nahmen vor seinem Auge Gestalt an.

Das waren Fragen, die dringend einer schnellen Antwort bedurften. Und er hatte schon eine Idee, wer ihm einen Teil davon schon morgen früh würde geben können.

Verdammt: Er war wieder hellwach!

* * *

»Dann eben nicht!«

Er konnte einfach nicht abschalten, wollte einfach nicht einschlafen. Thomas M. Gerda rollte sich ächzend aus dem Bett. Zwei Flaschen Rotwein und eine kleine Flasche Jägermeister hatten eigentlich für die nötige Bettschwere sorgen sollen, aber nicht nur die fettige Fertigpizza lag ihm schwer im Magen und verhinderte das Einschlafen.

Seine Füße ertasteten die ausgetretenen, schwarzen Schlappen. Mühsam stieß er seine Zehen hinein. Was hatten die Bullen plötzlich in der Hundezucht zu suchen? Wie um alles in der Welt hatten sie die Verbindung gezogen?

Gerda schniefte.

Was war das für ein komischer Polizist? Bekleidet mit Trenchcoat würde der mit seinen schusseligen Fragen glatt als *Inspektor Columbo* durchgehen. Mit Leuten, die so aussahen, hatte er sich früher erst gar nicht abgegeben. Er zog die Nase hoch. Und heute machten ihm selbst solche dumpfen Armleuchter Angst.

Er knipste das Küchenlicht an und öffnete den Kühlschrank.

Dumpf ... Na ja. Das waren schon merkwürdige Fragen, die dieser seltsame Bulle gestellt hatte. So hintenrum, hatte er sie gestellt. Man wusste nie genau, was die Frage eigentlich bezwecken sollte. Und dann hatte er sich auf dem Hof umgucken wollen. Warum?

Was wusste dieser Struhlmann? Seine Finger hatten die halbvolle Flasche Doppelkorn gefunden, hastig zog er sie raus. Mit der anderen Hand warf er den Kühlschrank wieder zu. Er schraubte den Verschluss auf und hielt noch einmal inne.

Was bedeutete das jetzt? Waren die Bullen ihnen auf der Spur? Würde die ganze Kiste jetzt auffliegen? Und was bedeutete das für ihn? Er hatte doch nur seine Pflicht getan. So wie immer! Nur seine Pflicht!

Er fuhr sich übers stoppelige Kinn. Und wie würden ... sie es sehen? Würden sie ihn verantwortlich dafür machen, dass auf einmal Bullen in Hubbelrath auftauchten, dass schmierige Kommissare auf einmal ihre Nasen in den Dreck steckten und rumschnüffelten? Da konnte er doch nichts dafür! Oh Gott, die würden doch nicht annehmen, dass die Polizisten ihm gefolgt waren, dass er die Bullen zum Hof geführt hatte …

Die Panik, die immer mehr von ihm Besitz ergriff, gab ihm endlich den Grund, den Flaschenhals zitternd an die Lippen zu führen. Gierig ertränkte er eine erste Welle Angst, schluckte das Grauen herunter.

Dann ging es ihm besser.

Aber er wusste, das war nicht die erste und letzte Welle, die ihn heimsuchen würde, nicht der letzte Kampf, den er heute auszufechten hatte, bevor Morpheus´ Arme ihn gnädig umschließen würden.

Übermorgen. Übermorgen musste er wieder fit sein. Dann kam es wieder auf ihn an!

Er führte die Flasche an den Mund.

* * *

Jensen strich sich mit den Fingerspitzen unters Hemd und vorsichtig über seine gerötete Brust. Das Holzkistchen, die Kerzen … Er ließ die Haustür hinter sich zufallen und trat mit federndem Schritt, weichen Knien und einem zufriedenen Lächeln in den Mundwinkeln raus auf die Straße. Das Lächeln wollte auch in Anbetracht des starken Regens nicht weichen, der in unendlichen Bindfäden auf die Erde niederrauschte. Das waren schließlich die gleichen Regentropfen, die noch vor wenigen Minuten auf das breite Veluxfenster in Lenas Dachgeschosswohnung prasselnd für eine herrlich stimmungsvolle Geräuschkulisse gesorgt hatten.

»Die Lena …«

Jensen schüttelte den Kopf. Ihr Date hatte sich viel besser entwickelt, als er es sich in seinen tollsten Träumen hätte ausmalen können. Damit war nach ihrem Aufeinandertreffen in der Gerichtsmedizin vor erst ein paar Tagen absolut nicht zu rechnen gewesen. Es gab sie immer noch, die süßen, kleinen, positiven Überraschungen. Jensen schlug den Kragen seiner Jacke hoch und drückte sich an der Häuserzeile entlang Richtung Heimat. Weit war das nicht, aber …

»Scheiße!«

Ein fetter Regenschwall knallte ihm an der nächsten Häuserecke in den hochgeklappten Kragen.

Jensen beschleunigte seinen Schritt und steuerte am Worringer Platz den Taxistand an. Scheiß auf die paar Euro, aber selbst auf dem kurzen Stück bis zur Stresemannstraße wäre er nass bis auf die Haut. Deshalb hatte er noch in Lenas seidene Bettwäsche gehüllt beschlossen, sich ein Taxi zu gönnen.

Schnell riss er die Tür der Droschke in der Pole-Position auf und rutschte auf den Beifahrersitz. »Tag, einmal bitte bis zur Stresemannstraße Ecke Charlottenstraße«, gab er dem indisch aussehenden Taxifahrer Bescheid, der sich auch gleich so richtig begeistert zeigte.

»Bis zur Stresemannstraße? Die ganze Strecke? Das ist doch gleich um die Ecke, Mann. Da lohnt es sich für mich ja gar nicht, den Motor anzuschmeißen. Und für so eine schlappe Tour warte ich hier zwei Stunden in der Schlange.«

Jensen zuckte mit den Schultern. Klar, das war jetzt nicht der allerbeste Auftrag, aber laufen wollte er trotzdem nicht. »Die Tour können wir von mir aus schwarz ohne Uhr machen«, schlug er für die gute Stimmung vor.

Der Taxifahrer sagte: »Sieben Euro.«

Zu viel, dachte Jensen und sagte: »Okay.«

Wortlos drückte der Taxifahrer eine Bollywood-CD in den Schlitz seines Players und fuhr schwungvoll los, um gleich an der nächsten Ampel hinter einem Jeep anzuhalten. Der große Scheibenwischer quietschte von links nach rechts und wieder zurück. Die höher gelegenen Rückleuchten des Fahrzeugs vor ihnen brachen sich blendend in den Regentropfen auf der Windschutzscheibe. Durch die Scheibe fiel Jensens Blick auf das Kennzeichen des Jeeps. D-YY 8998.

»Ich hab immer so ein Glück. Ich krieg immer die Sinker«, murmelte der Taxifahrer, der Jensen jetzt aber doch mit seiner mopprigen Art ein bisschen auf den Keks ging. Aber erst frühestens in Höhe Grupellostraße würde er seinem Kutscher ein paar freundliche Takte drücken.

Mit ein paar schnellen Gedanken an eine sich langsam bewegende Lena und ihren weichen, in Massageöl getränkten Körper versuchte Jensen, sich stimmungsmäßig wieder zu beruhigen. Merkwürdig. Es wollte ihm nicht richtig gelingen. Und das lag nicht nur am Taxifahrer, dessen Kopf zum plärrenden, dengelnden Rhythmus der Musik wippte und wackelte. Irgendein Bimmelchen lärmte ganz weit hinten in Jensens Kopf.

»Gleich stehe ich wieder eine Stunde«, summte der Mann.

»Besser schlecht gefahren, als gut gestanden«, zankte Jensen unwillig.

Der Inder knurrte gefährlich.

»Ich bin gegen Regen allergisch. Wasser ist was für Fische«, fuhr Jensen fort, dem die romantische Stimmung inzwischen vollständig abhanden gekommen war.

»Ach was? Auch noch Komiker?«

Ja, wollte Jensen sagen, aber da fiel es ihm wie Schuppen von den Augen. »Verdammt!«

»Was is, alles klar?«, fragte der Droschkenmann entsetzt. »Musst du kotzen? Brech mir bloß nicht ins Auto!«

Jensen schlug sich vor die Stirn. Der Jeep vor ihnen. Das Kennzeichen! Das war der Jeep aus der Fahndung, der Jeep, den die Russen diesem Van den Borgh abgekauft hatten, der am Samstag vor dem 4004 gestanden hatte. Der Wagen fuhr in den Kreisverkehr am Stresemannplatz ein.

»Bleib hinter dem Jeep!«

»Sicher nicht, Mann. Nimmst du Drogen? Da vorne lass ich dich raus!«

Jensen riss sein Portemonnaie aus der Tasche, zog einen Fuffziger unter die Insassenbeleuchtung des Taxis und klebte ihn aufs Armaturenbrett. »Reicht das? Was übrig bleibt, kannste behalten.«

Der Taxifahrer reagierte extrem flexibel, gab Gas, heftete sich hinter den Jeep und brachte den übergroßen, grünen Duftbaum, der am Innenspiegel hing, mächtig ans Schaukeln.

»Der Fahrer darf uns nicht bemerken.«

»Der Freund deiner Ex?«, grinste der Mann, jetzt in deutlich besserer Stimmung.

»Ist was Berufliches«, erklärte Jensen.

»Von mir aus«, griente der Typ, ließ sich ein paar Meter zurückfallen, blieb aber am Fahrzeug dran.

Jensen versuchte, irgendwas im Jeep zu erkennen, aber bis auf die Tatsache, dass es zwei Personen waren, die drin saßen, war durch die beschlagenen Scheiben, die Regentropfen und bei der Dunkelheit nichts auszumachen. Der Fahrer im Jeep fuhr zügig, hielt sich aber an die Verkehrsregeln.

»Wenn es bis nach Mettmann geht, brauch ich einen Nachschlag«, erklärte der Taxifahrer.

»So weit sind wir ja noch nicht«, sagte Jensen, als der Wagen von der Kettwiger Straße nach rechts auf den Höher Weg bog.

In Jensens Kopf überschlugen sich die Gedanken. Kurz überlegte er, uniformierte Kollegen ranzuholen, damit die den Wagen überprüfen konnten. Immerhin war das Fahrzeug zur Insassenfeststellung ausgeschrieben. Andererseits wären die beiden Kerle im Jeep dann gewarnt, und er würde nicht erfahren, wo sie hinfuhren, was das Ziel war. Und das interessierte ihn schon sehr. Aber wenn es tatsächlich zwei Russen waren, dann könnte er ihnen nicht bis Moskau folgen.

Jensen hielt inne. Aber, war das jetzt Zufall, hier auf diesen Jeep zu treffen oder … hatten die ihn womöglich observiert? Hatten die ihn und Lena beschattet? Schon im Restaurant? Bis an Lenas Wohnung? Jensen schüttelte den Kopf. Nein. Beschatten tun Profis und die hätte er nicht bemerkt. Das *musste* Zufall sein!

Die Fahrt führte sie über die Automeile, durch das folgende Industriegebiet, dann nach links Richtung Bauhaus, schließlich an der Ampel nach rechts auf die Torfbruchstraße. Doch bis nach Mettmann? Nein. An der nächsten Kreuzung bog der Jeep verbotswidrig links ab. Würden sie dem Wagen jetzt folgen, würden die Insassen bestimmt auf das ihnen folgende Taxi aufmerksam.

»Fahr geradeaus, aber langsamer!«

Sie überquerten im Schritttempo den Kreuzungsbereich. Jensen verdrehte sich den Hals und behielt den Jeep im Auge.

»Super!«

Er klatschte in die Hände. Der Wagen hatte gleich nach dem Abbiegen angehalten, die Türen am Fahrzeug öffneten sich.

»Halt an, ich steig hier aus!«

»Mach ich. Bist du ein Bulle?«

»Fast«, antwortete Jensen. »Da war die Tour ja doch spannender als gedacht, oder?«

Der Taxifahrer lächelte mild mit indischer Gelassenheit und wischte mit flinkem Griff den Fünfziger vom Armaturenbrett. »Gerne wieder.«

Jensen sprang aus dem Daimler, rannte zur Häuserecke und lugte durch den prasselnden Regen vorsichtig Richtung Jeep. Die Lichter am Wagen waren aus. Was machten die da? Jensen erkannte, dass die beiden Männer dabei waren, einen länglichen Gegenstand aus dem Jeep zu hieven. War das ein Teppich? Eine Holzrolle? Jensen konnte es nicht erkennen. Einer der beiden trat im Schein einer Straßenlaterne an eine rot gestrichene Tür. Was war das für eine Tür? Wo gehörte die hin? Gehörte sie zu der rot beleuchteten Kneipe ein bisschen weiter rechts? Was war das überhaupt für ein klobiger, grauer Betonklotz, in dem sich Tür und Kneipe befanden?

Jensen kratzte sich die regennassen Haare. Wäre es jetzt Zeit, die Kollegen zu informieren? Oder wenigstens Struller? Die beiden Männer waren in diesem Bau verschwunden. Bau, Bau, Bau. Und ja, plötzlich fiel es ihm ein. Das musste der Gerresheimer Bunker sein. Der Bunker, der vor einiger Zeit in den Schlagzeilen gestanden hatte, weil ein Rockerclub sich dort in den Räumlichkeiten häuslich niedergelassen hatte. Ein paar Monate später entdeckte die Polizei bei einer Razzia im Inneren des Gebäudes eine professionell angelegte Drogenplantage. Die beiden Typen waren in genau diesen Bunker verschwunden.

»Die Tür.«

Jensen leckte sich aufgeregt die Lippen. Das sah so aus, als hätten die beiden die Tür einen Spalt weit offen gelassen oder nur angelehnt. Jensen trippelte unentschlossen von einem Fuß auf den anderen. Er musste sich entscheiden, und zwar schnell.

Tat er. Er *musste* die günstige Gelegenheit nutzen!

Schnell hastete er gebückt über die Fahrbahn. Im Vorbeirennen warf er einen kurzen Blick in den Jeep, aber da lagen nur Stofffetzen auf der Ablage. Sekunden später hatte er die Tür erreicht. Ein grober Stein, unten in den Rahmen gedrückt, hielt die Tür offen. Jensen verlor keine weitere Zeit mit Nachdenken und drückte sich vorsichtig in das Gebäude. Abgestandener, schaler Gestank zog ihm fies in die Nase. Kein Lüftchen regte sich hier. Baustellenleuchten tauchten groben Beton in dumpfes Licht. Graffiti an den Wänden.

ACAB, *Murat ist Scheiße* und *Nazis raus*, las Jensen, als er die ersten Stufen einer Steintreppe erklomm, um eine weitere, rot-rostige Stahltür zu erreichen. Mit schwungvollem Zug und weißer Farbe hatte jemand ein großes *Fortuna-F* von außen draufgepinselt.

Auch diese Tür ließ sich aufdrücken. Die Luft wurde noch eine Spur stickiger, es waren keine Geräusche zu hören. Der dicke Beton um ihn herum schluckte jeden Ton. Stufen führten ums Eck weiter nach oben. Jensen hielt den Atem an und erreichte einen weiteren Treppenabsatz. Von den beiden Kerlen und ihrer Fracht war nichts zu sehen und nichts zu hören. Rechts stand eine Holztür offen. Jensen entschied sich weiterzugehen. Langsam schlich er die Stufen hoch. Vorsichtig wich er einer Pfütze aus.

Da. Da war was. Ein Kratzen. Irgendwo vor und über ihm wurden schwere Gegenstände über den Steinboden gezogen. Jensens Puls klopfte Beulen in seinen Hals. Schweiß rann ihm den Rücken runter. Er schlich weiter. Leise, jedes Geräusch vermeidend.

Er erreichte eine weitere Tür, diesmal wieder eine aus schwerem Eisen. Jensen legte einen Finger an die Tür, die sich sofort bewegte. Gut geschmiert, das Scharnier. Behutsam drückte Jensen die Tür einen Spalt weit auf. Drinnen war es hell. Richtig sehen konnte er noch nichts, nur erkennen, dass grelle Bogenlampen das Innere eines vermutlich recht großen Raums hell erleuchteten.

»Ich hol den Akkuschrauber ausm Auto«, rief eine männliche Stimme.

Jensens Herzschlag setzte aus. Die Stimme ... So laut! Die Person stand gar nicht weit von ihm entfernt direkt auf der anderen Seite der Tür. Aus dem Auto? Das hieß ...

Blitzschnell drehte Jensen sich um und rauschte so schnell und leise es ging die Steinstufen hinunter. Gut, dass sich die Treppe in rechten Winkeln drehte, so konnte der Typ ihn nicht direkt sehen. Der Kerl musste keine Geräusche vermeiden und entsprechend laut klackerte ein metallener Schuhabsatz hart auf die Steinstufen.

Jensen erreichte die Holztür, die nunmehr zu seiner Linken abging. Schnell huschte er hinein und zog die Tür halb hinter sich zu. Im Raum war es stockdunkel. Die Schritte auf der Treppe kamen näher. Klack, klack, klack. Metall auf Stein, immer näher. Der Mann hatte den Treppenabsatz erreicht und ging ohne anzuhalten zügig weiter Richtung Ausgang.

Jetzt hatte Jensen endlich Zeit mal wieder zu atmen. Verdammt, er hätte auf jeden Fall Verstärkung rufen müssen. Aber er hatte sein Handy dabei, da würde er sich gleich drum kümmern, wenn der Kerl mit den Eisenabsätzen seinen Schrauber aus dem Auto geholt hatte und wieder an ihm vorbei nach oben geschlichen war.

Jensen lauschte.

Und fuhr entsetzt herum. Ein Kratzen. Im gleichen Raum, direkt neben ihm. Unwillkürlich trat er einen Schritt zur Seite. Mann, hatte er sich erschreckt. Er spürte, dass er gegen einen Gegenstand stieß. Er konnte es nicht sehen, aber er ahnte, dass er irgendetwas umgestoßen hatte. Blind griff er danach … und bekam einen Besenstiel zu fassen. Jensen hatte auf einen Schlag zwei Liter Schweiß verloren, sein Herz raste. Wenn das Teil zu Boden gestürzt wäre …

Da war es wieder. Das Kratzen!

Und der Mann. Im gleichen Moment klackerte der Mann mit dem Akkuschrauber von unten kommend an ihm vorbei. Kerl, war das hier eine komische Akustik. Der Bau schluckte selbst das kleinste Geräusch. Bis auf dieses Kratzen neben ihm, das ihm schon wieder die verschwitzten Nackenhaare stramm in die Senkrechte kommandierte.

»Lass gut sein!«, brüllte ein Mann von oben. Und dann etwas in einer Sprache, die Jensen nicht verstand.

Jensen verstand aber, dass der Mann mit dem Akkuschrauber stehen blieb, irgendetwas antwortete und den Schrauber mehrmals aufsummen ließ.

»Eh du so weit bist, hab ich das Ding schon zusammengesetzt!«

»Auch gut!«

Jensen hielt die Luft an. Oben wurde die Stahltür donnernd zugeschlagen, ein Riegel wurde kratzend vorgeschoben, die Männer kamen zurück Richtung Treppenabsatz. Jensens Finger umkrallten den Besenstiel. Verdammt, in was für eine dämliche Situation hatte er sich hier gebracht! Wenn die hier reinkamen, hätte er sich auf dem Silbertablett präsentiert. Hier kam er doch nicht mehr weg!

Verdammt, verdammt, verdammt.

Die Schritte. Jensen zählte jedes Klackern, jede Stufe mit. Der Absatz, Klack, Klack. Jensen zupfte sich hektisch einen kitzelnden Tropfen von der Nasenspitze. Einer der Männer sagte was, Jensen vermutete, auf Russisch, der andere lachte bleckend.

Eine Tür fiel zu. Das Licht im Flur wurde ausgeschaltet. Jensen blieb erstarrt zurück, sein Mund weit offen. Mit zittrigen Fingern stellte er den Besen ab. Das war hier nicht dunkel, nicht schwarz. Das war hier so pechschwarz, dass es physisch schmerzte. Nichts, aber auch gar nichts war zu sehen. Nirgendwo auf der ganzen Welt war es so finster wie hier.

Seine Augen gewöhnten sich an die Dunkelheit. Sein Hirn nicht. Jensen hatte eine Scheißangst.

Er lauschte regungslos, aber er konnte nicht sagen, ob die beiden Männer den Bunker endgültig verlassen und auch die Außentür hinter sich geschlossen hatten. Er blieb regungslos stehen, zählte bis hundert. Und – das würde er keinem erzählen – seine Zähne klapperten.

»Hundert«, stieß Jensen hervor.

Anscheinend waren sie weg. Okay. Er befand sich … in einem Raum. Da gab es doch sicher einen Lichtschalter, und Lichtschalter befanden sich immer im Bereich der Tür. Die ertastete er jetzt vorsichtig mit weit ausgestreckten Armen.

»Tür. Gut. Und der Schalter ist dann immer an der Seite, wohin die Tür nicht aufgeht«, flüsterte Jensen, nur um etwas gegen diese furchtbare Stille zu tun.

Der Schalter!

Jensen drückte den Schalter.

Und es kratzte! Wieder dieses Kratzen. Und ein Geräusch, das war … ein Heulen. Ein jämmerliches Heulen. Wie ein Baby!

Das Licht leuchtete auf. Oben an der Decke tauchte eine einzelne, fahle, nackte Glühbirne jetzt den Raum in ein staubiges, trübes Licht. Jensen machte einen Schritt zur Seite, umschloss mit festem Griff den Besenstiel und holte aus.

Der Raum war klein, vielleicht zwei mal drei Meter. Gerümpel, Schrott, ein Schrank, bei dem eine Tür offen stand, ein Matratzenrost. Und eine Kiste. Eine Kiste, in der sich irgendwas befand, was diese schrecklichen Geräusche machte. Jensen schluckte.

»Okay«, flüsterte er und fasste den Stiel noch härter an.

Vorsichtig näherte er sich der Kiste. Es war eine große Kiste, über einen Meter lang und über einen halben Meter hoch und tief. Dunkelgrün und aus Plastik, so ein Ding, das man an den Ecken zusammenstecken muss. Mit Klappdeckel. Jensen atmete mehrmals heftig ein und aus. Es kratzte immer noch. Jensen drehte den Besen und brachte das Ende des Stiels unter den Plastikdeckel der Kiste. Er musste wissen, was da drin war.

»Drei, zwei, eins!«

Er kickte den Deckel auf. Eine üble Gestankwolke schoss ihm entgegen. Es jaulte, es kratzte, Jensen konnte nichts erkennen. Er drückte sich eine Hand vor die Nase und wagte sich ein paar Zentimeter weiter nach vorne. Er reckte den Hals, blickte in die Kiste und …

Würgend drehte er den Kopf zur Seite. Das durfte doch nicht wahr sein! Die Kiste war randvoll mit … toten Katzen. Quer und wild lagen sie übereinander.

Jensen zwang sich ein zweites Mal hinzusehen. Wieder kroch ihm alles sauer die Speiseröhre hoch. Würgend entdeckte er … eine noch lebende Katze. Halb begraben unter den schlaffen Körpern ihrer Genossen, zuckte eine Pfote kratzend gegen das Plastik. Ihr Kopf hing schlaff, kraftlos öffnete sich das kleine Maul und quäkte schief und grell.

Jensen trat an die Kiste, um das Tier sofort …

Halt!

Blitzschnell fuhr Jensen herum. Die Stahltür. Es hatte an der Stahltür gepoltert. Jensen schnippte das Licht aus. Keine Sekunde zu früh, denn im gleichen Moment fiel Licht in den Flur. Jensen stand wieder im Halbdunkel. Vorsichtig, aber schnell taumelte er in Richtung des leeren Schranks, den er gerade gesehen hatte. Er hatte die Schranktür kaum geräuschlos hinter sich zugezogen, da hörte, nein, da spürte er, wie jemand in den Raum trat.

»Ich hab was gehört!«

»Was denn?«

»Keine Ahnung!«

»Ist das da die Kiste mit den Viechern?«, fragte eine raue Stimme.

Jetzt hörte Jensen das Klackern der Absätze, immer näher kommend.

»Was ist das denn?«

Scheiße, dachte Jensen. Sie hatten den Besen auf dem Boden gefunden.

»Der lag doch eben noch nicht hier rum.«

»Der stand gestern schon hier, ist halt umgekippt. Das hast du gehört«, behauptete der eine der beiden Männer.

Stille.

»Nee, nee«, sagte der andere Kerl mit der rauen Stimme. »Das war was anderes! Ich guck da mal rein.«

Jensen spannte sich an. Ich guck da mal rein? Gleich würde der Kerl die Schranktür aufreißen. Jensen blähte die Nasenflügel. Er würde ihm zur Begrüßung eine geballte Faust in sein mieses Gesicht hämmern. Und wenn es das Letzte wäre, was er in diesem Leben hämmern würde. Da würde er mit Schmackes aber noch mal alles reinhängen. Jede Sekunde musste die Schranktür aufgehen, aber …

Jensen hörte, wie der Kerl die Plastikkiste aufstieß.

»Scheiße, guck! Eins von den verfluchten Viechern lebt noch. Dem Ding dreh ich sofort den Hals um!«

»Lass das Tier in Ruhe! Mach den Deckel zu, dann kriegt das Viech keine Luft mehr und verreckt von ganz allein. Lass uns die Klamotten noch schnell holen und dann machen wir Feierabend, ich muss morgen früh wieder auf den Wagen!«

Der andere maulte kurz und ... legte von außen einen Riegel vor die Tür.

Verdammt. Jensen musste bleiben, wo er war. Keine Chance, heimlich und leise den Bunker wieder zu verlassen. Er musste warten und erlauschte das Stiefelklackern auf den Steinstufen nach oben. Es war dann vor lauter Anspannung für ihn unmöglich einzuschätzen, wie lange es dauerte, bis die beiden Kerle wieder die Treppe runtermarschierten, lange hatten sie für was auch immer nicht gebraucht. Als sie seinen Raum erreichten, miaute der eine der beiden, der andere lachte.

Jensen schnappte nach Luft, fing Staub und hätte fast gehustet. Es dauerte einige Sekunden, bis er den Anfall endgültig unterdrückt hatte, aber da, da waren die beiden auch schon wieder weg.

Diesmal zählte Jensen nur bis achtzig, ehe er das Licht einschaltete. Sie würden nicht mehr wiederkommen, der eine musste morgen ja früh raus, auf den Wagen.

Jensen ruckelte an der Tür. Der Riegel, den er durch den Schlitz zwischen Holztür und Rahmen erkennen konnte, hielt. Okay. Doof, aber nicht schlimm. Er warf einen Blick auf das alte Matratzenteil, da ließe sich mit Sicherheit was basteln. Hier käme er schon raus, da machte er sich keine Sorgen!

»Rauskommen ... Gutes Stichwort!«

Jensen drehte sich um, drückte einen Ärmel unter die Nase, öffnete mit entschlossenem Ruck die Plastikkiste und zupfte die schlaffe Katze aus ihrem Gefängnis. Diese Drecksschweine!

»Hier erstickt niemand«, flüsterte Jensen der stinkenden Katze ins Ohr, »auch keine Katze!«

* * *

Struller hatte einige Minuten gebraucht, um ein paar Gedanken in die richtige Richtung zu schieben, um ein paar Fragen in die korrekte Form zu gießen. Hintergrundinformationen brauchte er. Dringend. Etwas Konkretes! Dann hatte er seinem Kollegen Lambertz eine Mail geschrieben. Lurchi Lambertz war als Ermittler für die Bekämpfung der Organisierten Kriminalität zuständig. Und wer, wenn nicht er, könnte ihm was zum Thema Hundekämpfe erzählen?

Struller strich sich durchs Haar. Sie hatten eine Hundezucht, merkwürdige Bisswunden, mit *Spanish Bronco* ein illegales Aufputschmittel für Pferde und ganz viel Hundeblut. Es war nur eine Idee, aber was, wenn sie es hier mit illegalen Hundekämpfen oder illegalen Hunderennen zu tun hatten? Eine – wie er fand – brauchbare Theorie!

Einiges sprach dafür, dass dieser Ansatz die richtige Spur war, auf der er sich befand, die »richtige« Spur, von der seine anonyme Anruferin gesprochen hatte. Denn was sonst hätte er heute richtig machen können, wenn nicht der Besuch der Hundezucht gemeint sein sollte? Nein, nein, das musste gemeint sein.

»Dranbleiben, Pit, dranbleiben!«

Er hatte versucht, im Internet etwas zum Thema zu googeln, aber das weltweite Netz war erst mal grundsätzlich nicht sein Metier, und darüber hinaus hatte er auch nichts Passendes gefunden. Dann doch besser die Kollegen fragen. Morgen. Denn jetzt schliefen sie ja schon alle, seine Kollegen.

Schlafen, das würde er jetzt auch tun.

»Feierabend«, flüsterte Struller und fuhr den PC runter.

* * *

Jensen fluchte. Das hatte er insgeheim befürchtet. Die dicken Betonwände des Bunkers verhinderten, dass sein Handy Empfang bekam. Keine Chance. Eine SMS zu versenden, klappte auch nicht.

Er zwinkerte der kleinen, schlappen Katze zu, die auf seiner zur Bettstatt gefalteten Jacke träge zu ihm hochblinzelte. »Ein paar Kollegen hätten wir jetzt gut gebrauchen können, was, Miezi?«

Er ging rüber auf die andere Seite des staubigen Kellerraumes, kniete sich vor den alten Matratzenrost und checkte das rostige Teil. »Wird aber auch ohne Kavallerie gehen. Wir kommen hier schon raus.«

Das Möbelstück war vollkommen ausgeleiert, die einzelnen Streben hingen schlaff durch. Aber trotzdem ließen sich die rostigen Metallverbindungen nicht ohne Weiteres aus ihren Verankerungen und voneinander lösen. Das hatte Jensen sich einfacher vorgestellt. Er rutschte mit den Fingern ab, die Haut ratschte auf.

»Aua.«

Jensen fluchte. Das würde hier alles doch wesentlich länger dauern, als er es sich vorgestellt hatte. Er seufzte und krempelte entschlossen die Ärmel seines Hemdes hoch.

5.Tag

Die Dame im dunkelblauen Kostüm trug ihre Haare hinten fest zum Zopf gebunden. An ihrem linken Ohr baumelte ein großer Ohrring. Sie hatte sich eine von Strullers Visitenkarten geben lassen, ließ sie spielerisch durch ihre Finger taumeln und fragte freundlich. »Und wie kommen Sie auf unsere Firma?«

Struller räusperte sich auf der anderen Seite ihres riesigen Schreibtisches. »Die Firma Klüsch sponsert die Düsseldorfer EG.«

»Eishockey? Das macht uns in Sachen Raumpflege kompetent?«

»Kompetent, vertrauenswürdig und zur allerersten Adresse«, entgegnete Struller schwungvoll.

Sie legte die Visitenkarte lächelnd ab und lobte. »Sehr geschickt, Herr Hauptkommissar.«

Struller zuckte lässig mit den Schultern. Er hatte aus Versehen schon mal schlimmer geschleimt. Und brauchte eine Auskunft. Die er jetzt auch prompt bekam.

»Ich kann ausschließen, dass die Firma Klüsch in der besagten Parkhalle tätig geworden ist. Ebenso haben keine Angestellten unserer Firma – quasi schwarz für die Firma Klüsch – dort gearbeitet. Ich kann natürlich nicht für jeden Einzelnen die Hand ins Feuer legen, aber ein offizieller Auftrag wurde hier auf jeden Fall nicht ausgeführt.«

»Klingt insgesamt ein bisschen vage«, hakte Struller nach.

»Mit Putzen wird unter der Hand eine Menge Geld verdient«, blieb die junge Dame gelassen. Sie beugte sich zu Struller rüber. »Ich kenne mich mit Zusätzen und deren Abkürzungen nicht umfassend aus, es gibt Tausende, aber

NTN 1326, das sagt mir was. NTN 1326 ist ein Zusatzstoff für Industriereiniger. Er ist allerdings in Europa seit knapp zehn Jahren verboten und wird meines Wissens auch in Europa gar nicht mehr hergestellt. Der Stoff wurde lange Zeit als Wundermittel gehandelt, bis festgestellt wurde, dass er im höchsten Maße die Lunge belastet. Er ist extrem ätzend und schädigt eingeatmet die Lungenwege.«

»Wir haben in der Parkhalle keinen ätzenden Geruch wahrgenommen«, widersprach Struller.

»Das ist das Tückische an diesem Wirkstoff, er ist geruchsneutral. Und übrigens auch geschmacksneutral.«

»Wer trinkt denn Industriereiniger?«

»Kleine Kinder zum Beispiel.«

»Ach so, klar.« Jetzt verstand Struller die gefährliche Problematik.

»Die Flüssigkeit wurde in Hellblau geliefert, das hatte für Kinder einen enormen Aufforderungscharakter. Hätte man natürlich auch ändern können, in Giftgrün, wäre aber auch nicht wirklich besser gewesen. Wir bei Klüsch arbeiten seit ungefähr zehn Jahren nicht mehr mit dem Zeug.«

»Ich verstehe«, sagte Struller. »Aber gleichwohl wurde bei unseren kriminaltechnischen Untersuchungen festgestellt, dass am Tatort ein Reinigungsmittel mit genau diesem Zusatzstoff verwendet wurde.«

»Dann, Herr Struhlmann, haben Sie es sicher nicht mit ordnungsgemäß zulässigen Reinigungskräften zu tun.«

»Sondern?«

»Mit einer illegalen Putzkolonne.«

»Illegale Putzkolonne?«, echote Struller.

Die Dame, deren Namensschild verriet, dass sie Monika Burda hieß, strich sich übers straffe Haar. »Nachdem Sie gestern die Anfrage an unsere Firma gestellt und wir diesen

Termin vereinbart hatten, habe ich mich ein bisschen schlau gemacht. Die Kollegen der entsprechenden Sachbearbeitung vermuten, dass es alleine in Düsseldorf drei oder vier größere, sehr aktive, illegale Putzkolonnen gibt. Darüber hinaus nehmen wir an, dass knapp einhundert Einzelpersonen schwarz den Putzlappen schwingen.«

»Ach?«

»Überrascht?«

Struller überdachte kritisch sein eigenes Putzverhalten. »Wer putzt schon gerne?«

»Richtig. Und es ist auch für ungelernte Kräfte eine relativ simple Art und Weise, sich ein wenig dazuzuverdienen.«

Struller schwieg. Allein hundert Einzelpersonen? Das war dann doch eine ganze Menge.

»Aber ich kann Sie beruhigen, Herr Kommissar. Nur die wenigsten von ihnen werden einen Reiniger einsetzen, der NTN 1326 enthält. Schlicht aus dem Grund, dass er hier in Deutschland nur sehr schlecht zu bekommen ist, weil verboten, wie gesagt. Das Zeug ist auch teuer. Und für normale Putzeinsätze im Haushalt schlicht nicht erforderlich.«

Das klang schon besser. »Gibt es bei Ihnen Listen über diese … illegalen Dienstleister?«

»Nein. Aber solche Listen können Sie ohne Probleme käuflich erwerben«, grinste Monika Burda.

»Wie das denn?«, fragte Struller überrascht.

»In jedem Zeitungskiosk. Kaufen Sie sich eine *Bild* oder eine *Express* und schlagen Sie in den Kleinanzeigen nach. Da stehen die drin. Sie erkennen die professionellen Banden daran, dass in den Inseraten keine Adresse genannt ist. Treten Sie mit der XY-Firma in Kontakt, werden Sie an keine Adresse verwiesen. Geschäfte laufen so ab, dass man sich am Putzort trifft, dort alles aushandelt, reinigt und bar kassiert.«

»Und mit welchen Nationalitäten habe ich dann zu tun?«

»Die Kolonnen werden in der Regel gemanagt, wenn man so will, durch Personen aus Osteuropa. Die Putzkräfte selbst arbeiten für einen Hungerlohn und stammen meist aus Asien oder Afrika.«

Struller merkte, wie ihm sofort der Kamm schwoll. Da nahmen die Armen die Ärmsten aus. »Und dann hausen die Kolonnen in drittklassigen Absteigen unter viertklassigen Lebensumständen.«

»Davon können Sie ausgehen. Neben der Tatsache, dass diese Putzkolonnen uns, der Firma Klüsch, die Arbeit wegnehmen und Konkurrenten sind, ist dies der Hauptgrund, warum ich Ihnen so gerne und offen Auskunft gebe. Mit Verlaub: Da sind gemeine, fiese Ausbeuter am Werk!«

Struller nickte. Bitter. Das sah er genauso.

Monika Burda schob eine dünne Mappe über den Schreibtisch. »Meine Kollegen haben ein bisschen was zusammengestellt. Ehemalige Firmen, die den Stoff verwendet haben, einen Artikel aus dem *Spiegel* zum Thema und ein paar Fotos mit Behältnissen. Legen Sie den Typen das sprichwörtlich ätzende Handwerk!«

»Mach ich«, erklärte Struller, ergriff die Mappe und stand auf. »Danke.«

»Wirklich nicht dafür, es war mir ein Bedürfnis.«

* * *

Zwei Stunden später reckte sich Struller in seinem Büro zufrieden die Anspannung aus dem Körper. Er hatte sich bei Natalie in der Polizeikantine die beiden unabhängigen Tageszeitungen gekauft und sie durchgeackert. Er hatte gefühlte hundert Telefonate geführt und sich für alle Fälle die Telefonnummer einer sehr sympathischen Nacktputzerin notiert. Würden die reinigenden Qualitäten halten, was die tiefe, erotische Stimme versprach, dann wäre die freche Flusel-Flieda eine Frau zum Heiraten. Man konnte ja nie wissen.

Sein Blick glitt auf die Gewerkschaftsuhr an der Wand. Viertel nach zehn. Jensens Schreibtisch war immer noch leer. Struller grinste.

»Braver Praktikant.«

Da hatte Jensen sich beim intimen Abendessen mit der hübschen Tschechin anscheinend richtig reingehangen. Vorbildlich. Ein Beamter musste immer alles geben. Hingabepflicht nannte sich das im Landesbeamtengesetz. Struller schnippte eine Ernte aus der Schachtel und warf einen Blick auf den vollgekritzelten Zettel vor sich. Gerade mal zwei lumpige Telefonnummern waren rot unterstrichen bei seiner Recherche übrig geblieben.

»Sehr schön«, summte Struller, steckte die Zigarette an und tippte die Nummer der Zivilfahnder in den Kasten.

»Hallo?«, meldete sich ein Kollege schläfrig.

»Struhlmann, KK 11. Habt ihr heute Abend zwei Teams übrig? Ich müsste was zivil überwacht haben.«

»Zwei Teams?«

»Ja. Eins und noch eins.«

»Ich gucke nach, Kollege. Moment, hier, ja, wir haben zwei Teams im Nachtdienst. Worum geht es?«

»Ich komm gleich bei euch im Büro vorbei und erkläre es dir«, sagte Struller knapp, legte auf, zog an der Zigarette und tippte die Nummer seiner Stammkneipe in die Tastatur.

»Das *Aquarium* am Apparat«, meldete sich Krake.

»Ein Aquarium kann nicht am Apparat sein. *Du* bist am Apparat!«

»Ich kann auch sofort wieder auflegen«, bellte Krake.

»Wie ist es gestern gelaufen?«

Krake wechselte die Tonlage ins Euphorische. »Ich war sensationell gut. Alle acht Versuche waren spitze. Mein drittbester Schubs hätte noch fürs Finale gereicht. Ich habe mich selbst übertroffen. Niko hat mich optimal eingestellt; ich habe meine Chance mit beiden Händen ergriffen.«

»Hast du nicht«, korrigierte Struller.

»Du weißt, was ich meine, Blödmann!«

»Weiß ich. Toll. Hast du gut gemacht, Krake. Aber mal was anderes. Ich brauche deine Kneipe.«

»Meine Kneipe? Für eine Feier?«

»Feier? Was soll ich denn bitte feiern? Nein, ich werde deine Kneipe semiprofessionell reinigen lassen.«

»Hier muss nichts gereinigt werden!«

»Doch!«

»Hier ist alles sauber!«

»Ist es nicht.«

»Struller, du hetzt mir doch nicht diese verrückte Oma Jensen auf den Hals?«

Struller stutzte. Hatte er gar nicht dran gedacht. Gute Idee, eigentlich. Aber nein, diesmal nicht. »Nee, ich schicke dir ganz unverbindlich zwei Putzkolonnen vorbei. Die gucken sich deinen Laden an und werden dir ein Angebot machen. Du wirst sie ein paar Wischer Probeputzen lassen und ihnen jeweils sagen, dass du dir das Angebot überlegst. Du planst etwas Langfristiges.«

»Warum sollte ich das tun?«, fragte Krake irritiert.

»Weil ich einen Mord aufklären möchte.«

* * *

Weit war der Weg bis in Lambertz Büro nicht. Aber tückisch.

»Hallo Pit!«, rief ihm jemand über den Flur hinterher.

»Oha.« Struller hatte die Stimme erkannt, zog den Kopf ein und beschleunigte seinen Schritt.

Vergeblich.

»Hallo Pit, ich bin es, nur ganz kurz, du brauchst dich nicht zu kümmern!«

Der Mann hatte tatsächlich einen kurzen Sprint eingelegt, der Mann hatte ihn erreicht, der Mann hatte einen Arm auf seine Schulter gelegt, der Mann war Bertie Spurtmann.

»Oh, Bertie. Nicht kümmern klingt gut.«

»Äh, ja. Du hast ja so viel um die Ohren, das wäre ja eigentlich dein Job gewesen.«

»Mein Job?«, fragte Struller.

»Ja. Als Trauzeuge. Den Junggesellenabschied zu organisieren.«

»Welchen Junggesellenabschied?«

»Meinen«, strahlte Bertie nach Luft hechelnd. Sein Gesicht war puterrot, der Brustkorb unter seinem grauen Pullunder hob und senkte sich im Sekundentakt.

Hoffentlich klappte das noch mit der Hochzeit, dachte Struller, wäre ja doof, wenn die Pumpe jetzt den Geist aufgab. »Beruhig dich erst mal, du …«

»Alles in Ordnung, Pit. Ist ja auch schon alles erledigt«, winkte Bertie ab. »Doris hat alle meine Freunde erreicht und eingeladen. CTT hat sofort zugesagt.«

»CTT?«

»Carl-Timo Tordelmann, ein ganz alter Schulfreund von mir. Ich freue mich so. CTT. Wir beide waren schon in der Schulzeit legendär.«

Das konnte Struller sich vorstellen und warf einen schnellen Blick auf seine Armbanduhr. Die Trottel aus der ersten Reihe.

»Pit«, schwelgte Spurtmann mit rudernden Armen. »Wir waren wie Fisch und Wasser, wie Yin und Yang …«

»Wie Dick und Doof?«

Spurtmann blinzelte und ruckelte seine grüne Cordhose hoch. »Ja, so in etwa. Gute Kumpels. Wir gehen ins *Aquarium*. Da hat Doris einen Tisch bestellt, erst mal. Und dann machen wir ganz Düsseldorf unsicher. CTT … Bestimmt fünfzehn Jahre lang habe ich den nicht mehr gesehen«, schwärmte Spurtmann und war den Tränen nahe.

»Tja«, sagte Struller.

»So oft habe ich Doris von meinem alten Freund vorgeschwärmt. Weil der ja auch im Bereich Medizin tätig ist. Als Klangmasseur ist der nach seiner Ausbildung nach Schweinfurt gezogen. Ach, was haben wir alles zusammen erlebt! Gemeinsam schwarzgefahren sind wir, Diavorträge zum Thema Bodenerosion in Bolivien, unsere legendären Feuerzangenbowle-Abende, stilecht mit Heinz-Rühmann-Film. Zusammen sind wir dreimal durch die Führerscheinprüfung gefallen, unsere wilde Radtour durch die Vulkaneifel. Total verregnet, ach, eine wilde Zeit war das.«

»Ich wünschte, ich wäre dabei gewesen«, brummte Struller.

»Echt?«, fragte Bertie.

»Nein. Ich hasse Vulkane. Bertie, äh, ich …«

»Ich weiß, ich weiß, du bist schon wieder in Eile, mein Freund. Lass dich nicht aufhalten. Weißte Bescheid jetzt, ist alles angerichtet. Ich freu mich so.«

»Ja, äh … tschüss!«

Struller holte tief Luft, grüßte noch mal fahrig und schritt eilenden Fußes davon. Dieser CTT war ihm jetzt schon suspekt. Was sollte das denn für ein Typ sein? Die Hochzeit. Junggesellenabschied. Vielleicht könnte er sich doch bei Schwester Irmtraud irgendwas wegen der schiefen Hüfte bescheinigen lassen. Er versuchte, sich wieder auf seinen Fall zu konzentrieren, ratterte mit dem Paternoster eine Etage nach unten und stieß ein paar Flure weiter eine Bürotür auf.

Der ungewöhnliche Kollege, der ihn dort bereits erwartete, trug sein schneeweißes Hemd offen und die Haare lang und schütter. Er hatte was von einem Rocksänger. Aber Struller wusste, dass Lurchi Lambertz zwar optisch recht kühn daherkam, dass er aber darüber hinaus einer der besten Ermittler war, den das Düsseldorfer Polizeipräsidium in Sachen Organisierte Kriminalität zu bieten hatte. Ja, man durfte heilfroh sein, dass Lurchi auf dieser Seite des Gesetzes aktiv war. Meistens.

»Ich hab deine Mail bekommen. Du interessierst dich also für Hunde, Struller?«, fragte Lurchi mit kratziger Stimme.

»Genau genommen für den Teil, in dem sie sich gegenseitig tot beißen«, konkretisierte Struller seine Anfrage.

Lambertz gluckste kehlig. Es klang wie Husten. »Hundekämpfe, Kollege, Hundekämpfe sind schwer im Kommen.«

»Wie diese Bubble-Tea-Läden?«

»Genau. Oder wie Zumbatanzen. Ist eine ziemlich schmutzige Sache. Nicht Zumbatanzen. Die Hundekämpfe. Ich fasse mich kurz.«

»Sei so gut.«

»Hundekämpfe waren zunächst und lange Zeit ein eher seltenes Phänomen. Kommt von der Insel, ist was Irisches. Dort hat diese Art Sport eine lange Tradition. Kleine Gruppen finden sich an geheimen, ständig wechselnden Örtlichkeiten zusammen. Es gibt einen Veranstalter, der lädt ein. Erlesener, enger Kreis, man kennt sich, bleibt unter sich. Bierzeltgarnituren. Die Arena für die Hunde ist schnell aufgebaut. Vier Bretter, fünf Meter lang, bilden ein Quadrat. Das nennt man Pit.«

»Ha. Wie ich«, gluckste Struller.

»Das Innere wird mit Teppich ausgelegt«, fuhr Lurchi fort.

»Wegen der Spuren?«

»Richtig. Dann treten jeweils zwei Hunde gegeneinander an. Es gibt selten mehr als drei, vier Kämpfe. Auf den Sieger wird gewettet. Dem Gewinner winken bis zu 50.000 Euro.«

Struller pfiff.

»Der Kampf geht so lange, bis ein Tier als Sieger feststeht.«

»Das Verlierertier muss nicht zwangsläufig tot sein?«

»Muss nicht. Während des Kampfes und bei allzu großer Überlegenheit werden die Hunde mit einem so genannten Breaking Stick getrennt. Der Schiedsrichter kann den Kampf beenden. Oder hetzt die Tiere wieder aufeinander los.« Lambertz schob eine lange Strähne hinters Ohr. »In der Regel bleibt ein Tier irgendwann so verletzt liegen, dass es aus dem Pit gepflückt wird und einen Gnadenschuss bekommt.«

»Neun Millimeter?«

»Quatsch. Ordentlich mit einem Bolzenschussgerät.«

Struller rümpfte die Nase. »Ordentlich« und »Bolzenschussgerät« waren zwei Begriffe, die bei ihm nicht automatisch übereinander gingen.

»Was passiert mit den toten Tieren?«

»Die werden verbuddelt. Es gibt regelrechte Friedhöfe für diese Killertiere.«

»Und die Gewinner?«

»Je nachdem. Wenn sich ein Tier als Champion bewährt hat, dann kann man damit richtig Kohle machen. Dann wird das Tier gehegt und gepflegt. Diese Tiere werden durch einen professionellen Arzt zusammengeflickt und für den nächsten Kampf wieder hergerichtet. Das sind dann Champions, die in der Szene einen richtigen Ruf haben.«

Struller nickte nachdenklich.

Lurchi seufzte. »Tja, das war wie gesagt früher, als es in der Szene noch human zuging.«

Struller schluckte. Das Humane dieses Vortrages hatte sich ihm nicht richtig erschlossen.

Lurchi zog die Nase hoch. »Heute mischen Osteuropäer mit. Und die sind mit ihren Tieren nicht so zimperlich. Denen fehlt absolut der Sinn für das Sportliche einer solchen Veranstaltung. Für die ist das mehr ein Event. Viel, viel Wodka. Ab und an wird ein Hund aufgeknüpft und schlicht totgeprugelt. Je mehr Blut fließt, desto besser. Widerlich. Da werden die Verlierer nicht vergraben, sondern zu Trainingszwecken teilweise lebendig verfüttert.«

»Was?« Struller blieb die Luft weg.

»Ich hab dir ja gesagt, es wird schmutzig. Das ist richtig krank, Mann.«

Lurchi erläuterte grimmig den Begriff »krank« mit einigen Beispielen. In Strullers Kopf entstanden Bilder. Bilder ganz übler Art. Er brauchte keinen Spiegel um zu wissen, dass er blass geworden war.

»Ich habe verstanden, Lurchi«, stoppte er schließlich seinen Kollegen. »Allerschlimmstes Dreckspack!«

»So kann man die miesen Schweine mit aller Berechtigung nennen.«

»Und wie sieht die Szene hier in Deutschland aus? Und hier in Düsseldorf?«

»Das ist ein hermetisch abgeschlossener Kreis. Ohne V-Mann oder Aussteiger kommst du gar nicht dran. Es gibt Einzelfälle in Ostdeutschland. Vier Jahre Haft ist teilweise dabei rumgekommen. Hier in Düsseldorf ist bisher kein Fall bekannt. Aber ich bin sicher, dass hier auch schon mal was gelaufen ist. Es kommen Jahr für Jahr zu viele Hunde weg, und es ist einfach zu viel Kohle mit dem Scheiß zu verdienen.

Im Rotlichtmilieu kreist einfach zu viel Geld, das ausgegeben sein will. Nackte, im Schlamm catchende Weiber sind auf Dauer nicht der Bringer. Klingt komisch, ist aber so.«

Struller nickte. Verrückte Welt. »Sind die Tiere gedopt?«

»Bis in die sabbernde Lefze sind die Viecher vollgestopft mit allem, was der Markt zu bieten hat. Gerne werden Terrier genommen, weil die obendrein sowieso fast schmerzunempfindlich sind. Du glaubst es nicht, aber wenn die armen Viecher sich ineinander verbissen haben, verläuft ein Kampf fast geräuschlos.«

»Wahnsinn.«

»Die Hunde werden trainiert. In Erkrath haben wir in einer alten Ziegelei mal ein Laufband gesichert. Tretmühle nennt man das Teil. Aufgrund gefundener Spuren sind wir sicher, dass dort auf jeden Fall für Hundekämpfe trainiert worden ist.«

»*Spanish Bronco*, sagt dir das was?«

»Ein übles Aufputschmittel. Kommt aus der Pferdehaltung. Verboten.«

Struller strich sich durchs Haar. Da hatte Hengstmann recht gehabt. »Terrier sind es meistens, sagst du?«

»Pitbull-Terrier, Staffordshire Bullterrier, American Pitbull Terrier. Das ist eine ziemlich robuste Rasse. Vor Jahrhunderten mal zum Kampf gegen Bullen ausgezüchtet. Daher auch der Name: Bull Terrier. Die Viecher kämpfen bis zur Erschöpfung. Kommt vor, dass zwei Hunde so lange aufeinander losrennen, bis plötzlich einer von ihnen vor Erschöpfung glatt tot umfällt. Eher unspektakulär. Sieht man natürlich nicht gerne. Da fühlt sich der Zuschauer geprellt.«

Struller stand auf. »Ich glaube, mir reicht das fürs Erste.«

Lurchi räusperte sich. »Struller, es macht einen Heidenspaß kackreiche Steuerhinterzieher ans scharfe Messer der Staatsanwaltschaft zu liefern, aber glaub mir: Ich würde mehrere meiner üppigen Monatsgehälter dafür geben, einem dieser Schweine das Handwerk zu legen.«

»Du hast ein gutes Gespür für Gerechtigkeit.«

»Worauf du einen lassen kannst. Struller, bist du an so einer Sache dran?«

Struller kniff die Augen zusammen. »Ich fürchte, ja.«

»Wenn du jemanden brauchst, der versehentlich einen umlegt, meld dich!«

Struller nickte ernst. Das hatte Lurchi Lambertz nicht witzig gemeint.

* * *

Klatsch. Na endlich. Das hatte ja eine halbe, nervende Ewigkeit gedauert. Der Riegel schnackte zur Seite, und die Tür ließ sich problemlos nach außen aufdrücken. Miezi blinzelte anerkennend mit den großen Augen.

»Tja, und jetzt?«

Das Licht im Flur wollte Jensen nicht anschalten. Falls einer der beiden unangenehmen Typen wider Erwarten doch in den Bunker zurückkehren sollte, wäre ein eingeschaltetes Flurlicht eher ungünstig. Jensen ruckelte sein Handy hervor. Mal sehen, ob die Taschenlampenfunktion was taugte.

»Bis gleich, Miezi«, flüsterte Jensen leise und leuchtete sich die Treppe hinunter in Richtung Ausgang. Nach wenigen Stufen hatte er die eiserne Tür erreicht. Er ruckelte.

»Mist. Zu.«

Das hatte er befürchtet. Aber jetzt definitiv festzustellen, dass er eingeschlossen war, ließ Jensen doch übel schlucken. Wie sollte er denn hier jetzt rauskommen? Er leuchtete in Schlosshöhe, konnte aber lediglich zwei gegenüberliegende

Ösen erkennen, durch die man ein Bügelschloss hätte ziehen können und kein herkömmliches Türschloss. Vermutlich hatte jemand auf der anderen Seite den schweren Kipphebel in seine Halterung gelegt. Jensen leuchtete den hauchdünnen Spalt zwischen Tür und Rahmen aus. Fehlanzeige. Kein Raum für ein noch so feines Stück Draht.

»Es muss hier in diesem Bau doch einen Notausgang geben«, versuchte sich Jensen gegen die aufkommende Panik zu beruhigen.

Er stiefelte die Stufen hoch und erreichte durchs verwinkelte Treppenhaus die zweite Eisentür. Mit einem kräftigen Ruck legte er den breiten Kippriegel nach rechts, die Tür ließ sich geräuschlos aufschwingen. Jensen trat in den nächsten Raum, drückte die Tür hinter sich vorsichtig zu und entschied, hier das Licht einzuschalten. Er legte links der Tür einen der altmodischen Kippschalter um. Grelle, helle Neonröhren flackerten auf, als würden sie sich wehren, brummend ihren Dienst zu tun.

Das ungewohnte Licht schmerzte, Jensen legte schnell eine Hand über die Augen und blinzelte. Er befand sich in einer großen, fast quadratischen Halle. Und was er sonst noch sah, ließ ihn stutzen. In der Mitte der Halle hatten die beiden Kerle aus Holzbalken eine viereckige Arena aufgebaut. Fünf mal fünf Meter schätzte Jensen, knapp einen Meter hoch. Der Boden war mit grauem Teppich ausgelegt. Jensen trat an die Umrandung heran. Auf dem Teppich erkannte er mehrere großflächige, dunkelbraune Flecken, die eigentlich nur einen Schluss zuließen: Blut. Außerdem stank das Teil bestialisch nach Muff, Feuchtigkeit und Metall.

»Ekelhaft«, murmelte Jensen.

Um die Arena herum standen handelsübliche Bierbänke. Jensens Blick fiel auf einen Kasten an der Wand. In den Kasten eingelassen war ein Laufband. Zum Joggen? Zum Warmlaufen?

Wer sich hier warmlaufen sollte, das konnte Jensen dann auf einer ausrangierten Schultafel nachlesen. In einer Spalte links standen mehrere Namen untereinander.

Catkiller, Tarkan, Thak III, Rambo 7, Hellboy ...

Hundenamen. Das waren Hundenamen. Und zackig versetzt aufgezeichnete Längsstriche rechts neben der ersten Spalte verhießen eindeutig, dass hier ein Turnier nach dem K.O.-System ausgerichtet werden sollte. Eine letzte Spalte ganz rechts war überschrieben mit *Schampion*. Nun ja, hier wurde also ein Champion ermittelt.

»Der Sieger eines Hundekampfturniers.«

Jensens Blick fiel auf ein Datum oben links in der Ecke. Jetzt wusste er auch, wann dieses blutige Spektakel stattfinden sollte ...

* * *

Zurück im Büro ließ Struller sich in den Bürostuhl fallen, der warnend aufquiekte. Mit einer blechernen Fanfare fuhr der Computer hoch. Viertel vor eins. Jetzt konnte sein Praktikant aber langsam kommen. Struller beugte sich nach vorne. Von Lurchis abstoßenden, aber interessanten Informationen hatte es ihm eine eher beiläufig erwähnte Sache ganz besonders angetan. Er hackte den Begriff in die Suchmaschine und der PC bot ihm das Branchenverzeichnis an.

Struller stutzte. »Was soll das denn?«

Lurchi Lambertz hatte in seinem Vortrag Ärzte erwähnt, die verletzte Champions zusammenflickten. Und jetzt hatte er die Tierärzte gecheckt und keinen Dr. Thomas M. Gerda gefunden. Auch keinen ohne M Punkt.

Struller rieb sich nachdenklich das Kinn. »Dann: Ärzte!«

Wieder Fehlanzeige. Zumindest hatte Gerda keine eigene Praxis oder keine, die seinen Namen führte.

»Nächster Versuch«, murmelte Struller und versuchte es über den Namen und die Berufsbezeichnung.

Die Info auf dem Monitor ließ ihn erstarren. Dort stand: … *führten dazu, dass der weit über die Grenzen Düsseldorfs bekannte Chirurg, Dr. Thomas Gerda, auch in zweiter Instanz der fahrlässigen Körperverletzung mit Todesfolge schuldig gesprochen wurde. Seine Approbation wurde ihm aberkannt. Die Tatsache, dass der – wie im Laufe der Verhandlung in einem Gutachten festgestellt – schwer alkoholabhängige Arzt sich tief betroffen zeigte, sein Bedauern ausdrückte und im vollen Umfang geständig war, hatte Auswirkungen auf das – wie viele Beobachter meinen – deutlich zu niedrige Strafmaß. Verantwortliche der Klinik waren zu keiner Stellungnahme bereit und wiesen lediglich darauf hin, dass das Arbeitsverhältnis bereits mit Bekanntwerden des Skandals im vergangenen Herbst beendet worden sei. Gerdas Rechtsanwalt erklärte im Auftrag seines Mandanten …«*

Struller wischte sich über die Augen. Dr. Gerda war gar kein Tierarzt, sondern ein zum Teufel gejagter, in Ungnade gefallener Chirurg. Was hatte das denn zu bedeuten? Hatte es überhaupt was zu bedeuten? Ihm war dieser Thomas M. von Anfang an nicht geheuer gewesen.

Und wussten die auf der Hundefarm darüber Bescheid? Immerhin: Sie hatten ihn gelobt. Wie rechnete so einer seine Kosten ab? Wovon bezahlte er seine Assistentin? Und wusste diese Bianca Groß, dass ihr Dr. Gerda gar kein ausgebildeter Tierarzt war?

Kannte sich ein Chirurg mit Tierinnereien aus, in medizinischer Hinsicht? Oder war Oberschenkel gleich Oberschenkel, egal ob er bei einem Menschen oder einem Tier gebrochen war?

»Seltsam«, wertete Struller seine Ausführungen. Und stellte sich selbst eine weitere Frage: Wenn schon der Arzt nicht echt war, was stimmte dann noch alles nicht auf der Hundezucht? Überprüfen ließe sich zumindest sofort mal schnell …

Er bemühte das elektronische Telefonbuch und wählte die Nummer. Trotz Mittagspause ging jemand ran.

»AWISTA Düsseldorf, Karsten Wever am Apparat.«

»Struhlmann, Polizei Düsseldorf, Mordkommission. Ich habe da mal eine Frage, die Entsorgungsstatistik eines Hundezüchters aus Düsseldorf betreffend«, formulierte Struller sein Anliegen und war gespannt auf die Antwort.

* * *

Das Ganze war … heikel, gefährlich, lebensgefährlich.

Sie strich sich durchs Haar, roch ganz undamenhaft an ihren Fingern und entschied, dass eine Dusche dringend angesagt war.

Nein, da hatte dieser Journalist ihr den Richtigen empfohlen, einen Ermittler, den sie vorsichtig steuern konnte, ohne selbst in den Fokus dieser Verbrecher zu gelangen. Ohne, dass bekannt wurde, dass sie es war, die verantwortlich dafür war, dass diesen Kriminellen endlich das gemeine Handwerk gelegt wurde.

Schnell. Kurz und schmerzlos. Und: schon lange überfällig.

Ihr Blick fiel auf den billigen Abrisskalender an der Wand. Der nächste Termin stand schon wieder an. Und wieder würden sie leiden müssen, würden sie Qualen zu ertragen haben, würden sie getötet. Getötet und …

»Wofür?«, huschte es leise über ihre Lippen.

Sie kannte die so einfache und bittere Antwort. Sofort spürte sie wieder diese Welle in sich. Zorn. Wut. Sie kam gegen diese Schweinerei einfach nicht mehr länger an.

Ihr kam der junge, gut aussehende Kollege vom Struhlmann in den Sinn. Der mit den langen Haaren und den strahlend blauen Augen. Das war ein Süßer.

Sie seufzte. Wie lange schon war sie mit keinem Mann mehr ausgegangen? Wochen? Monate? Es kam ihr unendlich lange vor.

Sie schüttelte unwillig den Kopf. Aber noch ging das nicht! Natürlich nicht. Gleich würde sie in die Wanne steigen, sich hart und gründlich schrubben, ihre Haare waschen, sich eincremen, aber dennoch, dennoch würde sie riechen. Vielleicht nicht mehr nach Hund. Aber nach Angst, nach Verzweiflung, nach Tod! Diesen Gestank wollte sie keinem Menschen zumuten. Niemals!

»Elend kann man riechen«, flüsterte sie und schlang die Arme hilflos um ihren Körper.

Kein Mann. Nicht jetzt. Nicht, bevor sie dieser schrecklichen Sache ein Ende bereitet hatte. Nicht bevor das vorbei war.

Gleich würde sie diesen Struhlmann wieder auf seinem Handy anrufen und ihm eine weitere Brotkrume hinwerfen. Ihn langsam auf die richtige Spur führen, ihn dort halten, ihn an das Ziel führen.

Ein schnelles Lächeln huschte über ihr hübsches Gesicht. Bald schon, bald schon war es vorbei. Und dann würde sie sich nach dem jungen, gut aussehenden Polizisten erkundigen.

Sie schnappte nach Luft und dachte an den toten Journalisten, an Rempe.

* * *

Struller kratzte sich den Kopf und blickte auf die große Null, die er während des Telefonats mit Karsten Wever auf seinen Block gemalt hatte. Keinen einzigen Hund hatte Ronny Rodriguez Weißblech in der zuständigen Entsorgungsstelle auf dem Höher Weg fachgerecht abgegeben. Auch diese Jessica Block nicht. Die Hundezucht tauchte dort in überhaupt keiner Entsorgungsliste auf. Wo waren die toten Hunde dann abgeblieben? Es hatte ganz sicher welche gegeben. So was passierte.

»Nach einem illegalen Hundekampf zum Beispiel?«, dachte Struller laut.

Er würde Ronny Rodriguez und seiner Gehilfin noch mal auf die Finger klopfen und ihnen ein paar verschärfte Fragen stellen. Am liebsten würde er sofort losmarschieren und außerdem den Hof auf links drehen, aber da fehlten noch die gesetzlichen Grundlagen. Nicht, dass das generell ein unüberwindliches Hindernis wäre, ihm würde da schon was einfallen. Aber an tatsächlichen Anhaltspunkten, dass dort am Diepensieper Weg irgendwas krumm lief, fehlte es ihm so offensichtlich, dass selbst er das nicht ignorieren konnte. Und für einen Durchsuchungsbefehl galt es leider immerhin, einen diensthabenden Richter zu überzeugen. Das konnte im Einzelfall schon mal schwierig sein.

»Leider.«

Viertel nach zwei.

»So, Jensen, jetzt reicht es!«

Zeit, seinen verschollenen Praktikanten aus dem Bett zu scheuchen. Mochte die erotische Nachtschicht mit Lena Radok noch so anstrengend gewesen sein, hier war ein Mordfall zu klären!

»Kein Empfang«, murmelte Struller verärgert.

Da hatte der Mistkerl sein Handy ausgeschaltet. Vielleicht lag Jensen ja immer noch mit seiner tschechischen Schönheit in den Federn und genoss gerade ein zweites Frühstück. Oder ein viertes.

»Na warte!«

Wütend traktierte er das Telefon.

»Gerichtsmedizin, Doktor Stich am Apparat.«

»Hi Doc. Ich bin es, Pit. Ich vermisse meinen Praktikanten.«

»Tut mir leid. Ich habe hier nur eine zwei Wochen alte Wasserleiche aus dem Kö-Graben und einen 68-jährigen nach Herzinfarkt.«

Struller verdrehte die Augen. »Lass mal den Quatsch, er war gestern mit Lena verabredet.«

»Oh, ich hatte ihn gewarnt«, entfuhr es Doc Stich.

»Sie wird ihn nicht gemeuchelt haben! Ist sie auch nicht zum Dienst erschienen? Dann machen sie nämlich gerade ganz was anderes.«

Doc Stich zögerte. »Äh, nein, äh, ja. Sie stand heute Morgen pünktlich an der Bahre. Im Moment zerlegt sie gerade die Wasserleiche. Soll ich sie ans Telefon holen?«

Struller runzelte besorgt die Stirn. »Ja, bitte. Mach das!«

Doc Stich drückte ihn in irgendeine Warteschleife, die musikalisch von Wolfgang Amadeus Mozart gestaltet wurde. War der am Ende nicht sogar taub gewesen? Auf dem einen Ohr, das andere hatte er sich ja abgeschnitten. Na ja. Vielleicht würfelte er da auch ordentlich was durcheinander ...

»Lena Radok, hallo?«, meldete sich prompt die Tschechin.

»Hallo. Struhlmann hier. Ich vermisse meinen Praktikanten.«

»Ähm ...«

»Der hätte heute Morgen pünktlich im Büro auf der Matte stehen müssen.«

»Ich weiß. Deshalb musste er gestern ja auch so zeitig nach Hause.«

»Er hat nicht bei dir übernachtet?«

»Ich finde zwar, dass Sie das so im Detail nichts angeht, aber nein, er hat nicht bei mir übernachtet, sondern ist gestern Nacht brav um kurz vor eins nach Hause gefahren. Passiert mir auch nicht oft, kann ich nur hinzufügen.«

Struller leckte sich nervös die Lippen. »Gefahren? Mit diesem Gemüsewagen?«

»Nein, der Wagen müsste noch in Derendorf stehen. Ein bisschen getrunken hatten wir schon, deshalb wollte er sich am Worringer Platz ein Taxi nehmen. Ist zwar von mir bis zur Stresemannstraße nicht besonders weit, aber es hat ja so furchtbar geschüttet.«

»Okay«, unterbrach Struller. »Wenn er sich bei dir meldet, sag ihm, er soll sich sofort auch bei mir melden. Der Doc hat meine Handynummer.«

»Gut, aber …«

Struller legte auf. Taxi genommen. Okay. Er schnappte sich die Jacke, war fast draußen, als sein Handy bimmelte. Struller erkannte eine unterdrückte Nummer. Also nicht Jensen.

Jetzt nicht, dachte Struller, den ein ganz, ganz ungutes Gefühl antrieb und der es plötzlich sehr eilig hatte.

* * *

Struller parkte den Kombi Zeit und Nerven sparend in der zweiten Reihe. Da störte er nicht mehr als die anderen tausend Autos auch.

»*C. Jensen*«, las Struller auf der Klingelleiste und drückte seinen Zeigefinger auf die Klingel. Auch nach zwei Minuten Sturm- und Intervallklingeln öffnete niemand. Das hatte

Struller irgendwie befürchtet. Eilig bimmelte er sich die Klingelleiste rauf und runter, bis sich eine ältere Dame schnarrend in der Gegensprechanlage meldete.

»Hallo?«, rief sie.

Struller hörte im Hintergrund einen überlauten Fernseher.

»Ich muss im Keller den Wasserzähler ablesen«, stellte er sich vor und trat zügig ein, nachdem die freundliche Dame den entsprechenden Summer betätigt hatte.

Nach ganz oben musste er. Struller hatte nie verstanden, wie jemand ohne Not in ein Haus mit mehr als fünf Etagen ziehen konnte, das über keinen Aufzug verfügte. Er schaffte es. Und stutzte schnaufend. Vor der Tür stand ein großer, blauer Plastikkorb mit frisch gewaschener Wäsche. Er klingelte erneut, niemand öffnete. Es öffnete auch niemand, nachdem er sich die Fäuste an der stabilen Tür rot geklopft hatte.

Stattdessen meldete sich eine ältere Dame, die ihm aus einer Etage darunter hinterhergestiegen war. »Herr Jensen ist nicht da.«

»Woher wissen Sie das?«

»Ich habe ihm gestern Abend die frische Wäsche vor die Tür gesetzt, die hätte er mit reingenommen, wenn er nach Hause gekommen wäre.« Sie deutete auf den Korb. »Hat er aber nicht, also ist er nicht da.«

Struller nickte.

»Und wer sind Sie?«, fragte sie über eine schmale, randlose Lesebrille hinweg.

»Ein Arbeitskollege.«

»Hm. Haben Sie an der Gegensprechanlage nicht gesagt, Sie müssten die Zähler ablesen? Der Jensen arbeitet aber nicht fürs Wasseramt«, zeigte die Dame sich erstaunlich misstrauisch.

Struller seufzte. Seit wann interessierte sich hier im Bahnhofsviertel jemand für seinen Nachbarn. Oder wusch ihm sogar die Schmutzwäsche. Struller friemelte genervt seinen Dienstausweis aus dem Jackett.

»Ach so, sagen Sie das doch gleich. So schlimm ist es auch nicht, wenn man nur Polizist geworden ist.«

»Ich vermisse meinen Kollegen, er hätte heute früh arbeiten sollen.«

»Ihm ist doch hoffentlich nichts passiert? Ist ein guter Junge. Sehr angenehm. Die Haare etwas lang, aber ich glaube, er nimmt keine Drogen. Ist hier bei den Mietern eher selten.« Sie stutzte. »Möchten Sie denn mal in der Wohnung nachsehen?«

»Sie haben einen …?«

»Ersatzschlüssel, ja, für Notfälle. Wir beide passen ein bisschen aufeinander auf. Schlimme Gegend hier.«

Fünf Minuten später hatte Jensens Nachbarin den Schlüssel gebracht, Struller die Tür geöffnet und in der Wohnung nachgesehen. Wen er nicht gefunden hatte, war Jensen.

Er überlegte, was jetzt alles zu tun war, als erneut sein Handy bimmelte. Struller erkannte schon wieder eine unterdrückte Telefonnummer. Diesmal ging er dran. »Hallo?«

Kein Jensen. Eine weibliche Stimme. »Der nächste Termin steht in Kürze an. Seien Sie vorsichtig! Die Kerle sind gefährlich. Sie sind bewaffnet, und sie scheuen vor Mord nicht zurück.«

Die anonyme Anruferin!

»Wer sind Sie?«

»Mein Name tut nichts zur Sache. Ich vertraue Ihnen. Machen Sie keine Fehler!«

»Ich muss Sie treffen!«, zischte Struller.

»Das ist vollkommen unmöglich.«

Struller konzentrierte sich. Im Hintergrund: Verkehrslärm. Genau wie bei diesem anonymen Anruf im *Aquarium*.

»Sie kennen meinen Assistenten? Christian Jensen? Er ist seit heute Vormittag verschwunden. Wir suchen ihn!«

Am anderen Ende blieb es still. Struller drückte das Handy in die Ohrmuschel, versuchte jedes noch so kleine Geräusch, jeden Ton, jede Regung mitzubekommen. Die Frau atmete heftig.

»Ist mein Kollege in Gefahr? Sagen Sie es mir! Sie müssen uns helfen!«

»Ich helfe Ihnen bereits. Natürlich ist Ihr Kollege in Gefahr.«

»Kennen wir uns?«, fragte Struller.

Nichts. Keine Antwort. Nur dieses Atmen. Die Frau war offensichtlich schockiert.

Struller schluckte, denn das war kein gutes Zeichen. »Machen Sie sich nicht unglücklich, treffen Sie sich mit mir!«

»Sie sind auf dem richtigen Weg! Der nächste Termin steht an. Beeilen Sie sich! Ich melde mich wieder!«

»Halt!«

Verdammt! Sie hatte aufgelegt.

Die ältere Dame räusperte sich. »Keine guten Nachrichten?«

»Ganz und gar nicht«, sagte Struller zerknirscht.

»Oh je. Ich geh jetzt mal lieber und nehme ein paar Tabletten ein. Der arme Herr Jensen.«

Murmelnd verließ die Frau Jensens Wohnung, und Struller hörte, wie sie langsam die Treppe runterstieg. Er fuhr sich mit der Hand durchs Gesicht. Okay, Jensen hatte sich am Worringer Platz ein Taxi bestellt. Um kurz vor eins, hatte Lena gesagt. Er drückte hastig die Tasten im Telefon.

»Polizei, Leitstelle ...«

Sehr gut, er hatte den Ekligen dran, mit dem konnte man arbeiten. »Ich bin es, Struhlmann vom KK 11. Ich muss in einer Vermisstensache dringend wissen, welches Taxi heute Nacht einen jungen Mann, um die Zwanzig, vom Worringer Platz irgendwohin gefahren hat. Um kurz vor eins, als es so geschüttet hat.«

»Äh ... Geht die Beschreibung noch genauer?«

»Deutsch, etwas über eins-achtzig, sportlich, lange, blonde Haare. Das ist absolut dringend, das ist ein Kollege, der da vermisst wird.«

»Ich beeile mich!«

Beide legten auf. Struller schob das Handy ins Hemd und schlenderte irgendeinen Hinweis suchend durch die Wohnung. Nein, nichts deutete auf einen Kampf hin. Es sah alles eher so aus, als wäre Jensen tatsächlich heute Nacht einfach nicht nach Hause gekommen. Irgendetwas hatte ihn aufgehalten, irgendwas hatte er gesehen, irgendwen hatte er getroffen.

»Aber wen? Oder was?«

Struller stutzte. Er hatte Jensens Küchentisch erreicht, den der auch gleichzeitig als Schreibtisch zu nutzen schien. Er erkannte mehrere dienstliche Schriftstücke. Dazu zeigte ein aus einer Zeitung namens *Niederrhein Nachrichten* sorgfältig ausgeschnittenes Foto eine zufriedene Oma Jensen, die bei einem Spargelschälwettbewerb in Walbeck in der Klasse Ü 70 den ersten Platz belegt hatte und stolz einen Bund weißer Stangen in die Höhe reckte.

Und Struller entdeckte einen Notizzettel, auf dem stand: *Kamera noch mal sichten.*

Was hatte das zu bedeuten? Die einzige Kamera, die sie in ihrer Sache gesichtet hatten, war die von Oliver Graminski gewesen, und der hatte mit dem Fall doch offensichtlich nichts zu tun. Oder hatte sein Praktikant da irgendeine Verbindung gezogen, die er selbst noch gar nicht kannte? Hatte er, Struller, irgendetwas übersehen?

Das Telefon unterbrach Strullers Überlegungen. »Ja?«

»Negativ. Heute Nacht ist in der besagten Zeit – plusminus eine Stunde – bei der Taxileitzentrale überhaupt keine Fahrt vom Worringer Platz aus gemeldet worden. Das gilt auch für die umliegenden Kreuzungen. Keine Tour.«

»Gar keine?«

»Keine. Entweder hat der Kollege kein Taxi genommen oder der Fahrer hat ihn schwarz unter der Hand transportiert.«

»Hak da nach!«, forderte Struller.

»Ist schon veranlasst, aber ich sag dir gleich: Die meisten Taxifahrer wollen in so einem Fall keinen Ärger mit dem Inhaber des Taxis und halten sich bei Nachfragen leider bedeckt.«

»Scheiße! Sichere denen Immunität zu, Straffreiheit, versprich ihnen Belohnungen, ich muss das wissen!«

»Ich bleib am Ball.«

Struller klappte das Handy zu, faltete Jensens Notiz vom Schreibtisch in seine Jackentasche und fluchte und fluchte und fluchte.

* * *

Strullers nächste Station war der Worringer Platz. Dort parkte er den Dienstwagen im Taxihalteplatz. Er stieg aus, holte tief Luft und drehte sich ganz langsam um die eigene Achse. Was hatte Jensen hier gesehen? Was hatte ihn möglicherweise davon abgehalten, in ein bestelltes Taxi zu steigen? Wen hatte er hier treffen können? Struller kniff die Augen zusammen. Eine bei den Kollegen beliebte Dönerbude, ein Internet-Café, ein Laden für Fest- und Vereinsartikel, eine Kneipe, ein weiteres Kebabhaus. Mitten auf dem mit grünen Glasbausteinen eingefassten Worringer Platz befanden sich mehrere Straßenbahnhaltestellen. An einem Laternenmast lockte ein Werbeplakat ins *Theater Glorreich* auf der Erkrather Straße. Und natürlich dieser Taxihalteplatz.

Nichts, was ihn hätte weiterbringen können.

Ein Taxi hielt direkt neben ihm, der Fahrer kurbelte sein Fenster runter. »He, Alter, du stehst mit deiner Karre mitten in einem Halteplatz!«

Das wusste Struller selbst. Deshalb schwieg er.

»He, Alter, kannst du nix hören? Stell die Karre weg, du blockierst den Halteplatz, sonst ruf ich die Bullen und lass deine Karre abschleppen.«

Struller beugte sich runter und blickte den Fahrer an. Der kam ihm jetzt genau richtig. Aber bevor Struller loslegen konnte, öffnete sich im Taxi hinter diesem die Fahrertür und ein dunkelhäutiger Fahrer stürmte auf Struller zu.

Okay, dachte er, dann eben gleich eine Klopperei. Er ging in Position. Aber mitten drin in seinem schwarzen Rauschebart konnte Struller erkennen, dass der verrückte Taxifahrer ihn anstrahlte. »He, Boss! Alles klar?«

Struller hielt inne und erkannte den Kerl, der seine langen, dicken Haare trug, als hätte er in eine Steckdose gegriffen. Also, fast überall trug er sie so. Rechts hatte ein geschickter Friseur eine beeindruckend scharfe Schneise in die Mähne gefräst. Auf der blanken Haut war ein hellrotes Peacezeichen eintätowiert. Oder draufgemalt. Schwer zu sagen. Alles zusammen ließ nur einen Rückschluss zu. Der Mann war Jay Kay, Düsseldorfs abgefahrenster Taxifahrer, den Struller vor einem halben Jahr bei einem Fall kennen gelernt hatte.

Der Kerl fiel ihm um den Hals. »Lange nicht gesehen, Boss!«

»Äh … ja, Jay Kay«, stammelte Struller.

»Der Kerl steht auf´m Taxihalteplatz«, blieb der erste Taxifahrer hartnäckig.

Jay Kay antwortete mit einem verständnislosen Blick und deutete auf Struller. »Das ist der Boss, Mann. Ein Sheriff!«

Der Taximann machte eine abfällige Handbewegung und fuhr davon.

Jay Kay wandte sich an Struller. »Ey, Boss, was ist los, was stehst du hier auf´m W-Platz rum. Drogen verticken?«

»Ich pass auf meine Pferdchen auf. Was ist das in deinem Gesicht? Ich hätte dich fast nicht erkannt und dir eine geballert.«

Jay Kay strich sich durch die schwarze Wolle. »Bart, Mann. Ist total in, fahren die Chicken total drauf ab, der letzte Schrei. Hot! Nackt war gestern, heute muss es kratzen.«

»Ach?«, kommentierte Struller beeindruckt. Und hatte eine Idee. »Hör mal, Sportsfreund, wo ich dich grad sehe …«

»Du brauchst ein Taxi? Irgendwas? Drogen?«

»Hast du welche?«

Jay Kay lachte. »Ah, einmal Bulle, immer Bulle?«

Struller schüttelte den Kopf. Diesen durchgeknallten Typ hatte der Himmel geschickt. »Pass auf. Heute Nacht so gegen eins hat hier einer deiner Kollegen eine Fahrt gemacht, ohne sie bei der Zentrale anzumelden.«

»Fahr runter, Boss, kommt vor!«

»Er hat meinen Kollegen transportiert, den Jensen.«

»Ich erinnere mich. Der sah cool aus, nicht so … Und weiter?«

»Ich muss wissen, wo Jensen sich hat absetzen lassen.«

Der Taxifahrer zeigte eine beeindruckende Zahnreihe. »Okay, Boss. Find ich raus. Hast du immer noch das alte Handy, das aussieht wie so ein Babyphone? Ja, okay, dann hab ich deine Nummer.« Jay Kay grinste. »Apropos. Ich treff mich immer noch mit deiner Kollegin, du weißt schon, die Saskia, von diesem Kriminalamt. Immer, wenn sie hier in Düsseldorf ist, machen wir Party, Party, Party. Mann, was für eine Frau. Danke noch mal.«

Struller grinste, konzentrierte sich aber sofort wieder. »Du kriegst das also raus?«

»Sicher, Boss.«

»Und dann rufst du mich sofort an?«

»Easy, Boss, easy. Ich muss los, mein Freund.«

Jay Kay fuchtelte so lange mit seiner geballten Faust vor Struller rum, bis dieser sie mit seiner antippte. Dann sprang der Taxifahrer in seinen Daimler und gab Gas. Ein flotter Start.

»Ein flotter Bursche«, murmelte Struller und war froh, dass Jay Kay sich kümmerte.

So schräg der Vogel auch war, Struller hatte ein gutes Gefühl. Das verging ihm bei einem Blick auf die Armbanduhr aber sofort. 18.00 Uhr durch und noch immer keine Spur, keine Nachricht, kein Lebenszeichen von Jensen. Sein Kollege war jetzt seit über sechzehn Stunden verschwunden.

»Nicht gut«, flüsterte Struller. »Nicht gut.«

Bei seiner Praktikantensuche war er an einem entscheidenden Punkt angelangt. Eine Vermisstenanzeige kam noch nicht infrage. Jensen war über achtzehn und wurde noch keine vierundzwanzig Stunden vermisst. Wo hätte eine groß angelegte Vermisstenfahndung auch ansetzen sollen? Nein, entweder galt es abzuwarten oder etwas zu tun!

Entschlossen drückte Struller sein Kreuz durch. »Abwarten kommt nicht infrage.«

Das sah nach einer langen Nacht aus!

* * *

»Verdursten tun wir hier nicht, Miezi«, murmelte Jensen und sah der kleinen Katze mit dem straßengrauen Fell zu, wie die mit ihrer kurzen Zunge gierig Wasser in ihren schmalen Körper schlabberte.

»Nicht so wild, Mädchen, ist genug Wasser da«, flüsterte Jensen, der einen Wasserhahn entdeckt hatte, der angeschlossen war.

Ein paar Schokoriegel hatte er in einem Kühlschrank ebenfalls gefunden und sich gleich drei davon mit Miezi geteilt. Vergeblich war er kreuz und quer durch den Bau gekrabbelt, hatte alle Ecken ausgeleuchtet, aber des Bunkers Erbauer hatten seinerzeit keinen Notausgang eingeplant und auch später hatte niemand einen zweiten Ausgang hinzugefügt. Es gab anscheinend nur den einen Eingang zur Heyestraße hin. Und der war verriegelt. Jensen mochte es drehen und wenden, aber er war hier zum Ausharren verdammt. Sehr unangenehm!

Und ausharren, das tat er nun ja schon seit geraumer Zeit. Im Grunde genommen war er jetzt seit über siebzehn Stunden verschollen. Ihm war klar, dass sie draußen sicher längst nach ihm suchen würden, aber … hatten die überhaupt eine Chance, ihn zu finden? Die Taxifahrt hierhin war schwarz und bei der Zentrale nicht angemeldet gewesen. Es war mehr als fraglich, ob sich der Taxifahrer ermitteln ließ und ob der dann Angaben zur Fahrt machen würde, falls er sich überhaupt an die Tour erinnern sollte. Und darüber hinaus gab es bei ihren Ermittlungen keinen Hinweis auf den Bunker in Gerresheim. Wer um Himmels willen sollte dann auf dieses Versteck kommen und ihn hier finden?

Die Katze miaute dankbar und kam erstaunlich schnell wieder zu Kräften. Vergeblich hatte Jensen in der Kiste, einen permanenten Würgereiz nur mühsam unterdrückend, nach weiteren überlebenden Artgenossen gesucht. Dabei war ihm auch klar geworden, was diese Katzen waren, beziehungsweise hatten werden sollen: Hundefutter. Wie in einem schlechten Witz, nur viel, viel realer und überhaupt kein bisschen lustig!

Jensens Blick fiel auf den alten Matratzenrost und auf den Besen, der an der Wand lehnte. Er würde den MacGywer machen und sich aus beidem eine Schlagwaffe basteln. Im Falle eines Falles würde er sie einem Besucher zur Begrüßung freundlich um die Ohren hauen.

Die kleine Katze hatte genug getrunken und stupste ihn an. »Na, Kleine, dir geht es wieder ein bisschen besser«, lächelte Jensen schief.

Katzen hatten neun Leben.

»Kann gut sein, Miezi, dass du die alle brauchen wirst«, unkte Jensen Böses vorahnend, nachdem er sich vorgestellt hatte, wie sich das hier weiterentwickeln könnte …

* * *

Struller wählte eine andere Strecke, er fuhr quasi hintenrum. Bis nach Mettmann rein, dann nach links auf die Ratinger Landstraße. Diesmal bog er von der gegenüberliegenden Seite aus kommend in den schmalen, asphaltierten Gollenbergsweg ein. Einen richterlichen Durchsuchungsbeschluss für Weißblechs Hundezucht würde er bei der momentanen Beweislage nicht bekommen, aber es stand ja eigentlich gar nichts der Idee im Wege, sich die ominöse Hundefarm noch einmal privat anzusehen. Okay, es war jetzt kurz vor Mitternacht, aber das war doch seine Sache? Er sei auf dem richtigen Weg und solle sich beeilen, hatte die anonyme Anruferin gesagt.

Oh ja, er würde sich beeilen. Und wie!

Er überquerte den kleinen Hasselbach und fuhr den Wagen vor der Unterführung der A 3 rechts an den Fahrbahnrand. Wieder über die Bergische Landstraße anzufahren, war ihm als zu heikel erschienen. Er hätte zunächst Spinnen-Petras Bertelsweg passieren müssen, und es bestand die Gefahr, dass ihn und sein Fahrzeug selbst mit ausgeschalteten Scheinwerfern dann jemand auf Weißblechs Hof von Weitem würde anfahren sehen. Darüber hinaus war der Motor seiner Kiste hier in der abgelegenen Einöde kilometerweit zu hören.

Struller legte die Fahrertür leise hinter sich in den Rahmen und warf einen Blick in den Himmel. Dort hatte es sich wieder aufgeklart, keine Wolke war zu sehen, und der Mond gab sich Mühe, die warme Nacht in ein weiches Licht zu tauchen. Es wehte ein leichter Wind, und Struller klappte den Kragen seines schwarzen Lederblousons hoch. Zügig durchschritt er die kahle, düstere Betonröhre, die unter der Autobahn hindurch auf die Düsseldorfer Seite der Welt führte. Der Rest der Strecke war schnell zurückgelegt.

Heikel wurde es erst, als er am Fischteich die Hügelkuppe erreichte und von hier aus bis zum Hof im Licht des Mondes relativ leicht zu entdecken war. Aber Jessica Block, die Pflegerin, hatte Jensen und ihm ja erklärt, dass der Hof nachts menschenleer war. Und die sieben Hunde, so wiederum Ronny Weißblech, sollten heute Nacht längst abgeholt sein. Das wollte er jetzt mal so annehmen.

Geduckt schritt er den Weg entlang und erreichte ohne Zwischenfälle die Hofanlage. Kein Licht, kein Geräusch. Struller zog entschlossen seine starke Stabtaschenlampe aus dem Gürtelbund. Er nahm nicht an, hier auf Jensen zu stoßen, aber was immer es hier zu entdecken gab, er würde es finden. Außerdem war er für jeden noch so kleinen Hinweis dankbar. Dass es hier auf dem Hof nicht mit rechten Dingen zuging, wurde ihm mit jeder Sekunde klarer und klarer. Wozu brauchte man Details, wenn einem das Bauchgefühl sagte, hundertprozentig richtig zu liegen.

»Alles nur theoretischer Schnickschnack.«

Struller hatte die erste der beiden gegenüberliegenden Scheunen erreicht und sondierte noch einmal das Terrain. Zwei Scheunen, ein Planwagen, ein Wohnwagen und der ausrangierte VW-Bus. Kein Geräusch war zu hören, und es roch ein bisschen nach Hund. Und dann hörte er doch etwas. Er legte eine Hand ans Ohr. Doch, klar. Ganz leise, aber … wenn er sich angestrengt und genau konzentrierte, war da doch was zu hören.

War das eine Stimme? Oder waren das mehrere?

Vorsichtig schritt er voran, an der Eingangstür der ersten Scheune vorbei. Hundezucht, kam es ihm in den Sinn. Die Geräusche … Sollten das etwa doch Hunde sein? Nein, eher Stimmen.

Struller überlegte kurz, die Taschenlampe einzuschalten, aber noch war das Mondlicht ausreichend, um geräuschlos und unfallfrei voranzukommen. Wenn sich keine Wolke dummerweise vor den Kerl da oben schob, würde das auch so bleiben.

Vorsichtig wich er leeren, blauen Plastikbehältern aus, die an der Scheunenwand gestapelt waren und die ihn an irgendetwas erinnerten, was ihm aber gerade nicht sofort einfallen wollte. Er hatte eh keine Zeit, jetzt irgendwelchen Dingen nachzuhängen, denn er hörte immer noch diese Stimmen. Und denen folgte er. Sie wurden mit jedem Schritt lauter. Es schienen tatsächlich mehrere zu sein. Sorgfältig suchte sein wachsamer Blick die Anlage ab, aber nirgendwo bewegte sich irgendetwas. Mit einem Hund musste er hier natürlich jederzeit rechnen und er hatte sich noch nicht im Detail ausgemalt, wie er auf ein auf ihn zuspringendes Ungeheuer reagieren sollte. Struller ging davon aus, dass die wertvollen Hunde – wenn sie überhaupt noch hier waren – sich in einem verschlossenen Zwinger oder Stall befanden. Und Stalltüren würde er keine aufmachen, das war mal sicher.

Struller hielt inne, meinte etwas anderes gehört zu haben. Ein Klirren? Er lauschte. Aber außer diesem Murmeln war nur das gleichmäßige Summen von Fahrzeugen auf der A 3 zu hören. Langsam ging er weiter, Schritt für Schritt, den Körper fest angespannt.

Die Stimmen wurden lauter. Nein, er redete sich nichts ein, da unterhielten sich mindestens zwei Personen. Schnell erreichte er die andere Seite des Hofes. Das Geräusch, die Stimmen, sie kamen aus Richtung Wohnwagen. Eindeutig. Er war hier nicht alleine. Da waren noch mehr Personen, die miteinander sprachen, sich unterhielten. Struller hatte sich dem Wohnwagen bis auf zehn Schritte genähert. Verflixt, er konnte kein Wort verstehen, die sprachen nicht deutsch.

Er horchte.

Und überlegte, wie er vorgehen sollte. Wenn da Leute waren, dann bestand immer die Gefahr, dass sie ihn bemerken und stellen würden. Dann müsste er sein Verhalten erklären. Um diese Uhrzeit nicht ganz einfach, fand Struller, aber natürlich machbar. Mit einem Mal …

Struller schlug eine Hand vor die Stirn. »Mann!«

Das war gar kein Gespräch. Es war zwölf Uhr und ein Jingle kündigte die Nachrichten an. Verdammt, da lief ein Radio. Struller entspannte sich. Da hatte jemand vergessen, sein Radio abzuschalten, er hatte einer Reportage oder einer Diskussion gelauscht. Englisch, das war Englisch. Ein englischer Sender.

Struller reckte sich die Anspannung aus den Schultern und trat an den klapprigen Wohnwagen. Wo er mal da war, wollte er auch mal kurz reinsehen. Er legte eine Hand auf den Kipphebel, der als Türgriff diente … und erkannte in diesem Moment zweierlei. Einmal, dass die Tür nicht verschlossen war und dann – jetzt schräg zum Fenster des Wohnwagens stehend –, dass ein feiner Lichtstrich von drinnen nach draußen schien.

Er entschloss sich, die Tür *nicht* zu öffnen.

Aber im selben Moment wurde sie kraftvoll von innen aufgestoßen. Hart knallte der Türrahmen gegen seinen Kopf. Struller stöhnte, taumelte einen Schritt nach hinten und hätte fast das Gleichgewicht verloren. Ein Mann erschien mit überraschtem, fragendem Gesichtsausdruck im Türrahmen. Struller riss seine Waffe nach vorne. Der Mann zuckte zusammen und rief etwas in einer Sprache, die Struller nicht verstand. Kein Englisch, sondern etwas Asiatisches.

»Polizei«, rief Struller und wackelte mit der Pistolenmündung.

Der Mann blieb wie angewurzelt stehen und hob entsetzt die Hände. Struller begriff, dass der kleine, asiatische Kerl ihn nicht angegriffen hatte, sondern nur zufällig in dem Moment aus dem Wohnwagen getreten war, als er selbst den Lichtschein im Fenster entdeckt hatte.

»Bitte«, flüsterte der Mann.

»Die Hände bleiben oben!«, befahl Struller und winkte dem Mann gleichzeitig, ein Stück zur Seite zu treten und den Türeingang frei zu machen. Der kleine, dünne Mann, der eine graue Trainingshose und ein viel zu großes, dreckiges, weißes T-Shirt trug, trippelte vorsichtig ein paar Schritte zur Seite. Struller schniefte und trat an die geöffnete Tür. Der Mann stand mit erhobenen Händen starr, ohne Bewegung.

Seine Knie mochten ein wenig zittern. Fand Struller nicht schlimm.

Blitzschnell warf er einen Blick hinein in den Wagen. Helles Licht, und er erkannte auf den ersten Blick mehrere besetzte Schlafstätten. Alles schlief, bis auf eine Frau, die ihn mit großen Augen anstarrte und sich ängstlich eine Wolldecke an den Körper drückte.

Was hatte das denn jetzt zu bedeuten? Wo war er denn hier gelandet?

Um alle Personen gleichzeitig im Blick haben zu können, trat er einen Schritt zurück und dirigierte den ersten Asiaten in den Wohnwagen. Der folgte dieser mit der Pistolenmündung stumm vorgetragenen Bitte unverzüglich, kletterte in den Wagen, setzte sich neben die Frau und legte einen Arm um sie.

»Sprechen Sie deutsch?«, fragte Struller flüsternd, ganz leise, um niemanden aufzuwecken.

Der Mann nickte. »Ein wenig.«

»Sie brauchen keine Angst zu haben, ich tue Ihnen nichts.«

Der Mann nickte. Blass im Gesicht. Er glaubte Struller nicht, das war ihm anzusehen.

Struller schnippte mit der linken Hand das Radio aus, der Nachrichtensprecher brach ab. Verwirrt zählte Struller die schlafenden, teilweise übereinanderliegenden Leiber und konnte das Ergebnis kaum fassen. In diesem normal großen, vergammelten Wohnwagen schliefen mindestens neun Personen. Auf den Bänken, auf den Tischen und auf dem Fußboden. Unter den Personen waren auch Kinder und ein Baby. Ein Teil des Wageninneren war durch eine provisorisch eingezogene Spanplatte abgetrennt. Auf der anderen Seite schliefen vermutlich noch mehr. Es stank schlimm nach menschlichen Ausdünstungen aller Art. Mindestens einer der Schlafenden schnarchte. Ein Wunder, dass Struller überhaupt das Radio hatte hören können.

Struller ruckte mit der Pistole. »Ich tue euch nichts. Was macht ihr hier?«

»Wir hier wohnen«, erklärte der Asiat.

»Arbeiten?«

»Nix arbeiten«, antwortete der Mann sofort, aber Struller hatte bemerkt, dass die Frau an seiner Seite genickt hatte.

»Sprechen Sie auch deutsch?«

Sie verneinte, indem sie heftig mit dem Kopf schüttelte.

Also ja, dachte Struller. Und dann brachte er plötzlich diese Asiaten, den Wohnwagen und die blauen Plastikbehälter übereinander, die er im Hof an der Wand gestapelt entdeckt hatte – und ja, verflixt, die ihm ja auch beim ersten Besuch dieser Hundefarm schon aufgefallen waren. Blaue Plastikbehälter, solche, in denen auch Industriereiniger abgefüllt wurden. NTN 1326.

»Verdammt«, zischte Struller.

Er war hier auf eine illegale, asiatische Putzkolonne gestoßen, und er würde einen Besen fressen, wenn das nicht genau die Truppe war, die in der Parkhalle des 4004 gründlich durchgewischt hatte, bevor irgendjemand eine Kugel auf einen Hund und einen Menschen abgefeuert hatte.

»Ihr müsst putzen?«, fragte Struller und sah, wie beide ihre Augen aufrissen. Ertappt, dachte er … bevor ihm auffiel, dass ihre Augen nicht mehr direkt ihn, sondern die Wohnwagentür hinter ihm anvisierten. Und wieder habe ich einen Fehler gemacht, dachte Struller. Er wollte herumwirbeln, kam aber nicht mehr dazu. Er spürte einen harten Gegenstand, der ihm mit Wucht gegen den Hinterkopf geschlagen wurde. Dann spürte er nichts mehr. Er sah auch nichts mehr.

Denn es wurde dunkel. Pechschwarz.

* * *

»Laaaaaangweilig«, murmelte Altschloß zum hundertsten Mal.

Das machte es keinen Deut besser, aber er wollte seinem Chef und Streifenpartner, Kriminalhauptkommissar Kotten, schon deutlich machen, was er von der Sache hielt, für diesen komischen Struhlmann vom KK 11 vor einer Kneipe in Unterrath zu sitzen und doofe Überstunden zu schieben. Kurz gesagt: gar nichts!

Seinen Kollegen interessierte allerdings mehr der hartnäckige Juckreiz zwischen seinen Schulterblättern, der sich auch durch heftiges Schrubben im Fahrzeugsitz nicht richtig vertreiben lassen wollte. Nach links, nach rechts, rauf und runter. Der Sitz musste vor lauter Gereibe eigentlich schon fast durch sein. Bei Gelegenheit würde Kotten seine Schussweste, die er eigentlich nie ablegte, doch mal ausziehen und nachsehen, wie es darunter aussah.

Altschloß seufzte. Vor einer knappen halben Stunde hatte ein kantiger Kerl mit forschem Schritt und großem Aktenköfferchen das *Aquarium* betreten. Seitdem hatte sich nichts getan.

»Soll ich mal durch die Scheiben gucken gehen?«

»Struller hat gesagt, wir sollen vor der Kneipe im Auto warten und dem Mann folgen, wenn er den Schuppen verlässt. Dann feststellen, wo er hinfährt und ihn nicht ansprechen. Wir sollen uns nicht dämlicher anstellen, als wir sind, und das tun wir auch nicht«, betete Kotten den Befehl gebetsmühlenartig herunter.

»Laaaaaangweilig«, flüsterte Altschloß, der sich sehr gerne dümmer anstellte, als er eigentlich war.

00.01 Uhr, sagte die Digitaluhr im Armaturenbrett.

»Guten … Morgen, übrigens«, sagte Altschloß.

»Hmmpf«, grunzte Kotten.

»Da kommt er«, zeigte Altschloß plötzlich durch die Windschutzscheibe nach draußen und ruckte sich im Sitz aufrecht. »Endlich. Ich verblöde hier total.«

»Wohl kaum«, kommentierte Kotten und beobachtete, wie der Mann ein paar zackige Schritte ging und dann in einen blauen Kleinwagen stieg.

»Was ist das für ein Typ?«

»Einer mit Koffer.«

»Was für ein Landsmann?«

»Konnte ich nicht erkennen.«

Altschloß ließ den Wagen an.

»Pass auf, dass er uns nicht bemerkt!«, mahnte Kotten.

»Bin ich ein Anfänger oder was?«, maulte Altschloß und folgte dem Wagen, der Richtung Innenstadt fuhr.

Es waren kaum Fahrzeuge unterwegs, deshalb konnte er reichlich Abstand zwischen den Autos lassen. Ein paar Ampeln musste er bei Rotlicht nehmen, was um diese Uhrzeit aber auch kein Problem war und ihm bei diesen Verfolgungen immer am meisten Spaß machte. Den Wagen verfolgten sie schweigend und ohne Schwierigkeiten quer durch Düsseltal und Grafenberg bis zum Staufenplatz. Hier drehte Altschloß eine kleine Schleife, um nicht direkt hinter dem Kleinwagen an der Ampel warten zu müssen.

»Das machst du sehr geschickt, mein Freund«, sagte Kotten.

»Hast du das Kennzeichen schon gecheckt?«, fragte Altschloß stattdessen.

»Mach ich nachher.«

»Von mir aus. Aber vergiss es nicht!«

Der Wagen vor ihnen schlängelte sich die Serpentinen der Bergischen Landstraße hoch Richtung Mettmann. Altschloß blieb dahinter.

»Das kann eine lange Reise werden«, murmelte Kotten und zupfte entschlossen einen zerdötschten Schokoriegel aus seinem blau-grau karierten Flanellhemd. Solche Kalorienbomben hatte sein Hausarzt ihm zwar verboten, aber jeder Schutzmann wusste: Ein hungriger Polizist war ein schlechter Polizist!

Es ging dann doch nicht Richtung Autobahn, denn der Kleinwagen bog kurz vor Mettmann links ab.

»Gollenbergsweg. Wo will der denn hin?«

»Das weiß keiner. Deshalb fahren wir ihm ja nach.«

Altschloß schaltete das Licht aus und bog ebenfalls links ab. Glücklicherweise erhellte der Mond die Nacht, sodass er den Dienstwagen auch ohne Scheinwerferlicht auf dem schmalen Feldweg halten konnte, ohne im Grünstreifen zu landen.

»Der kennt sich hier aus«, deutete Kotten das zügige Tempo des Mannes vor ihnen.

»Hier war ich noch nie.«

»Ist immer noch Düsseldorf.«

Altschloß bog noch zweimal ab.

»Halt!«, befahl Kotten, als sie eine Hügelkuppe erreichten und vor ihnen lediglich ein Hof zu erkennen war, an dem der Weg endete. »Jetzt wissen wir ja, wo er hin ist. Fahr ein Stück zurück, ich will mir den Hof da mal angucken.«

»Wir sollten nur gucken, wo er hinfährt. Haben wir gemacht, ich bin müde. Ich muss noch mit dem Hund raus«, maulte Altschloß, setzte den Wagen aber ein Stück rückwärts in die Auffahrt zu einem Fischteich.

Kotten stieg aus und ging ein paar Schritte, um besser sehen zu können. Er entdeckte, dass der Wagen tatsächlich sein Ziel erreicht hatte und die Rücklichter des Fahrzeugs zwischen zwei Scheunen verschwanden.

»Okay, lass uns abhauen!«, kommentierte Altschloß.

Kotten schnaufte. Gut. Zu sehen gab es hier nichts mehr. Auftrag erfüllt, Struller würde zufrieden sein. Unzufrieden war Struller schlimmer als ein hungriger Polizist.

»Na gut, fahren wir wieder«, stieg Kotten ins Auto.

Altschloß gab Gas. Aber die Reifen des Wagens sirrten hell und grässlich.

»Was soll das denn?«

»Abwarten«, unkte Altschloß und wechselte mehrmals die Gänge.

Der Wagen ruckelte kurz nach vorne, schaukelte wieder nach hinten und wieder summten die Reifen.

»Scheiße, festgefahren!«, bellte Altschloß.

»Das darf doch nicht wahr sein.« Kotten verdrehte die Augen.

Beide stiegen aus und begutachteten die Hinterradsituation. Das sah nicht gut aus. Fast bis zur Radnabe steckten beide Reifen im Schlick.

»Wieso ist das hier so matschig?«

»Gestern Nacht hat es heftig geregnet, du Lappen.« Kotten blickte zum Fischteich rüber, der schwarz vor sich hingähnte. »Sowieso eine feuchte Ecke hier.«

»Schlauberger! Los, ich setz mich rein und du drückst!«

»Das können wir auch umgekehrt machen!«

»Machen wir aber nicht«, entschied Altschloß und klemmte sich wieder hinters Lenkrad. Er war aber so was von bedient. Zwanzig nach zwölf. Er und sein Hund sollten längst im Bett liegen. Diese verfluchten Extradienste. Hatte er gar keine Zeit für. Und dann so was!

Er startete giftig den Motor. »Ich gebe jetzt Gas. Schieben!«

Altschloß gab Gas, Kotten schob, aber der Wagen wippte nur jaulend vor und zurück. Kotten wischte sich durchs

Gesicht. Das war jetzt doof. Hier war es totenstill. Wahrscheinlich war ihr Manöver meilenweit zu hören. Und hatte Struller nicht extra gesagt, sie sollten sich nicht dämlicher anstellen, als … verflucht. Und da fuhr der Trottel sich im Schlick fest.

»Vielleicht sollten wir die Kiste stehen lassen?«

»Und uns ein Taxi nehmen? Was meinst du, was die Kollegen sagen? Die lachen sich kaputt. Los, ich versuch es noch mal!«

Kotten beugte sich über die Kofferraumhaube, drückte und gab noch mal alles. Tatsächlich. Der linke Reifen packte. Matsch wirbelte hoch und klatschte Kotten nass ins Gesicht. Der Wagen bewegte sich. Allerdings nicht nach vorne, sondern nach rechts. Und da war es genauso matschig. Die Reifen summten sich ein paar Zentimeter weiter noch tiefer in den Morast.

»So eine Scheiße!«, fluchte Kotten, ließ los und wischte sich den Schlamm klumpenweise aus dem Gesicht.

Altschloß grinste amüsiert. Ist doch schön, dass in jedem Elend auch ein bisschen Humor steckte. Er würgte den Motor ab. Eine seiner unpassenden, hämischen Bemerkungen lag ihm schon ganz vorne auf der Zunge und wollte raus. Aber … Er zog die Augenbrauen hoch. Verdammt.

»Der Kerl mit dem Wagen kommt zurück. Deckung!«

Tatsächlich näherte sich vom Hof mit heulendem Motor der Kleinwagen. Oha, und zwar noch zügiger als vorher. Hastig duckten die beiden Polizisten sich hinter das Auto. Wenn sie Glück hatten, würde der Fahrer den Wagen in der Auffahrt des Fischteichs gar nicht sehen und vorbeiheizen. Vorbeiheizen war dann auch das richtige Wort. Regelrecht geflogen kam der Kleinwagen über die Kuppe. Er quietschte mit durchdrehenden Reifen um die Ecke.

»Meine Güte, hat der es eilig«, kommentierte Altschloß den sich entfernenden, aufheulenden Motor. »Was hat dem denn so eine Angst eingejagt?«

Kotten lief ein Stück Richtung Kuppe, um zum Hof blicken zu können, und stoppte entsetzt. »Scheiße«, flüsterte er.

* * *

Oh, Mann. Ein ganz fieser Fluch lag ihm auf der Zunge. Da Struller die Lippen aber nicht auseinander bekam, blieb er ungeflucht. Dafür ließ sich nach mehreren vergeblichen Versuchen immerhin eines seiner beiden Augen halb öffnen. Verschwommen sah Struller erst mal nichts. Zumindest nichts, was er erkennen konnte.

Konnte er das Auge auch wieder schließen. Was er tat.

Noch mal: Oh, Mann.

Struller versuchte, die letzten Sekunden zu rekapitulieren. Viel war da nicht. Er hatte den Asiaten vor dem Wohnwagen überrumpeln können, war mit ihm in den Wohnwagen geklettert und hatte ein knappes Dutzend Ausländer in dem Wagen entdeckt. Dann hatte ihn eine unbekannte Person von hinten niedergeschlagen.

Wie lange er hier dann gelegen hatte, wusste Struller nicht. Hier? Hm. Er blinzelte noch mal mit dem rechten Auge. Was er da in etwa zwei Metern Entfernung verschwommen erkannte, war die weiße Pressspandecke des Wohnwagens. Und weil er die Decke sah, bedeutete das, dass er auf dem Rücken und auf dem Boden des Wohnwagens lag. Aha. Man hatte ihn von hinten umgehauen und liegen gelassen.

»Okay«, sagte Struller und stellte fest, dass es die Lippen wieder taten. Langsam kam wieder Leben in seinen geschundenen Körper. Sehr schön. Er versuchte, sich aufzurichten.

Ging aber noch nicht. Alles mit der Ruhe. Er drehte vorsichtig den Kopf. Ja, genau. Er lag im Wohnwagen. Menschen waren keine mehr zu sehen. Überhastet waren sie aufgebrochen, denn ihre Klamotten hatten sie zurückgelassen. Zumindest das, was so an Decken und Laken vorhanden war, lag zerknubbelt überall herum.

Und es müffelte ganz gut. Echt unangenehm. Er versuchte noch einmal, einen Arm nach vorne zu bringen. Vergeblich. Er bemerkte jetzt, dass seine Arme auf dem Rücken gefesselt waren. Struller hob den Kopf und blickte seine Beine entlang. Auch hier brauchte er es erst gar nicht versuchen. Jemand hatte ihm mit einer Menge Kreppband die Beine zusammengeschnürt.

Verflixt. Den Kopf in alle Richtungen reckend, versuchte er einen Gegenstand zu erkennen, der ihm weiterhelfen könnte. James Bond pflegte in Situationen wie dieser, ein zerbrochenes Martiniglas zu finden. Aber so sehr er sich auch wand, zu sehen war hier nichts.

Und dann dieser ätzende Gestank, der ihm den Atem raubte. Was war das für eine elende Situation, in solchen Verhältnissen leben zu müssen. Struller musste an das kleine Kind denken, das er inmitten der Leiber entdeckt hatte. Unglaublich. Oh ja, er würde jemanden für das alles zur Rechenschaft ziehen.

Irgendwann …

Struller mahnte sich zur Ruhe. Nachdenken, Pit, nachdenken. Im schlimmsten Fall würde er hier bis morgen Vormittag doof rumliegen. Irgendwer musste ja irgendwann hier vorbeikommen – und derjenige würde ihn finden.

Unwahrscheinlich, dass es Ronny Rodriguez war, der ihn von hinten niedergeschlagen hatte. Denn der hätte ihn nicht hier im Wohnwagen liegen gelassen. Auch war es doch ganz gut, dass er nicht in einem Sofa an einer Straßenecke abgestellt worden war, nachdem sich ein paar Hunde an ihm gütlich getan hatten.

Struller schluckte. Ein Anflug von Panik suchte ihn heim. Denn vielleicht war das ja gar nicht das Ende der Fahnenstange und er nur zwischengelagert. Vielleicht würde sich in wenigen Sekunden die Wohnwagentür öffnen und jemand führte sadistisch grinsend einen sabbernden, aus dem Maul tropfenden Killerhund herein.

Struller leckte sich die Lippen. Er musste etwas tun, musste hier raus! Er versuchte, die Beine anzuziehen, aber die Knie ließen sich nicht knicken, an Robben war nicht zu denken. Er drehte sich auf die Seite. Das war nicht einfach, aber es ging. Brachte ihn aber nicht weiter. Er rollte sich wieder zurück auf den Rücken. Dann klappte auch das Atmen besser. Was sowieso nicht so gut klappte und ihm schwer fiel. Wahrscheinlich einen Tick zu eng geschnürt.

Struller lauschte nach draußen. Geräusche? War da jemand? Nein, er hörte nichts. Gar nichts. Nur so ein merkwürdiges Summen. Leise, gleichmäßig. Er erinnerte sich an die A 3, aber das Geräusch der vorbeifahrenden Fahrzeuge war ein anderes. Hm, was war das?

Da hatte etwas geknallt. Laut. Scharf! Da, noch mal!

»Wie ein Peitschenknall!«

Kurz und scharf. Und ein Schuss! Ein Schuss, ganz in seiner Nähe.

Struller schnappte nach Luft. Und musste husten. In sein Husten hinein peitschten mehrere Schüsse die Luft. Es knallte, noch lauter, noch schärfer als gerade.

Sein Kopf fuhr herum. Und als er den feinen Rauch unter der Wohnwagentür bemerkte, wusste er, dass hier niemand mit einer Knarre schoss.

»Feuer«, flüsterte Struller.

Draußen fraß sich knallend ein Feuer durch die Haut des Wohnwagens. Natürlich. Schweiß brach ihm aus. Angstschweiß auch, ja, aber er spürte, wie es mit einem Mal wärmer wurde.

»Verdammt!«

Er lag hier, an Beinen und Armen gefesselt, auf dem Rücken in einem Wohnwagen, der brannte! Struller wand sich in alle Richtungen. Verzweifelt zerrte er an den Fesseln, aber das Kreppband gab keinen Millimeter nach, ließ sich an keiner Stelle auch nur einen Zentimeter weit verschieben. Struller entschied, dass jetzt vielleicht doch der Zeitpunkt war, laut um Hilfe zu rufen. Nein, zu verlieren hatte er nicht viel. Das Leben, sonst nichts.

»Hilfe! Hilfe!«, brüllte Struller und bemerkte entsetzt, dass der Qualm bereits anfing, ihm ätzend die Stimme zu rauben. Immer dichtere Rauchschwaden waberten über den Boden auf ihn zu. Wie tödlicher Nebel kroch der Dunst in seine Richtung, um ihn einzuhüllen und sich bleischwer auf ihn zu legen.

»Hilfe! Hilfe!«, rief Struller.

Ein Hustenanfall. Verdammt, ein Hustenanfall. Struller verdrehte die Augen. Okay, man muss wissen, wann man verloren hat. Und das hier, das war eindeutig.

»Scheiße!«

Blödsinnigerweise fielen ihm seine 834 Überstunden ein, die er nicht würde abfeiern können, die verfallen würden. Schräg, dachte Struller, mit so einem grotesken Gedanken abtreten zu können. Der Rauch nahm ihm jetzt nicht nur die Luft zum Atmen, sondern auch die Sicht. Und wo er nichts sehen konnte, konnte er die Augen auch gleich schließen.

Tat er auch. Langsam. Das tat richtig gut. Der Rauch hatte ganz schön in den Augäpfeln gekratzt. Friedlich. Warm. Um ihn herum wurde es immer wärmer, gar nicht kalt. So kalt, wie er sich den Tod vorgestellt hatte. Nein, zu ihm kam der Gevatter warm und friedlich.

Die Wohnwagentür splitterte.

Struller riss die Augen auf, sein Blick war verschwommen. Er spürte plötzlich mehrere Hände, die ihn ergriffen, ihn halb anhoben und durch die Wohnwagentür nach draußen zerrten. Sie trugen seinen Körper mit eiligen Schritten davon, weg vom Wohnwagen, der meterhohe Flammen spie. In den Augenwinkeln erkannte er, dass mit einem Wusch plötzlich der Wohnwagen in Flammen aufging. Eine heiße Welle presste ihm ins Gesicht. Es zischte und irgendetwas im Wohnwagen explodierte, spuckte fauchend einen Feuerball in den dunklen Himmel.

»Meine Fresse!«, japste Altschloß.

»Im letzten Augenblick«, konstatierte Kotten.

Beide ließen Struller zu Boden gleiten. Kotten zückte ein Klappmesser und zerschnitt Strullers Fesseln. Struller pumpte ein paar Einheiten Frischluft in die Lunge, hustete schleimig und reckte sich die befreiten Extremitäten gerade.

»Alles klar, Pit?«, fragte Kotten.

Struller nickte benommen. »Wo kommt ihr denn her?«

»Der Putzkerl mit dem Koffer hat uns aus dem *Aquarium* hierher geführt. Dann haben wir die Flammen gesehen, die Feuerwehr angerufen und sind mal nachgucken gegangen.«

»Dann haben wir dich schreien gehört und uns gedacht, okay, den holen wir da raus«, ergänzte Altschloß.

»Das habt ihr gut gemacht. Äh … Ist hier sonst noch jemand?«

»Wie meinst du das?«, fragte Altschloß.

»Man hat mich von hinten niedergeschlagen, aber da waren Asiaten im Wohnwagen. Sind die hier irgendwo?«

Kotten schüttelte den Kopf. »Außer uns ist hier niemand. Und du, du solltest jetzt nicht an irgendwelche Asiaten denken, sondern still liegen bleiben und brav auf den Notarzt warten. Du hast eine riesige Delle am Hinterkopf und warst bewusstlos.«

»Ich weiß. Ich war dabei«, knurrte Struller.

Struller klopfte seine Taschen ab, fand aber weder seine Knarre, noch seine Geldbörse, noch sein Handy. Das Handy! Scheiße. Jay Kay hatte nur seine Handynummer und auf dessen Anruf wartete Struller schließlich händeringend. Jay Kay war seine Spur zu Jensen. Fluchend schob Struller den üblen Gedanken beiseite. Was zum Telefonieren brauchte er trotzdem. »Hat einer von euch mal eben ein Handy für mich?«

»Was willst du mit einem Handy?«, fragte Kotten.

»Anrufen.«

»Du musst niemanden anrufen! Wir haben einen Krankenwagen bestellt, die bringen dich ins Krankenhaus und dann ...«

Struller kniff die Augen zusammen.

»Okay, hier, nimm meins«, flüsterte Altschloß.

Struller hackte mit rechts ins Telefon und strich sich mit der linken Hand über die Handgelenke, wo die Fesseln besonders stramm gesessen hatten.

»Polizei, Einsatzleitstelle ...«

»Struhlmann hier, KK 11. Ich brauche eine Einsatzhundertschaft, viel Licht, einen Hubschrauber und so eine Art Bluthund, so ein Hund, der ein paar Menschen jagen kann.«

* * *

Eine halbe Stunde später nahm Struller einen tiefen Zug auf Lunge, um den aufkommenden Schwindel vom Schlag auf den Hinterkopf mit einer Einheit Gehirngift zu bekämpfen.

Er sah in die Runde und was er sah, gefiel ihm. Er hatte den müde vor sich hin schlafenden Hof in ein Schlachtfeld verwandelt.

Der örtlich zuständige Dienstgruppenleiter stupste ihn an und deutete nach oben in den Himmel. »Hummel 13 ist jetzt einsatzklar.«

»Gut«, sagte Struller, als er den ratternden Helikopter entdeckte. »Hat lange gedauert. Kam der aus Afghanistan?«

»Nein. Aus Dortmund.«

Dann war er wahrscheinlich um Gelsenkirchen herumgeflogen. »Was macht der Bluthund?«

Der Hundeführer schüttelte den Kopf. »Men Trailer. Es heißt Men Trailer. Und der Bursche ist einsatzklar.«

Struller kniff die Augen zusammen. Er nahm an, dass die Asiaten nach rechts Richtung Autobahn geflüchtet waren. Vermutlich ließen sie sich dort von einem Wagen aufnehmen, sodass sich ihre Spur dort verlor, aber ein Versuch mit dem Bluthund war es wert.

»Witterung hat er?«, fragte Struller.

»Schon lange.«

»Dann los!«

Der Hund senkte seine Schnauze, pustete Staub vom Boden und rannte los. Nach links! Struller stutzte. Genau in die entgegengesetzte Richtung. Was sollte das denn? Der Hund stochte geradezu über den Hof, blieb an dessen Ende stehen und drehte sich im Kreis.

Sein Hundeführer zog die Augenbrauen hoch. »Er hat die Spur verloren. Nach fünfzig Metern. Dann …«

»Scheiße«, schrie Struller. Scheiße, Scheiße, Scheiße.

Jetzt fiel ihm auf, was am Ende beziehungsweise am Anfang des Hofes fehlte.

»Ein VW-Bus. Da stand ein VW-Bus. Ohne Kennzeichen.

Ich dachte, der sei kaputt, ausgeschlachtet, was weiß ich, verdammt. Die sind alle in dem blauweißen VW-Bus weg.«

Der Dienstgruppenleiter riss sein Funkgerät hoch. »Ich geb eine Fahndung nach dem Wagen raus.«

»Okay«, knirschte Struller.

Ein uniformierter Kollege trat an Struller heran. »Haben wir in einer der Scheunen gefunden.«

Struller erkannte seine Pistole, seine Geldbörse und …

»Das Handy! Gott sei Dank!«

Er checkte sofort das Display, aber sein Taxifahrer hatte noch nicht angerufen. Struller schluckte und räumte ein, dass er bei allem Stress und in der ganzen Hektik um seinen Praktikanten ernsthaft besorgt war. Wenn Jensen etwas zugestoßen war … Struller mochte es sich nicht vorstellen!

Schnell schob er die Knarre in sein Holster und das Handy ins Hemd. »Bring die Geldbörse zur Spurensicherung. Ist sowieso kaum Kohle drin, aber vielleicht sind Fingerabdrücke oder DNA-Spuren drauf.«

Von der anderen Seite kam ein Kollege angerannt. »Struhlmann?«

»Ja.«

»Komm mal mit. Wir haben was gefunden. Sieht nicht gut aus.«

Der Kollege führte Struller um die rechte der beiden Scheunen herum. Von starken Strahlern ausgestrahlt erkannte Struller mehrere platt getretene Erdhügel. Zwei Männer in weißen Spurensicherungsoveralls und eine Hundeführerin mit Hund erwarteten ihn.

»Der Hund hat angeschlagen«, erklärte die Kollegin und deutete auf die Erdhügel.

Frisch ausgehoben. Nicht vor ein, zwei Stunden, aber vor nicht allzu langer Zeit. Der Regen mochte den Boden aufgeweicht haben. Die Spezialisten würden das genauer ermitteln können. Struller spürte, wie seine Knie wackelten. Was, wenn sein Praktikant da unten vor ihm lag? Niemals, niemals würde er das verkraften …

»Leichengeruch?«, fragte Struller blass und die Hundeführerin nickte.

»Sollen wir?«, fragte einer der beiden Männer in Weiß.

Struller spannte sich an. Je eher er Gewissheit hatte, desto besser!

»Los!«

Die beiden Männer knieten sich hin und machten sich mit Schaufeln, Pinseln und weichen Plastikschabern vorsichtig ans Werk. Hinter ihnen stand wortlos Schröder, der ihre Arbeit fotografisch sicherte. Auf Struller wirkte er kein bisschen bedrohlich. Nichts wirkte auf Struller bedrohlich. Auf Struller wirkte gar nichts. Er wollte nur wissen, ob hier jemand den toten Jensen vergraben hatte.

»Ich hab was«, erklärte der eine der beiden Männer knapp eine Viertelstunde später.

Strullers Magen rebellierte.

Klick, machte Schröder.

»In Klarsichtfolie eingepackt.« Der Mann sah hoch und blickte Struller in die Augen. »Auf jeden Fall eine Leiche. Aber kein Mensch.«

Struller schnappte nach Luft. »Kein Mensch? Was dann?«

Klick, Klick.

»Was mit Fell«, blieb der Spurensicherer vage.

»Leg es zügig frei«, befahl Struller, der sich denken konnte, worum es sich hier handelte.

»Sieht aus wie ein Hund«, meinte der zweite Spurensicherer.

Klick.

»Hunde. Okay. Macht den nächsten Hügel auf«, schniefte Struller.

Tote Hunde. Das waren die Hunde, die nicht bei der AWISTA auf dem Höher Weg gelandet waren und die man Geld sparend hinter der Scheune verbuddelt hatte. Was konnte er außerdem mit dem Fund anfangen? Was könnte ihn auf der Suche nach Jensen weiterbringen? Er trat zur Seite und wählte eine Nummer auf seinem Handy.

»Ja?«, meldete sich eine verschlafene Stimme am anderen Ende der Leitung.

»Ich bin es, Struhlmann. Ich brauche dich hier!«

»Um diese Zeit? Bist du bekloppt?«

»Ich brauche dich hier. Sofort. Und dringend.«

Der Mann am anderen Ende blieb zunächst stumm. Und räusperte sich. »So richtig dringend?«

Struller erklärte Doc Stich, warum er ihn unbedingt sofort und hier und so richtig dringend brauchte.

»Bis gleich«, antwortete der Gerichtsmediziner.

Struller versenkte das Handy in seinem Hemd. Ein uniformierter Kollege tippte ihn an. »Die Behälter, also die blauen, die an der Wand gestapelt waren, sind definitiv Behälter für einen Industriereiniger. Und das ist eine unbekannte Marke aus Osteuropa. Google sagt, in dem Zeug ist auch NTN 1326 drin.«

Struller nickte.

»He!«, rief der Spurensicherer am zweiten Erdhügel. »Hier ist es anders!«

Struller zuckte zusammen. »Ein Mensch?«

»Nein, wieder ein Hund, aber ohne Klarsichtfolie.«

Struller blies kräftig Luft durch die Nacht. Musste dieser Typ ihn so erschrecken. »Macht alle Erdhügel zügig auf. Scheint hier der Friedhof der Kuscheltiere zu sein.«

»Na ja …«, summte der Spurensicherer.

»Was? Na ja?«, maulte Struller.

»Ich kenne mich mit Hundearten nicht aus, aber zumindest die beiden ersten Exemplare sind keine süßen Welpen oder so was, sondern ausgewachsene Viecher.«

»Ach«, meinte Struller.

Er überblickte die Szene. Mehrere Einheiten der Hundertschaft durchkämmten das Hofgelände samt anschließender Flächen. Der Hubschrauber hatte abgedreht, aber Feuerwehrleute tauchten mit riesigen, ausfahrbaren Masten die ganze Örtlichkeit in helles Licht. Zwei Hundeführer ließen ihre Hunde weiter schnüffeln, Spurensicherer sicherten Spuren. Einige uniformierte Kollegen telefonierten und organisierten dies und das. Alle waren gut beschäftigt. Das mit den Erdhügeln würde noch gut eine Stunde dauern, viel früher würde auch der Doc nicht eintreffen. Zeit genug also, um den nächsten Schritt zu tun, der längst überfällig war.

»Ulli!«, rief er den diensthabenden Dienstgruppenleiter heran, von dem er wusste, dass es der dienstälteste Düsseldorfs und einer von denen war, die ihre Sinne beieinander hatten.

Der Kollege brachte sich und seinen mit Einsatzmitteln aller Art gut bestückten Hüftgürtel in seine Richtung. »Was haste?«

»Gibt's was Neues vom Ronny Rodriguez Weißblech?«

»Nichts Neues. Zu Hause ist er nicht, die Fahndung nach ihm läuft, seine Wohnung wird observiert.«

»Was ist mit der Hundepflegerin, dieser Block?«

»Ebenfalls Fehlanzeige. Fahndung, Observation, das gleiche Spiel.«

Struller legte in Gedanken eine Hand aufs Hemd. Er spürte sein Telefon, Jay Kay hatte immer noch nicht angerufen.

»Okay. Ich bin mal für eine halbe Stunde weg und mach eine Vernehmung. Du hast das hier unter Kontrolle?«

»Natürlich. Wohin gehste?«

Struller schniefte. »Ich stelle der Nachbarin ein paar Fragen.«

* * *

Spinnen-Petra schüttelte den Kopf. »Ich hab keinen blassen Schimmer, was ich für dich tun kann.«

Struller saß ihr am schmalen Wohnzimmertisch gegenüber und schloss kurz die Augen. »Ich wäre nicht hier, wäre es nicht dringend.«

»Männer geben sich nur dann besonders viel Mühe, wenn sie meinen, dass es dringend ist. Vergiss nicht, mit wem du sprichst, Strulli!«

»Schöner Spruch, Petra. Hilft mir aber nicht weiter!«

Seine Gastgeberin zauberte aus dem Nichts zwei kleine Gläschen auf den Tisch. Dann stand sie ächzend auf, raffte den fleckigen, hellblauen Frotteebademantel vorne zusammen, trat an den Schrank, griff ganz weit hinten durch und zog eine dunkelbraune Flasche hervor. Sie pustete eine fette Staubschicht vom Glas. »Strammer Tropfen. Trinken russische Seeleute, wenn es auf See richtig ungemütlich wird.«

Struller winkte ab. »Für mich heute nichts!«

»Och …«

»Petra, du hast es immer noch nicht verstanden! Mein junger Kollege ist verschwunden. Ich fürchte um sein Leben. Ich muss einen klaren Kopf bewahren!«

Sie grinste. »Alkohol hat schon manche Köpfe so richtig klar gemacht.«

»So hat jeder seine Methode. Ich habe in Sachen Klarheit eine andere Technik. Ich stelle Fragen. Und in diesem Fall: dir! Wo ist Ronny?«

Sie füllte unbeirrt beide Gläschen. »Ich weiß es nicht. Aber er hat mit dem Verschwinden deines Kollegen nichts zu tun. Ronny ist nicht doof, er ist kein Kidnapper!«

Struller strich sich durchs Haar. »Er hat sich mit Typen eingelassen, die nicht gut für ihn sind. Ne Nummer zu groß. Und außerdem war auf dem Hof nebenan eine illegale Putzkolonne untergebracht.«

»Guck durch die Welt, Strulli, da gibt es Dutzende von illegalen Kolonnen, die irgendwo untergebracht sind. Irgendwo müssen sie ja unterkommen.«

»Die haben zusammengepfercht in einem Wohnwagen gehaust!«

»Sind wir damals besser aufgewachsen?«

»Aber sicher sind wir das! Dein Sohn ist in Hundekämpfe verwickelt!«

»Verwickelt? Er züchtet Hunde. Mehr nicht!«

»Ich würde ihn gerne fragen. Wo ist er?«

»Ich weiß es nicht.«

Petra leerte mit heftigem Ruck ihr Pinneken. Struller lehnte sich im Stuhl zurück und sprach ein wenig lauter als vielleicht nötig. »Wenn er einen Funken Verstand hat, meldet er sich freiwillig bei uns. Die Kerle sind gefährlich.«

Petra grinste. »Du meinst, er ist hier und hört mit? Vergiss es, Strulli, er ist nicht hier.«

Struller beugte sich über den Tisch. »Die werden ihn ermorden!«

»Wieso sollten sie?«

»Weil er zu viel weiß. Mich haben sie auch versucht zu töten.«

»Das geht in Ordnung. Das ist was anderes. Du bist Polizist.«

Fast hätte Struller zum Glas gegriffen. »Petra, hilf mir! Um der alten Zeiten willen!«

»Mal ehrlich, Strulli: Die alten Zeiten waren scheiße! Das Einzige, was mir je gehört hat, war mein Sohn, und den werde ich schützen. Selbst wenn ich wüsste, wo er steckt, würde ich vielleicht mit ihm sprechen, aber ich würde dir niemals sagen, wo er ist. Aber wie gesagt: Ich weiß nicht, wo er ist.«

Struller versuchte es anders. »Aber er war es, der letzten Samstag mit deinem Auto am 4004 war? Du bist nie dort gewesen. Deine Clooney2000 Geschichte hast du frei erfunden!«

Petra schenkte kichernd nach. »Clooney2000 ist so real wie eine Morgenlatte. Nur an dem Abend war Maiglöckchen tatsächlich ganz brav zu Hause. Ronny war mit dem Wagen unterwegs. Ob er im Hafen war und wenn ja, was er dort gemacht hat, keine Ahnung. Aber du kennst das ja noch: Wenn dich die Bullen was fragen, auf jeden Fall lügen, lügen, lügen. Alles sagt mir, dass er mit einer Blutlache in einer Parkhalle nichts zu tun hat!«

»Dann soll er sich stellen! Und mir helfen, den Fall zu lösen!«

»Das ist doch dein Job. Wenn du schon nichts Vernünftiges gelernt hast, dann mach es gründlich und lass andere damit in Ruhe!«

»Und wenn mein Partner stirbt?«

»Es ist dein Partner, Strulli. Nicht meiner!«

Struller stand langsam auf. »Bei dir ist viel kaputt gegangen, Petra.«

»Hab nie was anderes behauptet«, erklärte Petra mit leerem Blick und kippte das zweite Gläschen hinterher.

»Okay. Ich bin wieder weg. Aber, Schatz …« Struller stützte sich auf dem Tisch ab und wartete, bis sie seinen Blick erwiderte. Seinen harten, kalten Blick. »Aber, es ist dein Sohn. Und wenn ich ihn mit zerfetztem Körper aus irgendeiner dreckigen Ecke tot hervorziehe, dann werde ich dich holen, damit du ihn identifizieren kannst.«

»Ui, Strulli, du kannst ja richtig böse sein«, zischte Petra mit flatternder Stimme.

»Wenn es dann noch möglich ist, ihn zu identifizieren«, fügte Struller hinzu und verließ den Raum, das Gebäude und den Hof, einen galligen Geschmack im Mund. Einen Raum, ein Gebäude und einen Hof, den er nie wieder freiwillig betreten würde!

* * *

Dr. Gerda setzte den Flaschenhals an die Lippen, legte seinen Kopf ganz weit nach hinten in den Nacken, aber der Doppelkorn war alle. Schon? Hatte er gar nicht richtig mitbekommen.

»Scheiße«, lallte der Arzt.

Mit unsicherem, wackeligem Griff versuchte er, sich aus der Couch hochzustemmen. Einmal rutschte er auf dem durchgesessenen Stoff ab, einmal verhedderte er sich in einer alten Pizzaschachtel, aber schließlich brachte er seinen Körper leidlich in die Senkrechte und atmete tief durch. In seinem Kopf musste sich erst mal alles auf die neue Situation einstellen. Das dauerte ein paar Sekunden.

Gerda seufzte. Das war nicht sein Leben. Das war etwas anderes, weit Entferntes, das irgendwie nicht zu ihm gehörte. Ein Problem, ja. Ein Problem, das er dringend unter Kontrolle bekommen musste.

»Aber nich heute«, flüsterte er und machte sich vorsichtig, Schritt für Schritt wieder auf Richtung Kühlschrank, um Nachschub zu holen. »Nich heute.«

Heute, heute ging gar nichts mehr. Wochenende. Absturz. Aber Montag. Montag vielleicht wieder.

Gerda hatte Küche und Kühlschrank fast erreicht, als es klingelte. Da. Wieder. Kurz überlegte er, ob das jetzt an der Haustür oder das Telefon gewesen war.

»Tür«, ordnete er das hartnäckige Geräusch ein.

Zuerst wollte er das aufdringliche Klingeln einfach ignorieren. Eins nach dem anderen. Aber wo er gerade mal stand, konnte er auch zur Tür gehen. Vielleicht brauchte jemand seine Hilfe. Und hilfsbereit war er immer.

»Immer gewesen.«

Dr. Gerda schlich in Richtung Tür und drückte die Sprechtaste. »Hallo?«

»Dr. Gerda? Ich bin es«, meldete sich eine weibliche Stimme.

Gerda stutzte. Was wollte die denn hier? »Hallo? Äh …«

»Ich muss Sie sprechen. Wir haben einen Einsatz!«

Gerda riss die Augenbrauen hoch. Einen Einsatz? Um diese Zeit? Wie spät war es eigentlich? Sein Finger presste den Türsummer, er öffnete die Wohnungstür und hörte auf der Treppe ein Paar Damenschuhe.

»Was denn für einen Einsatz?«, fragte Gerda und gab sich alle Mühe, seine Stimme fest und sich selbst nüchtern erscheinen zu lassen. Er hielt sich dabei am Türrahmen fest und hatte selbst den Eindruck, dass ihm das nur mittelmäßig gelang.

Die Frau drückte sich an ihm vorbei in die Wohnung. »Ein Notfall, Doktor, dringend. Sind Sie …? Ich meine, können Sie in Ihrem Zustand …«

Gerda drückte sein Kreuz durch. »Machen Sie einen Kaffee, ich mache mich nur schnell ein wenig frisch.«

Er schloss mit ein bisschen zu viel Schwung die Tür, die in den Rahmen schepperte, wirbelte ein wenig zu schnell herum und verschwand taumelnd ins Badezimmer. Die Frau seufzte. Sie ging in die Küche, sie wusste, wo alles zu finden war. Es war nicht das erste Mal, dass sie den Doktor in diesem Zustand antraf.

Sie allerdings war sich ziemlich sicher, dass es heute das letzte Mal war …

* * *

Doc Stich blickte von seiner Arbeit auf. Als er Struller erkannte, verfinsterte sich sein Blick um mehr als eine Nuance. »Diese Schweinerei hier wirst du mir büßen.«

Struller schluckte. Er wollte es sich mit Doc Stich nicht verderben. Mit Gerichtsmedizinern allgemein sollte man das nicht tun. Wer konnte wissen, was die sonst im Falle eines Falles nach dem Tod bei entsprechender Gelegenheit auf der Bahre mit einem anstellten. Arsch mit Ohren und so, man las ja immer mal was.

»Doc, wenn es nicht wichtig wäre …«

»Ich bin Gerichtsmediziner für Menschen und nicht für Hunde.«

»Du bist der Beste«, versuchte es Struller.

»Schleim nicht rum!«

Schade, dachte Struller und wechselte notgedrungen die Strategie: »Ich dachte, Leiche ist doch irgendwie Leiche.«

»Hunde sind eindeutig nicht mein Niveau.«

»Also, vom Charakter her gab es da in unserer gemeinsamen Vergangenheit schon ein paar miese Typen, die insgesamt … also, vom Charakter her betrachtet … wenn ich wählen könnte zwischen Hund und …«

Des Gerichtsmediziners Blick mahnte Struller, besser ganz schnell die Klappe zu halten. »Es wurden auf dem Gelände sieben Gräber mit insgesamt zehn Kadavern gefunden, alles Hunde. In fünf Fällen handelte es sich um Welpen, die vermutlich bei der Geburt verstorben sind.« Doc Stich holte Luft. »Oder wie immer man das bei Tieren nennt. Die anderen fünf Tiere waren deutlich älter. Eines davon wies keine äußeren Auffälligkeiten auf, wobei es sich um ein Tier handelt, dass erheblich skelettiert war. Zu diesem Tier kann ich aus diesem Grund gar keine Aussagen machen. Zwei der Tiere weisen erhebliche äußere Verletzungen auf. Knochenbrüche, Schädelverletzungen, in einem Fall fehlt ein Bein. Oder Pfote. Oder Lauf, wie auch immer. Interessant ist das zuletzt verbliebene Tier, bei dem es sich darüber hinaus um das Tier handelt, das als Erstes von den Kollegen ausgegraben wurde.«

»Das Tier in der Klarsichtfolie.«

»Richtig. Dieses Tier wies keine Verletzungen auf, sondern wurde erschossen.«

Struller klatschte in die Hände. »Das hatte ich gehofft. Neun Millimeter?«

Doc Stich verdrehte die Augen. »Dass diese unglaubliche Zumutung auch noch Sinn hat, passt mir gar nicht. Zum Kaliber kann ich noch nichts Genaues sagen, das muss ich morgen untersuchen, aber neun Millimeter kann hinkommen.«

Struller nickte. »Dann ist das der Hund aus dem 4004. Haben wir ihn endlich gefunden!«

»Ich erinnere dich ungern, aber da fehlt dann ja noch ein Mensch.«

»Klar«, stimmte Struller zu, der eigentlich sogar gehofft hatte, dass genau dieser Mensch ebenfalls hier in einem der

Erdlöcher gefunden worden wäre. Aber dem war nicht so. »Ich suche weiter.«

Doc Stich seufzte. »Das steht zu befürchten. War es das jetzt, Herr Hauptkommissar?«

Struller wollte gerade ein dickes Dankeschön anstimmen, aber sein Handy kam ihm dazwischen.

»Hallo? Jay Kay … Nein. Echt? Hol mich sofort hier ab!«

Struller gab die Adresse durch und drückte zufrieden den Ausknopf. Zwar mahnte ganz hinten in seinem Kopf ein eifriger Beamter ein gewisses Schlafdefizit an, aber geschlafen wurde später.

»Ulli!«, rief Struller, aber der Kollege stand direkt neben ihm.

»Nichts Neues von Weißblech, dem Bus und der Block.«

»Okay. Bleibt dran. Ich muss hier weg. Bring du das hier zu Ende. Hier muss alles versiegelt werden, hier darf keiner drauf, das muss bewacht werden.«

»Warum?«

Struller blickte irritiert. Was sollte denn jetzt eine Warumfrage? »Äh …«

»Is gut, Pit, ich lass mir was einfallen.«

»Danke.«

Genau das meinte Struller damit, dass der Mann seine Sinne beieinander hatte. Zügig ging er Jay Kays Taxi entgegen. Er hatte es eilig. Er hatte es sehr eilig!

* * *

Jensen schrak auf. Was war das? Er war eingenickt, aber … definitiv, da war jemand. Unten im Treppenhaus wurde die Stahltür krachend in den Rahmen geschlagen.

»Ist das nicht viel zu früh?«, fragte eine männliche Stimme.

»Wir gehen auf Nummer sicher. Guck dir das Tier erst mal an.«

Die erste Stimme grunzte unbestimmt. »Na gut. Und was soll das jetzt?«

»Ich leg ein Vorhängeschloss vor, weil wir beide da oben ja wohl nicht überrascht werden wollen. Herrje, quatsch mir jetzt nicht dauernd dazwischen, sondern kümmere dich gleich um den Hund!«

Vorhängeschloss? Jensen verzog das Gesicht. Dann konnte er gleich immer noch nicht unbemerkt den Bunker verlassen. Aber von welchem Hund war da die Rede? Hatte er was übersehen? Eine geheime Tür?

Die beiden kamen die Treppe hoch. Jensen spannte sich an. Er hatte sich zusammen mit Miezi wieder in das kleine Zimmer zurückgezogen. Den Riegel, den einer der beiden Unbekannten vorher übergelegt hatte, hatte er so manipuliert, dass es aussah, als ob dort immer noch verschlossen wäre. Jensen lauschte und erkannte sofort das prägnante Klackern der mit Metall beschlagenen Stiefel von einem der beiden Männer, mit denen er es hier schon zu tun gehabt hatte. Der andere Mann schlurfte beim Gehen.

Jensen ergriff seinen selbst gebastelten Schläger. Er hatte mehrere rostige Metallstreben aus dem Matratzenrost gelöst und sie um das Ende des Besenstiels geflochten. Zackig standen die spitzen Enden des Metalls wie Stacheln ab, bereit sich giftig in den Körper eines Gegners schlagen zu lassen. Wie bei einem Morgenstern, eine herrliche Waffe! Sollte reichen, um tiefe Löcher zu machen. Jensen packte kräftiger zu.

Ohne anzuhalten, schritten die beiden Männer jedoch an der Tür vorbei nach oben. Er hörte, wie einer der beiden die Tür oben am Treppenende laut hinter sich schloss. Neugierig war er jetzt schon, was er da oben übersehen hatte. Er gab sich einen

Ruck, verließ sein Versteck und folgte den beiden leise die Stufen hinauf. Ohne einen Laut erreichte er die Tür zum großen Raum. Vorsichtig drückte er sie einen winzigen Spalt weit auf.

»Was soll der Quatsch?«, maulte einer der Männer.

»Halt die Klappe!«

»Das kannst du doch nicht bringen!«

Jensen hob die Augenbrauen. Was ging da vor sich?

»Ich sag, du sollst die Klappe halten!«

Ein Klatschen. Verdammt, da hatte der eine dem anderen eine gescheuert. Jensen nahm seinen ganzen Mut zusammen und drückte den Türspalt noch ein wenig breiter auf, gerade so weit, dass er einen heimlichen Blick in den Raum werfen konnte. Seine Augen blinzelten, und das Blut gefror ihm in den Adern. Durch einen grellen Strahler an der Decke wurde das in Holzbalken eingefasste Viereck von oben grell ausgeleuchtet. Wie in einer Boxarena. Der Rest des kargen Raums zerfranste sich in immer schwärzer werdende Dunkelheit. Einer der beiden Männer, ein Mann mit schütterem Haar, kniete auf dem Teppichboden im Viereck. Direkt hinter ihm stand ein Mann mit kantigem Kopf und einem Revolver in der Hand, mit dem dieser direkt auf den Hinterkopf des Knienden zielte.

Jensens Herzschlag setzte aus, er schluckte und spürte, wie seine Beine weich wurden und er in sich zusammensackte. Was um Himmels willen sollte er denn jetzt tun?

»Ich, ich habe Geld, ich kann …«

»Halt doch einfach deine dämliche Fresse!«, fluchte der Mann und fügte seinem Fluch noch eine Tirade in einer Sprache hinzu, die Jensen nicht verstehen konnte, aber die sich wie Russisch anhörte.

Jensen leckte sich die Lippen. Er hatte doch keine Waffe. Was könnte er ausrichten? Was würde das bringen, jetzt hier einzugreifen und für nichts den Helden zu spielen? Mit Sicherheit wäre er der nächste auf der Abschussliste. Keine Frage, der Killer würde auch ihm ohne zu zögern eine Kugel durch den Kopf jagen. Andererseits konnte er doch nicht tatenlos zusehen, wie ein Mensch erschossen wurde, wie ein wehrloser Mann … hingerichtet wurde.

Der Typ mit dem Revolver spannte sich an, gleich würde er abdrücken.

Jensens Blick fiel auf die Lichtschalter neben der Tür. Einer von ihnen war der für den grellen Strahler an der Decke. Ohne weiter nachzudenken, hämmerte er einfach alle Kippschalter nach unten. Sofort ging das Licht aus, mit einem Schlag war es stockdunkel.

Drinnen im Raum: ein Fluch.

Jensen hörte ein Handgemenge. Er stieß die Tür weiter auf, wollte hinzueilen, als … sich mit einem schier ohrenbetäubenden Knall ein Schuss löste. Ein zweiter Schuss folgte, ein dritter, ein vierter. In Jensens Ohren pfiff es. Wer hatte da jetzt geschossen, war jemand tot?

Die schmerzhaften Schläge grollten mit Nachhall kreiselnd durch den Betonbunker und schwollen allmählich ab. Ein Pfeifen blieb. Jensen horchte durch das Gepiepe in die Dunkelheit. Kein Handgemenge, überhaupt kein Geräusch schaffte es durch das Pfeifen bis in sein Gehirn. Dafür schaltete jemand nur knapp zehn Meter vor ihm eine Taschenlampe an.

Jensen taumelte zurück.

Die Taschenlampe erlosch. Jensen hörte einen russischen Fluch. Der Kerl klopfte sich blechern die Faust auf der Lampe wund. Mist, fluchte Jensen still. Zumindest der Falsche lebte noch …

Der Strahl der Taschenlampe schnitt plötzlich wieder eine Lichtschneise durch die Dunkelheit. Der grelle Kegel zuckte in seine Richtung. Jensen wirbelte herum, aus dem Raum, durchs pechschwarze Dunkel die Stufen runter. Gut, dass er sich inzwischen ein wenig auskannte, die Stufen und die Schritte gezählt hatte, denn mit Licht war sein bewaffneter Gegner natürlich deutlich schneller als er. So schnell es ging, hastete Jensen zurück in seinen Verschlag. Als er die Tür hinter sich zuzog, wurde hinter ihm im Flur der Lichtschalter betätigt.

»Ich krieg dich, du Ratte!«, brüllte ein Mann.

Kann gut sein, dachte Jensen, ergriff seinen Besenstiel und verschwand in den Schrank. Verzweifelt versuchte er, seinen Pulsschlag unter Kontrolle zu bekommen. Es wollte ihm so wenig gelingen, wie diese Sache mit dem keuchenden Atem. Verflucht, er stand derartig unter Strom, dass er kaum einen klaren Gedanken fassen konnte. Und als er doch einen zu packen bekam, hatte sein Hirn einen großen, bösen Vorwurf formuliert: Du Blödmann! Was für eine Schnapsidee, das mit dem Licht. Den doofen Helden spielen. Das Einzige, was bei seiner dämlichen Einlage rumkommen würde, wäre ein Loch in seinem hohlen Kopf. Oder zwei. Wie ein drittklassiger Anfänger …

Das Klackern. Ganz leise. Der Mann schlich die Stufen runter, und nur weil jedes Geräusch in diesem Bau bedrohlich verstärkt wurde, konnte Jensen überhaupt die Tritte hören. Und ja, verdammt, der Kerl mit der Knarre blieb genau vor seinem Verschlag stehen. Jensen hörte, wie die Tür quietschend nach innen aufgeschoben wurde.

»Komm raus!«, brüllte der Mann.

Tat Jensen nicht. Aber den Kopf, den zog er ein. Das Licht im Verschlag ging an. Ein paar Sekunden Stille.

»Du steckst im Schrank, komm raus, du Idiot! Mach keine Zicken!«

Jensen umklammerte den Besenstiel.

»Komm raus!«

Jensen atmete tief durch den Bauch.

»Brauchst du eine Einladung?«

Der Schuss kam plötzlich. Jensen spürte die Kugel nicht, es klatschte neben ihm durchs Holz. Der Kerl hatte einfach abgedrückt. Okay, hier konnte er mit seinem Besen nicht mehr viel ausrichten.

»Nicht schießen!«

Mit spitzen Fingern stieß er die durchlöcherte Schranktür auf. Es roch nach Schmauch. Jensen trat aus dem Schrank.

»Was hast du denn da gebastelt? Leg das weg!«

Jensen ließ den umgebauten Besenstiel fallen. Den Mann, der vor ihm stand, hatte er noch nie gesehen. Er war klein, schlank und drahtig, sicher schnell. Er trug die Haare raspelkurz und hatte sie weiß getönt.

Der Mann grinste. »Gut so. Was bist du denn für einer?«

»Mann, ich bin hier nur, weil …«, stammelte Jensen. »Ich bin drauf, häng an der Nadel, Heroin.«

»Siehst gar nicht aus wie ein Junkie!«

Jensen zuckte mit den Achseln. »Ich fürchte, das kommt noch.«

»Och.« Der Mann legte den Kopf schräg. »Muss nicht unbedingt. Manchmal geht es mit dem Sterben schneller, als man denkt.« Er legte die Knarre an.

Verdammt, ein Killer. Das machte der sicher nicht zum ersten Mal. Jensen staunte über sich selbst, dass ihm auffiel, wie kalt der Blick des Mannes war, als er mit dem Revolver Jensens Herz anvisierte, sich sein rechtes Auge halb schloss und sich sein Zeigefinger am Abzug krümmte …

Ein Geräusch. Von unten rechts. Jensen blickte in die Ecke hinter der Tür, der Mann reagierte sofort. Sein scharfer Blick schwenkte genau dorthin. Noch mal das Geräusch. Noch mal ein … Fauchen.

»Was…?«, wollte der Mann eine Frage formulieren, aber die Katze fauchte ihm erneut giftig dazwischen.

Jensen schoss nach vorne, bekam den rechten Arm des Mannes zu packen und hämmerte die Waffe nach oben. Ein weiterer Schuss löste sich aus der Waffe. Die Kugel jaulte als Abpraller durch den Raum und schlug in die Plastiktruhe mit den toten Katzen ein. Der Mann stieß Jensen weg. Sein Hemd riss vorne weit auf, Jensen stolperte rückwärts. Der Kerl brachte sich breitbeinig in Stellung und zielte erneut. Auf eine Stelle mitten in Jensens Stirn. Dessen Hand bekam den Besenstiel mit Aufsatz zu fassen.

Jensen holte aus.

Der Zeigefinger des Mannes war schneller. Die Trommel seines Revolvers drehte sich und es machte: Klick. Klick, Klick und noch mal Klick.

Von wegen Profi, dachte Jensen kurz, Trommel leer, sechs Schuss!

Dann dachte Jensen nicht mehr viel. Er legte alles in den ersten Schlag. Ein mächtiger, Verderben bringender Schwinger traf sein Ziel voll am Kopf. Blut spritzte, der kantige Kopf seines Gegenübers ruckte nach links und wie mit der großen, scharfen Axt gefällt, kippte der Mann zur Seite.

Jensen wischte sich kleine Blutspritzer aus dem Gesicht. Die scharfen Drähte hatten ein fieses, fransiges Loch in den Kopf des Mannes gerissen. Jensen holte ein zweites Mal aus, ließ den Stiel aber sinken. War nicht mehr nötig. Seine Waffe hatte im Kopf des Kerls an Beleuchtung alles ausgeschaltet, was es so zum Ausschalten gab. Der Mann lebte noch, war aber sehr nachhaltig bewusstlos.

»Volltreffer, Miezi«, kommentierte Jensen den Abgang des Kerls ins Land der sanften Träume.

Die Katze fauchte.

Jensen beugte sich über den Bewusstlosen. »Und du wirst jetzt gründlich verschnürt, damit ...«

Er hielt inne. Ein lautes Poltern. Da war jemand unten an der *Fortuna-F*-Stahltür, der Tür, die vom ersten Treppenabsatz nach draußen führte. Durch diese Tür kamen jetzt weitere Personen in den Bunker! Verdammt, Jensen nahm die leer geschossene Waffe an sich, sprang an die Tür des Verschlags und sah nach links. Er erkannte, dass jemand versuchte, die Tür von außen aufzudrücken, aber das von innen angehängte Bügelschloss blockierte ein Öffnen.

Jensen schnaufte. Er schlich an die Tür. Das Bügelschloss war massiv. Ohne Weiteres würden die Typen da draußen hier nicht reinkommen. Vorsichtig legte er ein Ohr von innen an die Tür und lauschte. Da waren Stimmen. Zwei Stimmen ...

* * *

»Gib Gas«, forderte Struller ungeduldig, obwohl Jay Kay schon mächtig auf die Tube seiner Taxischüssel drückte.

»Hat gedauert, aber der Kollege arbeitet nicht jeden Abend. Er konnte sich an deinen Kameraden genau erinnern, Boss. Erst die doofe, kurze Tour, dann plötzlich einem Jeep hinterher.«

Struller leckte sich die Lippen. Einem Jeep hinterher ... Das musste der Jeep von Van den Borgh gewesen sein, den Jensen offenbar erkannt hatte. D-YY 8998. Dem war sein Praktikant natürlich gefolgt. Und dann hatte der kleine Idiot keine Kollegen zur Unterstützung hinzugezogen, sondern hatte wissen wollen, wo der Jeep hinfuhr.

»Und exakt hier ist er ausgestiegen.« Jay Kay stoppte sein Taxi auf der Morper Straße, Ecke Heyestraße und beugte sich zu Struller rüber. »Der fremde Jeep hat gleich um die Ecke angehalten, dein Kollege ist hinterher geschlichen. Der Taxifahrer ist weitergefahren.«

Struller stieg aus. »Dann wollen wir mal sehen.«

Struller trat an die Straßenecke und sah sich um, Jay Kay war ihm gefolgt. »Was jetzt, Boss?«

Struller zuckte mit den Achseln. »Wo können die Kerle hin sein? Allzu weit weg werden sie nicht gegangen sein. Um diese Uhrzeit, mitten in der Nacht, kann man hier in Gerresheim mit einem Fahrzeug ohne Probleme bis vor jede Tür fahren.«

»Es gibt ein paar schlechte Zockerkneipen hier in der Ecke, Boss«, schlug Jay Kay vor.

»Zocker«, murmelte Struller zweifelnd.

Dann trat er zügig auf die Straße. Keine Zocker. Struller spürte, wie sein Pulsschlag Tempo aufnahm. Keine Zocker! Schnell hatte er die Fahrbahn überquert und den Gehweg auf der anderen Seite erreicht.

»Was is, Boss?«

Zielstrebig trat Struller an eine abgegriffene, rot gestrichene Außentür heran. »Hier sind wir richtig!«

»Hier?«, fragte Jay Kay.

»Der Gerresheimer Bunker. Hat in der jüngeren Vergangenheit ein paar zwielichtige Besitzer gehabt, diente früher unter anderem als Proberaum für Bands und als Partyhucke. Und weißt du was, mein Sportsfreund, wo wir es möglicherweise jetzt mit Gaunern aus der Hundekampfszene zu tun haben, könnte ich mir den Betonklotz hier sehr gut als Hundekampfarena vorstellen.«

Jay Kay runzelte die Stirn.

Struller beugte sich über die Tür. »Einfaches Schloss. Hast du einen Schraubendreher im Auto?«

»Willst du das Schloss aufbrechen?«, fragte der Taxifahrer.

»Ich bin Polizist. Bei Polizisten nennt man *aufbrechen öffnen*!«

Jay Kay machte sich ohne weiteren Kommentar auf den Weg und kehrte nach wenigen Sekunden mit einem mächtigen Dreher zurück.

»Brauchst du den zum Zündkerzenrausschrauben?«

»Damit steche ich immer die Kunden ab, die nicht zahlen können, bevor ich sie im Grafenberger Wald verscharre.«

Struller grinste schräg, wurde aber sofort wieder ernst. Gut, er würde jetzt diese Tür aufhebeln, aber dann? Was würde er vorfinden? Wen würde er antreffen? Jensen? Und wenn ja, in welchem Zustand? Das konnte jetzt sehr, sehr böse werden, er musste auf alles gefasst sein. Aber es gab keinen Grund, den Moment hinauszuzögern. Nichts würde durch Abwarten besser werden. Im Gegenteil, er brauchte Gewissheit!

»Bist du dir überhaupt sicher? Ich meine, es gibt hier im Umkreis noch mehr Türen und Tore.«

Struller leckte sich die Lippen und setzte ohne zu antworten den Dreher an. Ja, er war sicher, der Bunker war ideal. Hier passte alles. Er konnte Jay Kay nicht alles brühwarm erläutern, aber hier passte … alles. Zwei Ecken weiter befand man sich schon auf der Nachtigallstraße. Dort hatte das Sofa gestanden, in dem der tote Rempe versteckt worden war. Sie waren sich einig, dass Rempe unweit von dort getötet worden war. Unweit, nämlich genau hier in diesem Bau.

Dann hatte Lurchi Lambertz den neumodischen Eventcharakter der Hundekämpfe betont. Was war cooler, als ein Hundekampf in einem ehemaligen Betonbunker? Ein Betonbunker, der zudem alle Geräusche, allen Lärm schlucken würde. Wie es die Diskothek über der Parkhalle auch getan hatte. Struller mochte falsch liegen, aber er glaubte es nicht!

Mit einem kräftigen Ruck stemmte er sein ganzes Körpergewicht auf den Hebel. Mit einem Knack sprang die Tür auf.

Jay Kay strich sich durch die Schneise in seiner Frisur. »Uns kann hier jeder sehen.«

»Kerl, uns *darf* hier auch jeder sehen. Komm mit!«

Hintereinander schlichen beide ins Gebäude. Es roch muffig, es war dunkel, aber Struller war vorbereitet. Er zog eine kleine Taschenlampe aus dem Gürtel und knipste sie an.

»Gut, Boss«, lobte Jay Kay, der doch auffallend blass geworden war.

Gemeinsam standen sie im Treppenhaus und lauschten. Nichts war zu hören. Vorsichtig stiegen sie Stufe für Stufe die Betontreppe hoch und erreichten eine massive Stahltür. Ein *Fortuna-F* hatte jemand weiß und zackig draufgeschmiert.

»Der Riegel liegt offen umgeklappt«, stellte Struller fest. »Kann bedeuten, dass jemand zu Hause ist.«

»Zu Hause? Wer wohnt denn hier?«

»Der Bunkergeist. Keine Ahnung.«

Struller versuchte, die Tür aufzudrücken. Erst mit leichtem Druck und vorsichtig, dann heftiger. Die Tür schlug nach wenigen Millimetern gegen einen Widerstand.

»Doch nicht offen. Das Ding ist von der anderen Seite abgesperrt.« Er beugte sich über die Tür, konnte aber kein Schlüsselloch erkennen. »Vermutlich mit ´nem Ring- oder Bügelschloss.«

»Und jetzt?«, fragte Jay Kay, dessen weit aufgerissene Augen im Dunkeln angespannt leuchteten.

»Klopfen wir mal an«, entschied Struller. »Uns den Weg freischießen, können wir immer noch.«

Struller hämmerte eine Faust aufs Eisen. Einmal, zweimal, dreimal. »Aufmachen, Polizei!«

Dann erschreckte sich Struller, denn die Tür wurde plötzlich tatsächlich von innen geöffnet. Damit hatte er nicht gerechnet. Verflucht! Hätte er damit gerechnet, hätte er seine Dienstwaffe gezogen und in Anschlag gebracht. Das wäre angebracht gewesen, denn entsetzt stellte er fest, dass sie nämlich genau so begrüßt wurden: jemand drückte ihnen beiden die Mündung eines Schießeisens in den Blick.

Jay Kay schloss die Augen, Struller wich einen Schritt zurück.

»Keine Bewegung!«, sagte die Stimme zur Waffe.

Der Körper zur Stimme wurde im Türrahmen sichtbar. Der Körper hatte einen Kopf, Struller erkannte das Gesicht.

»Jensen!«

»Dein Kollege, Boss!«, rief Jay Kay.

Jensen klappte der Mund auf, die Waffe ließ er sinken. »Struller. Jay Kay!«

Als Zeichen seiner grenzenlosen Erleichterung quetschte Struller pfeifend Luft durch die Lippen. Die fetten Felsbrocken, die ihm vom Herzen fielen, hätte man bis Erkrath rumpeln hören können. Jensen. Lebend und wohlauf!

»Da bist du ja. Ich suche dich überall, verdammte Scheiße! Du bist nicht zur Arbeit erschienen. Ich hoffe sehr für dich, du fehlst nicht unentschuldigt und hast einen triftigen Grund.«

Jensen lachte. »Mann, bin ich froh, euch zu sehen!«

Struller stutzte und schob mit entsetztem Blick Jensens zerrissenes Hemd vorne auseinander. »Was sind das für rote Flecken? Bist du gefoltert worden?«

»Was?« Jensen sah an sich herunter. Das war ihm noch gar nicht aufgefallen. »Gefoltert? Äh, ja. Ich meine: nein. Das ist

Kerzenwachs. Äh, von …« Jensen atmete erst einmal tief durch. Lena … Puh. »Später! Das ist okay. Komm mit! Einer der Gründe, warum ich aufgehalten wurde, liegt hier vorne rechts, blutet und müsste noch gefesselt werden.«

Er packte Struller am Ärmel und zog ihn hinter sich her in den kleinen Raum. Dort beugte Struller sich über den leblosen Körper, drehte den Kopf in seine Richtung und verzog das Gesicht. »Eine fiese Wunde. Ich bin mir sicher, den hab ich schon mal gesehen. Lebt der noch?«

»Ja. Jay Kay, kannst du ein wenig auf den Kerl aufpassen? Ich muss mit Pit noch weiter. Pass auf, der Kerl ist nicht ohne. Wenn er wach wird, hau einfach wieder zu.«

»Oder nimm den Schraubendreher«, schlug Struller vor und warf Jay Kay sein Werkzeug zu. »Mach einfach wie sonst immer, wenn sie nicht zahlen wollen.«

»Klar, Boss. Was stinkt denn hier so?«

»Tote Katzen«, murmelte Jensen.

Schnell stiegen sie die Stufen hoch, durch die Tür, in den großen, quadratischen Raum.

Das Erste, was Struller entdeckte, nachdem Jensen das Licht anknipste, war die große Tafel. »*Catkiller, Rambo 7, Hellboy*? Das sind Hundenamen. Kerl, hier sollte der nächste Hundekampf stattfinden!«

»Guck dir das Datum an!«, forderte Jensen ihn auf.

»Heute. Also gleich! Wo läufst du hin?«

Jensen schritt zügig in den Raum. Dann erkannte Struller, wohin es seinen Praktikanten zog.

»Himmel!«, fluchte Struller, als er die Szenerie begriff. Und als er den Mann erkannte, der in der Mitte der Arena leblos auf dem ausgerollten Teppich lag.

»Dr. Gerda!«

Jetzt erkannte auch Jensen den Mann. »Der Tierarzt!«

»Er ist gar keiner«, knirschte Struller, stieg ebenfalls über die Holzumrandung und beugte sich über den Körper.

Behutsam legte er zwei Finger auf die Stelle am Hals, wo normalerweise der Puls schlug. Und …

»Der lebt, Jensen, der hat einen Puls!«

»Was?« Jensen spürte Adrenalin pur und gleichzeitig, wie seine Knie wegsackten. Der Mann lebte! Dann hatte er ihm ja das Leben gerettet! Sein Einsatz hatte sich gelohnt! »Ich hole einen Krankenwagen!« Jensen sprang auf.

»Moment!«, hielt Struller ihn zurück.

Jensen hielt inne. »Was?«

Struller winkte ab. »Der Puls ist gut, hübsch regelmäßig, besser als meiner. Wir können jetzt keinen Krankenwagen hierhin holen!«

»Können? Wir *müssen* einen Krankenwagen holen. Auch für den da unten!«

Struller spitzte die Lippen. »Wenn wir jetzt einen Krankenwagen rufen und der hier auftaucht, kriegt der Rest der Bande mit, dass ihr schöner, geheimer Austragungsort verbrannt ist. Wenn es wieder dunkel wird, soll der nächste Kampf stattfinden, und wir haben die einmalige Möglichkeit, die ganze, dreckige Bande hochzunehmen. So eine Chance kriegen wir nie wieder!«

»Pit, wir müssen uns um die Verletzten kümmern! Das geht vor!«

»Tun wir!«

»Die brauchen einen Arzt!«

»Kriegen sie!«

»Sofort!«

»Nun werd mal nicht komisch, ich lass die beiden nicht verrecken! Ich behalte nur kühlen Kopf und die Übersicht.«

»He!«, rief Jay Kay von unten. »Der kommt zu sich. Soll ich ihn fesseln oder töten?«

»Fesseln!«, riefen Struller und Jensen gleichzeitig.

Im gleichen Moment stöhnte der Mann neben ihnen. Struller legte eine Hand auf seine Brust und flüsterte. »Es geht gleich zum Arzt.« Er deutete auf eine Blutwunde an der Stirn. »Er hat einen Streifschuss abbekommen, schätze ich, der Mann hat Glück gehabt.«

»Ja. Und dann kommen wir und holen keinen Arzt, und er verreckt doch noch«, unkte Jensen finster.

Struller schniefte. »Wir machen das so: Gerda tragen wir in Jay Kays Taxi. Wahrscheinlich steht der Jeep irgendwo hier ganz in der Nähe. Da packen wir uns und den Kerl von unten rein, die Schlüssel hat er sicher in der Hosentasche. Irgendwie muss er ja hergekommen sein. Zusammen fahren wir schnell ins Gerresheimer Krankenhaus, das ist gar nicht weit weg. Hinter uns schließen wir alles ab. Dann sieht es so aus, als wären wir gar nicht hier gewesen.«

»Die werden ihren Kumpel vermissen.«

»Da habe ich schon eine Idee, was ich denen verklickern kann.«

»Was ist mit Spurensicherung?«, fragte Jensen.

»Später, später. Erst mal müssen wir so schnell und so unauffällig wie möglich hier weg.«

Beide hievten den schlaffen Gerda in die Senkrechte, der taumelnd und stöhnend ganz langsam wieder zu Bewusstsein kam.

»Siehst du, der wird wieder«, versuchte Struller seinen jungen Kollegen zu beruhigen. »Der ist bald fast wie neu!«

»Das ist Wahnsinn«, schimpfte Jensen.

Zügig erreichten sie Jay Kay, der sie – sich hektisch die Hände knetend – im Türrahmen erwartete. »Ihr habt ja noch einen? Meiner ist gut verknotet. Wie wäre es mit einem Krankenwagen und ein bisschen Verstärkung, Boss?«

»Fahr mit dem Taxi ganz nah vor! Du bringst den hier ins Gerresheimer Krankenhaus!«

»Ich fahre Taxi. Keinen Krankenwagen«, sagte Jay Kay, aber nach einem Blick auf Strullers entschlossene Miene flüsterte er: »O-okay.«

»Er hatte einen Autoschlüssel in der Hose«, meldete Jensen und klimperte mit einem Fahrzeugschlüssel. »Marke passt!«

»Her damit, ich geh den Wagen suchen.«

Jensen warf den Schlüssel rüber, Struller schnappte ihn und führte den torkelnden Dr. Gerda zum Bunkerausgang. Misstrauisch blinzelte er die Fensterreihen ab, aber niemand schien sich um das merkwürdige Treiben hier am Bunker zu kümmern. Offensichtlich eine abgehärtete Nachbarschaft, die aus der Vergangenheit einiges gewohnt war. Jay Kay fuhr vor, und gemeinsam bugsierten sie Gerda auf den Rücksitz.

»Warte mit dem Losfahren, wir fahren hintereinander.«

»Gut, Boss, dann kannst du im Krankenhaus das Ganze erklären. Irgendwie. Vielleicht.«

Struller zog sein Handy aus der Tasche und suchte gleichzeitig nach dem Jeep.

»Hallo?«, meldete sich eine müde, kratzige Stimme.

»Markus, ich bin es, Struhlmann, ich brauche die Hilfe der Pressestelle!«

»Struhlmann, KK 11? Ich hab frei, Gerd ist heute in der Bereitschaft ...«

Struller schüttelte den Kopf. »Ich brauche nicht den Mann aus der Bereitschaft. Ich brauche die ganze Pressestelle!«

Der Mann blieb für ein paar Sekunden stumm und fragte mit ernster Stimme: »Pit, hast du jemanden erschossen?«

Struller verdrehte die Augen. »Nee, aktuell nicht. Aber ich hab was Großes vor und brauche euch. Dringend, dringend, dringend!«

»Das muss bis morgen Zeit haben!«, erwiderte der Kollege schroff.

Struller wurde rot. »Ich brauche euch *jetzt*! Willst du mich verarschen?«

»Ja«, erklärte der Mann von der Pressestelle mit glucksender Stimme. »Ich hab die Hose schon an. Wo sollen wir hinkommen?«

Struller fuhr sich schnell wieder runter. Außerdem hatte er im Moment den Jeep entdeckt, der ordentlich geparkt in einer Seitenstraße stand. Dann erklärte er seinem Kollegen, was er vorhatte.

* * *

Eine gute Stunde später platzte Strullers kleines Büro aus allen Nähten. Jensen und Struller besetzten die Computer, die meisten anderen lugten ihnen über die Schultern. Hengstmann nieste.

»Gesundheit«, quittierten die anderen sieben Männer im Raum.

»Danke«, quetschte Hengstmann hervor und wischte sich mit einem weißen Stofftaschentuch über die Nase.

Struller tippte auf den Monitor vor sich. »Das ist er! Der ganz außen links. Ich wusste, dass ich die Visage schon einmal gesehen habe.«

Alle guckten. Und nickten.

»Zweifellos«, bestätigte auch Jensen. »Dann ist der Festgenommene aus dem Bunker in der Mordnacht auf Oliver Graminskis Party gewesen, gleich neben dem 4004. Das ist ein Hammer! Glaub´s mir oder nicht, aber ich hatte genau so eine Ahnung und vor, mir das Video vom Graminski noch mal anzusehen. Du hattest gesagt, dass er Gäste aus ganz Europa auf seinem Boot gehabt hat, und da fielen mir Van den Borghs Russen ein. So schließt sich der Kreis.«

Hengstmann beugte sich über den Bildschirm, kniff die Augen zusammen und tippte auf die Frau daneben. »Die Frau mit der halboffenen Bluse, ist das nicht die …?«

»Ja, ist sie«, grinste Struller.

Hengstmann holte geräuschvoll Luft. »Dann müssen wir doppelt aufpassen, dass wir alles richtig machen!«

»Die Party war nicht unprominent besetzt«, räumte Struller ein und wollte keinesfalls ausschließen, dass regelmäßige Dschungelcamp- und Assi-TV-Gucker womöglich noch weitere C-, D- und F-Sternchen würden ausmachen können.

»Ich hab auch noch was«, meldete sich Jensen und zückte sein Handy. »Das Foto habe ich an dem Abend mit Lena gemacht …«

»Seid ihr da nackt?«, fragte Altschloß.

Jensen ging nicht auf die Bemerkung ein und zeigte Struller das Display.

»Ein heller Holzsarg, mit rotem Stoff ausgelegt. Gut. Der Tod. Mit dem Thema kann man sich gar nicht früh genug auseinandersetzen«, philosophierte Struller.

Jensen verdrehte die Augen. »Die Vampirfrau links daneben. Achte mal auf die Eckzähne. Diese spitzen Stangen. Das ist keine Krone oder eine Schiene, sondern man kann sich die Zähne so feilen lassen. Und Doc Stich sagte doch, dass wir zwar Hundeblut in der Parkhalle und an Rempes Leiche Hundekratzspuren haben, aber die Bisse wären so keinem Hund zuzuordnen. Hätte der Hund aber geschliffene Zähne, dann würde es sehr wohl ganz genau passen.«

Struller verstand. »Dann suchen wir also einen Hund mit angefeilten Eckzähnen. Okay. Wofür so ein Date dann doch nützlich ist.«

»Männer, alles geritzt!«, riss plötzlich der Leiter der Pressestelle die Bürotür auf und ließ sich schnaufend in einen freien Stuhl fallen.

»Klasse!«

»Sehr gute Arbeit, Kollege«, lobte Hengstmann.

»Sie machen alle mit. Die Artikel schaffen es noch ganz normal in die morgige – ich korrigiere mich, es ist gleich drei Uhr – in die heutige Ausgabe. Das wird der Text sein: Die Kriminalpolizei bittet dringend um Ihre Unterstützung. In den späten Abendstunden des gestrigen Tages wurde in Düsseldorf, Ortsteil Wersten, von Zivilkräften ein Jeep angehalten. Weil sich bei einer ersten Überprüfung herausstellte, dass die Eigentumsverhältnisse des hochwertigen Fahrzeugs unklar waren, kontrollierten die Personen Fahrer und Fahrzeug genauer. Der Fahrer versuchte dann, sich der Überprüfung durch Flucht zu entziehen, wurde aber nach kurzer Verfolgung gestellt. Auf dem Rücksitz des besagten Fahrzeugs entdeckten die Beamten eine männliche Leiche, die offensichtlich einem Gewaltverbrechen zum Opfer gefallen war. Die Personalien dieser Person sind der Polizei bekannt, werden aus ermittlungstechnischen Gründen aber zurückgehalten. Der Fahrer des Jeeps verweigert jede Aussage, wurde vorläufig festgenommen und befindet sich inzwischen in Untersuchungshaft. Die Polizei bittet: Wer kennt diese Person? Wo hat sie sich aufgehalten? Ist jemandem das Fahrzeug aufgefallen?«

Struller nickte. »Klingt gut.«

»Dazu bringen alle Zeitungen ein Foto des … unbekannten Mannes und des Fahrzeugs.«

»Und das soll funktionieren?«, fragte Hengstmann, immer noch skeptisch.

»Einen Versuch ist es auf jeden Fall wert«, erklärte Struller. »Die Spuren vom Tatort laufen uns nicht weg. Die restliche

Bande wird annehmen, dass Thomas Gerda wie geplant tot ist. Das Verschwinden ihres Komplizen wird durch die Festnahme erklärt. Er macht keine Angaben, das ist glaubwürdig in dem Milieu. Sie können sich *noch* sicher fühlen.«

»Aber werden sie die Hundekämpfe trotzdem durchführen?«, fragte Kotten, der sich am Rahmen des geöffneten Fensters den Rücken schubberte.

»Wenn sie die Kämpfe absagen, würde den Gangstern viel Geld durch die Lappen gehen. Wahrscheinlich wurde im Vorfeld Geld investiert. Ganz sicher sind bereits Wetten platziert worden. Sand im Getriebe können die Burschen nicht gebrauchen. Ich glaube, die ziehen das durch, die gehen das Risiko ein!«

Hengstmann holte tief Luft und nieste.

»Gesundheit!«, riefen alle.

Der Chef der Mordkommission deutete schniefend auf den Umzugskarton, der unter Jensens Schreibtisch stand. »Ich bin nicht krank, aber ich habe eine fürchterliche Katzenallergie.«

»Das ist Miezi«, stellte Jensen die Katze vor, die er natürlich nicht im Bunker hatte zurücklassen können.

Jemand, der unscheinbar im Hintergrund an der Magnetwand lehnte, räusperte sich. Struller spannte sich an und musterte den Mann, mit dem er heute zum ersten Mal zu tun hatte. Er war fast zwei Meter groß, athletisch und hatte eine schneidige Kurzhaarfrisur. Seine rechte Gesichtshälfte zierte oder entstellte eine mehrere Zentimeter lange, zackige Narbe. Er trug eine teure, dunkle Anzugkombination, darunter ein weißes T-Shirt mit Rundkragen, das hauteng sitzend seinen sportlichen Körper betonte. Er sah aus wie aus dem Ei gepellt. Das Auffälligste an seiner Erscheinung war allerdings seine Hautfarbe. Schwarz. Deshalb hatte Struller zunächst angenommen, der Typ wäre einer für die Drogenfahndung. Vorurteile waren nicht *immer* hilfreich …

Struller spannte sich an. Jetzt kam es drauf an. Was der schwarze Mann von der Sache hielt, war entscheidend.

»Sehr interessant. Ich bin einigermaßen beeindruckt. Auch davon, wie innovativ und flexibel sie die für polizeiliche Einsatzmaßnahmen relevante Strafprozessordnung interpretieren und anwenden. Meine Vorgängerin hat mich in dieser Hinsicht vorgewarnt.« Er sprach mit ruhiger und tiefer Stimme. »Geringe Holprigkeiten in der Argumentationsführung habe ich erwartet, weil ich weiß, dass Sie zielorientiert auslegen, aber die Summe und die Intensität ihrer … ihrer … Annahmen und daraus resultierenden … Folgerungen … Kurzum. Ich bin als Leitender Staatsanwalt neu im Amt.« Der Mann machte eine Pause. »Ich denke, dass man mir einen ersten Fehlgriff verzeihen wird. Ziehen wir die Sache durch!«

Beifälliges Gemurmel. Sieh an! Damit hatte Struller nach dieser Einleitung nicht mehr gerechnet.

»Äh, sehr gut«, zeigte sich auch Hengstmann überrascht.

»Aber«, mahnte der Hüne. »Ich möchte beim Zugriff auf jeden Fall dabei sein. Nicht irgendwo im Büro, sondern vor Ort.«

»Das ist kein Problem«, versicherte Hengstmann.

»Immer gerne«, log Struller.

»Haben Sie einen Moment?«, zog der neue Leitende Staatsanwalt ihn plötzlich beiseite, als die anderen Kollegen schon wieder die Monitore der Computer umlagerten.

»Gerne«, log Struller ein zweites Mal. Leute von der Staatsanwaltschaft waren ihm suspekt.

»Mein Name ist Bruce Foxton, ich hatte noch keine Gelegenheit, mich persönlich vorzustellen. Ich soll Sie von meiner Vorgängerin, Yvette de Baron, herzlich grüßen.«

»Oh, Danke. Wir telefonieren ab und an.«

»Sie hat mir von Ihnen berichtet, Sie sind ausgesprochen gut weggekommen. Sie haben sich seinerzeit sehr loyal verhalten und haben daher bei mir ein oder zwei Steinchen im Brett.«

Gut zu wissen, dachte Struller.

»Ansonsten bestehe ich – weitaus bodenständiger als meine ehemalige Kollegin – auf saubere, korrekte Polizeiarbeit.«

»Ist bei mir ähnlich. Sie sollten nicht vom Zustand des Büros auf meine Arbeit schließen. Die Putzfrau ist ein Mann und eine Schlampe.«

Foxton verzog keine Miene. Nicht mal die Narbe ruckelte. »Wir wissen beide, dass ich nicht vom denkwürdigen Zustand Ihres Büros spreche.«

Struller spitzte die Lippen. Sein großes Gegenüber wollte zeigen, wer der Herr im Haus war. Obacht! Der erste Eindruck bekam keine zweite Chance. Struller zeigte sich sensibel. »Spielen Sie eigentlich Basketball?«

»Nein, aber ich rappe regelmäßig«, sagte Foxton gefährlich.

»Ich dachte mir schon, dass *Sweet Home Alabama* nicht Ihr Lieblingslied ist. Morgan Freeman ist toll, oder?«, legte Struller leise nach.

Der Mann legte eine Hand ans Ohr. »Herr Struhlmann, haben Sie das auch gehört? Da ist gerade ein Steinchen aus dem Brett gefallen.«

»Lassen Sie es liegen, kümmert sich die Putzfrau drum.«

Der Riese beugte sich herunter und flüsterte. »Aufpassen, Struhlmann!«

»Aufpassen ist mein Beruf, Bro.«

»Sind Sie ein Rassist, Struhlmann?«, zischte Foxton.

»Finden Sie es heraus«, zischte Struller zurück.

»Werde ich machen. Nun denn«, klatschte der Nachfolger von Yvette de Baron in seine tellergroßen Hände, hob seine

Stimme und wendete sich wieder allen Anwesenden im Raum zu. »Ich werde die entsprechenden Schriftstücke gleich aufsetzen und Ihnen zukommen lassen. Wenn die so in Ordnung sind, werde ich sie richterlich bestätigen lassen, das sollte kein Problem werden. Übrigens, meine Herren, es sollte bei dem Zugriff kein Mensch zu Tode kommen.«

»Och ...«, sagte Altschloß enttäuscht.

»Ich empfehle mich«, verabschiedete sich Foxton.

»Ich begleite Sie«, beeilte sich Hengstmann.

»Fein«, erwiderte der neue Staatsanwalt und verließ mit Strullers Chef das Büro.

»Guter Einstand«, lobte Jensen.

Struller zuckte mit den Achseln. Er war sich sicher, dass Foxton und er noch einige verbale und inhaltliche Duelle vor sich hatten, und ob er, Struller, immer Sieger bleiben würde, blieb abzuwarten. Foxton war eine harte Nuss. Hoffentlich eine gute und keine faule!

»Ich hasse es, wenn sie es so spannend machen. Bla, bla. Ich sag immer: Die Wurst muss raus!«, erklärte Struller.

Kotten und die drei Kollegen der Pressestelle gluckten, Altschloß hatte den Spruch nicht verstanden und Jensen lobte: »Du kannst dich so gewählt ausdrücken, Pit. Aber, jetzt so unter uns Pastorentöchtern ...«

Struller wurde hellhörig. Die von der Pressestelle auch. Pastorentöchter? Was kam denn jetzt?

Jensen fuhr fort: »Ich habe im Gerresheimer Bunker von einem der beiden Männer eine Bemerkung aufgefangen und ich glaube, ich weiß, wer – außer dem Russen – die zweite, männliche Person war.«

»Wer?«, fragte Struller.

»Wenn wir das Ding so durchziehen wie angedacht, haben wir am Ende die ganze Hundekampfmischpoke hochgenommen. Es fehlt uns aber noch der Mörder aus dem 4004. Ich würde unserem Einsatz noch eine Kleinigkeit aufsatteln, um dann auch den Fall aufzuklären.«

»Kleinigkeit klingt schlecht«, seufzte Markus von der Pressestelle.

»Das wird schon seinen guten Grund haben, warum du diesen Zusatzdreh nicht im Beisein des neuen Staatsanwalts angesprochen hast«, unkte sein Kollege.

Jensen grinste vielsagend. »Ich wollte den Staatsanwalt nicht gleich beim ersten Mal schon überfordern.«

6. Tag

Die Zeitanzeige im Armaturenbrett leuchtete *11.15 Uhr*. Es stand ein neuer, heißer Maitag ins Haus, die Wetterfrösche hatten versprochen, dass kein Unwetter den frühsommerlichen Hochgenuss stören würde. Jetzt am späten Vormittag stand die Sonne hoch, war die Luft frisch und die Stadt mit klarem Blick zu genießen.

Auf dem Beifahrersitz des Gemüsemobils streckte Struller genüsslich seine Beine aus. Platz genug hatte er ja. Der Arbeitstag hatte spät angefangen, mochte aber lang werden. »So eine entspannte Mütze Tiefschlaf ist eine echt gute Sache. Sollte man nie unterschätzen.«

Jensen gab eine Zustimmung. Das sah er genauso, aber ihn wurmten die vier verschisselten Strafzettel wegen Falschparkens, die unterm Scheibenwischer klebten, als er den Transporter seines Cousins in Derendorf abgeholt hatte. So was von ärgerlich. Außerdem hatte der Sommer einigen der Knollen hinten im Verkaufsraum nicht gut getan, es müffelte stark nach Säure.

Struller sah den Gestank weniger negativ. »Ist doch klasse. Dann riechst du nicht mehr so nach Katze.«

»Eine ausgiebige Dusche ist fast wie Parfüm«, hielt Jensen dagegen und bog nach rechts in die Speditionsstraße ab.

Wenige Sekunden später hatten Struller und Jensen die *Tanja B.* erreicht und schritten über eine wackelige Holzplanke zügig an Bord. Die pralle Sonne knallte hier auf dem Wasser noch ein bisschen intensiver, kein Lüftchen wehte. Oliver Graminski, der smarte, blonde Kapitän des Schiffs, ließ sich auf dem Deck den Rücken massieren. Zumindest war der Rücken gerade dran. Und das tat eine dunkelhäutige Schönheit, die mit recht imposanten Brüsten gesegnet war. Brüste, wie der liebe Gott sie nur selten vergab, die aber in medizinischen Einrichtungen gegen entsprechendes Entgeld käuflich zu erwerben waren. Diese beiden beeindruckenden Exemplare waren sicher nicht preiswert gewesen, denn sie waren sehr, sehr groß.

»Ahoi!«, schreckte Struller die beiden auf.

»He!«, erschreckte sich Graminski.

»Hi«, grüßte Jensen.

»Hallo!«, grüßte die medizinische Fachkraft.

Graminski warf ein Handtuch um die untere Hälfte seines Körpers, seine Entspannungskraft hielt das Bedecken ihres ansehnlichen Leibes nicht für nötig.

»Das ist verdammt noch mal Hausfriedensbruch. Das ist Privatsphäre!«

»Wir sind mitten im Düsseldorfer Hafen«, entgegnete Struller unschuldig.

»Wir sind auf meinem Boot!«

»An den Fenstern der umliegenden Hotels drücken irritierte Leute sich die Nasen platt. Es hagelt üble Beschwerden, Erregung öffentlichen Ärgernisses und so.«

»Ich bin doch kein Ärgernis«, schmollte die Schönheit mit einem Blick wie Bambi.

Nein, war sie nicht, dachte Jensen.

Graminski schraubte sich in die Höhe, allerdings trug er wieder nicht seine Stiefel, der Begriff Höhe war deshalb relativ.

»Ich bringe die Kamera zurück«, erklärte Struller schnell und streckte ihm das Gerät entgegen.

»Wurde auch Zeit! Gut, dass ich noch drei von den Dingern habe.«

Der Bootseigner griff nach dem Stück, aber Struller zog es zurück. »Ich müsste nur noch wissen, wer diese Männer hier sind?«

Graminskis Gesicht wurde rot und schuld war nicht der Sonnenbrand, der sich rötlich schimmernd auf seiner Haut ankündigte.

»Genau … die hier«, zeigte Struller, der das Filmchen auf der Fahrt schon an die richtige Stelle gespult hatte, auf das kleine Display der teuren Kamera. »Vielleicht kann die junge Dame meinem Kollegen derweil kurz das Boot zeigen, damit wir beide uns über die vier Personen unter vier Augen austauschen können?«

Die junge Dame hob die Augenbrauen, Graminski nickte und Jensen freute sich.

»Ich heiße Candy«, erklärte sie und knotete mit laszivem Schwung ein großes Hello-Kitty-Handtuch um ihren Körper.

»Das dachte ich mir«, antwortete Jensen, und beide verschwanden unter Deck.

Struller räusperte sich. »Also?«

Graminskis Augen wurden zu Schlitzen. »Ich weiß nicht warum, aber ich kann dich ganz gut leiden, sonst hätte ich dir schön längst was auf den Hals gehetzt!«

»Einen scharfen Hund?«, fragte Struller in Lauerstellung.

»Nö, aber einen scharfen Anwalt zum Beispiel, du Hupe. Was soll ich jetzt gucken?«

Struller hielt ihm das Display hin. »Wer sind die vier Männer?«

»Weiß ich nicht.«

Struller holte tief Luft, aber Graminski kam ihm zuvor. »Ich kenne nur den einen da«, knirschte er und deutete auf das Display, das die vier Männer Arm in Arm zeigte. Alle sahen sich ähnlich, trugen graue Anzüge und darunter helle Sommerhemden ohne Krawatte. Der Musikproduzent tippte auf den Mann ganz rechts außen. »Das ist so eine Art Eventmanager. Er kommt aus Russland, ich hab mehrmals mit ihm zu tun gehabt. Boris Juralenko. Ich kenne ihn, aber wir sind nicht befreundet oder so. Der Mann ganz außen links ist sein Assistent, die mittleren beide kenne ich nicht, ich hab nur mitbekommen, dass das Brüder sind.«

Struller rümpfte die Nase. Immerhin. Der Assistent des Mannes, der eine Art Eventmanager war, saß bei ihnen im Knast. »Was bedeutet: eine Art Eventmanager?«

»Das ist jemand, der sich in Russland um alles rund ums Showbiz kümmert. Promotion, die Events, das Finanzielle. Das ist da nicht so eingefahren wie hier. Boris ist eine große Nummer, aber auf meiner Gästeliste stand der am Samstag nicht.«

»Ja, wie?«

»Der tauchte mit seinen Begleitern einfach hier auf. Ist kein Typ, den man dann rausschmeißen lässt, also ist er ein wenig geblieben.«

»Von wann bis wann?«

»Ist deutlich nach Mitternacht gewesen. Schlag mich nicht tot, aber nicht vor drei. Der wird irgendwo hier in der Nähe in irgendeinem VIP-Club gefeiert haben.«

Dabei tippte Graminski sich vielsagend an die Nase.

»Hat er gekokst?«, fragte Struller.

»Ich hatte den Eindruck. Die waren schräg drauf. Unangenehm. Bleibt ja unter uns, aber sie haben reichlich Zeug dabeigehabt, und das hab ich überhaupt nicht gerne, wenn meine Gäste plötzlich mit Schnee spielen.«

»Sieht in deinen Filmchen immer anders aus.«

»Alles gestellt, Alter, alles gestellt. Ich mach die Leute nur neidisch und geb an. Champagner reicht vollkommen.«

»Und wo kaufst du dein Koks? Ich meine, du möchtest den Gästen doch was bieten?«

»Red ich chinesisch? Ich will mit dem Zeug nichts zu tun haben.«

Struller schüttelte den Kopf. »Nee, ich versteh dich ganz gut. Ich stelle mir grad nur eine Frage. Woher wissen Juralenko und seine Freunde, dass bei dir eine Party ist? Einen Flyer gab es nicht, in der Zeitung stand auch nix. Zufällig vorbeigeschlendert sind sie auch nicht. Er tauchte einfach so auf, ließ sich keinem Gast zuordnen. Also kennt er entweder den Catering-Service, den Hafenmeister oder einen anderen Zulieferer?«

Graminski strich sich nachdenklich durchs blonde Haupthaar. »Kann eigentlich nicht sein. Ich meine, ein paar Gramm habe ich vielleicht mal …«

»Ein paar Gramm, na also. Und wie schon beim letzten Mal gesagt, bin ich nicht von der Drogenfahndung. Im Gegenteil, ich wäre dafür, dass du die Geschäftsbeziehung nicht abreißen lässt.«

»Verstehe ich nicht!«

»Ich erkläre es dir«, knurrte Struller.

* * *

Jensen strich sich nervös durchs Haar. Warten. Dieses untätige Warten war noch doofer, als blöd im Bunker eingeschlossen zu sein. Der Bunker. Jensens Blick fiel auf einen der drei Monitore, den die Kollegen der Polizeitechnik hier in der Morper Straße in Gerresheim angeschlossen hatten. Der Bildschirm zeigte genau diesen viereckigen Betonklotz an der Heyestraße, der tatsächlich nur knappe hundert Meter von ihrer zur Einsatzleitstelle umgestalteten Tarnwohnung entfernt war, in der sie sich befanden. Grau und trist lag es da, das Gebäude, und wenn er es nicht besser wüsste, wenn er es in den letzten Stunden nicht hier auf diesen Monitoren mit eigenen Augen gesehen hätte, er könnte nicht glauben, was sich gerade hinter den dicken Steinwänden abspielte.

»Tür geht auf«, kommentierte ein Kollege mit futuristisch anmutendem Headset.

»Bingo«, quittierte ein Mann vom SEK. »Tatsächlich. Alle fünfzehn Minuten guckt einer von denen raus und checkt, ob die Luft rein ist.«

»So ein Blödsinn«, kicherte der mit dem Headset. »Als käme die Gefahr von außen.«

»Werden wir trotzdem nutzen, die Info. Die Blödheit der anderen ist unser bester Mann«, knirschte der SEK-Mann und meinte das kein bisschen witzig.

Jensen blickte Struller an, der neben ihm saß, und nickte zur Magnetwand, auf der ein junger Kollege mit rotem und blauem Edding viele Daten in einer Tabelle erfasst hatte. »Achtundzwanzig Personen, das sind deutlich mehr als wir erwartet haben.«

»Wir sind auch deutlich mehr als *die* erwartet haben«, erwiderte Struller gelassen, und der SEK-Mann grinste.

»Wird die Anzahl der Täter beim Zugriff ein Problem?«, fragte Bruce Foxton, der neben Hengstmann und einem uniformierten Kollegen mit ganz viel Gold auf den Schulterklappen am anderen Ende des Raumes saß.

Der angesprochene SEK-Mann schüttelte den Kopf. »Jeder für sich ist ein Problem und je mehr Leute wir festnehmen müssen, desto komplizierter wird es, aber wir sind gut vorbereitet, da kommt es auf ein, zwei Täter mehr oder weniger nicht an.«

Auf dem Monitor war zu erkennen, dass der Mann am Bunker die Tür wieder hinter sich zugezogen hatte.

Der SEK-Mann schnappte sich einen Peiker vom Schreibtisch und erklärte mit fester Stimme über Funk: »Einsatzleitung an alle, Einsatzleitung an alle. Zugriff in fünfzehn Minuten.«

Nacheinander bestätigten mehrere Kollegen die Meldung.

»Wir sehen uns nachher«, verabschiedete sich der Spezialpolizist und verließ schneidig den Raum, um sich direkt in den Einsatzraum zu begeben.

»Wer macht nachher die Sachbearbeitung?«, fragte der Mann mit dem Gold auf der Schulter, von dem Jensen wusste, dass er der neue Leiter der Schutzpolizei war, der Leiter GE, wie der Rang bei der Polizei offiziell hieß.

Die Frage war an Struller gerichtet, der auch antwortete. »Der Kollege Lambertz von der Organisierten Kriminalität. Über diesen Einsatz hinaus hat er an seine Freunde noch eine ganze Reihe anderer Fragen.«

Der Leiter GE grinste. Das konnte er sich gut vorstellen. Schon sehr erstaunlich, aus welchen illustren Personen sich die Zahl Achtundzwanzig in den letzten Stunden zusammengesetzt hatte. Sie hatten sieben Rocker aus drei verschiedenen Motorradclubs gezählt, die eigentlich bis auf die Knochen miteinander verfeindet waren und normalerweise jede Gelegenheit nutzten, aufeinander zu schießen. Zur sportlichen Erbauung nahm sich der Tötungswille offensichtlich eine Auszeit. Mehrere Personen waren aus Holland angereist. Ein britisches Militärfahrzeug war vorgefahren.

»Darum werde ich mich kümmern«, hatte Foxton sichtlich verärgert entschieden und darüber hinaus erklärt, dass er selbst als Sohn eines britischen Berufssoldaten mehrere Jahre in Rheindalen gelebt und noch sehr gute Kontakte dorthin habe.

Neben weiteren zwielichten Personen aus dem Rotlichtmilieu hatte Jensen auch eine weibliche Person entdeckt, die ihnen aus dem Fall bekannt war, woraufhin Struller die Nase rümpfte: »Eigentlich habe ich angenommen, dass sie die geheime Informantin ist.«

»Vielleicht ist sie es ja trotzdem?«, mutmaßte Jensen.

Struller hatte den Kopf geschüttelt: »Ich habe noch eine andere Frau auf der Liste.«

Hengstmann erhob sich. »Noch fünf Minuten. Ist die Technik klar?«

Diese Frage hatte der sichtlich angespannte Hengstmann schon mehrmals gestellt, wahrscheinlich wollte er sich vor Foxton nicht blamieren.

Der Mann mit dem Headset antwortete gleichwohl seelenruhig. »Technik läuft. Ich schalte nach drinnen auf die Live-Kamera um, sobald der Zugriff startet.«

Jensen schüttelte den Kopf. Auf die Technik … nach drinnen. Im Bunker vor ihnen befanden sich nicht nur achtundzwanzig Kriminelle mit insgesamt sieben Hunden, sondern auch drei SEK-Teams in voller Montur, die sich vor deren Eintreffen im Bunker versteckt hatten und dort seit Stunden ausharrten, um in fünf Minuten endlich zuschlagen zu können. Eine organisatorische Glanzleistung.

Historische Baupläne aus dem Gerresheimer Stadtarchiv hatten versteckte Räume erkennen lassen. Es gab einen zweiten, verdeckten Zugang zum Hauptraum, in dem die Hundekämpfe stattfinden sollten. Im Boden eingelassen befand sich eine Falltür, und einen Luftschacht gab es, und es gab, ach … Es war besser als in einem Film mit Tom Cruise.

Jensen war wirklich beeindruckt. Auch wenn die Spannung stieg und mit Händen greifbar war, die Jungs vom SEK vermittelten mit ihrer ruhigen, unaufgeregten Art das Gefühl, als hätten sie alles unter Kontrolle. Gleichzeitig wusste natürlich jeder im Raum ganz genau, dass immer etwas schief gehen konnte …

»Es geht los«, murmelte der Kollege und alle versammelten sich um die Monitore.

Als Erstes fiel Jensen auf, dass auf der Straße kein Fahrzeug mehr fuhr. Kollegen der hiesigen Wache hatten die Heyestraße und ihre Nebenstraße auf einen Schlag abgesperrt und den Verkehr umgeleitet. Auf dem Bildschirm war zu erkennen, wie sich aus dem grauen Nichts von zwei Seiten eine Polizeikette der Außentür näherte. Jensen hielt die Luft an. Mehrere Kollegen zielten mit einer Waffe auf die Tür, andere trugen Gegenstände, die Jensen noch nie gesehen hatte, mit denen man aber sicherlich viel kaputtmachen konnte. Stahltüren zum Beispiel. Oder Oberarme.

Plötzlich öffnete sich am Bunker die rot gestrichene Außentür. Und alles geschah gleichzeitig. Der Mann wurde nach vorne aus dem Rahmen gerissen. Er lag noch nicht ganz auf dem Boden, da war er schon gefesselt. Die SEK-Leute verschwanden im Bunker.

Auf zwei der drei Monitore wechselte das Bild. Jensen konnte erahnen, dass der Träger einer Helmkamera gerade in einen Raum spurtete. Es war der große Raum mit dem Hundepit in der Mitte. Er sah entsetzte Gesichter, zu Boden gewürgte Körper, flackerndes Licht. Mehrere Sekunden sah er plötzlich gar nichts, weil eine Blendgranate gezündet wurde. Das Kameralicht schimmerte grünlich.

»Restlichtverstärker«, erklärte der Techniker und drehte den Ton runter, aber Jensen konnte anhand der gedämpften Schreie, der gebellten Befehle, des Knallens und Schlagens erahnen, welch mörderische Geräuschkulisse da vorne im Bunker tatsächlich auf die Leute einwirken musste. Zwei Frauen wurden zu Boden gebracht. Jensen sah, dass Struller grinste.

»Werden die Hunde alle erschossen?«, fragte Hengstmann plötzlich entsetzt.

»Nach Möglichkeit wird überhaupt nicht geschossen. Querschläger sind gefährlich. Die Hunde werden mit Spezialnetzen eingefangen. Ich war letztens bei einer Übung in Münster, das haben die Agenten alles drauf. *Daktari* ist ein Anfänger gegen die Burschen«, erklärte der Leiter GE und war sichtlich angetan.

Foxton schien beeindruckt, Struller hätte sich ein bisschen mehr Gewalt gewünscht. Bekam er aber nicht zu sehen. Jensen konnte es nicht fassen, aber schon nach weniger als zwei Minuten war der Einsatz gelaufen.

»Alle Personen sind sicher«, meldete der Einsatzleiter vom SEK mit einer Ruhe, als hätte er gerade eine Apfelsine geschält.

»Das ging schnell«, raunte Hengstmann sichtlich fasziniert. »Wie machen die da in Hollywood bloß immer eine spielfilmtaugliche Szene draus?«

Der Techniker drehte die Lautstärke höher.

Struller klatschte in die Hände. »Dann gehen wir mal schnell rüber und stellen ein paar schlaue Fragen.«

Foxton kniff misstrauisch die Augen zusammen.

»Ist viel zu wenig Blut geflossen«, summte Struller.

»Übertreiben Sie es nicht«, flüsterte Foxton.

»Nur dann macht es Spaß«, erklärte Struller.

Schnell hasteten Jensen und Struller die Treppe runter ins Erdgeschoss, auf die Straße, um die Ecke und rannten zum Bunker. Von allen Seiten näherte sich Blaulicht, Martinshörner röhrten. Aus den Einsatzwagen sprangen Kolleginnen und Kollegen der Einsatzhundertschaft und nahmen Absperrpositionen ein.

»Struhlmann, KK 11«, musste Struller sich am Eingang des Bunkers ausweisen.

Der Kollege winkte sie durch. Sekunden später standen sie im großen Hauptraum. Es bot sich ihnen ein Bild des Chaos´, Struller war begeistert. Die Jungs vom SEK hatten eine

Menge kaputtgemacht. Gefesselte Täter lagen wie erstarrt auf dem Boden und wurden von Kollegen in Sturmhauben mit Maschinenpistolen gesichert. Fachmännisch hatten Hundeführer die Kampfhunde gefesselt. Die armen Viecher bellten und jaulten sich den wütenden Frust aus dem Leib.

»Die sollten froh sein. Die meisten Tiere hätten den heutigen Abend nicht überlebt.«

Struller winkte Lurchi Lambertz zu, dessen Augen feucht glänzten. Er stand neben einem Kollegen, der ganz hektisch einen Laptop sichtete. Jensen entdeckte derweil, dass auf der Anzeigetafel ganz unten ein Hundename durchgestrichen war. Einer der vierbeinigen Gladiatoren hatte es wohl nicht bis hierhin in die Arena geschafft.

»Hallo«, grüßte Struller eine der beiden Frauen, die an den Hand- und Fußgelenken mit Kabelbinder gefesselt, lang ausgestreckt auf dem kalten Betonboden lag.

Die drehte ihm ihr Gesicht zu. Ihr Blick war nicht ganz so freundlich wie seinerzeit auf dem Hundehof, die burschikose, rotblonde Kurzhaarfrisur lag wild.

»Ein bisschen bin ich schon negativ überrascht, meine Liebe«, erklärte Struller vorwurfsvoll.

»Ich habe mit der Sache nichts zu tun!«

Struller blickte sich um. »Sie sind hier, Frau Block.«

»Ich soll mich nur um die Hunde kümmern.«

»Kümmern? Sie meinen, die toten Tiere hinter der Scheune vergraben?«

»Das war nicht meine Idee. Ich könnte mir eine Kronzeugenregelung vorstellen. Ich weiß eine Menge, kenne Hintergründe, Drahtzieher. Ich bin bereit umfassend auszusagen.«

Struller kniete sich neben sie. »Ich könnte mir auch ein paar Regelungen vorstellen. Aber die sind alle verboten. Ich vermisse hier jemanden. Wo ist Ronny Rodriguez?«

Ihre Augen glänzten verschlagen. »Steht der Deal?«

»Ich überlege noch«, flüsterte Struller.

»Das reicht mir nicht«, zischte sie.

Struller schürzte die Lippen. »Wie kannst du die Gesamtsituation nur so falsch einschätzen, Mädchen?«

Struller stand auf und ignorierte den Protest von Jessica Block. Er war aus prinzipiellen Gründen sowieso gegen jede Form von Kronzeugenregelungen. Bei dieser Dame im Besonderen. Die falsche Tierpflegerin war eine echte Schlange und wahrscheinlich knöcheltief in die Sache verstrickt. Struller würde versuchen, ihr Mittäterschaft am Mordversuch an Thomas M. Gerda nachzuweisen. Fünfzehn Jahre Knast klang viel besser als Kronzeugin!

Jensen winkte ihn heran. »Pit, guck mal hier!«

Struller trat an ein verschnürtes Knäuel. »Ach?«

»Ein echter Eventmanager«, strahlte Jensen. »Da ist Ihnen das Event aber ein bisschen außer Kontrolle geraten, was?«

Der Russe blieb stumm.

»Ich dagegen fühle mich ausgezeichnet unterhalten«, freute sich Struller, Eventmanager und Assistent hinter schwedischen Gardinen wieder zusammenführen zu können.

Lurchi schritt erhobenen Hauptes und noch ein paar Befehle bellend auf sie zu. »Ich könnte dich küssen, Struller.«

»Ich könnte dich töten, Lurchi«, warnte Struller.

Lurchi zuckte mit den Achseln. »Man soll sterben, wenn es am Schönsten ist. Der Laptop war mit anderen Servern vernetzt. Unser Computerfachmann hat sich gleich draufgestürzt und erkannt, dass Liveschaltungen nach Frankreich, Polen, Bulgarien, Dublin und in die USA liefen. Da finden gleichzeitig Hundekämpfe statt. Wir lassen gerade ein internationales Netzwerk hochgehen, Struller. Die Drähte über Interpol glühen, die dortigen Polizeichefs lassen schon die

Kräfte zusammenziehen. Es muss jetzt schnell gehen, aber wir sind gerade dabei, einer besonders bösartigen Hydra sämtliche Köpfe auf einmal abzutrennen.«

Lurchi ruderte bei seinen Ausführungen vor Begeisterung wild mit den Armen.

Jensen warf einen Blick auf seine Armbanduhr. »Ich will ja nicht bremsen, aber, äh, was meinst du Struller, sollen wir los?«

»Wohin wollt ihr?«, fragte Lurchi lauernd, der wie immer über alles informiert sein wollte.

»Lurchi, wir gehen noch einen Mörder fangen«, grinste Struller.

Als Jensen und Struller den Bunker verließen, stießen sie am Eingang mit Doc Stich zusammen.

»Ah, der Doc. Auch schon da? Sehr gut. Sie wissen, was Sie zu tun haben?«, fragte Struller.

Des Gerichtsmediziners Augen verengten sich. In den Schlitzen blitzte es gefährlich, Jensen schluckte.

»Ich soll gefährlichen Hunden ins stinkende Maul gucken, richtig?«

Struller nickte. Das traf es. In etwa. Der Doc wusste, was er zu tun hatte …

* * *

Eine knappe halbe Stunde später sprangen Struller und Jensen die Steinstufen hoch in die dritte Etage. Weil gute Dinge ihre breiten Schatten weit voraus warfen, war auch im Präsidium schon die Hölle los. Für die zahlreichen Vernehmungen wurden die Büros hergerichtet, Dolmetscher in die Lage eingewiesen und in der ersten Etage der große Presseraum für die Konferenz am Vormittag vorbereitet.

Struller erkannte Markus. »Super, dass ihr so mitgezogen habt!«

»Hey, hat super Spaß gemacht.«

Jensen stutzte. In der zweiten Etage stand die Tür zu einem der Büros offen. »Pit, guck mal hier.«

Struller folgte seinem Praktikanten in das Büro. Den stämmigen Mann, der in Handschellen am Schreibtisch saß, erkannte er sofort.

»Was machst du denn hier?«, grüßte er einen der drei Müllwagenfahrer, die Rempes Leiche gefunden hatten.

Der blickte ihn an, überlegte einen Moment und erkannte dann seinerseits den merkwürdigen Polizisten, der am Dienstag ihren Müllwagen beschlagnahmt und mitgenommen hatte. »Was ich hier mache? Das würde ich auch gerne wissen. Festgenommen haben die mich!«

»Die?«, fragte Struller und runzelte die Stirn.

»Grüne. Also Bullen. Grün sind die ja nicht mehr.«

Struller schüttelte den Kopf und setzte sich auf den Schreibtisch. »Wieso? Interessiert mich jetzt.«

»Ich fahre durch Düsseldorf, werde kontrolliert und schon guck ich in einen Pistolenlauf. Ich soll einen Haftbefehl offen haben. Die haben mich festgenommen. Ich hab aber keinen Haftbefehl offen. Das ist eine verfickte Verwechslung!«

Ein Streifenbeamter schob sich durch die Tür ins Büro. »Hoppla, Zuwachs? Kann ich helfen?«

»Struhlmann, KK 11. Ich kenne den Mann zufällig. Der soll gesucht werden und einen Haftbefehl offen haben?«

»Zwei Jahre. HB aus Juli 2012. Bewaffneter Raubüberfall auf die Stadtsparkasse in Oldenburg.«

»Ich habe nie was geraubt. Bewaffnet«, beschwerte sich der Gefangene.

Struller blickte Jensen an, der räusperte sich. »Schmitz war der Name, oder? Sven Schmitz?«

»Ja, genau«, maulte Schmitz und fügte lautstark sein Geburtsdatum hinzu. »Ich war in meinem ganzen Leben noch nicht in Oldenburg. Ich weiß noch nicht mal, wo das ist.«

Jetzt schüttelte Jensen den Kopf und erklärte dem verdutzten Polizisten. »Hör mal, wir haben mit dem Mann in einer Mordsache zu tun gehabt, er war ein wichtiger Zeuge. Ich habe den auf Herz und Nieren gecheckt, der war sauber und hatte ganz bestimmt keinen Haftbefehl von Juli 2012 offen.«

»Soll ich ihn dir zeigen?«, schniefte der Kollege beleidigt.

»Ich meine, bist du sicher, dass *dieser* Sven Schmitz hier gemeint ist? In manchen Gegenden Deutschlands ist Schmitz kein Nachname, sondern ein Sammelbegriff. Das muss eine Verwechslung sein.«

»Genau!«

»Geh das noch mal checken, Kollege«, brummte Struller. »Und beeil dich, wir sind hier nur auf der Durchreise und haben eine Menge zu tun.«

Der Kollege rauschte mit roten Wangen davon. Struller schlug sich eine Zigarette aus der Schachtel, erinnerte sich ans Rauchverbot und quetschte sie wieder zurück in die Schachtel. »Der Mord ist übrigens fast aufgeklärt.«

»Hä?«, fragte Schmitz.

»Der Tote aus dem Müllwagen. Wir haben gerade in Gerresheim eine echt miese Bande von Gaunern festgenommen. Die Ärsche haben Hundekämpfe veranstaltet, im Gerresheimer Bunker.«

Der stämmige Sven Schmitz wurde blass.

»Ja, ekelig. Der Tote aus dem Müllwagen war ein Journalist, der der Bande auf die Schliche gekommen war. Deshalb musste er sterben und wurde in dem alten Sofa entsorgt.«

»Das ist ja wie im Krimi«, stammelte Schmitz entsetzt.

»Ja, aber wir haben die Burschen gekriegt. Wie viele Festnahmen waren das, Kollege?«

»Achtundzwanzig«, antwortete Jensen.

Struller grinste zufrieden. »Achtundzwanzig. Die müssen jetzt alle vernommen werden, deshalb ist hier so viel Alarm. Ich bin allerdings sicher, dass es bei den achtundzwanzig Festnahmen nicht bleibt. Mein Näschen sagt mir, dass der eine und der andere …«

»Oder die andere«, fügte Jensen hinzu.

»Genau, noch eine Menge zu plaudern hat. Den ein und den anderen Hintermann wird es ganz sicher noch erwischen. Deshalb müssen wir uns auch ein bisschen beeilen, bevor morgen die Ersten untertauchen und uns durch die Lappen gehen. Wo bleibt denn der Kollege?«

Wie aufs Stichwort rauschte der Mann heran. Mit rotem Kopf. »Äh, ja, äh, wir haben ein Lichtbild aus der Kriminalakte angefordert. Es gibt tatsächlich einen Sven Schmitz mit dem gleichen Geburtsdatum und der, der hat ein paar Jahre abzusitzen. Das tut mir leid, äh …«

Schnell löste der Kollege Svens Handfesseln und Jensen wunderte sich, dass die überhaupt um die dicken, haarigen Handgelenke gepasst hatten.

»Und wie krieg ich meinen Hund wieder?«, fragte Schmitz, sich die Gelenke massierend. »Die haben mir den Hund abgenommen!«

»Wir haben jetzt fünf nach zwei nachts. Ich rufe gleich morgen früh im Tierheim an und veranlasse, dass das Tier wieder herausgegeben wird. Die entstandenen Kosten tragen selbstverständlich wir«, entschuldigte sich der uniformierte Kollege.

Jensen schüttelte den Kopf und Schmitz die Hand. »Sachen gibt es. So, wir müssen weg. Wir sehen uns vor Gericht!«

»Vor Gericht?«, fragte Schmitz entsetzt und wurde schon wieder blass.

»Ja, wir als Ermittler und du als Zeuge, in der Rempe-Sache«, erklärte Jensen und verließ mit Struller das Büro.

»Das hat jetzt aufgehalten«, maulte Struller halblaut.

»Du hast zuerst gesagt, dass da was nicht stimmt.«

»Eine Übernachtung im Knast hätte dem auch nicht geschadet. Morgen früh wäre die Verwechslung sowieso aufgefallen.«

* * *

Viertel nach zwei. Ihr nervöser Blick fiel auf die Küchenuhr. Viertel nach zwei und noch immer kein Anruf. Die Zigaretten waren auch bald alle. Sie griff zur Thermoskanne und schüttete nach. Die waren längst überfällig. Was hatte das zu bedeuten?

»Vielleicht …«

Sie hielt inne. Vielleicht bedeutete das … Vielleicht war alles vorbei. Sie nippte am Kaffee. Vielleicht war endlich alles vorbei, vielleicht hatten die Polizisten die ganze Bande hochgenommen. Dann hatte sich alles gelohnt und der Journalist wirklich den richtigen Mann empfohlen.

Der Kaffee war heiß. Fast zu heiß. Aber das war ihr egal.

»Vielleicht … ist jetzt wirklich alles vorbei«, flüsterte sie.

* * *

Sven Schmitz verließ den Polizeibau und steckte sich erst mal eine Zigarette an. Seine Finger zitterten.

»Scheiße«, fluchte er.

Und zuckte zusammen. Blaulicht raste auf ihn zu, ein VW Bully. Quietschend kam der Wagen zu stehen. Ein Polizist sprang vorne raus, riss eine Schiebetür auf und zerrte einen gefesselten Mann ans Tageslicht. Schnell drehte Schmitz sein Gesicht zur Wand und strich sich über den Mund. »Das ist doch …«

Die Bullen hatten keinen Scheiß erzählt. Da wurde gerade einer der Russen gefesselt in den Bau gebracht. Schmitz beschleunigte und bog hastig um die Ecke. Nur weg hier! Das durfte doch alles nicht wahr sein. Achtundzwanzig Festnahmen.

»Verdammte Scheiße!«

Die hatten tatsächlich ihre ganze Bande im Gerresheimer Bunker hochgenommen. Der Bunker, der auch sein Ziel gewesen war, als er mit *DeathDog* hinten im Wagen unterwegs war.

»Fuck!«

Schmitz kam aus dem Fluchen gar nicht mehr raus und jagte wütend einen fleckigen Yellow in den Bordstein. Er steckte in der Scheiße, bis zur Oberkante Unterlippe. So ein Dreck. Und dabei hatte er noch Glück gehabt. Nur weil die dämlichen Bullen ihn verwechselt und aus Versehen festgenommen hatten, war er noch auf freiem Fuß. Sonst wäre er auch einer von denen, die sich langsam an gesiebte Luft gewöhnen dürften. Sonst wären das nämlich nicht achtundzwanzig sondern neunundzwanzig Festnahmen gewesen.

Was hatte der alte Bulle gesagt? Da würden welche plaudern? Auspacken und Mittäter über die Klinge springen lassen? Das konnte er sich sehr gut vorstellen.

Aber er war jetzt gewarnt. Keinen Fehler jetzt! Er würde seine sieben Sachen packen und abhauen! Sofort. Um *DeathDog* tat es ihm leid, aber er hatte nicht Zeit bis morgen, er musste sofort verschwinden. *DeathDog* war sowieso nicht mehr in der Form seines Lebens, und ob er seine Kämpfe heute im Bunker überlebt hätte, wäre ohnehin eher unwahrscheinlich gewesen.

»Wege trennen sich«, brummte er und blickte nach vorne.

Kleingeld. Was ihm zum Abtauchen fehlte, war das nötige Kleingeld. Einen neuen Pass gab es nicht umsonst. In Thailand zu leben war billig, aber man musste erst mal da hinkommen. Das ging jetzt leider doch alles ein bisschen plötzlich. Aber er wusste, wo er an die nötige Kohle herankommen würde. Da hatte noch jemand Schulden bei ihm.

Er winkte ein Taxi heran, stieg ein und nannte die Adresse. Zehn Minuten später waren sie am Ziel. Sven Schmitz wartete, bis der Taxifahrer mit seiner Droschke um die Ecke gebogen war, trat an die Haustür und klingelte.

»Was willst du denn hier?«, fragte ein überraschter Manfred Freese.

»Erst mal reinkommen«, sagte Schmitz und schob sich an Freese vorbei.

Freese warf einen Blick über die Straße, konnte nichts Auffälliges entdecken und folgte seinem … Gast.

»Was soll der Mist? Was tauchst du hier auf? Ich hab dir im *Uerige* doch lang und breit erklärt, dass sich unsere Wege trennen müssen, Kerl.«

»Ich brauche Kohle. Sofort.«

»Was heißt sofort? Und welchen Teil von trennen hast du nicht verstanden? Ich …«

Mit einem harschen Wink verschaffte Schmitz sich Ruhe. »Die haben die ganze Hundegang hochgehen lassen. Alle festgenommen. Ich hatte Glück, ich muss untertauchen. Dafür brauche ich Kohle.«

Freeses Handy klingelte. Er drückte den Ton weg. Keine Zeit jetzt. Der kräftige Schmitz konnte ein ernstes Problem werden. Verdammt, wie hatte er gehofft, diesen Trottel abgeschüttelt zu haben. »Was genau stellst du dir vor?«

»Zwanzigtausend.«

Freese lachte bleckend. »Wie soll ich an zwanzigtausend Euro kommen, du Witzbold?«

Schmitz strich sich durch die kurzen Haare. »Ich weiß, dass du noch eine Menge Koks bunkerst. Verkauf das Zeug und ich will einen Anteil.«

»Du bist bekloppt. Ich …«

Schmitz riss eine Hand hoch. Wie Schraubstöcke umschlossen seine dicken Finger Freeses Kehle. Mit weiten Schritten drückte er seinen Partner gegen die Wohnzimmerwand. Ganz nah ging er ran, als er flüsterte. »Ich brauche die Kohle. Ich hab noch nicht mal Zeit, mit dir zu diskutieren. Die sind mir am Hacken. Du … *weißt*, dass ich verschwinden muss!«

Freeses Gesicht lief rot an. Er selbst war kräftig, aber die Hände von Schmitz waren verfluchte … Schraubstöcke. »Sven, ich muss überlegen!«

Der lockerte den Griff. »Aber beeil dich damit!«

Wieder klingelte Freeses Handy. Freese blickte aufs Display, erkannte den Anrufer und hatte eine Idee. »Ich geh kurz ran, könnte wichtig sein.«

»*Ich* bin für dich wichtig!«, brummte Schmitz.

»Hängt zusammen«, erklärte Freese und meldete sich.

»Hallo? Ja, ich kenne die Nummer … Natürlich, da kann ich weiterhelfen… Wann? Jetzt sofort?«

Sven Schmitz wurde hellhörig. Der optimistische Tonfall seines Partners gefiel ihm. Gefiel ihm außerordentlich!

* * *

Eine Stunde später rümpfte Sven Schmitz die Nase. »Boah, stinkt das hier. Warum ausgerechnet hier in Hamm an der Kläranlage?«

Freese grinste verschlagen. »Weil sich aus genau diesem Grund hier niemand länger als nötig aufhält.« Er deutete nach links und rechts den menschenleeren Deich entlang. »Außerdem kann man hier meilenweit gucken, ob die Luft rein ist.«

»Die Luft ist nicht rein«, meckerte Schmitz und freute sich ein bisschen über sein gelungenes Wortspiel.

Tatsächlich, musste Schmitz einräumen, war hier auf dem Deich keine Menschenseele zu sehen und auch keine zu erwarten. Weder auf dem Deich, noch auf den Deichwiesen, die sich im Halbdunkel der Fastvollmondnacht als steile Böschung Richtung Rhein absenkten. Große Strahler vom weitläufigen Kläranlagengelände neben ihnen schienen bis hier herüber auf den Deich und ließen ihre Körper lange Schatten werfen.

Manni Freese hatte sich auf die Schnelle mit einem guten Kunden verabredet, der zufällig zum genau richtigen Zeitpunkt angerufen hatte. Und zwar hier hin ans Rheinufer, Hammer Deich, in Höhe der Düsseldorfer Kläranlage. Der Kunde war ein guter Kunde, weil er zugesagt hatte, eine größere Menge Koks abzunehmen und bar zahlen zu wollen. Auf keinen Fall würden zwanzigtausend Flocken dabei rausspringen, aber immerhin die Hälfte und somit hoffentlich genug, damit Schmitz endlich seine Klappe halten und verschwinden würde.

»Ich hab schon häufiger seine Partys mit Stoff beliefert«, erklärte Freese.

»Ich wusste gar nicht, dass der kokst.«

»Hast du dir seine Lieder schon mal angehört?«, grinste Freese.

»Und wie ist der so?«, fragte Schmitz.

»Direkt habe ich noch nie mit dem zu tun gehabt, lief immer über Angestellte«, räumte Freese ein und strich sich angespannt durch die Kurzhaarfrisur.

Er war nicht locker, nicht cool. Manni Freese plante gerne von langer Hand. Seine bunte, nicht immer erfolgreiche, kriminelle Laufbahn hatte ihn vorsichtig gemacht, das Spontane lag ihm nicht. Aber hier machte die Situation schnelles Handeln erforderlich. Dass Schmitz nicht zimperlich war, hatte der bereits bewiesen. Manni Freeses Magen krampfte immer noch, wenn er nur dran dachte. Dieser kranke Typ. War ein grober Fehler, sich mit dem Psycho einzulassen. Hoffentlich würde er jetzt wirklich ein für alle Mal aus seinem Leben verschwinden. Sonst müsste er sich ernsthaft ein paar Gedanken machen …

Er schniefte. Wenn die verfickte Scheiße hier vorbei war, würde er definitiv selbst eine dicke, weiße Linie ziehen. Angespannt pumpte er seine linke Hand immer wieder zur Faust. Ein Paar Scheinwerfer erschien auf dem Deich.

»Das wird er sein!«

Manni warf einen Blick hinter sich auf das mit einem hohen Zaun eingefasste Gelände der Kläranlage. Auf der anderen Seite befand sich sein Depot. Für alle Fälle war es sicherer, einen Zaun zwischen Käufer und Stoff zu wissen. Er rechnete zwar nicht mit Ärger, aber man wusste bei diesen Schneenasen nie, wie zerfressen ihr Gehirn schon war.

»Ich rede, du guckst grimmig, aber hälst die Klappe!«

Schmitz spuckte einen Brocken Schleim ins Gras. Ein großer, schwarzer Dodge Pickup stoppte, das Fenster auf der Fahrerseite wurde heruntergefahren. Manni checkte mit einer fetten Stabtaschenlampe das Wageninnere, der Kerl war alleine unterwegs. Eine schwarze Aktentasche lag auf dem Beifahrersitz.

»Hast du das Zeug?«, fragte Oliver Graminski.

»Aussteigen!«, befahl Freese.

»Wieso?«

»Mach es einfach!«

Graminski stieg aus dem Fahrzeug. Mit flinken Fingern streifte Freese seinen Körper ab, um zu überprüfen, ob Graminski verkabelt war. War er nicht, keine Falle.

»Das mag ich nicht«, beschwerte sich Graminski.

»Ich mag deine Musik auch nicht«, kommentierte Schmitz und fing sich einen mahnenden Blick von Freese ein. Halt die Klappe, sollte der Blick heißen.

»Die Kohle?«, fragte Freese.

»Hast du das Kokain?«, wiederholte Graminski trocken. »250 Gramm? Ich lasse das checken. Ich habe sehr gute Freunde, die sich um dich kümmern, wenn du mich über den Leisten ziehen willst.«

Freese lachte trocken. Was spielte der kleine Kerl in Cowboystiefeln sich auf? Aber er blieb locker. Wer einmal eine größere Menge bestellte, der machte das auch ein zweites und ein drittes Mal. Hier bahnte sich im ganzen chaotischen Dilemma eine sehr vielversprechende Geschäftsbeziehung an, die er nicht mit irgendwelchen taktischen Tricks gleich beim ersten Mal aufs Spiel setzen wollte.

»Misstrauen ist gut. Nur wer misstrauisch ist, weiß Vertrauen zu schätzen. Mein Geschäftsprinzip. Ich habe die Ware, du das Bargeld, und so machen wir das.«

Schmitz riss die Augen auf.

»Planänderung!«, rief Struller und richtete sich auf der Ladefläche des Pickup auf.

»Seh ich auch so«, erklärte Jensen und erhob sich ebenfalls.

Schmitz klappte der Mund auf. Der junge Kerl musste sich die Rheinböschung hochgerobbt haben und hielt ebenfalls eine Pistole in seiner Hand. Freese griff in seine Jackentasche.

»Lass es!«, brüllte Struller. »Es wäre mir ein Vergnügen, dir eine Kugel in den verkommenen Balg zu jagen!«

Oliver Graminski brachte sich vorsichtig hinter seinem amerikanischen Benzinmonster in Sicherheit. Schmitz jagte einen hektischen Blick den Deich entlang. Menschenleer war inzwischen anders. Flackernde Blaulichter näherten sich auf den Zufahrtsstraßen mit hoher Geschwindigkeit der Deichstraße.

»Du würdest nicht schießen«, zischte Freese in Strullers Richtung.

Der lachte. »Ohne auch nur einen Moment zu zögern, Sportsfreund.«

Manni Freese war fällig. Da konnte auch seine mit grünem Blick gemein aus dem Hemdkragen giftende Kobra nichts dran ändern. Der Schlangenfreund schluckte dann auch: Der Polizist hörte sich irgendwie glaubwürdig an. Sven Schmitz senkte den Kopf. Strullers Telefon meldete sich.

»Hups. Kann wichtig sein.« Struller ging ran, ließ Freese aber keinen Sekundenbruchteil aus den Augen. »Hallo? Sicher bin ich es. Wen erwartest du sonst an meinem Handy?«

»Manchmal wünsche ich mir einen Notarzt«, zischte Doc Stich.

»Was hast du?«

»Ich habe diesen sieben Mördertieren im Bunker ins Maul geschaut und die Gebisse mit den Wunden in Rempes Körper verglichen. Die Gebisse und die spitzen Bissspuren stimmen nicht überein. Dann war ich im Düsseldorfer Tierheim und habe mir den dort eingelieferten Hund angeguckt, wie du es gesagt hast. *DeathDog* heißt das Tier und war übrigens die gestrichene Nummer acht auf der Kampfliste im Bunker. Ich hasse dich dafür, aber du hast recht. Gebiss und Wunden stimmen überein. Es war *DeathDog*, der Rempe zu Tode gebissen hat.«

»Danke, Doc!«

»Danke? Das Dankeschön kannst du dir in den Arsch schieben. Wir sind noch nicht fertig, Struller! Ich bin Gerichtsmediziner und kein Veterinär. Das Ganze war derartig ekelig und unter meiner Würde, dass ich …«

Struller drückte den Ausknopf.

»Ein Sachverständiger«, erklärte Struller den Umstehenden. »Hellauf begeistert über unsere Ermittlungsmethoden.«

Freese schnaufte.

Struller wendete sich Schmitz zu. »Hellauf begeistert bin ich darüber, dass wir dich jetzt bei den dicken Eiern haben, Schmitz.«

»Häh?«

»Wir haben das Gebiss deines Hundes *DeathDog* mit den tödlichen Bisswunden von Jürgen Rempe verglichen. Gebiss und Wunden stimmen überein. Du hast den Hund auf Rempe gehetzt!«

Schmitz wurde blass.

»Mit dem Mord habe ich nichts zu tun!«, meldete sich Freese.

Jensen machte einen Schritt auf Schmitz zu, der wirbelte blitzschnell herum und rannte los, die Böschung runter.

»Ich knall dich ab!«, rief Struller, legte über Kimme und Korn an – und schoss natürlich nicht.

Jensen ebenfalls nicht. Der nahm aber die Verfolgung auf. Die Böschung war deutlich steiler, als Schmitz sie erwartet hatte. Schmitz war groß, breit und kräftig, aber die Laufhaltung war jetzt keine besonders gute. Es ging steil bergab, seine Schritte wurden weiter und weiter, und schließlich brachte er den hinteren Fuß nicht mehr schnell genug nach vorne. Im hohen Bogen stolperte er, machte einen Salto und landete kullernd im Grünen. Jensen trippelte hinterher, steckte die Waffe zurück ins Holster und riss gleichzeitig seine Handschellen heraus. Noch bevor Schmitz sich aufgerappelt hatte, klickte es an seinem dicken, rechten Handgelenk ein erstes Mal. Das zweite Klicken bereitete Jensen mit einem gezielten Faustschlag mitten auf die Zwölf vor. Schmitz schüttelte sich dumpf. Jensen packte sich den linken Arm, zog Schmitz nach vorne und rammte sein Knie in dessen Magen. Schmitz krümmte sich würgend, Jensen riss den linken Arm auf den Rücken und ließ es ein zweites Mal klicken. Dann schubste er Schmitz um.

»Ich hab ihn«, rief Jensen die Böschung hoch.

»Dein Kumpel ist ein Päckchen«, summte Struller.

Und hinterm Dodge grinste Graminski sein breites Showbiz-Lächeln. Ihm kam gerade die Idee, dieses abgefahrene Abenteuer für ein paar coole Songs zu nutzen. *Murder under the Dancefloor*. Oder *Killerdog*.

»Das hier war alles eingefädelt?«, hatte Freese verstanden.

Struller nickte. »Mein Kollege Jensen saß im Bunker in einem Raum und hat mitbekommen, wie einer von zwei Typen, die dort rumhantierten, sagte, dass er am nächsten Morgen wieder auf den Wagen muss. Auf den Wagen? Weil vermutlich keine Kutsche gemeint war, hat er gleich an einen Müllwagen gedacht.«

»Sven Schmitz ist ein Trottel!«

»Tja. Und jetzt liefert er dich ans Messer.«

Ein erster Streifenwagen bog mit Blaulicht auf die Deichstraße.

Bluelight Night, dachte Graminski.

Manni Freese räusperte sich. »Dein Kollege ist schnell. Sehr schnell. Ich hatte ja schon das Vergnügen. Aber du? Bist du auch so schnell?«

Struller grinste. »Ich habe ein paar Freunde in meiner Knarre, die alle ausgesprochen schnell sind.«

»Tja, warum hast du eben denn nicht geschossen?«, fragte Freese und wirbelte gleichzeitig herum.

Er sprang an den Maschendrahtzaun, der den Deich vom Gelände der Kläranlage trennte und hangelte sich hoch. Struller fluchte. Das hatte man davon, wenn man Schwächen zeigte und nicht bei der ersten Gelegenheit zumindest mal jemandem ins Bein schoss. Ausgeblufft.

»Bleib du bei Schmitz und schick die Kollegen hinten rum!«, rief Struller zu Jensen den Deich hinunter und schob seine Knarre zurück ins Holster. Natürlich würde er nicht hinter einem unbewaffneten Typen her ballern, dem er nichts als ein fast zustande gekommenes Drogengeschäft vorwerfen konnte.

Athletisch hatte in Freeses Akte gestanden, ein Adjektiv, das man in Strullers Akte vergeblich suchen würde. Mühsam zog er sich den Maschendraht hoch, den Freese elegant überwunden hatte. Fast zwanzig Meter betrug schon der Abstand, als Struller auf der anderen Seite im Gras landete. Struller erkannte, dass ein Streifenwagen vorausschauend schon über den Batterieweg angefahren war und jetzt auf die Straße *Auf dem Draap* einbog.

»Sehr gut«, keuchte Struller.

Der Wagen raubte Freese die Möglichkeit, Richtung Volmerswerth zu flüchten. Und richtig: Freese schoss nach rechts, weiter aufs Gelände. Was hatte er da gemacht? Freese verlor wichtige Sekunden, weil er anhielt, sich bückte und einen weißen Stoffbeutel unter einer Treppe hervorzog.

»Das Koks«, stieß Struller hervor und spürte beim Rennen abwechselnd seine letzten zwanzig Zigaretten und den rechten Lungenflügel.

Bis auf wenige Meter war er ran, aber Freese startete mit großen Schritten durch. Verflixt. Freese versuchte das Kläranlagengelände zu queren, um dann links des Segler-Vereins abzutauchen. Überall flackerte Blaulicht und quäkte der

Funk, aber genau dorthin gab es für die Streifenwagen keine direkte Zufahrt.

Struller fasste sich in die Seite. Seinen rechten Lungenflügel spürte er inzwischen gar nicht mehr.

Wieder hatten sie einen der großen, runden Fäkalienbottiche vor sich, von denen Freese und er schon zwei umrundet hatten. Diesmal lief Freese nicht außenrum. Er kürzte ab und sprang eine schmale Eisensteige hoch. Über den Bottich führte ein schmaler Laufsteg. Von hier aus beobachteten die Angestellten, wenn die Fäkalien gequirlt wurden. Der Bottich hatte einen Durchmesser von gut dreißig Metern. Die Hälfte davon hatte Freese schon geschafft, als Struller die Eisensteige mühsam erklomm.

Der Steg war schmal. Struller schüttelte den Kopf. Was für eine blöde Idee, da drüberzurennen. Okay. Aus Freeses Sicht hatte es Sinn, denn dem Bottich nachgelagert war ein Flachdach. Und von da aus …

»Der Dreckskerl!«

Struller begriff, dass Freese diesen Fluchtweg schon vorher ausbaldowert hatte. Die ganze Jagd über das Gelände des Klärwerks war ein einziger Plan B, falls ein Drogengeschäft mal schief ging oder die Bullen zufällig auftauchten. Verdammt, womöglich stand hinterm Gelände ein eigens abgestelltes Fluchtfahrzeug!

Struller gab Gas. Der Steg war schweineglatt. Er warf einen Blick runter in die braunschwarze, stinkende Mocke und unterdrückte einen spontanen Würgereiz. Was für eine Scheiße! Im wahrsten Sinne des Wortes! Weiche und festere Bestandteile drückten sich zu einer sämigen Masse zusammen. Im Schlick dampften trübe Urininseln. Ekelhaft!

Er sah vor sich, dass Freese das Ende des Stegs fast erreicht hatte. Er hielt die Luft an. Freese rutschte aus, kam ins Trudeln, wedelte mit den Händen. Der Stoffbeutel in seiner Linken schlug in alle Richtungen. Freese taumelte Schritt für Schritt vorwärts, hatte den Rand des Bottichs fast erreicht, wankte nach rechts, balancierte nach links … und kippte vornüber.

»Hei!«, entfuhr es Struller, der langsamer geworden war.

Denn Freese stürzte haltlos und schlug mit dem Kopf heftig gegen eine der Streben, an der der große Quirl befestigt war. Mit einem matschigen Flutsch schlug Freese in der Gülle auf.

»Mein Gott«, rief Struller, der jetzt die Stelle erreicht hatte, an der Freese ins Trudeln gekommen war.

Dann legte sich ein diabolisches Lächeln in sein zufriedenes Gesicht. »Was, Freese, jetzt bist du da, wo du hingehörst: bis zum Hals in der Scheiße!«

Freese tauchte in der braunen, stinkenden Plörre etwa einen Meter unter ihm wieder auf. Festere Bestandteile des Beckens klebten an seinen Klamotten. Struller runzelte die Stirn. Manfred Freese war mit dem Rücken nach oben aufgetaucht.

»Oh«, lächelte Struller.

Das war jetzt doof. So mit dem Kopf nach unten im Kackwasser, ließ sich schlecht atmen. Davon konnte man sterben. Hm. Freese machte keine Anstalten, sich auf den Rücken zu drehen, sich hin zu stellen oder den Kopf zu heben. Zumindest Nase oder Mund aus der widerlichen Mocke zu heben, wäre jetzt sinnvoll.

Strullers Lächeln gefror. Verdammt. Offensichtlich war Freese ohnmächtig. Kerl, der würde dort ersaufen!

»Äh …«

Jetzt konnte aber doch wohl niemand ernsthaft von ihm verlangen, dass er freiwillig … also, dass er jetzt ebenfalls …

um diesen Dreckskerl zu retten. Struller schluckte. Das war schließlich kein Wasser, sondern … das war Kacke. Fäkalien. Struller erkannte unter sich in der Brühe unappetitliche Details, die zu beschreiben ihm unmöglich waren.

»Steh auf, du Idiot!«, brüllte Struller.

Freese wollte nicht hören und dümpelte vor sich hin.

»Verdammte Kacke!«, fluchte Struller laut und ziemlich passend.

Mit den Füßen voran sprang Struller Freese hinterher. Er hielt die Luft an, die Gülle spritzte ihm ins Gesicht. Der Schlamm war nur knapp 1,50 Meter tief, die Kacke stand ihm noch nicht mal bis zum Hals …

Zäh watete er an Freese heran. Er bekam seinen Kopf zu packen und richtete ihn langsam auf. Durch die dickflüssige Mocke drückte er seinen Gefangenen an den Beckenrand und legte ihn rüber. Sich selbst zog er mühsam nach draußen. Struller dachte an nichts, sah nichts, nahm nichts wahr, sondern zog zuerst sich und dann Freese aus dem Bottich.

Schlapp hing Freese überm Rand. Sein linker Arm baumelte, der Stoffbeutel mit dem Koks hing noch am Handgelenk. Struller nahm ihm den Beutel ganz vorsichtig ab. Während Manfred Freese krampfhaft nach Luft schnappend wieder zu sich kam, flüsterte Struller böse und mit einem diabolischen Grinsen. »Freese, du wirst für jedes einzelne, verfickte Körnchen Koks scheißenbitter bezahlen.«

7.Tag

»So«, frohlockte Jensen und schob zufrieden den vierten Ordner ans Ende seines Schreibtischs. »Alle sind vernommen, fast alle haben gestanden, fast alle gehen in Untersuchungshaft.«

»Gut«, antwortete Struller. »Ich hab mit Lurchi telefoniert, der ist immer noch auf Wolke sieben. Auch die Kollegen in den anderen Ländern haben reiche Beute gemacht.«

»Das lief wie geschmiert«, klatschte Jensen in die Hände und zuckte sofort zusammen. Alles, was irgendwie mit »glitschig« und »schleimig« zu tun hatte, war möglicherweise im Moment bei Struller … nicht angesagt.

»Ich weiß, was du meinst, Sportsfreund«, brummte Struller gefährlich.

»Jessica Block hat übrigens zugegeben, dich bewusstlos geschlagen zu haben.«

»Die doofe Ziege. Und womit?«

»Mit einer Stabtaschenlampe.«

»Na ja, so was Hartes musste es auch schon sein.«

»Sie hat eben doch auf dem Hof ein kleines, möbliertes Zimmer. Hab ich mir gleich gedacht, dass die die teuren Tiere nachts doch nicht ohne Aufsicht lassen. Von wegen das Muttertier und Maschinenpistole. Ihr war das Licht aufgefallen, das aus dem Wohnwagen heraus plötzlich in den Hof schien, nachdem der Mann die Wohnwagentür geöffnet hatte. Sie schlich dir quasi hinterher und schlug dich nieder. Zusammen mit dem Assistenten von Juralenko, der vorher als Putztruppmanager im *Aquarium* war, hat sie dich in den Wohnwagen getragen. Dann schieben sich beide den schwarzen Peter zu, wer die Idee hatte, dich samt Wohnwagen abzufackeln und wer den anderen ›unbedingt‹ davon abhalten wollte …«

»Versuchter Mord. Das ist schlimm«, erklärte Struller. »Versuchter Mord an mir. Das ist ganz schlimm!«

Die Tür zum Büro öffnete sich, Kriminaldirektor Hengstmann trat forschen Schrittes ein. »Herr Struhlmann, da sind Sie ja. Schön Sie zu sehen.« Er beugte sich über seinen Kollegen und kniff seine Äuglein zusammen. »Man sieht ja gar nichts. Können Sie die Pressekonferenz doch mitmachen?«

Jensen hielt die Luft an.

Struller schüttelte den Kopf. »Das kann jede Sekunde wiederkommen. Ist was Spontanes. Spontanherpes. Ich brauche nur an die Kloake zu denken, schon fängt meine Haut an zu jucken und eitrig zu pusteln.«

Hengstmann verzog das Gesicht. »Fies.«

»Genau. Das kann man niemandem zutrauen. Noch nicht mal der Presse. Das geht gleich in so einen schleimigen Ausfluss über, extrem hässlich.«

Hengstmann nickte heftig. »Ja, ja, dann ist es vielleicht wirklich besser, wenn Sie der Pressekonferenz fern bleiben. Fernsehen wird ja auch da sein.«

Jensen kicherte in sich hinein. Da war es seinem gewieften Tutor wieder mal gelungen, sich vor der ungeliebten Pressekonferenz zu drücken. Struller, der alte Fuchs!

»Aber ich brauche für die Nachfragen noch ein bisschen Input. Geben Sie mir bitte einen schnellen Überblick über den Stand der Ermittlungen nach den Vernehmungen.«

»Der Stand ist sehr gut«, erklärte Struller.

Jensen führte aus: »Jürgen Rempe, ein Journalist vom *Rheinkurier*, arbeitete undercover an einer Story über illegale Hundekämpfe. Er ermittelte, dass Samstagnacht in der Parkhalle unter dem 4004 ein Hundekampfturnier stattfinden sollte.«

»Der später in der Kläranlage festgenommene Manfred Freese hatte die Halle in seiner Eigenschaft als Geschäftsführer zur Verfügung gestellt.«

»Das haben Sie ganz toll gemacht, Herr Struhlmann. Wie Sie in die … also, um den Täter zu retten, vorbildlich«, lobte Hengstmann.

»Ich habe meine kompletten Klamotten im Müll entsorgt. Ich habe acht Stunden am Stück geduscht und geschrubbt. Die neuen Klamotten und die Wasserrechnung stelle ich der Behörde in Rechnung«, sagte Struller.

»Ui. Ob das die Verfügungslage hergibt, also ich …«

Um eine Eskalation zu vermeiden, fuhr Jensen ganz schnell fort: »Das Hundekampfturnier war gegen zwei Uhr morgens beendet. Eine illegale, asiatische Putzkolonne reinigte die Halle.«

»Die haben das abscheuliche Turnier veranstaltet, während über ihnen in der Diskothek gefeiert wurde?«, fragte Hengstmann bestürzt. »Und das hat keiner mitbekommen?«

»Das genau ist der besondere Kick bei diesen Veranstaltungen. Nach dem Turnier begaben sich Manfred Freese und einer von zwei russischen Brüdern nach oben in die Diskothek, um ein Drogengeschäft abzuwickeln. Es ging um ein halbes Kilo Kokain. Der Bruder, der mit einem Hund am Turnier teilgenommen hatte, blieb mit dem Tier in der Halle zurück. Als die beiden nach unten in die Halle zurückkehrten, bot sich ihnen ein Bild des Schreckens. Zwar hatte ja ein Reinigungskommando mit starkem Stoff die Halle gesäubert, aber die qualvollen Tode, die unbeschreibliche Angst, die verwundeten Hunde, das Blut, all das hat der Hund plötzlich instinktiv wahrgenommen. Das arme, kranke Vieh ist seinem Besitzer an die Gurgel gegangen, hat ihn getötet und buchstäblich zerrissen.«

Hengstmann schnappte entsetzt nach Luft, und auch Jensen hatte mehrmals die Luft anhalten müssen, als Manfred Freese seine detaillierte Aussage gemacht hatte.

»Der Bruder – die beiden haben übrigens einen unaussprechlichen Namen, der mit S anfängt und mit -nov aufhört, dazwischen zwei Dutzend Konsonanten, davon viermal Y – also, der Bruder erschoss den Hund. Zusammen trugen Freese und er die Leiche in eine Decke gehüllt nach draußen in den Jeep der Russen. Weil auf Graminskis Schiff immer noch Party war, nutzten sie den Ausgang direkt zur Franziusstraße hin.«

Struller übernahm wieder. »Der Journalist musste draußen gewartet haben und nutzte nun die scheinbar günstige Gelegenheit, schnell in die Disco zu huschen. Er riegelte die Seitentür für den Rückzug auf und rannte in den Keller, wo er das Blut und den Hund sah. Dann erschienen die beiden Männer, um jetzt auch den Kadaver abzutransportieren. Rempe blieb in dem Keller zurück und wurde dort dann von den beiden Streifenbeamten, Krabba und Hucki, überrascht. Um flüchten zu können, stieß er einen der beiden Polizisten in die Blutlache. Dabei hinterließ Rempe einen Fußabdruck im Blut.«

»Vermutlich hatte ein Windstoß beim Verlassen der Diskothek die Seitentür einen kleinen Spalt weit aufgeweht. Die geöffnete Tür fiel dann einem Taxifahrer auf, der das der Polizei als verdächtig meldete.«

»Dann war das in der Parkhalle ein Unfall?«, fragte Hengstmann.

»Richtig.«

»Rempe ermittelte weiter und wurde zwei Nächte später im Gerresheimer Bunker von Sven Schmitz und dem Assistenten von Boris Juralenko, dem Organisator der Kämpfe, gestellt. Schmitz hatte seinen Hund *DeathDog* dabei und hetzte ihn auf Rempe. Der Hund tötete den Journalisten.«

»Das ist Mord!«

»Glasklarer geht es nicht. Die Zähne von *DeathDog* sind angefeilt und passen zu Rempes Wunden. Das ist wie ein Fingerabdruck. Außerdem konnte Faserspuren-Harald im Bunker Blutspuren von Rempe finden und sichern. Juralenkos Assistent gibt ein paar Büros weiter eine entsprechende Zeugenaussage mit weiteren, belastenden Details zu Protokoll. Sven Schmitz hat den Mord inzwischen gestanden. Schmitz ist fällig! Er hatte dann die Idee, Freese eine Warnung zukommen zu lassen, weil er befürchtete, dass der wegen des Toten im 4004 kalte Füße bekommen würde. Sie legten Rempe in eine Sperrmüll-Couch, die auf der Nachtigallstraße gleich um die Ecke stand. Die Couch stemmten sie in den Jeep, fuhren zur Aachener Straße, Ecke Burghofstraße und luden sie wieder aus. Dort ›fand‹ Schmitz sie am nächsten Tag als Müllmann, und Freese, der auf der Aachener Straße 7a wohnt, konnte sich denken, dass ihm die Warnung galt.«

Hengstmann verstand. »Dieser Journalist war das Bindeglied zwischen den beiden Toten. Wo ist denn der Tote aus dem 4004 geblieben?«

»Wo die Leiche ist, hat uns schwer beschäftigt, aber da hätten wir lange suchen können. Der noch lebende Bruder hat seinen toten Bruder nach Russland gebracht, um ihn dort zu beerdigen.«

»Aha. Bleibt die Frage, wer die Hundekämpfe veranstaltet hat? Dieser Juralenko muss Helfer vor Ort gehabt haben?«

»Geldgeber und Anführer war Juralenko. Er war der Kopf eines europaweiten Netzwerkes. Ausgeführt vor Ort hat das ganze: Jessica Block.«

»Eine Frau«, stöhnte Hengstmann entsetzt.

»Frauen darf man nie unterschätzen«, sagte Struller. »Die Handlangerdienste hat Sven Schmitz erledigt. Ronny Rodriguez Weißblech, der Besitzer der Hundezucht, hat von den Hundekämpfen nichts geahnt, sondern lediglich seine Scheunen zur Verfügung gestellt. Das lief alles über seine … Assistentin, Jessica Block. Strafrechtlich können wir dem nichts, aber die asiatische Putzkolonne derartig unwürdig untergebracht zu haben, das werde ich ihm bei nächster Gelegenheit, die sicher kommen wird, an den Kopf knallen. Da hat die Erziehung versagt. Ich werde auch mit der Mutter sprechen. Und zwar deutlich!«

Jensen musterte seinen Chef. An diesem Punkt war Struller aber so richtig sauer.

»Okay. Das reicht erst mal. Sehr gute Arbeit, Kollegen, sehr gute Arbeit. Das lassen in dieser Form auch der Innenminister, der Polizeipräsident und der neue Staatsanwalt ausrichten.«

»Prima, wir könnten uns bei einem gepflegten Essen mal über den großen Erfolg austauschen«, schlug Struller aufgeräumt vor.

Jensen versuchte, Strullers zweifellos vorhandenen Hintergedanken zu erkennen. Ohne einen solchen ging Struller doch nicht mit wem auch immer gepflegt essen.

»Das ist eigentlich eine sehr gute Idee. Wir können den ganzen Sachverhalt einmal umfassend und in lockerer Runde darstellen, wie gut Sie und ich gearbeitet haben«, zeigte sich Hengstmann von Strullers Idee überaus angetan.

»Ich möchte ein Restaurant im Zoo-Viertel vorschlagen wollen, das *Bötchen*. Nette Lokalität«, behauptete Struller. »Van den Borgh, den Besitzer, habe ich mal kennen gelernt. Es soll dort sehr gut sein.«

»Warum nicht? Da bekommt die hohe Führung mal Kontakt zur Basis. Ich arrangiere das!«, freute sich Hengstmann.

Aha, dachte Jensen. Da lief der Hase lang.

Kaum hatte Ferdinand Hengstmann das Büro verlassen, flüsterte Jensen grinsend: »Man sieht sich immer zweimal im Leben.«

»Was ich sage«, lächelte Struller verschlagen zurück.

»Das wird bestimmt spaßig«, grinste sein Praktikant.

»Wovon du ausgehen kannst!«

* * *

Um kurz nach neun betrat Struller das *Aquarium*. Elvis Presley war schon da. Krachend warf Struller die Tür hinter sich zu. Hinter der Theke zuckte Krake zusammen.

»´n Abend, Krake!«

»Brüll nicht so rum und mach die Tür vernünftig hinter dir zu!«

»Ja, genau. Ein Alt, bitte!«

Struller pflanzte sich auf seinen Stammplatz. Krake ließ den Zapfhahn arbeiten.

»Lange nicht gesehen, was macht das Theken-Curling?«

Krakes Miene hellte sich augenblicklich auf. »Ich hab den Dreh raus. Im Juli auf der Rheinkirmes werde ich unsterblich.«

»Sehr schön. Hat übrigens geklappt, der Trick mit den Putzkolonnen. Einer der beiden Typen, die bei dir vorgesprochen haben, der Russe, gehörte zu unserer Gaunerbande und hat die zivilen Kollegen, die draußen im Auto gewartet haben, geradewegs zur illegalen Putztruppe geführt.«

»Habt ihr die Truppe festgenommen?«

»Äh, nee, die sind auf und davon.«

Krake pappte ein Bier auf die Theke. »Schade, das war ein richtig gutes Angebot.«

Struller ergriff das Glas und legte an. »Ein illegales, Krake, ein illegales Angebot.«

Krake grinste böse. »Stimmt es eigentlich, dass du im Klärbecken gebadet hast? So richtig in der Kacke?«

»Ich möchte nicht darüber reden«, zischte Struller gefährlich leise, der im Übrigen froh war, dass Herpes für ihn kein Thema war. Sonst hätte der Herpes nämlich aber mal ein Thema gehabt! Mehr Aufforderung konnte so ein Herpes doch gar nicht bekommen!

Außerdem nahm Struller sich vor, zu ermitteln, welcher seiner Kollegen da schon wieder geplaudert hatte. Die Polizei war ein einziger Tratschverein.

Krake beugte sich über den Tresen und schnüffelte. »Man riecht auch gar nichts mehr. Mal was ganz anderes: Was ist mit Bertie Spurtmanns Hochzeit?«

»Findet statt. Oder hast du was anderes gehört?«

Struller exte sein Glas und orderte stumm ein zweites.

»Schling das Zeug nicht so. Nee, findet statt. Und ich habe gehört, dass Christian ein Kätzchen aus dem Bunker gerettet hat, Miezi.«

»Ja, so ein Kratzvieh. Er hat es seiner Oma geschenkt.«

Krake nickte zufrieden. »Christian ist ein guter Junge. Komisch, dass er es mit dir aushält.«

Struller verdrehte die Augen. »In Herongen wird es das kleine Tier gut haben. Da leben ja fast nur Mäuse. Und die sollen groß wie Fußbälle sein. Wird gesagt. Der Kater kann ja nicht verstehen, was Jensens schräge Oma ständig dahersabbelt.«

Krake hob die Augenbrauen. »Miezi ist ein Kater?«

»Ja. Deshalb hat Jensen Miezi jetzt ›Jürgen‹ getauft.«

»Schöner Name«, lobte Krake. »Was war das denn für ein Geräusch? War das ein Schuss?«

Struller ruckelte sein Mobiltelefon aus der Jackentasche. »Eine SMS.«

»Wer schreibt *dir* denn eine SMS?«, fragte Krake. Sicherheitshalber beugte er sich weit über die Theke um mitzulesen.

Struller drehte das Display weg. »Das ist privat, Krake.«

»In meiner Kneipe ist nichts privat«, murmelte der Wirt und widmete sich beleidigt seinem Abwasch.

Die SMS war erfrischend kurz. *Sehr gut gemacht. Ich bin zufrieden. Danke,* las Struller.

Er schob das Handy zurück in die Jacke. Eine unterdrückte Nummer. Tja, da meinte sich seine Informantin bedanken und klammheimlich verabschieden zu müssen.

* * *

Es klingelte an ihrer Haustür. Sie blickte auf die Uhr. Wer sollte das sein? Um diese Zeit? Es war 23.00 Uhr durch. Sie raffte ihren an den Ellbogen abgewetzten Hausmantel zusammen, schlich durch den dunklen Flur leise zur Haustür und blinzelte durch den Spion.

»Oh.«

Vor der Tür stand dieser Polizist, dieser Struhlmann. Sie fuhr sich fahrig über die Lippen. Was wollte der denn hier? Um diese Zeit?

»Ja, hallo?«, rief sie.

»Frau Bianca Groß, darf ich einen kurzen Moment reinkommen, dauert nicht lange«, rief der Polizist.

Bianca strich sich durchs Haar und öffnete die Haustür.

Struller trat ein. »Guten Abend.«

»Es ist spät.«

»Ja, aber noch nicht zu spät«, erklärte Struller.

Leise schloss die ehemalige Assistentin von Thomas M. Gerda hinter ihm die Haustür. Struller griff langsam in seine Jacke und zeigte ihr sein Handy samt Textnachricht.

Bianca Groß wurde blass. »Seit wann wissen Sie es?«

Struller schüttelte den Kopf. »Wegen der Hintergrundinformationen rund um unser Erscheinen am Diepensieper Weg kamen nur zwei Frauen infrage. Jessica Block oder Sie. Jessica ist es nicht, wir haben sie festgenommen. Blieben Sie übrig.«

»Wollen Sie durchkommen?«, fragte die Tierpflegerin.

Struller schüttelte den Kopf. »Sie haben das richtig gut gemacht. Raffiniert fand ich die Sache mit dem Päckchen beim Pförtner. *Spanish Bronco*. Zum einen war es ein kluger Hinweis, zum anderen wusste ich dadurch, dass ich Sie ernst nehmen musste. Was Sie nicht wissen konnten, war, dass wir kurz vorher in Jürgen Rempes Klamotten ein ähnliches Flaschenetikett gefunden hatten. Ich nehme an, dass auch dieses Etikett schon als Hinweis für mich geplant war.«

»Wie praktisch«, lächelte Bianca.

»Angerufen haben Sie immer aus einer Telefonzelle, stimmt´s?«

»Ja. Und ich habe ein Prepaid-Handy. Äh … Was erwartet mich jetzt?«, fragte sie vorsichtig.

»Ich wollte mich nur ganz kurz bei Ihnen bedanken«, erklärte Struller.

»Das ist … nicht nötig.«

»Doch. Ohne Ihre Hinweise hätte ich den Fall nicht so schnell in diese Richtung vorantreiben können. Sehr gut möglich, dass uns einige der Täter sogar komplett durch die Lappen gegangen wären. Einige aus der Szene sind wie Heuschrecken. Fressen alles nieder, machen alles kaputt und ziehen dann weiter. Das sind üble Burschen. Ich bin froh, dass sie alle hinter Schloss und Riegel sitzen und eine ganze Weile dort bleiben werden. Warum haben Sie sich uns nur anonym anvertraut?«

Bianca holte tief Luft. »Sie haben es schon gesagt. Das waren üble Kerle. Dr. Gerda war mein Stationsarzt. Die Krankenhausleitung hatte ihn nach einigen haarsträubenden Kunstfehlern entlassen müssen. Wie geht es ihm eigentlich?«

»Er ist auf dem Weg der Besserung. Wegen seiner Alkoholsucht kümmern wir uns um einen Therapieplatz. Wie wir Polizisten so sind, natürlich nicht ganz uneigennützig. Ein nüchterner, ehemaliger Alkoholiker kommt vor Gericht einfach besser rüber als einer mit Fahne.«

Bianca lächelte. »Das ist gut. Er ist kein schlechter Kerl. Irgendwann ist Jessica Block an ihn rangetreten, und er hat angefangen, halbtote Hunde zu operieren. Das waren zwar keine Menschen, aber immerhin hatte er eine Aufgabe. Er ist wirklich kein schlechter Charakter. Er hat das nicht nur des Geldes wegen getan. Thomas brauchte eine Assistentin, jemanden, der ihn fährt, weil er keinen Führerschein hat, jemanden, der ihm auf die Finger guckt und beim Operieren vielleicht die gröbsten Fehler verhindert. Er fragte mich, bot mir Geld. Ich hatte vorher aus anderen Gründen im Krankenhaus gekündigt, war und bin immer noch arbeitslos. Ich willigte ein, ohne zu wissen, auf was für eine Schweinerei ich mich einlasse. Ich habe das erst nach und nach erkannt und begriffen. Irgendwann konnte ich es nicht mehr mit ansehen und habe einen Journalisten gesucht, dem ich mich anonym anvertrauen konnte. Das alles offen anzuzeigen, war mir einfach zu gefährlich. Ich bin auf Jürgen Rempe vom *Rheinkurier* gestoßen. Mit Hilfe meiner Hinweise sollte er die Sache aufklären.«

Struller nickte. »Das hat er fast geschafft.«

»Er gab mir Ihre Telefonnummer. Falls ihm etwas … Dann sollte ich mich an Sie wenden. Er hat Ihnen vertraut.«

»Rempe war eine ehrliche Haut.«

»Aber, was genau wollen Sie von mir? Doch keine offizielle Aussage? Ich will auf keinen Fall, dass die erfahren, dass ich geholfen habe, sie alle ans Messer zu liefern. Dann werden sie sich rächen und ich …«

Struller unterbrach sie lachend. »Nein, nein, keine Sorge! Eine anonyme Informantin hat es in diesem Fall offiziell nie gegeben. Aber … Rempe hat quasi undercover gearbeitet, verdeckt. Er hat sich eine Wohnung genommen, irgendwo. Wir sind sicher, dass es in dieser Wohnung umfangreiches Material gibt, mit dem wir die Burschen richtig festnageln können. Die gehören lange Zeit weggesperrt. Es wäre hilfreich, wenn wir …«

»Spatenweg 163. Ich bin ihm einmal zufällig begegnet. Er hat mich nicht gesehen, ich bin ihm gefolgt.«

»Danke«, sagte Struller.

»Wofür? Es gibt keine Informantin, der Sie danken könnten, Herr Hauptkommissar.«

Struller verabschiedete sich – von der jungen Frau schwer beeindruckt –, verließ das Haus und schlenderte mit sich und der Welt im Reinen über den Gehweg in Richtung Zoo-Park. Vor dem Park ließ er sich an einem alten Rheinbahnpavillon auf eine Bank fallen und zückte sein Telefon.

»Mal sehen, ob du rangehst«, unkte Struller.

»Du hast Nerven, was willst du von mir?«

»Ich wollte dich um einen Gefallen bitten«, sagte Struller schnell und hielt das Handy vom Ohr weg. Weit weg. Doc Stichs Gebrüll war auch mit reichlich Abstand sehr gut zu verstehen. Dann erläuterte Struller, um was für einen Gefallen es sich handelte, und Doc Stich sicherte ihm zu, dass er sich in seinem Institut um eine neue Arbeitsstelle für die arbeitslose Bianca Groß kümmern würde.

Struller legte auf und blinzelte hoch in das angenehme Licht einer alten, nostalgischen Werbelaterne der Firma Henkel. Ein junger Mann mit schwarz gepunktetem, weißem Hund kam auf seiner letzten Gassirunde müde an ihm vorbeispaziert. Der Hund schnüffelte ihn an. Wahrscheinlich immer noch ein Rest Kläranlage.

»Beißt der?«, fragte Struller.

»Nein«, antwortete sein Herrchen. »Er hat seine Zähne nur, damit es besser aussieht.«

Struller nickte. Hunde waren nicht sein Ding. Aber er war sicher, dass Jürgen Rempe mit seiner Arbeit zufrieden war.

Schlussakt

Das Mittelschiff der St. Antoniuskirche am Fürstenplatz in Bilk war bis auf den letzten Platz gefüllt. Die Dekoration war perfekt, der Bräutigam schien glücklich, die Braut strahlte. Gut. Musste ja auch so sein, dachte Jensen, schließlich war die Braut eine Lichtheilerin. Er blickte zum hundertsten Mal auf die Uhr. Zwei Minuten vor zwei. Was fehlte, war der Trauzeuge.

Seine Banknachbarin zur Rechten stieß ihn an. »Ich bin so aufgeregt«, flüsterte Lena Radok mit heiserer Stimme.

Jensen nickte. »Ich auch. Irgendwie.«

»Hochzeiten wirken so … ansteckend«, fügte sie hinzu und Jensen bemerkte entsetzt ihre rot schimmernden Wangen.

»Äh, ja. Geht mir … ähnlich.«

»Hoffentlich fange ich den Brautstrauß«, gluckste sie.

Nun ja, das würde Jensen zu verhindern wissen. Er blickte sich um. Struller würde doch nicht wirklich ernst machen und der Zeremonie fernbleiben? Okay, er hatte nie was anderes behauptet, aber …

Jensen blickte noch mal auf die Uhr. Punkt 14.00 Uhr. Er sah, dass vorne am Altar nunmehr auch Braut, Bräutigam und Pater Georg ein wenig nervös zu werden schienen. Nein, so ging das nicht. Wenn alle Stricke reißen und Struller, dieser Lump, hier nicht erscheinen würde, dann musste er, Christian Jensen, vorne an den Altar treten und seine Dienste anbieten. Das war …

»Rück ma ein Stück«, flüsterte der Mann, der von hinten an ihre Reihe getreten war.

Jensen erschrak. »Du?«

»Natürlich«, brummte Struller. »Ich bin der Trauzeuge.«

Jensen rutschte nach rechts und ließ Struller in die Bank. Oh, gut sah er aus, sein Lehrmeister. Schwarzer Anzug, Fliege, frisch rasiert, das Hemd war weiß. Und sogar die schwarzen Schuhe blinkten.

»Brauchst nicht fragen, ich hab die Ringe dabei, Sportsfreund. Rück gleich weiter für zwei, ich hab Begleitung mitgebracht.«

»Ach?«, staunte Jensen.

Struller deutete nach links. »Das ist Helga. Die mit den Knöllchen, du erinnerst dich.«

Jensen nickte rüber. »Hallo!«

»Hallo«, gluckste Helga. »Ich bin so aufgeregt. Hoffentlich fange ich den Brautstrauß.«

Struller flüsterte. »Für ihre kleine Gefälligkeit hab ich ihr damals versprochen, sie fein zum Schnabulieren auszuführen. Und da dachte ich, die Gelegenheit, also Bertie Spurtmanns Hochzeit, ist perfekt. Da kann sie sich richtig satt essen und tanzen können wir nachher auch noch. Clever, wa?«

Jensen klappte der Mund auf.

Orgelmusik setzte ein, alle standen auf. Bertie Spurtmann drehte sich zu ihnen um. Er strahlte mit der Freude eines kleinen, unwissenden Kindes. Es *musste* einem warm ums Herz werden. Struller knipste dem Bräutigam ein Auge und hob den ausgestreckten Daumen. Bertie Spurtmann war glücklich. Und Jensen war sich im gleichen Moment sicher, dass Struller tief drin in seinem Körper ein Herz aus Gold hatte.

»Super, dass du das machst«, flüsterte er seinem Chef stolz zu.

Der flüsterte zurück. »Ist doch Ehrensache.«

»Halleluja«, sang der Chor.

KBV KRIMINALROMAN

Nadja Quint

VERACHTE NICHT DEN TOD

Taschenbuch, 301 Seiten
ISBN 978-3-942446-64-8
9,90 EURO

Die Düsseldorfer Hauptkommissarin Evelyn Eick mutet sich zu viel zu. Ihr Vater liegt im Hospiz, und trotzdem übernimmt sie einen überaus schwierigen Fall.
Beim Tod einer jungen Frau deutet scheinbar alles auf einen natürlichen Tod hin, denn sie litt an Multipler Sklerose. Doch bei der Leichenschau entdeckt eine Amtsärztin, dass die junge Frau auf ungewöhnliche Weise vergiftet wurde. Der Hausarzt, der den Totenschein ausgestellt hat, behauptet, nichts davon bemerkt zu haben, aber von seiner Arzthelferin führt eine Verbindung zu einem dubiosen Notar, der mit seinem Verein ganz offen für aktive Sterbehilfe eintritt.
Bald darauf verschwindet die kleine Leonie aus einer Klinik. Sie ist unheilbar an Leukämie erkrankt. Und auch von Leonies Eltern führt eine Spur zu dem Sterbehilfe-Verein.
Während Evelyn ermittelt, rückt der Tod ihres eigenen Vaters unaufhaltsam näher.

»Man kann das Buch durch die gekonnten Cliff-Hanger am Ende jeden Kapitels kaum aus der Hand legen. ›Verachte nicht den Tod‹ ist ein intensiv geschriebener Roman, über den man noch lange nachdenkt. Absolut lesenswert!« (suite101.de)